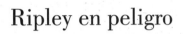

Ripley en peligro

Patricia Highsmith

Ripley en peligro

Traducción de Isabel Núñez

EDITORIAL ANAGRAMA

BARCELONA

Título de la edición original:
Ripley Under Water
Bloomsbury Publishing
Londres, 1991

Ilustración: © Pablo Gallo

Primera edición en «Panorama de narrativas»: 1992
Primera edición en «Compactos»: mayo 2022

ISBN: 978-84-339-6111-2
Depósito Legal: B. 6779-2022

Printed in Spain

Liberdúplex, S. L. U., ctra. BV 2249, km 7,4 - Polígono Torrentfondo
08791 Sant Llorenç d'Hortons

A los muertos y heridos de la Intifada, a los kurdos, a todos aquellos que luchan contra la opresión en cualquier parte del mundo, y que se levantan no solo para ser tenidos en cuenta, sino para ser fusilados.

1

Tom estaba de pie en el bar de Georges y Marie, con una taza de café casi vacía en la mano. Ya había pagado, y los dos paquetes de Marlboro de Heloise le abultaban en el bolsillo de la chaqueta. Estaba observando una máquina de juegos, situada en el rincón, en la que había gente jugando.

La pantalla mostraba la silueta de un motorista que se precipitaba hacia el fondo, y a cada lado de la carretera unas vallas que se desplazaban hacia delante producían una ilusión de velocidad. El jugador manipulaba un volante semicircular, y hacía que el motociclista virase para adelantar a un coche más lento, o saltara como un caballo para esquivar una valla que había aparecido de pronto en plena carretera. Si el motorista (el jugador) no saltaba a tiempo, se producía un impacto silencioso, aparecía una estrella negra y dorada para indicar el choque, el motociclista quedaba eliminado y se terminaba el juego.

Tom había observado aquel juego muchas veces (que él supiera, era el más popular de todos los que habían adquirido Georges y Marie), pero nunca había jugado. No sabía por qué, pero prefería no hacerlo.

–*Non, non!* –Desde detrás de la barra, la voz de Marie se alzó sobre el barullo habitual discutiendo la opinión de algún cliente, probablemente política. Su marido y ella eran de izquierdas de toda la vida–. *Écoutez, Mitterrand...*

A Tom se le ocurrió que, a pesar de eso, a Georges y Marie no les gustaba la invasión de norteafricanos emigrados a su país.

–*Eh, Marie! Deux pastis!* –Era la voz del gordo Georges, con un delantal blanco lleno de manchas sobre la camisa y los pantalones, sirviendo las pocas mesas donde la gente bebía y a veces comía patatas fritas empaquetadas y huevos duros.

La máquina de discos tocaba un viejo cha-cha-chá.

¡Una silenciosa estrella negra y dorada! Los espectadores protestaron con simpatía. Muerto. Todo se había acabado. La pantalla hizo centellear su mudo y obsesivo mensaje: INSERTE MONEDAS INSERTE MONEDAS INSERTE MONEDAS, y el trabajador, obediente, hurgó en un bolsillo de sus vaqueros, introdujo más monedas y el juego volvió a empezar, con el motorista otra vez en forma, avanzando dispuesto a todo, esquivando con soltura un cilindro que aparecía en su camino, saltando limpiamente la primera barrera. El que manejaba los controles estaba decidido, dispuesto a hacer avanzar a su hombre.

Tom pensaba ahora en Heloise, en su viaje a Marruecos. Ella quería ver Tánger, Casablanca, quizá Marrakech. Y Tom había aceptado ir con ella. Después de todo, tampoco era uno de aquellos viajes suyos de aventuras que requerían visitas al hospital para vacunarse antes de salir, y, como marido, le correspondía acompañarla en algunas de sus excursiones. Heloise tenía dos o tres proyectos al año, pero no siempre los realizaba. Ahora Tom no estaba de humor para unas vacaciones. Era principios de agosto, en Marruecos haría más calor que nunca, y a Tom le gustaban sus peonías y sus dalias en aquella época del año. Le gustaba cortar dos o tres cada día y ponerlas en la sala. Tom estaba muy apegado a su jardín y casi había llegado a apreciar a Henri, el mozo que le ayudaba con los trabajos más pesados, un gigante en cuestión de fuerza, aunque no fuera el hombre idóneo para las tareas del jardín.

Además estaba la Extraña Pareja, como Tom había empezado a llamarles para sí. No estaba seguro de que estuvieran casados y, naturalmente, eso no importaba. Sentía que rondaban por la zona y que tenían los ojos puestos en él. Quizá fueran inofensivos, pero ¿quién sabía? Tom se había fijado en ellos hacía cosa de un mes en Fontainebleau, una tarde en que Heloise y él iban de compras. Un hombre y una mujer que parecían americanos, de unos treinta y tantos años, iban andando hacia ellos, observándoles con aquella mirada que Tom conocía muy bien, como si supieran quién era él, y quizá incluso conocieran su nombre, Tom Ripley. Había visto la misma mirada en algún que otro aeropuerto, aunque rara vez y no en los últimos tiempos. Podía ser porque su foto había salido en los periódicos, pero estaba seguro de que hacía años que no salía en ninguno. Desde el asunto Murchison, y aquello había sido hacía unos cinco años. La sangre de Murchison aún manchaba el suelo del sótano de Tom, y cuando alguien lo advertía, Tom decía que era una mancha de vino.

La verdad es que era una mezcla de sangre y vino, recordó Tom, porque Murchison había sido golpeado en la cabeza con una botella de vino. Una botella de Margaux empuñada por Tom.

La Extraña Pareja. El motorista hizo *Bum*. Tom se dio la vuelta y llevó su taza vacía hacia el mostrador del bar.

El hombre de la Extraña Pareja tenía el pelo negro y liso y llevaba gafas de montura redonda; la mujer, el pelo castaño claro, una cara delgada y los ojos grises o castaños. Era el hombre el que le miraba, con una sonrisa vaga y vacía. Tom sentía que tal vez hubiera visto antes a aquel hombre, en Heathrow o en Roissy, con aquella actitud de «conozco tu cara». No era nada hostil, pero a Tom no le gustaba.

Luego Tom les había visto un mediodía, paseando despacio en su coche por la calle principal de Villeperce, cuando él volvía de la panadería con una *flûte* (debía de ser el día libre de madame Annette, o quizá estaba ocupada), y de nuevo Tom le había sor-

11

prendido mirándole. Villeperce era un pueblecito, a unos kilómetros de Fontainebleau. ¿Por qué había ido allí la Extraña Pareja?

Marie, con su gran sonrisa de labios rojos, y Georges, con su cabeza casi calva, estaban detrás de la barra cuando Tom dejó la taza y el platillo.

–*Merci et bonne nuit.* ¡Marie..., Georges! –exclamó Tom, y sonrió.

–*Bonsoir, m'sieur Reepley!* –gritó Georges agitando una mano mientras con la otra servía un Calvados.

–*Merci, m'sieur, à bientôt!* –le gritó Marie.

Tom estaba ya casi en la puerta cuando entró el hombre de la Extraña Pareja, con sus gafas redondas y todo lo demás, aparentemente solo.

–Míster Ripley –sus rosados labios sonreían otra vez–, buenas tardes.

–Buenas tardes –dijo Tom, dirigiéndose a la salida.

–Oiga, mi mujer y yo..., ¿puedo invitarle a tomar algo?

–Gracias, pero ya me iba.

–Quizá otro día. Hemos alquilado una casa en Villeperce. Hacia allí. –Señaló vagamente hacia el norte, y su sonrisa se hizo más amplia, revelando una perfecta dentadura–. Parece que vamos a ser vecinos.

Dos personas que entraban tropezaron con Tom, que tuvo que retroceder hacia el interior del bar.

–Me llamo Pritchard. David. Estoy estudiando en el centro académico de Fontainebleau, el INSEAD. Seguro que lo conoce. De todas formas, mi casa es una blanca, de dos pisos, con un pequeño estanque. Nos enamoramos de ella precisamente por el estanque, los reflejos en el techo..., el agua... –Ahogó una risita.

–Ya –dijo Tom, intentando no ser desagradable. Ahora ya había traspasado la puerta.

–Le llamaré. Mi mujer se llama Janice.

Tom consiguió asentir y se obligó a sonreír.

–Sí. Muy bien. Cuando quiera. Buenas noches.

–¡No hay muchos americanos por aquí! –exclamó el decidido David Pritchard tras él.

A míster Pritchard le costaría mucho encontrar su número, pensó Tom, porque Heloise y él se las habían arreglado para que no figurase en la guía. Aquel David Pritchard, que era casi tan alto como Tom y un poco más gordo, estúpido en apariencia, tenía pinta de crear problemas, pensó Tom mientras se dirigía hacia la casa. ¿Funcionario de algún tipo de policía? ¿Investigaba antiguos expedientes? ¿Un detective privado de... de quién, realmente? A Tom no se le ocurría ningún posible enemigo en activo. Falso era la palabra que le sugería David Pritchard: sonrisa falsa, falsas buenas intenciones, quizá incluso una falsa historia sobre lo de los estudios en el INSEAD. Aquella institución educativa de Fontainebleau podía ser una tapadera, de hecho, era algo tan evidente que Tom pensó que quizá Pritchard sí estudiara algo allí. O quizá no fueran marido y mujer, sino un par de agentes de la CIA. ¿Para qué podían buscarle en Estados Unidos?, se preguntó Tom. Por lo de los impuestos. No, aquello estaba todo en orden. ¿Murchison? No, aquello estaba resuelto. O habían abandonado el caso. Murchison y su cadáver habían desaparecido. ¿Dickie Greenleaf? Era difícil. Si hasta Christopher Greenleaf, el primo de Dickie, le escribía a Tom amistosas postales de vez en cuando. El año anterior desde Alice Springs, por ejemplo. Christopher era ahora ingeniero civil, casado, y trabajaba en Rochester, Nueva York, recordó Tom. Al final se llevaba bien hasta con el padre de Dickie, Herbert. Al menos, intercambiaban felicitaciones de Navidad.

Cuando se acercaba al gran árbol que había frente a Belle Ombre, un árbol cuyas ramas se inclinaban ligeramente hacia la carretera, empezó a animarse. No tenía por qué preocuparse. Abrió una de las grandes puertas justo lo suficiente como para deslizarse dentro, luego la cerró tan suave y silenciosamente como pudo, y volvió a poner el candado y el largo cerrojo.

Reeves Minot. Tom se paró en seco y los zapatos se deslizaron por la grava del jardín. Había otro trabajo ilegal de Reeves en perspectiva. Reeves había llamado hacía unos días. Tom siempre se prometía que no iba a hacer ninguno más, y luego acababa aceptando. ¿Era porque disfrutaba conociendo gente nueva? Tom se rió de un modo breve y casi inaudible, y luego siguió andando hacia la puerta principal con su paso habitual, tan suave que apenas rozaba la grava.

La luz de la sala estaba encendida y la puerta principal abierta, tal como la había dejado Tom hacía cuarenta y cinco minutos. Tom entró y cerró la puerta tras él. Heloise estaba sentada en el sofá, absorta en una revista. Probablemente un artículo sobre África del Norte, pensó Tom.

–Hola, *chéri*, ha llamado Reeves –dijo Heloise levantando la vista, echando hacia atrás su rubia cabellera con un movimiento de la cabeza–. Tome, ¿me has...?

–Sí. ¡Cógelo! –Sonriendo, Tom le tiró el primer paquete rojo y blanco, y luego el segundo. Ella cogió el primero, y el segundo le dio en la blusa azul–. ¿Ha metido la pata Reeves? ¿Una plancha? *Répassant?* ¿Planchando? *Buegelnd?*

–¡Oh, Tome, déjalo ya! –dijo Heloise, y encendió el mechero. En el fondo le gustaban sus juegos de palabras, pensó Tom, aunque nunca lo decía, y apenas se permitía sonreír–. Volverá a llamar, pero no sé si esta noche.

–Alguien..., bueno... –Tom se detuvo porque Reeves nunca entraba en detalles con Heloise, y Heloise demostraba desinterés, e incluso aburrimiento, hacia las cosas de Tom y Reeves. Así era más seguro: cuanto menos supiera ella, mejor. Tom suponía que eso era lo que pensaba Heloise. ¿Y quién iba a discutírselo?

–Tome, mañana iremos a comprar los billetes para Marruecos, ¿de acuerdo? –Había arrebujado sus pies desnudos en el sofá de seda amarilla como una confortable gatita, y ahora le miraba serena, con sus ojos color lavanda pálido.

14

–Sssí. De acuerdo. –Recordó que se lo había prometido–. Primero iremos en avión a Tánger.

–*Oui, chéri,* y seguiremos desde allí. A Casablanca, por supuesto.

–Por supuesto –repitió Tom–. Muy bien, querida, mañana compraremos los billetes... en Fontainebleau. –Siempre iba a la misma agencia de viajes, y ya conocía a los empleados. Dudaba, pero al fin se decidió a decirlo–. Querida, ¿te acuerdas de la pareja..., aquella pareja con pinta de americanos que vimos un día en Fontainebleau, en la acera? Venían andando hacia nosotros y luego yo te dije que él nos estaba mirando. Un hombre moreno, con gafas...

–Creo que sí. ¿Por qué?

Tom pensó que ella sí se acordaba.

–Porque él me ha abordado en el bar. –Tom se desabrochó la chaqueta y hundió las manos en los bolsillos de los pantalones. No se había sentado–. No me gusta nada.

–Recuerdo a la mujer que iba con él, con el pelo más claro. Americanos, ¿no?

–Al menos él, sí. Pues han alquilado una casa aquí en Villeperce. ¿Te acuerdas de la casa donde...?

–*Vraiment?* ¿En Villeperce?

–*Oui, ma chère!* La casa con el estanque de agua que se refleja en el techo de la sala, ¿sabes? –Heloise y él se habían maravillado ante las formas danzantes que el agua describía con su reflejo en el techo blanco.

–Sí. Recuerdo la casa, de dos pisos, con una chimenea no muy bonita. No muy lejos de la de los Grais, ¿verdad? Alguien que iba con nosotros pensaba comprarla.

–Sí. Exacto. –Un conocido de un conocido americano, que buscaba una casa de campo no muy lejos de París, les había pedido a Tom y Heloise que le acompañaran a ver un par de casas por el vecindario. No había comprado nada, al menos no en Villeperce. Aquello había sido hacía más de un año–. Bueno, pues el hombre moreno de las gafas intenta ser amistoso conmigo o con nosotros, y a mí no me apetece. Solo porque hablamos inglés o americano, ¡ja!... Parece que hace algo en el INSEAD, aquel centro que hay cerca de Fontainebleau –añadió Tom–. Primero, ¿cómo sabe mi nombre y por qué le intereso? –Para no parecer demasiado preocupado, Tom se sentó tranquilamente. Desde su silla veía a Heloise frente a él, con la mesita de té entre los dos–. Se llaman David y Janice Pritchard. Si consiguen llamar, seremos educados, pero les diremos que estamos muy ocupados. ¿De acuerdo, cariño?

–Claro, Tome.

–Y si tienen el valor de presentarse aquí, no les dejaremos pasar. Avisaré a madame Annette y ya está.

El claro ceño de Heloise se volvió pensativo.

–¿Qué pasa con ellos?

La simplicidad de la pregunta hizo sonreír a Tom.

–Tengo un presentimiento. –Tom titubeó. No solía hablarle a Heloise de sus intuiciones, pero en aquel caso podía protegerla haciéndolo–. No me parecen normales. –Bajó los ojos hacia la moqueta. ¿Qué era normal? No podría haber contestado esa pregunta–. Me da la sensación de que no están casados.

–¿Y qué?

Tom se rió y cogió el paquete azul de Gitanes de la mesita. Luego encendió uno con el mechero Dunhill de Heloise.

–Tienes razón. Pero ¿por qué me vigilan?... No te lo he dicho, pero creo que recuerdo al mismo hombre, incluso a la misma pareja, mirándome en algún aeropuerto no hace mucho.

–No, no me lo has dicho –dijo Heloise, con aire seguro.

–No digo que sea importante, pero sugiero que si intentan acercarse, seamos educados... y distantes. ¿De acuerdo?

–Sí, Tome.

Él sonrió.

–Antes que ellos, ha habido más gente que no nos gustaba. No es grave. –Tom se levantó, rodeó la mesita y ayudó a Heloise a levantarse con la mano que ella le tendía. La abrazó, cerró los ojos y disfrutó de la fragancia de su pelo, de su piel–. Te quiero. Quiero mantenerte a salvo.

Ella se rió y aflojaron su abrazo.

–Belle Ombre parece *muy* seguro.

–No pondrán los pies aquí.

2

Al día siguiente. Tom y Heloise fueron a Fontainebleau a comprar los billetes. Al final eran de la Royal Air Maroc, aunque ellos los habían pedido de Air France.

–Las dos compañías están muy relacionadas –dijo la joven, una nueva empleada de la agencia de viajes–. El Hotel Minzah, habitación doble, tres noches, ¿verdad?

–Hotel Minzah, correcto –dijo Tom en francés. Podían quedarse uno o dos días más si lo pasaban bien. Tom estaba seguro. Decían que el Minzah era el mejor hotel de Tánger.

Heloise había ido a una tienda cercana a comprar champú. Durante el largo rato que la chica tardó en rellenar los billetes, Tom se descubrió mirando hacia la puerta, y se dio cuenta de que estaba pensando vagamente en David Pritchard. Pero tampoco esperaba que apareciese por allí. ¿Acaso no estarían los Pritchard ocupados instalándose en su casa recién alquilada?

–¿Ha estado antes en Marruecos, monsieur Ripley? –le preguntó la chica, mirándole sonriente mientras metía el billete en un sobre grande.

¿Qué le importaba?, pensó Tom. Y le sonrió cortésmente.

–No. Pero me apetece ir.

–La vuelta abierta. Así, si se enamora del país, puede quedarse más tiempo. –Le tendió el sobre con el segundo billete. Tom ya había firmado un cheque.

–Muy bien. ¡Gracias, mademoiselle!

–*Bon voyage!*

–*Merci!* –Tom avanzó hacia la puerta, que estaba flanqueada por dos paredes de coloridos carteles. Tahití, mar azul, un barquito de vela, y allí –¡sí!– el cartel que siempre le hacía sonreír: era Phuket, una isla de Tailandia, recordó, y levantó la vista para mirarlo. La fotografía mostraba un mar azul, una playa amarilla, una palmera inclinada hacia el agua, encorvada por años y años de viento. Ni un alma a la vista. «¿Ha tenido un mal día, un mal año? ¡Venga a Phuket!» Tom pensó que aquel podía ser un buen reclamo que sedujera a mucha gente para sus vacaciones.

Heloise le había dicho que le esperaría en la tienda, así que Tom se dirigió a la izquierda por la acera. La tienda estaba al otro lado de la iglesia de Saint-Pierre.

Y allí –Tom tuvo el impulso de soltar una maldición, pero se mordió la lengua–, frente a él, acercándose, estaba David Pritchard con su... ¿concubina? Tom los vio primero, a través del creciente número de peatones (era mediodía, hora de comer), pero al cabo de unos segundos la Extraña Pareja le había localizado. Tom miró a otra parte, justo enfrente, y sintió tener todavía en la mano izquierda el sobre con su billete de avión. ¿Se darían cuenta los Pritchard? ¿Se acercarían a Belle Ombre y explorarían el terreno desde el camino, una vez que se hubieran cerciorado de que Tom iba a estar ausente durante un tiempo? O quizá se estaba preocupando demasiado, de un modo absurdo. Recorrió los últimos metros que le separaban de las ventanas teñidas de oro de Mon Luxe. Antes de entrar se detuvo y miró hacia atrás, para ver si la pareja le observaba o incluso se dirigía a la agencia de viajes. Ninguna de las dos cosas le hubiera sorprendido, pensó. Vio los anchos hombros de Pritchard con su blazer azul justo por encima del gentío. Vio su nuca. Aparentemente, la Extraña Pareja iba a pasar de largo la agencia de viajes.

Tom entró en la perfumada atmósfera de Mon Luxe, donde

Heloise estaba hablando con una conocida. Tom no recordaba su nombre.

—¡Hola, Tome! ¿Te acuerdas de Françoise? Amiga de los Berthelin.

No se acordaba, pero fingió que sí. Tampoco tenía importancia.

Heloise ya había hecho sus compras. Salieron, después de un *au revoir* a Françoise, de quien Heloise dijo que estaba estudiando en París, y que también conocía a los Grais. Antoine y Agnès Grais eran unos vecinos y viejos amigos, que vivían en la zona norte de Villeperce.

—Pareces preocupado, *mon cher* —dijo Heloise—. ¿Ha ido todo bien con los billetes?

—Eso creo. El hotel confirmado —dijo Tom, dándose unas palmaditas en el bolsillo izquierdo de la chaqueta—. ¿Comemos en el Aigle Noir?

—¡Ah... *oui!* —dijo Heloise, complacida—. Claro.

Era lo que habían planeado. A Tom le gustaba oírla decir «claro» con su acento, y había dejado de corregirla.

Comieron en la terraza, al sol. Los camareros y el maître les conocían, sabían que a Heloise le gustaba el Blanc de Blancs, el filete de lenguado, comer al sol, y quizá una ensalada de endivias. Hablaron de cosas agradables: el verano, los bolsos de cuero marroquíes. ¿Quizá una jarra de bronce o de cobre? ¿Por qué no? ¿Un paseo en camello? Tom sintió vértigo. ¿Lo había hecho alguna vez, o había sido un elefante en un zoo? Balancearse de pronto a unos metros por encima del suelo (donde seguramente aterrizaría si perdía el equilibrio) no era de su gusto. A las mujeres les gustaba. ¿Serían masoquistas? ¿Qué sentido tenía? ¿Estaría relacionado con dar a luz y una estoica tolerancia del dolor? Tom se mordió el labio.

—Estás nervioso, Tome —comentó Heloise nerviosa.

—No —dijo Tom enfáticamente. Y se obligó a aparentar calma durante el resto de la comida y de camino a casa.

Iban a salir hacia Tánger al cabo de dos semanas. Un joven

llamado Pascal, un amigo de Henri, el mozo, iría con ellos en el coche hasta el aeropuerto y luego lo dejaría en Villeperce. No era la primera vez que Pascal se encargaba de hacerlo.

Tom se llevó una azada al jardín, pero también arrancó algunas malas hierbas a mano. Se había puesto unos Levi's y unos zapatos de cuero impermeable que le gustaban mucho. Metió los hierbajos en una bolsa de plástico destinada al compost, y emprendió el camino hacia la casa. Madame Annette le llamó desde las puertas acristaladas de la terraza trasera.

–M'sieur Tome! Téléphone, s'il vous plaît!

–Merci.

Mientras andaba cerró las tijeras y las dejó en la terraza. Cogió el teléfono en el recibidor de la planta baja.

–¿Sí?

–Hola, soy... ¿Eres Tom? –preguntó una voz que sonaba muy joven.

–Sí.

–Llamo desde Washington D. C. –Hubo un sonido burbujeante, como proveniente de debajo del agua–. Soy...

–¿Quién llama? –preguntó Tom, sin poder oír nada–. No cuelgue. Cogeré otro teléfono.

Madame Annette estaba pasando el aspirador en el comedor, lo bastante lejos como para no estorbar una conversación de teléfono normal, pero aquella no era una llamada normal.

Tom subió a su habitación.

–Hola, ya estoy aquí.

–Soy Dickie Greenleaf –dijo la voz del joven–. ¿Te acuerdas de mí? –Risita ahogada.

Tom tuvo el impulso de colgar, pero el impulso no duró mucho.

–Sí. ¿Y dónde estás?

–En Washington D. C., ya te lo he dicho. –Ahora la voz tenía un tono de falsete.

El impostor exageraba con el tono, pensó Tom. ¿Era un homosexual o una mujer?

–Qué interesante. ¿De turista?

–Bueno..., después de mi experiencia debajo del agua, como quizá recordarás, no estoy en muy buena forma física para hacer turismo. –Una risa falsa–. Me... me...

Hubo cierta confusión, casi un corte, un chasquido, pero la voz continuó:

–... me encontraron y resucitaron, como puedes ver. Ja, ja. Vuelven los viejos tiempos, ¿eh, Tom?

–Oh, sí, claro –replicó Tom.

–Ahora estoy en una silla de ruedas –dijo la voz–. Es irreparable.

Otra vez hubo ruidos en la línea, un chasquido, como si cayeran unas tijeras o algo más grande.

–¿La silla ha chocado? –preguntó Tom.

–¡Ja! –Una pausa–. No, decía –continuó la voz adolescente con calma– daños irreparables en el sistema nervioso.

–Ah, ya –dijo Tom cortésmente–. Me alegra volverte a oír.

–Sé dónde *vives* –dijo aquella voz juvenil, subiendo la nota en la última palabra.

–Ya me lo imagino, has llamado a mi casa –dijo Tom–. Te deseo una saludable y pronta recuperación.

–¡Eso espero! Adiós, Tom. –El interlocutor colgó bruscamente, tal vez para ahogar una carcajada irresistible.

Bueno, bueno, pensó Tom, advirtiendo que el corazón le latía más deprisa de lo habitual. ¿Por la rabia? ¿La sorpresa? No era de miedo, pensó. Le rondaba la idea de que aquella voz podía ser la de la compañera femenina de David Pritchard. ¿Quién podía ser si no? De momento, no se le ocurría nadie más.

Qué jugarreta tan repugnante y horrible. *Un enfermo mental*, pensó Tom, el tópico de siempre. ¿Pero quién? ¿Y por qué? ¿Le habían llamado realmente desde ultramar o lo habían fingido? Tom no estaba seguro. Dickie Greenleaf. El principio de sus problemas, pensó Tom. El primer hombre que había matado, y el único que sentía haber matado, el único crimen del que se arrepentía. Dickie Greenleaf, un americano próspero (para aquellos tiempos) que vivía en Mongibello, en la costa oeste de Italia. Se había hecho amigo suyo, le había demostrado su hospitalidad, y Tom le había respetado y admirado, de hecho, quizá demasiado. Dickie se había vuelto contra él y a Tom le había dolido. Y sin planearlo mucho, una tarde en la que iban solos en un bote, Tom había levantado un remo y le había matado. ¿Muerto? ¡Desde luego Dickie llevaba muerto todos aquellos años! Tom había atado una piedra enorme al cuerpo de Dickie y lo había arrojado fuera de la barca. Se había hundido y..., bueno, si en todos aquellos años no había aparecido, ¿por qué iba a aparecer ahora?

Frunciendo el ceño, Tom avanzó despacio por su habitación, mirando la alfombra. Sentía unas ligeras náuseas, y respiró hondo. No, Dickie Greenleaf había muerto (además, aquella voz tampoco era como la de Dickie). Durante un tiempo Tom se había vestido con la ropa y los zapatos de Dickie, había usado su pasaporte, pero incluso aquello se había acabado pronto. El informal testamento de Dickie, escrito por Tom, había pasado una minuciosa inspección. Por lo tanto, ¿quién tenía la osadía de volver a sacar a relucir el asunto? ¿Quién sabía o a quién le importaba lo bastante como para investigar su antigua relación con Dickie Greenleaf?

Tom tuvo que rendirse a la náusea. Cada vez que pensaba que se iba a poner enfermo, no podía reprimirse. Ya le había pasado antes. Levantó la tapa del inodoro y se inclinó. Por suerte, apenas vomitó un poco de líquido, aunque el estómago le dolió durante unos segundos.

Tiró de la cadena, y se lavó los dientes en el lavabo.

Hijos de puta, fueran quienes fueran, pensó Tom. Tenía la sensación de que había dos personas al otro lado del hilo, uno hablando y el otro escuchando, y eso explicaba las risitas.

Bajó las escaleras y encontró a madame Annette en la sala, llevando un jarrón de dalias al que debía de haberle cambiado el agua. Ella secó la base del jarrón con un trapo y luego lo depositó sobre la repisa.

—Estaré fuera media hora, madame —le dijo Tom, en francés—. Por si llama alguien.

—Sí, monsieur Tome —contestó ella, y siguió con sus cosas.

Madame Annette llevaba varios años con Tom y Heloise. Tenía su propio dormitorio con baño, en el ala izquierda de Belle Ombre, así como su propio aparato de televisión y de radio. La cocina también formaba parte de sus dominios y accedía a ella por un pequeño vestíbulo desde sus cuarteles generales. Era de origen normando, de ojos azul pálido y párpados caídos en los extremos. Tom y Heloise le tenían afecto porque ella se lo tenía a ellos o, al menos, eso parecía. Ella tenía dos amigas íntimas en el pueblo, Geneviève y Marie-Louise, que servían en otras casas y que, en sus días libres, se turnaban para ver la televisión en casa de una u otra.

Tom cogió las tijeras de la terraza y las puso en una caja de madera que guardaban en un rincón, para utensilios de jardín. Era más cómodo dejarlas en la caja que ir andando hasta el invernadero que había en el extremo derecho del jardín. Cogió una chaqueta de algodón del armario de la entrada y se aseguró de que llevaba la cartera con el carnet de conducir, aunque solo fuera a dar una vuelta. Los franceses eran muy aficionados a los controles al azar, con policía no-local y no precisamente amable. ¿Dónde estaba Heloise? Tal vez arriba, en su habitación, eligiendo la ropa para el viaje. ¡Qué suerte que Heloise no hubiera cogido el teléfono cuando habían llamado aquellos tipos tan siniestros! No debía de haber oído nada, porque si no habría ido corriendo a su habitación y se habría puesto a hacerle preguntas, desconcertada. Aunque Heloise nunca escuchaba a escondidas, y los asuntos de Tom no le interesaban. Si se daba cuenta de que una llamada era para Tom, colgaba enseguida, casi sin pensarlo.

Tom sabía que Heloise conocía la historia de Dickie Greenleaf y que incluso había oído que Tom era (o había sido) sospechoso. Pero no había hecho ningún comentario, ninguna pregunta. La verdad era que Tom y ella no solían hablar de las dudosas actividades de Tom, ni de sus frecuentes viajes por motivos inexplicables, para no alarmar a Jacques Plisson, el padre de Heloise. Plisson tenía unos laboratorios farmacéuticos, y Belle Ombre dependía en parte de la generosa renta que le pasaba a Heloise, que era su única hija. Arlène, la madre, era aún más discreta que Heloise respecto a las actividades de Tom. Era una mujer esbelta y elegante. Hacía esfuerzos para ser tolerante con los jóvenes y era muy aficionada a darle consejos caseros a Heloise, o a cualquiera que se le pusiera por delante, sobre el cuidado de los muebles y sobre cualquier tema relacionado con la economía y el ahorro.

Todos aquellos detalles desfilaban por la mente de Tom mientras conducía moderadamente el Renault marrón hacia el centro del pueblo. Eran casi las cinco de la tarde. Tom pensó que, como era viernes, Antoine Grais debía de estar en casa, aunque tampoco era seguro, porque quizá había pasado el día en París. Era arquitecto, y tenía dos hijos adolescentes. La casa que David Pritchard decía haber alquilado estaba bastante cerca de la de los Grais, así que Tom giró por una calle a la derecha. Se justificó pensando que iba a saludar a los Grais. Había atravesado la silenciosa calle mayor de Villeperce, donde estaba la oficina de correos, una carnicería, una panadería y un bar, que era todo lo que había en Villeperce.

Allí estaba la casa Grais, apenas visible tras una hermosa hilera de avellanos. Era una casa redonda, en forma de torreón, casi totalmente cubierta de magníficos rosales trepadores. Los Grais tenían garaje y Tom vio que la puerta estaba cerrada. Eso significaba que Antoine no había llegado aún para pasar el fin de semana, y que Agnès, y tal vez los dos chicos, habían salido a comprar.

Desde donde estaba, Tom veía la casa blanca a través de los árboles, era la segunda y quedaba a la izquierda de la carretera. Tom cambió a segunda. La carretera estaba asfaltada, era muy estrecha —apenas cabían dos coches— y estaba desierta. En la zona norte de Villeperce había pocas casas, y más prados que huertos.

Si los Pritchard eran los que le habían llamado hacía un cuarto de hora, estarían en casa, pensó Tom. Podía mirar si estaban echados al sol en las hamacas, junto al estanque, suponiendo que se viera desde la carretera. Una verde extensión de césped sin cortar se extendía entre la carretera y la casa blanca, y un camino de losas iba desde la carretera hasta los escalones que conducían al porche. También había varios escalones en la parte del porche que daba a la carretera, donde estaba el estanque. La mayor parte del terreno quedaba detrás de la casa, según recordaba Tom.

Oyó una risa, la risa de una mujer, quizá mezclada con la de un hombre. Y sí, venían de la zona del estanque, entre Tom y la casa, una zona casi oculta por un seto y un par de árboles. Luego vislumbró el estanque, vio centellear la luz en el agua, y tuvo la impresión de ver dos figuras allí echadas en la hierba, pero no estaba seguro. Había una figura masculina de pie, alta, con pantalones cortos rojos.

Tom aceleró. Sí, había sido el propio David, estaba casi seguro.

¿Conocían los Pritchard su coche, el Renault marrón?

—¡Míster Ripley! —La voz le había llegado débil pero claramente.

Tom siguió conduciendo a la misma velocidad, como si no hubiera oído nada.

Qué inoportuno, pensó Tom. Giró por la segunda a la izquierda y llegó a otro camino estrecho en el que había tres o cuatro casas y huertos a un lado. Llevaba al centro del pueblo, pero Tom giró a la izquierda para ir a una calle situada a la derecha de la calle de los Grais y acercarse otra vez a la casa-torreón. Siguió conduciendo a poca velocidad.

Vio la camioneta blanca de los Grais en el camino de entrada a la casa. No le gustaba presentarse sin haber llamado antes, pero con la noticia de los nuevos vecinos, quizá podía arriesgarse a romper la etiqueta. Cuando Tom se acercó vio que Agnès Grais llevaba dos grandes bolsas de la compra que había descargado del coche.

—¡Hola, Agnès! ¿Puedo echarte una mano?

—¡Hola, Tome! ¡Muchas gracias!

Tom cogió las dos bolsas mientras Agnès sacaba algo más de la furgoneta.

Antoine había llevado una caja de agua mineral a la cocina, y los chicos habían abierto una Coca-Cola familiar.

—¡Hola, Antoine! —dijo Tom—. Pasaba por aquí. Hace buen tiempo, ¿eh?

—Es verdad —dijo Antoine, con aquella voz de barítono que a veces hacía que a Tom le pareciera que hablaba ruso en vez de francés. Llevaba pantalón corto, calcetines, zapatillas de tenis y una camiseta de un tono verde que a Tom le desagradaba especialmente. Antoine tenía el pelo oscuro y ligeramente ondulado y pesaba unos kilos de más—. ¿Qué cuentas?

—Poca cosa —dijo Tom, dejando las bolsas en el suelo.

Sylvie, la hija de los Grais, había empezado a descargar las compras con mano experta.

Tom declinó el ofrecimiento de una Coca-Cola o un vaso de vino. Se imaginó que Antoine pronto haría zumbar el cortacéspedes, que no era eléctrico sino de gasolina. Antoine era muy trabajador, nunca paraba, ni en su oficina de París ni allí, en Villeperce.

—¿Qué tal se portan vuestros inquilinos de Cannes este verano? —Tom aún estaba de pie en la inmensa cocina.

Los Grais tenían una villa cerca de Cannes que Tom nunca

había visto, y que alquilaban durante julio y agosto, los meses en que podían obtener mejor rendimiento.

–Han pagado por adelantado, y han dejado un depósito para el teléfono –contestó Antoine, y se encogió de hombros–. Yo diría que todo va bien.

–¿Sabías que tenéis vecinos nuevos? –le preguntó Tom, señalando con un gesto hacia la casa blanca–. Una pareja de americanos, creo. ¿O quizá ya los conocías? No sé cuánto tiempo llevan aquí.

–*No-on-n* –dijo Antoine pensativamente–. ¿Pero no será en la casa de al lado?

–No, en la siguiente. La más grande.

–¡Ah, la que estaba en venta!

–O para alquilar. Me parece que la han alquilado. Él se llama David Pritchard. Con su mujer. O...

–Americano –dijo Agnès meditabunda. Había oído la última parte. Sin apenas pararse, puso una lechuga en el compartimiento inferior de la nevera–. ¿Los conoces?

–No. Él... –Tom decidió seguir adelante–. El hombre me abordó en el bar. Quizá alguien le dijo que yo era americano. Pensaba que os lo había dicho.

–¿Tienen hijos? –preguntó Antoine, bajando sus negras cejas. A Antoine le gustaba la tranquilidad.

–Que yo sepa no. Yo diría que no.

–¿Y hablan francés? –preguntó Agnès.

Tom sonrió.

–No creo. –Si no lo hablaban, pensó, los Grais no querrían conocerles y les despreciarían. Antoine Grais quería Francia para los franceses, y le disgustaban los forasteros, aunque solo fueran de vacaciones y se limitaran a alquilar una casa.

Hablaron de otras cosas, del nuevo saco de abono que Antoine iba a echar aquel fin de semana. Había llegado con un lote de cosas para el jardín que aún estaba en el coche. A Antoine le iba bien su trabajo de arquitecto en París, y había contratado a un ayudante que iba a empezar en septiembre. Naturalmente, Antoine no cogía vacaciones en agosto, aunque tuviera que trabajar en una oficina casi vacía. Tom pensó en decirles a los Grais que Heloise y él se iban a Marruecos, pero decidió no hacerlo. ¿Por qué?, se preguntó. ¿Había decidido inconscientemente no ir? En cualquier caso, ya habría tiempo para llamar a los Grais e informarles, como buenos vecinos, de que Heloise y él iban a estar fuera dos o tres semanas.

Cuando se despidió, después de mutuas invitaciones a tomar una copa o un café, Tom tuvo la sensación de que les había hablado a los Grais de los Pritchard sobre todo por su propia seguridad. ¿No había sido la llamada del fingido Dickie Greenleaf una especie de amenaza? Decididamente, sí.

Cuando Tom se alejó en su coche, los chicos Grais, Sylvie y Édouard, estaban jugando al fútbol en el césped de delante de la casa. El chico le saludó con la mano.

3

Tom llegó a Belle Ombre y se encontró a Heloise de pie en la sala, con aire inquieto.

–*Chéri,* te han llamado por teléfono –le dijo.

–¿Quién? –preguntó Tom, y sintió una desagradable oleada de miedo.

–Un hombre... Ha dicho que era Dickie Greenleaf... desde Washington...

–¿*Washington?* –A Tom le preocupaba la inquietud de Heloise–. Greenleaf... Es absurdo, cariño. Una broma de mal gusto.

Ella frunció el ceño.

–¿Pero por qué... esa broma? –Heloise había recuperado su antiguo acento–. ¿Lo sabes?

Tom se irguió aún más. Él era el defensor de su mujer y también de Belle Ombre.

—No. Será una broma de... alguien. No puedo imaginarme quién. ¿Qué te ha dicho?

—Primero... quería hablar contigo. Luego dijo algo... de que estaba sentado en un *fauteuil roulant,* ¿una silla de ruedas?

—Sí, querida.

—Por un accidente contigo. En el agua...

Tom sacudió la cabeza.

—Es una broma sádica, querida. Alguien que pretende ser Dickie, cuando Dickie se suicidó... hace años. En alguna parte. Quizá en el agua. Nadie encontró nunca su cuerpo.

—Ya lo sé. Tú me lo contaste.

—No solo yo —dijo Tom con calma—. Todo el mundo. La policía. Nunca encontraron el cuerpo... Y él había hecho testamento. Justo unas semanas antes de desaparecer, según creo recordar. —Tom se lo creía firmemente mientras lo decía, aunque hubiera escrito el testamento él mismo—. Además, no estaba conmigo. Cuando desapareció estaba en Italia, y fue hace años...

—Ya lo sé, Tome. ¿Pero por qué ese..., esa persona nos molesta ahora?

Tom se metió las manos en los bolsillos del pantalón.

—Una broma de mal gusto. Alguna gente... se entretiene así, les parece emocionante, ¿sabes? Siento que tenga nuestro número de teléfono. ¿Cómo era la voz?

—Parecía joven. —Heloise escogía sus palabras cuidadosamente—. Una voz no muy profunda. Americano. La comunicación no era buena..., la línea.

—Entonces era realmente de América... —dijo Tom, sin creer lo que decía.

—*Mais oui* —dijo Heloise, desapasionadamente.

Tom se esforzó por sonreír.

—Creo que es mejor olvidarlo. Si vuelve a llamar y yo estoy

29

aquí, pásame el teléfono, cariño. Si no estoy, intenta parecer tranquila, como si no creyeras una sola palabra. Y le cuelgas el auricular. ¿Me entiendes?

–Claro –dijo Heloise, como si entendiera.

–Solo *quieren* molestar a la gente. Se divierten así.

Heloise se sentó en su extremo favorito del sofá, el que quedaba más cerca de la acristalada puerta del jardín.

–¿Dónde estabas?

–Dando una vuelta en coche, por el pueblo. –Tom daba aquellos paseos unas dos veces a la semana en uno de sus tres coches, casi siempre el Renault marrón o el Mercedes rojo, y aprovechaba para hacer algo útil por el camino, como llenar el depósito en una gasolinera cerca de Moret, o revisar el aire de las ruedas–. He visto que Antoine había llegado para pasar el fin de semana, y me he parado a saludarles. Estaban descargando la compra. Les he dicho lo de sus nuevos vecinos, los Pritchard.

–¿Vecinos?

–Están muy cerca. A medio kilómetro, ¿no? –Tom se rió–. Agnès me ha preguntado si hablaban francés. Si no, quedarán excluidos de la lista de Antoine, ya sabes. Le he dicho que no lo sabía.

–¿Y qué ha dicho Antoine de nuestro viaje al Norte de África? –preguntó Heloise, sonriendo–. *Ex-tra-va-gant?* –se rió. Pronunciaba la palabra de una forma muy expresiva.

–El caso es que no se lo he dicho. Si Antoine dice algo de los gastos, le recordaré que allí todo es muy barato, los hoteles, por ejemplo. –Tom se acercó a las puertas acristaladas que daban al jardín. Sintió deseos de pasear por su huerto, de mirar las hierbas, el triunfante y ondulado perejil, el fuerte y delicioso apio. Quizá cortara un poco de apio para la ensalada de la cena.

–Tome..., ¿no vas a hacer nada con lo de la llamada? –Heloise hizo un leve puchero pese a su aire determinado. Era como un niño haciendo una pregunta.

A Tom no le importaba, porque tras sus palabras no estaba el cerebro de un niño, y el aire infantil se debía también a su pelo largo, rubio y liso que le caía sobre la frente.

—¿Qué quieres que haga? —le contestó—. ¿Contárselo a la policía? Sería absurdo. —Heloise sabía lo difícil que era que la policía se ocupara de todas las llamadas «molestas» u obscenas que se producían (ellos nunca habían tenido ninguna). Había que rellenar formularios y aceptar que te colocaran un aparato de escucha que, naturalmente, escuchaba también todo lo demás. Tom nunca lo había hecho, ni quería hacerlo—. Llaman desde Estados Unidos. Ya se cansarán.

Miró las puertas entreabiertas y decidió pasar de largo y entrar en el reino de madame Annette, la cocina, que quedaba en la esquina izquierda de la casa. Un olor a caldo vegetal le invadió la nariz.

Madame Annette, con un vestido azul de lunares blancos y delantal azul oscuro, estaba poniendo algo en el fuego.

—¡Buenas noches, madame!

—*M'sieur Tome! Bonsoir.*

—¿Cuál es el segundo plato, esta noche?

—*Oiseaux de veau...,* pero no muy grandes, porque hace calor, lo ha dicho madame.

—Es verdad. Huele divinamente. Y aunque haga calor, tengo mucha hambre... Madame Annette, espero que lo pase bien y se sienta libre de invitar a sus amigas cuando mi mujer y yo nos hayamos ido. ¿Le ha dicho algo madame Heloise?

—*Ah, oui!* ¡De su viaje a Marruecos! Desde luego. Todo será como siempre, *m'sieur Tome.*

—Muy bien. Pero... Tiene que invitar a madame Geneviève y... su otra amiga...

—Marie-Louise —dijo madame Annette.

—Sí. A ver la televisión, o incluso a cenar. Pueden coger vino de la bodega.

—*Ah, m'sieur!* ¡A cenar! —dijo madame Annette como si aquello fuera demasiado—. Ya tenemos bastante con tomar el té.

–Té y pasteles, entonces. Usted será la señora de la casa durante unos días. A menos, claro, que prefiera pasar una semana con su hermana Marie-Odile, en Lyon... Madame Clusot... Podemos arreglarlo para que ella riegue las plantas de interior. –Madame Clusot era más joven que madame Annette, y una vez por semana hacía lo que Tom llamaba la limpieza en serio de la casa, los baños y los suelos.

–Oh. –Madame Annette pareció considerar la idea, pero Tom intuyó que prefería quedarse en Belle Ombre en agosto, cuando los propietarios de las casas solían irse de vacaciones, dejando a las sirvientas libres, a menos que se las llevaran consigo–. Creo que no, *m'sieur Tome, merci quand même.* Creo que prefiero quedarme aquí.

–Como quiera. –Tom le sonrió y salió por la puerta de servicio hacia uno de los lados del jardín.

Frente a él estaba el camino, apenas visible a través de algunos perales y manzanos y de los setos bajos que crecían salvajes. Bajo aquel sendero sin pavimentar había arrastrado una vez a Murchison en una carretilla, para enterrarle..., temporalmente. También por aquel camino solía aparecer algún que otro granjero conduciendo un pequeño tractor hacia la calle mayor de Villeperce, o surgía alguien como de la nada, con una carretilla llena de estiércol de caballo o leña cortada. El camino no pertenecía a nadie.

Tom se dirigió a su bien cuidada plantación, cerca del invernadero. Había cogido unas tijeras largas y se puso a cortar un poco de apio y una rama de perejil.

Belle Ombre era tan bonito desde el jardín trasero como desde la fachada: dos esquinas redondeadas con miradores en la planta baja y en el segundo piso, para los europeos, primer piso. La piedra color rosa oscuro parecía tan impenetrable como los muros de un castillo, aunque en el exterior Belle Ombre se veía suavizado por enredaderas de hojas rojizas de Virginia, arbustos floridos, y unos pocos maceteros con plantas colocados junto a las paredes. Tom pensó que tenía que ponerse en contacto con Henri el Gigante antes de que se fueran. Henri no tenía teléfono, pero Georges y Marie le daban los recados. Vivía con su madre en una casa situada en una plazuela, detrás de la calle mayor de Villeperce. Henri no era rápido ni brillante, pero poseía una fuerza extraordinaria.

Bueno, y además era muy alto, al menos un metro noventa y cinco, calculaba Tom. Se dio cuenta de que había pensado en Henri para detener un ataque real a Belle Ombre. ¡Era ridículo! Además, ¿qué tipo de ataque? ¿Y de quién?

¿Qué haría David Pritchard durante todo el día?, se preguntó Tom mientras volvía hacia las tres puertas acristaladas. ¿Iría realmente a Fontainebleau todas las mañanas? ¿Y cuándo volvía? ¿Y qué haría aquella delicada duendecilla, Janice o Janis, durante todo el día para entretenerse? ¿Pintar? ¿Escribir?

¿Debía presentarse en su casa en plan de buena vecindad (a menos que pudiera conseguir su número de teléfono, claro), con un ramo de dalias o de peonías? La idea perdió su atractivo enseguida. Seguro que eran muy aburridos. Y él mismo parecería un entrometido si lo intentaba.

No, no movería un dedo, decidió Tom. Leería algo más sobre Marruecos (o Maroc), Tánger y dondequiera que quisiera ir Heloise. Pondría sus cámaras en orden y prepararía Belle Ombre por lo menos para dos semanas sin el señor ni la señora de la casa.

Y eso fue lo que hizo. Se compró un par de bermudas azul marino en Fontainebleau y un par de camisas blancas de nailon, de manga larga, pues ni a Heloise ni a él les gustaban las camisas de manga corta.

De vez en cuando, Heloise iba a comer con sus padres a Chantilly. Siempre iba sola en el Mercedes, y Tom se imaginaba que se pasaba parte de la mañana y de la tarde de compras, porque siempre volvía al menos con seis bolsas llenas de cosas nuevas. Tom no iba casi nunca a la comida semanal en casa de los Plisson, pues aquellas comidas le aburrían. Sabía que Jacques, el padre de Heloise, simplemente le toleraba, y sospechaba que algunos de sus negocios eran turbios. Bueno, y qué negocio no lo era, solía pensar Tom. ¿Acaso el propio Plisson no evadía impuestos? Heloise había dejado caer una vez (sin darle importancia) que su padre tenía una cuenta en Luxemburgo. Tom también tenía una, y el dinero provenía de la Derwatt Art Supply Company, y de las ventas y reventas de cuadros y dibujos en Londres. Pero cada vez había menos actividad, puesto que Bernard Tufts, el falsificador de Derwatts durante al menos cinco años, había muerto años atrás.

En cualquier caso, ¿quién estaba totalmente libre de pecado?

¿Desconfiaba Jacques Plisson porque no sabía *todo* lo que hubiera querido saber sobre él?, se preguntó Tom. Si algo bueno tenía Plisson era que no parecía presionar a Heloise para que tuviera un hijo y le hiciera abuelo. Su madre, Arlène, tampoco lo hacía. Tom había tratado aquel tema tan delicado con Heloise. A Heloise no le volvía loca tener un hijo. No es que se negara decididamente, pero tampoco suspiraba por él. Y los años iban pasando. A Tom no le importaba. Él no tenía unos padres a los que sorprender con el anuncio del bendito acontecimiento: sus padres se habían ahogado en el puerto de Boston, en Massachusetts, cuando Tom era un niño, y luego le había adoptado la tía Dottie, una vieja tacaña que también era de Boston. De todas formas, Tom sentía que Heloise era feliz con él o, al menos, que estaba contenta, de lo contrario ya se habría quejado o se habría ido. Heloise era obstinada. Y el viejo y calvo Jacques debía de notar que su hija era feliz y que tenían una casa respetable en Villeperce. Aproximadamente una vez al año los Plisson iban a cenar allí. Las visitas que Arlène Plisson efectuaba en solitario eran más frecuentes y muchísimo más agradables.

Tom llevaba varios días sin pensar para nada en la Extraña Pareja cuando un sábado por la mañana, con el correo de las nueve y media, recibió un sobre cuadrado. Estaba escrito con una letra para él desconocida y que le desagradó nada más verla: mayúsculas abultadas y círculos en vez de puntos sobre las íes. Estúpido y presuntuoso, pensó Tom. Como estaba dirigido a madame y monsieur, Tom abrió el sobre con curiosidad. En aquel momento, Heloise estaba arriba, bañándose.

Queridos míster y mistress Ripley:

Nos encantaría que vinieran a tomar una copa con nosotros el sábado (mañana). ¿Podrían venir hacia las seis? Comprendo que les hemos avisado tarde, y si no les va bien, podemos cambiar la cita para otro día.

Esperamos tener la oportunidad de conocerles a los dos.

Janice y David Pritchard

Al dorso: plano de donde estamos. Tel. 424-6434.

Tom giró el papel y echó una ojeada al plano, que era muy rudimentario, de la calle principal de Villeperce y de la otra, situada a la derecha, en la que estaban señaladas la casa de los Pritchard y la de los Grais, además de la pequeña casa vacía entre ambas.

Vaya, vaya, pensó Tom, y golpeteó la carta con los dedos. La invitación era para aquel mismo día. Sentía suficiente curiosidad como para ir, eso estaba claro —cuanto más supiera sobre un posible enemigo, mejor–, pero no quería llevar a Heloise. Podía inventarse alguna excusa para ella. Entretanto tenía que confirmarlo, pero pensó que todavía era pronto: eran solo las diez menos veinte de la mañana.

Abrió el resto del correo, excepto un sobre dirigido a Heloise. Tom atribuyó la letra a Noëlle Hassler, una buena amiga de Heloise que vivía en París. No había nada interesante, un estado de cuentas de Manny Hanny, Nueva York, donde Tom tenía una cuenta corriente, y propaganda de suscripciones de *Fortune 500*. Por alguna razón, alguien pensaba que Tom tenía suficiente dinero como para interesarse por una revista dedicada a inversiones y valores bursátiles. Tom le dejaba dicha tarea (dónde invertir) a su asesor fiscal, Pierre Solway, que también trabajaba para Jacques Plisson. De hecho, había sido el propio Plisson quien se lo había presentado. A veces, Solway tenía buenas ideas. Aquel tipo de trabajo, si es que podía llamarse así, le aburría, pero a Heloise no le ocurría lo mismo (tal vez llevara en la sangre la capacidad de hacer dinero o, al menos, el interés por él), y siempre quería supervisar, junto con su padre, cada paso que daban Tom y ella.

Henri el Gigante tenía que llegar a las once de la mañana y, a pesar de la confusión que tenía con los días de la semana, a veces, era muy puntual. Así fue aquel día y, como de costumbre, llevaba su descolorida bata azul con las anticuadas trabillas en los hombros, y su sombrero de paja de ala ancha que podía calificarse de zarrapastroso. Tenía una barba castaño-rojiza, que se recortaba de vez en cuando con tijeras, una forma cómoda de afeitado. Tom solía pensar que a Van Gogh le hubiera encantado como modelo. Era gracioso pensar que un retrato suyo pintado por Van Gogh se hubiera podido vender, y se hubiera vendido en la actualidad por unos treinta millones de dólares. De los cuales, Van Gogh no habría llegado a ver un céntimo, claro.

Tom volvió a la realidad y empezó a explicarle a Henri lo que tenía que hacer durante sus dos o tres semanas de ausencia. ¿Podía remover el abono? Para este, Tom había comprado una caja redonda de tela metálica, que le llegaba hasta el pecho. Tenía algo menos de un metro de diámetro y una puerta que se abría sacando un pasador de metal.

Mientras Tom seguía a Henri hacia el invernadero, hablándole de la nueva regadera para las rosas (¿le escuchaba Henri?),

Henri cogió una horca del interior del invernadero y empezó a remover el abono. Era tan alto y tan fuerte que Tom no se atrevía a interrumpirle. Henri sabía cómo manejar el abono, porque entendía muy bien para qué servía.

–*Oui, m'sieur* –murmuraba Henri de vez en cuando, en tono amable.

–Bueno, le hablaba de las rosas. De momento no hay problema. Ahora pode los laureles con las tijeras, solo para que queden más bonitos.

Henri no necesitaba la escalera, en cambio Tom tenía que subirse para recortar los lados de la copa. Tom dejaba crecer la copa al estilo antiguo, recta, enderezándola con la poda para darle el aspecto de un seto convencional.

Observó con envidia cómo Henri empujaba la cesta metálica con la mano izquierda, mientras con la derecha utilizaba la horca para extraer del fondo el oscuro compost, que tenía un aspecto excelente.

–¡Ah, perfecto! *Très bien!* –Cuando Tom intentó empujarla, aquella cesta metálica parecía haber echado raíces.

–*C'est vraiment bon* –confirmó Henri.

También estaban las plantas del invernadero y algunos geranios. Necesitarían riego. Henri avanzó pesadamente por el suelo de listones de madera, asintiendo. Él sabía dónde se guardaba la llave del invernadero, bajo una piedra que había detrás de este. Tom solo lo cerraba cuando Heloise y él se iban fuera.

Hasta los toscos zapatos marrones de Henri parecían de la época de Van Gogh; le llegaban por encima del tobillo y tenían unas suelas de tres centímetros de grosor. ¿Los habría heredado?, se preguntó Tom. Aquel Henri era un anacronismo andante.

–Nos iremos por lo menos quince días –dijo Tom–. Pero madame Annette estará aquí todo el tiempo.

Unos pocos detalles más y Tom consideró que Henri ya estaba suficientemente informado. Pensó que no vendría mal darle un poco de dinero, así que sacó la cartera de un bolsillo trasero, y le dio dos billetes de cien francos.

–De momento tenga esto, Henri. Y nos mantendremos en contacto –añadió. Pensaba en regresar ya a casa, pero Henri no daba señales de marcharse. Henri siempre hacía lo mismo, se quedaba moviéndose alrededor de los setos, recogiendo una ramita caída, o apartando una piedra con el pie, hasta que al fin se largaba sin decir nada.

–*Au revoir, Henri!* –Tom se volvió y se encaminó a la casa. Cuando miró hacia atrás, Henri parecía a punto de darle otra batida al abono.

Tom subió al piso de arriba, se lavó las manos en su cuarto de baño y se repantigó en el sillón con un par de folletos de Marruecos. Las diez o doce fotografías mostraban el mosaico azul del interior de una mezquita, cinco cañones alineados al borde de un acantilado, un mercado con telas de rayas de colores brillantes y una turista rubia con un diminuto bikini extendiendo una toalla rosa sobre la arena dorada. Al otro lado del folleto, el mapa de Tánger era claro y esquemático, azul claro y azul oscuro, la playa color ocre y el puerto, un par de curvas que se extendían con aire protector hacia el Mediterráneo o el Estrecho. Tom buscó la rue de la Liberté, donde estaba el Hotel El Minzah. Según el mapa, quedaba a poca distancia del Gran Zoco, el mercado.

Sonó el teléfono. Tom tenía uno junto a la cama.

–¡Lo cojo yo! –gritó hacia las escaleras, en dirección a Heloise, que estaba practicando Schubert al clavicémbalo–. ¿Diga?

–Hola, Tom. Aquí Reeves –dijo Reeves Minot. Se le oía con bastante claridad.

–¿Estás en Hamburgo?

–Claro. Creo..., ¿te ha dicho Heloise que he llamado?

–Sí. ¿Va todo bien?

–Sí, sí –dijo Reeves, con un tono sereno y tranquilizador–.

Solo que... Me gustaría enviarte una cosa. Es pequeño como un casete. De hecho...

Es un casete, pensó Tom.

—Y no es explosivo —continuó Reeves—. Si puedes quedártelo unos cinco días y luego enviarlo a la dirección que ponga dentro del sobre...

Tom titubeó un tanto molesto, sabiendo que estaba obligado, porque Reeves le hacía favores cuando él lo necesitaba, un pasaporte nuevo para alguien, refugio por una noche en su gran apartamento... Reeves hacía los favores deprisa y sin pedir nada a cambio.

—Te diría que sí, amigo mío, pero Heloise y yo nos vamos a Tánger dentro de unos días y luego seguiremos viajando por Marruecos.

—¡Tánger! ¡Perfecto! Hay tiempo, si me lo permites. Quizá mañana mismo lo tendrás en tu casa. No hay problema. Yo te lo mando hoy. Y luego tú lo mandas..., desde donde estés, dentro de cuatro o cinco días.

Todavía estaremos en Tánger, pensó Tom.

—De acuerdo, Reeves. En principio, sí. —Tom había bajado la voz inconscientemente, como si alguien pudiera escucharles, pero Heloise seguía al teclado—. Lo haré desde Tánger. ¿Te fías del correo de allí? Me han dicho que es... muy lento.

Reeves soltó su risa seca, que Tom conocía muy bien.

—Dentro no hay nada del estilo de *Los versos satánicos.* Por favor, Tom.

—De acuerdo. ¿Qué *es,* exactamente?

—No, ahora no puedo decírtelo. Pero pesa menos de cincuenta gramos.

Colgaron unos segundos después. Tom se preguntó si el destinatario lo enviaría a otro intermediario. Reeves tenía la teoría particular de que, por cuantas más manos pasara algo, más seguro era. Reeves era esencialmente un estafador y le gustaba su trabajo. Estafar, qué palabra. O, mejor dicho, *actuar* como un estafador era lo que tenía un encanto mágico para Reeves, como el escondite para los niños. Tom tenía que reconocer que hasta el momento Reeves Minot había tenido éxito. Trabajaba solo, al menos siempre estaba solo en su apartamento de Altona, y allí había sobrevivido a un atentado con bomba, y también a algo más, algo que le había producido la cicatriz de más de diez centímetros que tenía en la mejilla derecha.

Volvió a los folletos. El siguiente era el de Casablanca. Debía de tener unos diez encima de la cama. Se imaginó la llegada del paquete. Estaba seguro de que no tendría que firmar él, porque a Reeves no le gustaba certificar nada, de forma que podría recibirlo cualquiera de la casa.

Y aquella tarde, a las seis, una copa con los Pritchard. Ya eran más de las once y tenía que confirmarlo. ¿Qué podía decirle a Heloise? No quería que supiera que iba a visitar a los Pritchard, primero porque no quería que fuera con él, y segundo porque tampoco quería decirle claramente que sentía la necesidad de protegerla y que no quería que se acercase a aquellos chiflados.

Bajó las escaleras, pensando en dar una vuelta por el jardín, y quizá en pedirle un café a madame Annette, si estaba en la cocina.

Heloise se levantó del clavicémbalo color crema y se desperezó.

–*Chéri*, me ha llamado Noëlle mientras tú estabas hablando con Henri. Quiere venir a cenar esta noche y quizá se quede a dormir. ¿Te parece bien?

–Claro, querida. Claro. –Ya había pasado otras veces, pensó Tom. Noëlle Hassler llamaba y se autoinvitaba. Era muy simpática y Tom no tenía nada en contra–. Espero que le hayas dicho que sí.

–Sí... *La pauvre.* –Heloise se echó a reír–. Un tipo... ¡Noëlle no tendría que habérselo tomado en serio!... Se ha portado mal con ella.

Tom se imaginó que la había dejado.

–¿Y está deprimida?

–Oh, no mucho, no creo que le dure mucho tiempo... No viene en coche, así que la recogeré en Fontainebleau. En la estación.

–¿A qué hora?

–Hacia las siete. Tengo que comprobar el *horaire*.

Tom se sintió aliviado a medias. Decidió decirle la verdad.

–Esta mañana, aunque te parezca increíble, ha llegado una invitación de los Pritchard para que vayamos a tomar una copa allí hacia las seis. ¿Te importa si voy yo solo... para averiguar algo más de ellos?

–Nooo –dijo Heloise. Y sonó como una quinceañera, y no como una mujer que ya rondaba los treinta–. ¿Por qué me iba a importar? ¿Vendrás a cenar?

Tom sonrió.

–Puedes estar segura.

4

A última hora, Tom decidió cortar tres dalias y llevárselas a los Pritchard. A mediodía había llamado para confirmar su visita, y Janice Pritchard parecía contenta. Tom le dijo que iría solo, porque su mujer tenía que recoger a una amiga en la estación hacia las seis.

Así, unos minutos antes de las seis Tom recorría el camino de entrada de casa de los Pritchard con el Renault marrón. El sol no se había puesto, y aún hacía calor. Tom llevaba una chaqueta de verano, pantalones y camisa sin corbata.

–¡Ah, míster Ripley, bienvenido! –dijo Janice Pritchard, que estaba de pie en el porche.

–Buenas tardes –dijo Tom sonriendo. Subió los escalones y le entregó las dalias rojas–. Acabadas de cortar de mi jardín.

–¡Oh, qué bonitas! Cogeré un jarrón. Entre, por favor. ¡David!

Tom entró en un pequeño vestíbulo que daba al salón cuadrado y pintado de blanco que recordaba. La chimenea, que era bastante fea, seguía igual, con la madera pintada con una desafortunada cenefa dorada. Tom tuvo la impresión de que había una falsa rusticidad en todos los muebles, excepto en el sofá y los sillones. Entró David Pritchard, en mangas de camisa y secándose las manos con un trapo.

–¡Buenas tardes, míster Ripley! Bienvenido. Estoy preparando unos canapés.

Janice se rió dócilmente. Era más delgada de lo que le había parecido a Tom, y llevaba pantalones azul claro y una blusa negra y roja de manga larga, con fruncidos en el cuello y puños. Su pelo, castaño claro, tenía un agradable tono albaricoque, y lo llevaba corto y peinado de forma que se le ahuecaba en torno a la cara.

–¿Qué le gustaría tomar? –preguntó David, mirando cortésmente a Tom a través de sus gafas de montura negra–. Creo que hay de todo –dijo Janice.

–Mmmm... ¿Gin-tonic? –preguntó Tom.

–Ahora mismo. Quizá podrías enseñarle la casa a míster Ripley, cariño –dijo David.

–Desde luego. Si él quiere. –Janice ladeó su estrecha cabecita con un estilo de duendecillo que Tom ya había observado. El gesto le daba a sus ojos una expresión oblicua que resultaba un tanto desagradable.

Fueron a ver el comedor que había tras la sala (la cocina quedaba a la izquierda), y allí Tom confirmó su impresión de que los muebles eran horribles imitaciones de antigüedades, como la pesada mesa de comedor y las sillas de altos respaldos que la rodeaban, cuyos asientos parecían tan incómodos como reclinatorios de iglesia. Las escaleras que llevaban arriba quedaban a un lado de la recargada chimenea. Tom subió con Janice, que no paraba de hablar.

Dos dormitorios, un cuarto de baño en medio, y poca cosa más. Todas las paredes estaban empapeladas con una modesta cenefa floral. Un cuadro en el vestíbulo, también floral, del tipo de los que suele haber en las habitaciones de hotel.

–Es de alquiler, ¿no? –dijo Tom cuando bajaron las escaleras.

–Sí. No sabemos seguro si nos quedaremos a vivir aquí. Bueno, por lo menos en *esta* casa. ¡Pero mire los reflejos del agua! Hemos dejado los postigos abiertos de par en par para que pudiera verlo.

–Sí... ¡Qué bonito! –Desde las escaleras, justo por debajo del nivel de los ojos, Tom pudo ver las ondulantes formas blancas y grises que el agua del estanque proyectaba en el blanco techo de la casa de los Pritchard.

–¡Y, claro, cuando hace viento es mucho más *alegre!* –dijo Janice, con una risita aguda.

–¿Y los muebles los han comprado ustedes?

–Sí. Pero algunos son prestados... Son de los propietarios de la casa. El comedor, por ejemplo. A mí me parece un poco recargado.

Tom no hizo ningún comentario.

David Pritchard tenía las bebidas preparadas en la recia mesita de café clásica de imitación. Los canapés consistían en trozos de queso fundido pinchados con palillos y también había aceitunas rellenas.

Tom eligió el sillón y los Pritchard se sentaron en el sofá, que, como el sillón, estaba tapizado con una tela similar al chintz estampada con flores y era la pieza menos ofensiva de la casa.

–¡Salud! –dijo David, ya sin delantal, alzando su copa–. ¡Por nuestros nuevos vecinos!

–¡Salud! –dijo Tom, y bebió.

–Sentimos que su mujer no haya podido venir –dijo David.

–Ella también. Otra vez será. ¿Qué tal le va...? ¿Qué es lo que hace en el INSEAD?

–Estoy haciendo unos cursos de marketing. Intensivo. Técnicas de mercado y puesta al día en aplicaciones. –David Pritchard tenía una forma de hablar clara y directa.

–¡Intensivo! –coreó Janice, y otra vez soltó una risita nerviosa. Estaba bebiendo algo rosado y Tom supuso que sería kir, un combinado suave de vino.

–¿Las clases son en francés? –preguntó Tom.

–En francés y en inglés. En francés me defiendo, pero no me vendría mal hacer un esfuerzo. –Hablaba con unas erres muy marcadas–. Estudiar técnicas de mercado le ofrece a uno un gran abanico de posibilidades.

–¿De qué parte de Estados Unidos son? –preguntó Tom.

–De Bedford, Indiana... Estuve trabajando un tiempo en Chicago. Siempre en ventas.

Tom solo le creía a medias.

Janice Pritchard estaba inquieta. Tenía las manos delgadas, de uñas muy cuidadas y pintadas de rosa. Llevaba un anillo con un pequeño brillante, que parecía más un anillo de pedida que una alianza.

–Y usted, mistress Pritchard –empezó Tom amistosamente–, ¿también es del Oeste?

–No, soy de Washington D. C. Pero he vivido en Kansas, en Ohio y... –titubeó, como una niña que hubiera olvidado la lección, y bajó la vista hacia sus manos, que retorcía suavemente sobre el regazo.

–Y *vivido* y *sufrido* y *vivido*... –David Pritchard habló en un tono solo parcialmente chistoso, y miró a Janice con bastante frialdad.

Tom estaba sorprendido. ¿Se habrían peleado?

–*Yo* no he sacado el tema –dijo Janice–. Míster Ripley me ha preguntado dónde...

–No *tenías* por qué entrar en detalles. –Los anchos hombros de Pritchard se volvieron hacia Janice–. ¿No crees?

Janice parecía acobardada, sin habla, aunque intentó sonreír y le dirigió a Tom una mirada, una rápida mirada que parecía decir: No se fije en esto, perdone.

—Pero a ti te encanta entrar en detalles, ¿no? —continuó Pritchard.

—¿Entrar en detalles? No entiendo por qué...

—Pero ¿de qué están hablando? —interrumpió Tom sonriendo—. Solo le he preguntado a Janice de dónde *era*.

—¡Oh, gracias por llamarme Janice, míster Ripley!

Tom no pudo evitar reírse. Pensó que quizá su risa distendiera la atmósfera.

—¿Lo ves, David? —dijo Janice.

David miró a Janice en silencio, pero por lo menos había adoptado una actitud más relajada, recostado hacia atrás, en los cojines del sofá.

Tom dio un sorbo a su bebida, que estaba buena, y cogió los cigarrillos del bolsillo de la chaqueta.

—¿Se van a algún sitio este mes de agosto?

Janice miró a David.

—No —dijo David Pritchard—. No, todavía hay cajas de libros que desembalar. Aún tenemos cajas en el garaje.

Tom había visto dos cajas, una en el piso de arriba y otra abajo, y estaban casi vacías, exceptuando unos pocos libros de bolsillo.

—No tenemos aquí *todos* nuestros libros —dijo Janice—. Están...

—Seguro que a míster Ripley no le interesa saber dónde están nuestros libros o dónde guardamos las mantas, Janice —dijo David.

A Tom sí le interesaba, pero siguió en silencio.

—Y usted, míster Ripley —continuó David—. ¿Va a hacer algún viaje este verano con su encantadora esposa? La conozco solo de lejos.

—No —replicó Tom pensativo, como si Heloise y él pudieran cambiar de opinión—. No nos importa quedarnos aquí este año.

—Casi todos nuestros libros están en Londres. —Janice se irguió en su asiento, mirando a Tom—. Tenemos un modesto apartamento allí, cerca de Brixton.

David Pritchard miró a su mujer con expresión agria. Luego tomó aliento y le dijo a Tom:

—Sí... Y creo que tenemos algunos conocidos comunes. Como Cynthia Gradnor.

Tom recordó el nombre enseguida: era la novia del ahora difunto Bernard Tufts, y aunque quería a Bernard, le había dejado porque no soportaba que falsificara Derwatts.

—Cynthia... —dijo Tom, como si intentara recordar.

—Ella conoce a la gente de la Buckmaster Gallery —continuó David—. Eso nos dijo.

Tom pensó que en aquel momento no hubiera superado la prueba del detector de mentiras, porque el corazón le latía mucho más deprisa de lo normal.

—Ah, sí. Una chica rubia, bueno, de pelo claro, creo.

¿Qué les habría contado Cynthia a los Pritchard?, se preguntó Tom, ¿y por qué les tenía que haber contado *nada* a aquellos pesados? Cynthia no era del tipo charlatán, no era habladora, y los Pritchard estaban bastante por debajo de su nivel social. Tom pensó que si Cynthia hubiera querido hacerle daño y arruinarle, podía haberlo hecho ya hacía años. Podía haber denunciado la falsificación de Derwatts, por ejemplo, y nunca lo había hecho.

—Usted quizá conozca mejor a la gente de la Buckmaster Gallery de Londres —dijo David.

—¿Mejor?

—Mejor que a Cynthia.

—No conozco mucho a ninguno de ellos. He estado unas cuantas veces en la galería. Me gusta Derwatt. ¿Y a quién no? —Tom sonrió—. Esa galería está especializada en Derwatt.

—¿Les ha comprado muchos?

–¿Muchos? –Tom se rió–. ¿Al precio que está Derwatt? Tengo dos... comprados cuando no eran tan caros. De los primeros. Y los tengo bien asegurados.

Hubo unos segundos de silencio. Pritchard debía de estar planeando su siguiente movimiento. Tom pensó que Janice podía haberse hecho pasar por Dickie Greenleaf por teléfono. Su voz tenía una amplia gama, que iba desde el tono chillón hasta uno más profundo, cuando hablaba despacio. ¿Sería cierta su sospecha de que los Pritchard se habían informado de su pasado –mediante archivos de periódicos y conversaciones con gente como Cynthia Gradnor– solo para divertirse a su costa, irritarle, y quizá hacerle confesar algo? Sería interesante saber qué pensaban de él. Tom no creía que Pritchard fuera policía. Pero nunca se sabía. Podía ser un colaborador de la CIA o del FBI. Lee Harvey Oswald, por ejemplo, había trabajado para la CIA, pensó Tom, y se había convertido en el cabeza de turco de aquella historia. ¿Estaría la extorsión y el dinero en la mente de los Pritchard? Era una idea horrible.

–¿Quiere un poco más, míster Ripley? –preguntó David Pritchard.

–Bueno, media copa, gracias.

Pritchard fue a la cocina a prepararla, llevándose también su propio vaso e ignorando a Janice. La puerta de la cocina estaba abierta, y Tom se imaginó que desde la cocina era fácil escuchar lo que se dijera en la sala. Pero él decidió esperar a que empezara Janice. ¿O debía empezar él?

–¿Y usted también trabaja, mistress... Janice? O trabajaba... –le preguntó Tom.

–Hum... Trabajé como secretaria en Kansas. Luego estudié canto, educación de la voz, en Washington. Allí hay muchas escuelas, no se lo puede imaginar. Pero después...

–Me conoció a mí. Mala suerte –dijo David, acercándose con las dos bebidas, en una bandejita redonda.

–Si *tú* lo dices –dijo Janice con deliberada severidad. Y aña-dió, en su tono más calmado y profundo–: Tú sabrás por qué.

David, que no se había sentado aún, fingió darle un golpe a Janice, con el puño cerrado, casi rozándole la cara y el hombro derecho.

–Ya te ajustaré las cuentas. –No sonreía.

Janice no se acobardó.

–Yo también tengo derecho a hablar –replicó.

Les gustaban aquellos jueguecitos, observó Tom. ¿Lo harían también en la cama? Era muy desagradable. Tom sentía curiosidad por saber qué pintaba Cynthia en todo aquello. Si los Pritchard o cualquiera –como Cynthia Gradnor, que sabía tan bien como los dueños de la Buckmaster Gallery que los últimos sesenta y pico Derwatts eran falsos– decidían revelar la verdad, sería como destapar la caja de los truenos. Sería inútil intentar taparla de nuevo, porque todos aquellos cuadros pasarían a no valer nada, excepto para coleccionistas excéntricos de buenas copias. Como Tom. Pero ¿cuánta gente habría en el mundo como él, con una actitud cínica hacia la justicia y la verdad?

–¿Cómo está Cynthia... Gradnor? Se llama así, ¿no? –empezó Tom–. Hace siglos que no la he visto... Era muy callada, si mal no recuerdo. –También recordaba que Cynthia le odiaba, porque, después del suicidio de Derwatt, a Tom se le había ocurrido la idea de que Bernard Tufts falsificara sus cuadros. Bernard había ejecutado las copias con brillantez y había obtenido un gran éxito, trabajando con ahínco en el pequeño desván que le servía de estudio en Londres, pero había arruinado su vida en aquel proceso, porque adoraba y respetaba la obra de Derwatt. Al final, sentía que había traicionado su memoria de un modo imperdonable. Con los nervios destrozados, Bernard se suicidó.

David Pritchard se estaba tomando su tiempo para contestar, y a Tom le pareció que Pritchard había descubierto que a él le preocupaba Cynthia y que quería sonsacarle sobre ella.

—¿Callada? No —dijo Pritchard al fin.

—No —dijo Janice, con un destello de sonrisa. Fumaba un cigarrillo con filtro y tenía las manos más calmadas, aunque aún entrelazadas, incluso con el cigarrillo. Miraba alternativamente a Tom y a su marido.

¿Significaba aquello que Cynthia se había ido de la lengua y les había contado toda la historia a Janice y David Pritchard? Tom no podía creerlo. Si hubiera sido así, los Pritchard habrían dicho desde el principio que los dueños de la Buckmaster Gallery eran tan falsos como los últimos sesenta Derwatts.

—¿Se ha casado? —preguntó Tom.

—Creo que sí, ¿no, David? —preguntó Janice, y durante unos segundos se frotó el brazo derecho con la palma de la mano.

—No me acuerdo —dijo David—. Estaba sola cuando..., las dos últimas veces que la vimos.

La habían visto... ¿dónde?, se preguntó Tom. ¿Y quién les había presentado a Cynthia? Pero Tom no se atrevía a aventurarse más. ¿Tendría Janice magulladuras en los brazos?, se preguntó Tom. ¿Por qué razón llevaba aquella blusa de algodón de manga larga, en aquel caluroso día de agosto? ¿Quería ocultar contusiones que le había infligido su agresivo marido?

—¿Van mucho a ver exposiciones? —les preguntó.

—¿Arte? ¡Ja, ja! —David, después de una rápida mirada a su mujer, soltó una sincera carcajada.

Sin cigarrillo, Janice volvía a retorcer los dedos, y tenía las rodillas apretadas.

—¿No podemos hablar de algo más agradable?

—¿Qué hay más agradable que el arte? —preguntó Tom, sonriendo—. ¡El placer de contemplar un paisaje de Cézanne! Avellanos, un camino en el campo, esos cálidos tonos anaranjados en los tejados de las casas... —Tom se rió afablemente. Ya era hora de marcharse, pero intentó ganar tiempo para averiguar más cosas. Janice le tendió la bandeja de canapés y él aceptó un segundo bocadito de queso. No pensaba mencionar a Jeff Constant, el fotógrafo, ni a Ed Banbury, el periodista *freelance*. Ellos dos habían comprado la Buckmaster Gallery años atrás, con la idea de vender las falsificaciones de Bernard Tufts y de obtener importantes beneficios de ellas. Tom también obtenía un porcentaje de las ventas de Derwatt. En los últimos años se había convertido en una cantidad puramente simbólica, lo cual no era de extrañar, considerando que desde la muerte de Tufts no había nuevas falsificaciones.

La sincera observación de Tom sobre Cézanne había caído en saco roto. Echó un vistazo a su reloj.

–Estaba pensando en mi mujer –dijo–. Tendría que irme a casa.

–Suponga que le retenemos un rato –dijo David.

–¿Retenerme? –Tom estaba ya de pie.

–No dejarle salir.

–¡Oh, David! *¿Juegos* con míster Ripley? –Janice se movió aparentemente incómoda, pero sonreía con la cabeza ladeada–. ¡A míster Ripley no le gustan los *juegos!* –Su voz se había vuelto aguda otra vez.

–Míster Ripley es muy aficionado a los juegos –dijo David Pritchard. Ahora estaba sentado muy erguido en el sofá, con sus robustos muslos, y sus manazas en las caderas–. Si nosotros quisiéramos, usted no podría salir. Yo también sé judo.

–¿De veras? –Tom pensó que la puerta principal, o la puerta por la que había entrado, estaba unos metros detrás de él. No le apetecía pelearse con Pritchard, pero estaba dispuesto a defenderse si hacía falta. Agarraría un pesado cenicero que había entre los dos, por ejemplo. Un cenicero en la frente había acabado con Freddie Miles en Roma de un modo limpio y eficaz. Un solo golpe y Freddie estaba muerto. Tom miró a Pritchard. Un pelmazo, gordo, vulgar y mediocre pelmazo–. Me voy. Muchas gracias, Janice. Míster Pritchard... –Tom sonrió y se dio la vuelta.

No oyó nada a sus espaldas y en el umbral de la puerta que daba al vestíbulo se volvió. Pritchard avanzaba tras él, como si hubiera olvidado su juego. Janice revoloteaba a su lado.

—¿Encuentran todo lo que necesitan en el pueblo? —les preguntó Tom—. ¿Supermercado? ¿Ferretería? Moret es la mejor solución para todo. Y la más cercana.

Ellos respondieron afirmativamente.

—¿Ha sabido algo de la familia Greenleaf? —le preguntó David Pritchard, echando la cabeza hacia atrás, como para parecer más alto.

—De vez en cuando tengo noticias, sí. —Tom seguía con su expresión imperturbable—. ¿Conoce a míster Greenleaf?

—¿A cuál? —le preguntó David, en tono jocoso y un tanto rudo.

—Entonces no lo conoce —dijo Tom. Miró hacia el círculo de trémulas formas que se reflejaban en el techo de la sala. El sol casi había desaparecido tras los árboles.

—Es lo bastante grande como para ahogarse en él cuando llueve —dijo Janice, advirtiendo la mirada de Tom.

—¿Qué profundidad tiene?

—Ah, un metro y medio más o menos —replicó Pritchard—. El fondo es de lodo, creo. Desde luego, no es como para vadearlo. —Sonrió, enseñando sus grandes y cuadrados dientes.

La sonrisa podía parecer ingenua y agradable, pero Tom ya lo conocía un poco mejor. Bajó los escalones hacia el césped.

—Gracias a los dos. Nos veremos pronto, espero.

—¡No lo dude! Gracias por venir —dijo David.

Qué tíos tan raros, pensó Tom mientras conducía hacia casa. ¿O acaso él había perdido totalmente el contacto con América? ¿Habría una pareja como los Pritchard en cada pueblo de Estados Unidos? Con aquellas obsesiones tan extrañas. Igual que había chicos y chicas adolescentes que comían hasta alcanzar dos metros o más de diámetro... Aquel fenómeno abundaba sobre todo en Florida y California, Tom lo había leído en alguna parte. Eran extremistas que empezaban dietas draconianas después de los excesos y, una vez convertidos en esqueletos, recomenzaban el ciclo. Era una forma de autoobsesión, pensó Tom.

Las puertas de su casa estaban abiertas, y Tom avanzó con el coche produciendo un agradable crujido en la grava gris del jardín de Belle Ombre. Luego entró en el garaje y se situó a la izquierda, paralelo al Mercedes rojo.

Noëlle Hassler y Heloise estaban sentadas en el sofá amarillo de la sala, y la risa de Noëlle sonaba tan alegre como siempre. Aquella noche Noëlle llevaba suelta su propia melena oscura, larga y lisa. Le encantaban las pelucas y las utilizaba casi como disfraces. Tom nunca sabía cómo iba a aparecer.

—Señoras... –dijo–. Buenas noches, *mesdames*. ¿Cómo estás, Noëlle?

—*Bien, merci* –dijo Noëlle–. *Et toi?*

—Hablábamos de la vida –añadió Heloise en inglés.

—Ah, un gran tema –continuó Tom en francés–. Espero no haber retrasado la cena.

—*Mais non, chéri!* –dijo Heloise.

A Tom le encantaba ver su esbelta figura en el sofá. Llevaba los pies descalzos y se apoyaba en la rodilla derecha. Era todo un contraste ver a Heloise después de visitar a la tirante y retorcida Janice Pritchard...

—Me gustaría hacer una llamada antes de cenar, si puedo.

—Pues claro –dijo Heloise.

—Perdonadme. –Tom se volvió y subió las escaleras hacia su habitación, se lavó las manos deprisa en su cuarto de baño, como solía hacer tras un episodio desagradable. Aquella noche compartiría el cuarto de baño con Heloise, pues ella siempre cedía el suyo a sus huéspedes. Tom comprobó que la segunda puerta del baño, que daba a la habitación de Heloise, estaba abierta. Qué desagradable había sido el momento en que el corpulento Pritchard le había dicho: «Suponga que le retenemos aquí un rato», y Janice se había quedado mirándole fijamente. ¿Habría ayudado Janice a su marido? Tom pensó que probablemente sí. Quizá como una autómata. *¿Por qué?*

Tom volvió a poner la toalla en el toallero y se dirigió al teléfono. Su agenda de piel estaba allí, y la necesitaba para buscar los teléfonos de Jeff Constant y de Ed Banbury, porque no se los sabía de memoria.

Primero Jeff. Que él supiera, todavía vivía en el distrito NV 8, donde tenía su estudio de fotografía. El reloj de Tom señalaba las 19.22. Marcó el número.

A la tercera señal oyó un contestador automático, cogió un bolígrafo y apuntó otro número. «... hasta las nueve de la noche», decía la voz de Jeff.

Eso significaba las diez para Tom. Volvió a marcar. Contestó una voz masculina, de fondo se oía el típico barullo de una fiesta.

—¿Está Jeff Constant? —preguntó Tom por segunda vez—. Es fotógrafo.

—¡Ah, el fotógrafo! Un momento, por favor. ¿Quién le llama?

A Tom le sacaba de quicio tener que decir su nombre.

—Dígale solo que soy Tom.

Hubo una pausa bastante prolongada y al final se puso Jeff, jadeante. El alboroto de la fiesta continuaba.

—¡Ah, *Tom!* Creí que era otro Tom... Estoy en una boda..., en la fiesta de celebración. ¿Qué hay?

Tom se alegró de que hubiera ruido de fondo. Jeff tenía que gritar y hacer un esfuerzo para oírle.

—¿Conoces a un tal David Pritchard? Americano, de unos treinta y cinco años, moreno. Su mujer se llama Janice y es más bien rubia.

—No.

—¿Le puedes repetir esta pregunta a Ed Banbury? ¿Está localizable?

—Sí, pero se ha cambiado de casa hace poco. Ya se lo preguntaré, no me sé el teléfono de memoria.

—Bueno, verás. Esos americanos, los Pritchard, han alquilado una casa en el pueblo, y dicen que han conocido a Cynthia Gradnor hace poco, en Londres. Me han hecho algunos comentarios intencionados. Desde luego no han hablado de Bernard. —Tom estuvo a punto de atragantarse al pronunciar el nombre. Casi podía oír el latido del cerebro de Jeff—. ¿Cómo puede haber conocido a Cynthia? ¿Suele pasar por la galería? —Tom se refería a la Buckmaster Gallery, de Old Bond Street.

—No —contestó Jeff con firmeza.

—Ni siquiera estoy seguro de que conozca realmente a Cynthia. Habrá oído hablar de ella...

—¿En relación con los Derwatts?

—No lo sé. ¿Crees que Cynthia haría una cosa así? ¿Que contaría...? —Tom se detuvo, con la horrible certeza de que los Pritchard le estaban investigando solo a él, y que habían llegado a enterarse incluso de lo de Dickie Greenleaf.

—Cynthia no es así —dijo Jeff, grave y serio, mientras el bullicio de fondo continuaba—. Mira, le preguntaré a Ed y...

—Hazlo esta noche, si puedes. Llámame después, no importa la hora..., bueno, hasta la medianoche de allí. Y si no, mañana también estaré en casa.

—¿Qué crees que trama ese Pritchard?

—Buena pregunta... Algo malo, pero no me preguntes qué. Todavía no lo sé.

—¿Crees que puede saber más de lo que dice?

—Sí. Y... Supongo que ya sabes que Cynthia me odia. —Tom hablaba tan bajo como podía, pero lo bastante alto como para que le oyera.

–¡Ninguno de nosotros le gustamos! Bueno, Tom, ya tendrás noticias mías o de Ed.

Colgaron.

La cena, servida por madame Annette, consistía en una sopa deliciosa que sabía a cincuenta ingredientes distintos, seguida de cangrejos con mayonesa y acompañada de vino blanco frío. La noche era aún cálida, y habían dejado abiertas dos de las puertas acristaladas que daban al jardín. Las mujeres hablaban del Norte de África pues, al parecer, Noëlle Hassler ya había estado allí.

–... no tienen taxímetros, tienes que pagar lo que el conductor te diga... ¡Y el clima es maravilloso! –Noëlle levantó las manos casi en éxtasis, luego cogió su servilleta blanca y se secó la punta de los dedos–. Y la brisa... No hace calor, gracias a esa maravillosa brisa que sopla constantemente todo el día... ¡Oh, sí! ¡En francés! ¿Quién sabe hablar árabe? –se rió–. Con el francés os desenvolveréis bien... en todas partes.

Siguieron algunos consejos. Beber agua mineral, una que se llamaba Sidi algo, en botellas de plástico. Y en caso de problemas intestinales, unas pastillas llamadas Imodium.

–Comprad antibióticos para traéroslos aquí. Se venden sin receta –dijo Noëlle, en tono animoso–. Rubitracina, por ejemplo. ¡Es muy barata! ¡Y tiene una caducidad de cinco años! Yo lo sé porque...

Heloise se embebía de todo aquello. Le encantaban los sitios nuevos. Tom pensó que era sorprendente que su familia no la hubiera llevado al antiguo protectorado francés, pero los Plisson siempre habían preferido Europa para sus vacaciones.

–¿Y los Prickert, Tom? ¿Qué tal ha ido? –le preguntó Heloise.

–Los Pritchard, querida, David y Janice. Bueno... –Tom miró a Noëlle, que solo escuchaba por cortesía–. Muy americanos –continuó Tom–. Él estudia técnicas de mercado en el IN-SEAD de Fontainebleau. No sé qué hará ella para pasar el tiempo. Y los muebles, espantosos.

Noëlle se rió.

–¿De qué tipo?

–*Style rustique.* De grandes almacenes. Realmente feos. –Tom dio un respingo–. Y tampoco me gustan mucho los Pritchard –acabó, en un tono más suave, y sonrió.

–¿Tienen niños? –preguntó Heloise.

–No... No es la clase de gente que nos gusta, querida Heloise. Me alegro de haber ido yo solo y de que no hayas tenido que aguantarlo. –Tom se rió y alcanzó la botella de vino para poner un poco de alegría en sus vasos.

Después de cenar, jugaron al Intelect en francés. Era justo lo que Tom necesitaba para relajarse. Había empezado a obsesionarse con aquel mediocre de David Pritchard y, al igual que Jeff, se preguntaba qué estaría tramando.

Hacia medianoche, Tom estaba arriba, en su habitación, dispuesto a irse a la cama con *Le Monde* y el *Tribune,* que editaba un solo ejemplar para el sábado y domingo.

Poco rato después, el teléfono de Tom sonó en la oscuridad y le despertó. Tom se alegró de haberle pedido a Heloise que desconectara el de su habitación, por si acaso él recibía una llamada tardía. Heloise y Noëlle se habían quedado hablando hasta tarde.

–¿Sí? –dijo Tom.

–¡Hola, Tom! Soy Ed Banbury. Siento llamar tan tarde, pero al llegar, hace un par de minutos, he encontrado un mensaje de Jeff, y parecía importante. –La clara y precisa dicción de Ed parecía más precisa que nunca–. ¿Un tal Pritchard?

–Sí. Y su mujer. Han... han alquilado una casa aquí. Y pretenden conocer a Cynthia Gradnor... ¿Sabes algo de eso?

–No –dijo Ed–. Pero he oído hablar de ese tipo. Nick..., Nick Hall es nuestro nuevo encargado en la galería, y mencionó a un americano que había venido, preguntando por..., por Murchison.

–¡Murchison! –repitió Tom en voz baja.

—Sí. A mí también me sorprendió. Nick..., bueno, apenas lleva un año con nosotros, y no sabía nada de un tal Murchison que había desaparecido.

Ed Banbury lo dijo como si Murchison simplemente hubiera desaparecido, aunque sabía que Tom le había matado.

—Ed, ¿sabes si Pritchard preguntó algo sobre mí o me mencionó?

—Que yo sepa, no. Yo interrogué a Nick, pero intentando no levantar sospechas, claro. —Ed lanzó una carcajada que sonó como en los viejos tiempos.

—¿Dijo Nick algo de Cynthia... o de que Pritchard le hubiera hablado de ella, por ejemplo?

—No. Ya me lo ha contado Jeff... Nick no conocía a Cynthia.

Ed había conocido bastante bien a Cynthia, y Tom lo sabía.

—Estoy intentando descubrir cómo ha conocido Pritchard a Cynthia... o si realmente la conoce.

—Pero ¿qué busca ese tal Pritchard? —preguntó Ed.

—Está rebuscando en mi pasado, maldito sea —replicó Tom—. Espero que se ahogue en las tinieblas, o en lo que sea.

Le llegó una breve carcajada de Ed.

—¿Dijo algo de Bernard?

—No, gracias a Dios. Y tampoco mencionó a Murchison..., por lo menos hablando conmigo. En realidad, solo he tomado una copa con él. Es un plomo.

Los dos se rieron brevemente.

—Oye —dijo Tom—. Una pregunta. ¿Crees que ese Nick sabe algo de Bernard y todo el asunto?

—No lo creo. Podría ser. Si sospecha algo, desde luego, no lo dice.

—¿Sospecha? Podrían hacernos chantaje, Ed. O Nick Hall no tiene ni idea de nada... o es que está de nuestra parte. No hay otra alternativa.

Ed suspiró.

–No tengo ningún motivo para creer que sospeche, Tom. Tenemos amigos comunes. Nick es un compositor frustrado, de hecho todavía lo intenta. Necesitaba un trabajo y con nosotros lo tiene. No sabe ni le importa mucho la pintura, eso está claro, solo sabe cuatro cosas básicas sobre los precios de la galería, y siempre puede llamarnos a Jeff o a mí en caso de que alguien muestre un gran interés en algo.

–¿Qué edad tiene Nick?

–Unos treinta. Es de Brighton. Su familia vive allí.

–No quiero que le preguntes a Nick nada de... Cynthia –dijo Tom, como pensando en voz alta–. Pero me preocupa lo que ella pueda haber dicho. Ella lo sabe todo, Ed –dijo Tom muy bajo–. Una palabra suya y...

–Ella no es de ese tipo. Juraría que no. Yo creo que, para ella, tirar de la manta sería una traición a Bernard. Siente cierto respeto por su memoria.

–¿Has vuelto a verla últimamente?

–No. Nunca viene a la galería.

–¿No sabes si se ha casado, por ejemplo?

–No –dijo Ed–. Puedo echar una ojeada a la guía de teléfonos, y ver si sigue registrada con el nombre de Gradnor.

–Hum, sí, buena idea. Creo que su número de teléfono era de Bayswater. Nunca llegué a tener su dirección. Y si se te ocurre cómo ha podido conocerla Pritchard, si es que la conoce, dímelo. Puede ser importante.

Ed Banbury prometió que lo haría.

–Ah, y dame tu número, Ed. –Tom lo apuntó, además de la nueva dirección, que estaba en la zona del Covent Garden.

Tom volvió a la cama, después de escuchar un momento en el vestíbulo y de buscar una rendija de luz bajo alguna puerta para comprobar si la llamada de teléfono había molestado a alguien. No vio ni oyó nada.

¡Murchison, por Dios! Lo último que se había sabido de Mur-

chison era que había pasado una noche en casa de Tom, en Villeperce. Habían encontrado su equipaje en Orly, y eso era todo. Se
consideraba probable –bueno, definitivo– que Murchison no hubiera embarcado en su avión. En realidad, Murchison, o lo que
quedaba de él, estaba en el fondo de un río llamado Loing, o en
un canal de este, no muy lejos de Villeperce. Los de la Buckmaster Gallery, Ed y Jeff, habían preguntado solo lo indispensable.
Murchison, que sospechaba que los Derwatts eran falsos, había
sido borrado del mapa. Por lo tanto, todos se habían salvado. Naturalmente, el nombre de Tom había salido en los periódicos,
aunque no mucho, pues había contado una historia convincente,
diciendo que había dejado a Murchison en el aeropuerto de Orly.

Aquella era otra muerte que había perpetrado a su pesar, con
reservas, no como los estrangulamientos de dos miembros de la
mafia, que habían supuesto una satisfacción y un placer para él.
Bernard Tufts le había ayudado a sacar el cadáver de Murchison
de la zanja que el propio Tom había cavado detrás de Belle Ombre unos días antes. La tumba no era lo bastante profunda ni segura. Tom recordó que Bernard y él habían llevado el cadáver en
plena noche, envuelto en una especie de lona, en la furgoneta,
hasta cierto puente que había sobre las aguas del Loing. No les
fue difícil lanzar a Murchison, lastrado con piedras, por encima
de la baranda. En aquella ocasión, Bernard había obedecido las
órdenes de Tom como un soldado, porque estaba sumido en una
actitud solitaria en la que sus modelos éticos de honor prevalecían
sobre las demás cosas: su conciencia no había podido soportar el
peso de la culpa por haber creado, a través de los años, sesenta o
setenta cuadros e incontables dibujos, copiando deliberadamente
el estilo de su ídolo, Derwatt.

¿Habían mencionado los periódicos londinenses o los americanos alguna vez a Cynthia Gradnor durante los días de la investigación sobre Murchison? Tom creía que no. El nombre de Bernard
Tufts no se había mencionado en relación con la desaparición de

Murchison. Murchison había acudido a una cita con un hombre de la Tate Gallery para discutir su teoría sobre las falsificaciones, según recordaba Tom. Había ido primero a la Buckmaster Gallery para hablar con los propietarios, Ed Banbury y Jeff Constant, que enseguida habían avisado a Tom. Tom fue a Londres para intentar salvar la situación, y lo consiguió, haciéndose pasar por Derwatt y verificando la autenticidad de unos cuantos cuadros. Luego, Murchison fue a ver a Tom a Belle Ombre, para ver los dos Derwatts de Tom. Se sabía que Tom era la última persona que había visto a Murchison, de acuerdo con su mujer, que estaba en Estados Unidos. Probablemente, Murchison habló por teléfono con ella desde Londres, antes de ir a París y luego a Villeperce a ver a Tom.

Tom pensó que tal vez aquella noche le acosaran desagradables sueños. Murchison desplomándose en el suelo del sótano envuelto en una nube de sangre y vino, o Bernard Tufts caminando pesadamente con sus gastadas botas de explorador hacia el borde de un acantilado cerca de Salzburgo, y desapareciendo. Pero no. Así eran de caprichosos e ilógicos los sueños y el inconsciente. Tom durmió sin problemas y al día siguiente se despertó totalmente fresco y de buen humor.

5

Se duchó, se afeitó, se vistió y bajó justo después de las ocho y media. La mañana era soleada, aunque todavía no hacía calor, y una suave brisa estremecía levemente las hojas del abedul. Por supuesto, madame Annette ya estaba levantada y en la cocina. Había encendido su radio portátil, colocada como siempre junto a la caja del pan, para escuchar las noticias y los programas de música y cotilleos que tanto abundaban en la radio francesa.

–*Bonjour, madame Annette* –le dijo Tom–. Estaba pensando

que como madame Hassler quizá se marchará esta mañana, podríamos hacer un desayuno consistente. ¿Le parece bien huevos escalfados o «mimados»? —dijo la última palabra en inglés. Mimar aparecía en su diccionario de francés, pero no referido a huevo—. *Œufs dorlotés?* ¿Se acuerda de cuánto me costó traducirlo? Sírvalos en las tacitas de porcelana, yo le enseñaré dónde están. —Tom las cogió de una alacena, donde había un juego de seis.

—*Ah oui, m'sieur Tome! Je me souviens. Quatre minutes.*

—Por lo menos. Pero primero les preguntaré a las señoras si les apetece... Ah, sí, mi café. ¡Qué bien! —Tom esperó unos pocos segundos mientras madame Annette vertía la tetera de agua caliente, que siempre estaba preparada, en la cafetera de filtro. Luego se llevó el café al salón en una bandeja.

A Tom le gustaba tomarse el café de pie, mirando el jardín de detrás por la ventana. Sus pensamientos vagaban, pero también podía concentrarse en las necesidades del jardín.

Unos minutos después, Tom estaba fuera, en su huerto particular, cortando un poco de perejil, por si la idea de los huevos escalfados contaba con la aprobación de las señoras. Se ponía un poco de perejil picado, mantequilla, sal y pimienta en las tazas junto con el huevo crudo, antes de taparlos y meter las tazas en agua caliente.

—*Allô, Tome!* ¿Ya estás trabajando? ¡Buenos días! —Era Noëlle. Llevaba unos pantalones negros de algodón, sandalias y una camisa color púrpura. Tom sabía que hablaba bastante bien inglés, pero ella casi siempre le hablaba en francés.

—Buenos días. Un trabajo realmente duro. —Tom le ofreció su ramita de perejil—. ¿Quieres probarlo?

Noëlle cogió una hojita y empezó a mordisquearla. Ya se había puesto la sombra de ojos azul pálido y un tono de labios también pálido.

—*Ah, délicieux...* ¿Sabes lo que se nos ocurrió a Heloise y a mí —siguió su francés— anoche? Que si puedo arreglar un par de cosas en París, igual me reúno con vosotros en Tánger. Vosotros os vais el viernes y yo quizá pueda salir el sábado. Bueno, si a ti no te importa. Me quedaría unos cinco días.

–¡Qué sorpresa tan agradable! –replicó Tom–. Y además estará muy bien, porque tú conoces el país. Me parece una magnífica idea. –Lo decía sinceramente.

Las señoras optaron por los huevos escalfados, uno cada una. Y el animado desayuno exigió más tostadas, café y té. Acababan de terminar, cuando madame Annette llegó de la cocina con una noticia.

–*M'sieur Tome*, creo que debo decírselo. Hay un hombre ahí enfrente haciendo fotos de Belle Ombre. –Pronunció Belle Ombre con cierta reverencia, aunque sin exagerar la nota.

Tom se puso de pie.

–Perdonadme –dijo. Tenía una sospecha respecto a quién podía ser–. Gracias, madame Annette.

Fue hacia la ventana de la cocina para echar una ojeada. Sí, el robusto David Pritchard estaba manos a la obra, surgiendo de la sombra del gran árbol inclinado que tanto le gustaba a Tom, frente a la casa, a plena luz del día con la cámara a punto.

–Quizá le parezca una casa muy bonita –le dijo a madame Annette en un tono más calmado de como se sentía en realidad. Le hubiera disparado a David Pritchard si hubiera tenido un rifle en casa y, por supuesto, si hubiera podido hacerlo impunemente. Se encogió de hombros–. Si le ve entrar en el jardín –añadió con una sonrisa–, será otra cuestión. Entonces dígamelo.

–*M'sieur Tome*... Podría ser un turista, pero me parece que vive en Villeperce. Creo que es el americano que ha alquilado una casa allí con su mujer. –Madame Annette hizo un gesto en la dirección correcta.

Cómo corrían las noticias en un pueblo, pensó Tom, y eso que la mayoría de las *femmes de ménage* no tenían coche propio, solo ventanas y teléfonos.

–¿De verdad? –dijo Tom, y enseguida se sintió culpable, pues madame Annette podía saber ya o averiguar muy pronto que la tarde pasada él había estado en la casa de aquellos americanos tomando una copa–. No creo que tenga más importancia –dijo mientras se alejaba hacia la sala.

Encontró a Heloise y a su invitada mirando por la ventana principal. Noëlle apartaba un poco la larga cortina, sonriendo mientras le decía algo a Heloise. Tom ya estaba lo bastante lejos de la cocina como para que no le oyera madame Annette, pero miró hacia atrás antes de hablar.

–Por cierto, ese es el americano –dijo en francés, en voz baja–. David Pritchard.

–¿Dónde *estabas, chéri?* –Heloise se había dado la vuelta para verle–. ¿Por qué nos fotografía?

En efecto, Pritchard no había terminado, había avanzado a través de la carretera hacia donde empezaba el famoso sendero, que era tierra de nadie. Había árboles y arbustos cerca de Belle Ombre. Desde el sendero, Pritchard no podría obtener una fotografía clara de la casa.

–No lo sé, cariño, pero es la típica persona a la que le gusta molestar... a los demás. Le gustaría que yo saliera y demostrara mi enfado. Por eso prefiero no decir nada. –Le dedicó a Noëlle una mirada divertida, mientras retrocedía hacia el comedor y se dirigía a la mesa donde estaban sus cigarrillos.

–Creo que nos ha visto... mirándole –dijo Heloise en inglés.

–Muy bien –contestó Tom, saboreando su primer cigarrillo del día–. ¡De verdad, lo que más le gustaría es que yo saliera y le preguntara por qué hace fotos!

–¡Qué hombre tan extraño! –dijo Noëlle.

–Desde luego –dijo Tom.

–¿Y ayer no te dijo que quería hacerle fotos a tu casa? –continuó Noëlle.

Tom sacudió la cabeza.

–No... Olvidémosle. Le he dicho a madame Annette que me avise si se atreve a poner un pie en nuestro jardín.

Hablaron de otras cosas, de la utilidad de los cheques de viaje frente a la tarjeta Visa en los países del Norte de África. Tom dijo que prefería utilizar las dos cosas.

–¿Las dos cosas? –preguntó Noëlle.

–Hay hoteles que no aceptan Visa y solo tienen American Express, por ejemplo –dijo Tom–. Pero... con cheques de viaje siempre puedes pagar.

Estaba cerca de las puertas acristaladas que daban a la terraza, y aprovechó la oportunidad para examinar el césped desde la izquierda, donde estaba el sendero, hasta el extremo derecho, donde se erguía como agazapado el silencioso invernadero. No vio rastro de figura humana ni movimiento alguno. Se dio cuenta de que Heloise había notado su preocupación. ¿Dónde había dejado Pritchard su coche?, se preguntó. ¿O acaso Janice le había dejado allí e iba a volver a recogerle?

Las señoras consultaron un horario de trenes a París. Heloise quería llevar a Noëlle en coche hasta Moret, de donde salía un tren directo hasta la Gare de Lyon. Tom se ofreció a hacerlo, pero parecía que Heloise de verdad quería acompañar a su amiga. Noëlle llevaba un maletín fin de semana mínimo y, como ya lo tenía preparado, bajó en un abrir y cerrar de ojos.

–¡Gracias, Tome! –dijo Noëlle–. Parece que nos veremos más pronto de lo habitual..., ¡dentro de seis días! –Se echó a reír.

–Espero que sí. Sería divertido. –Tom quiso cogerle el maletín, pero Noëlle no le dejó.

Tom las acompañó andando y luego se quedó mirando cómo el Mercedes rojo giraba a la izquierda y se dirigía hacia el pueblo. Vio un coche blanco acercándose por la izquierda, frenando... Una figura salió a la carretera, de entre los arbustos... Era Pritchard, con una arrugada chaqueta de verano, color tostado, y pantalones oscuros. Entró en el coche. Tom retrocedió hasta situarse detrás de un seto lo bastante alto como para cubrirle, a un lado de las puertas de Belle Ombre. Era un seto más alto que un centinela de Potsdam, pensó, y esperó allí.

Los Pritchard cruzaron, con actitud segura y confiada. David le sonreía, y ella, la excitable Janice, le miraba más a él que a la carretera. Pritchard miró hacia las puertas de Belle Ombre, y Tom casi deseó que se atreviera a pedirle a Janice que parase, retrocedieran y entraran. Tenía ganas de liarse a puñetazos con los dos, pero al parecer Pritchard no dio tal orden, porque el coche se alejó suavemente. Tom observó que el Peugeot blanco tenía matrícula de París.

¿Qué quedaría de Murchison?, se preguntó Tom. El flujo del río, lento y constante durante años, debía de haber colaborado en la destrucción del cuerpo tanto como los peces predadores. Tom no estaba seguro de que en el Loing hubiera peces interesados en la carne, a menos que hubiera anguilas, claro. Había oído decir... Detuvo sus enfermizos pensamientos. No quería imaginárselo. Dos anillos. Recordó que le había dejado los dos anillos que llevaba puestos. Las piedras solo habrían servido para retener el cadáver en el mismo sitio. ¿Se habría separado la cabeza de los huesos del cuello y se habría alejado rodando a alguna parte, disipando la posibilidad de identificación dental? Con toda seguridad la lona se habría podrido.

¡Basta!, se dijo Tom, y levantó la cabeza. Habían pasado apenas unos segundos desde que viera a aquellos inquietantes Pritchard, y ahora estaba solo frente a las puertas abiertas de Belle Ombre.

Madame Annette ya había quitado la mesa del desayuno, y probablemente estaría dedicada a la más nimia de las tareas de la cocina, como comprobar las provisiones de pimienta verde y negra. O quizá estuviera en su habitación cosiendo para ella o para alguna amiga (tenía una máquina de coser eléctrica), o escribiéndole una carta a su hermana Marie-Odile, que vivía en Lyon. El domingo era domingo, y ejercía su influencia. Tom lo había notado también en sí mismo: uno no se esforzaba tanto el domingo. Aunque el día libre oficial de madame Annette era el lunes.

Tom miró el clavicémbalo color crema con las teclas negras y blancas. Su profesor de música, Roger Lepetit, iba a ir el martes por la tarde a darles clase. Últimamente, Tom estaba practicando algunas canciones inglesas, baladas, que no le gustaban tanto como Scarlatti, pero que eran más personales, más cálidas, y representaban un cambio en la rutina. Le gustaba escuchar furtivamente (a Heloise no le gustaba que prestara demasiada atención a sus intentos) los esfuerzos de Heloise con Schubert. Para Tom, era como si la ingenuidad y la voluntad de Heloise contribuyeran a darle una nueva dimensión a las familiares melodías del maestro. Le divertía que tocara Schubert porque monsieur Lepetit se parecía bastante al joven compositor... Bueno, Schubert siempre había sido joven, pensó Tom. Monsieur Lepetit no llegaba a los cuarenta, y era a la vez suave y rotundo. Llevaba gafas sin montura, como Schubert. Era soltero y vivía con su madre, como Henri el Gigante, el jardinero. Pero ¡qué distintos eran!

Basta de fantasear, se dijo Tom. Pensando con lógica, ¿qué cabía esperar de los esfuerzos fotográficos de los Pritchard aquella mañana? ¿Enviarían los negativos a la CIA, la organización de la que J. F. Kennedy había dicho una vez que le gustaría ver colgada, abierta en canal y descuartizada? O quizá David y Janice estudiarían las fotos, ampliarían algunas, y se reirían, haciendo planes para invadir la fortaleza de Ripley, que parecía desprotegida, sin perro ni vigilante. Y la charla de los Pritchard ¿desembocaría en realidades o se quedaría solo en sueños?

¿Qué tendrían contra él? ¿Qué relación tendrían con Murchison, o Murchison con ellos? ¿Estarían emparentados? Tom no podía creerlo. Murchison le había parecido bastante bien educado, muy por encima del nivel social de los Pritchard. También había conocido a su mujer; ella había ido a verle a Belle Ombre después de la desaparición de su marido, y habían hablado aproximadamente durante una hora. Según recordaba, era una mujer bastante cultivada.

¿Serían una especie de coleccionistas siniestros? De momento, no le habían pedido su autógrafo. ¿Intentarían causarle algún daño a Belle Ombre en su ausencia? Tom reflexionó, debatiéndose sobre si informar a la policía. Podía decirles que había visto a un hombre merodeando por su casa, y como se iban fuera una temporada...

Cuando llegó Heloise, Tom seguía dudando y debatiéndose, sumido en sus pensamientos.

Heloise estaba de buen humor.

—*Chéri,* ¿por qué no le has dicho a ese hombre que hacía fotos que entrase? Prickard...

—Pritchard, querida.

—Pritchard. Estuviste en su casa... ¿Cuál es el problema?

—En realidad, no es muy simpático, Heloise. —Tom, que estaba de pie ante las puertas acristaladas que daban al jardín posterior, se situó unos pasos más allá. Hizo un esfuerzo para relajarse—. Es un pesado y un entrometido —continuó con más calma—. *Fouineur...* Eso es lo que es.

—Pero ¿qué es lo que busca?

—No lo sé, querida. Lo único que sé es que debemos mantenernos a distancia e ignorarlo. A él y a su mujer.

A la mañana siguiente, lunes, Tom escogió un momento en que Heloise estaba en el baño y telefoneó al Instituto de Fontainebleau, donde Pritchard había dicho que estudiaba marketing. Decidió tomárselo con calma. Primero dijo que quería hablar con alguien del departamento de marketing. Estaba dispuesto a hablar en francés, pero las dos mujeres que le contestaron hablaban inglés, y sin ningún acento.

Cuando se puso al teléfono la persona indicada, Tom le preguntó si estaba por allí un americano llamado David Pritchard en aquel momento, o si le podía dejar un recado.

–Creo que estudia marketing –dijo Tom.

Añadió que había encontrado una casa de alquiler que podía interesarle a míster Pritchard, y preguntó si podía dejarle un recado. Pensó que aquello convencería al hombre del INSEAD, pues los alumnos siempre tenían problemas para encontrar vivienda. Pero el hombre volvió al teléfono y le dijo a Tom que no había ningún David Pritchard registrado allí ni en marketing ni en ningún otro departamento.

–Debo de haberme equivocado –dijo Tom–. Gracias, y perdone las molestias.

Dio una vuelta por el jardín. Debía haber adivinado que David Pritchard –si es que aquel era su verdadero nombre– jugaba a decir mentiras.

Y Cynthia. Cynthia Gradnor. Aquello era un enigma. Tom se inclinó con un gesto rápido y arrancó una flor, un botón de oro, brillante y delicado, del césped. ¿Cómo habría averiguado Pritchard su nombre?

Suspiró y volvió hacia la casa. Había decidido que lo único que debía hacer era pedirles a Ed o a Jeff que llamaran a Cynthia y le preguntaran directamente si conocía a Pritchard. Tom podía hacerlo, pero sospechaba que Cynthia le colgaría el teléfono, o que se negaría a colaborar en nada que él le pidiera. Odiaba a Tom más que a los otros dos.

Cuando entró en la sala, sonó dos veces el timbre de la puerta principal. Tom se irguió, apretó los puños y volvió a aflojarlos. La puerta tenía mirilla y echó un vistazo. Vio a un desconocido con gorra azul.

–¿Quién es?

–Correo urgente, *m'sieur. M'sieur Ripley?*

Tom abrió la puerta.

–Sí, gracias.

El mensajero le tendió un sobre pequeño y duro de papel manila, se despidió con un gesto y se marchó. Debía de venir de Fontainebleau o Moret, pensó Tom, y seguro que había preguntado en el bar dónde estaba Belle Ombre. Aquel era el misterioso objeto que le enviaba Reeves Minot desde Hamburgo, y su nombre y dirección estaban anotados arriba, a la izquierda. Tom encontró dentro una cajita blanca, y en ella, algo que parecía la cinta de una máquina de escribir en miniatura, en una caja de plástico transparente. También había un sobre blanco en el que Reeves había escrito «Tom». Lo abrió.

Hola, Tom:
Aquí lo tienes. Por favor, dentro de cinco días envíaselo a George Sardi, 307 Temple Street, Peekskill, NUEVA YORK 10569, pero sin remite y, por favor, escribe la dirección a máquina o con letras adhesivas. Correo aéreo, por favor.
Con mis mejores deseos, como siempre,

R. M.

¿Qué habría dentro?, se preguntó Tom mientras volvía a meter la cajita transparente dentro de la caja blanca. ¿Algún secreto internacional? ¿Operaciones financieras? ¿Datos sobre blanqueo de dinero procedente del narcotráfico? ¿O algún material escandaloso para un chantaje privado, la grabación de una conversación confidencial? Tom se alegraba de no saber nada de la cinta. No le pagaban por eso. Tampoco quería que le pagaran por un trabajo así, ni se hubiera arriesgado a aceptar dinero si Reeves se lo hubiera ofrecido.

Decidió llamar primero a Jeff Constant y pedirle –aunque tuviera que insistir– que averiguara cómo podía haberse enterado David Pritchard del nombre de Cynthia Gradnor. ¿Y qué estaba haciendo Cynthia, se había casado, trabajaba en Londres? A Ed y a Jeff les era fácil tomárselo con calma, pensó Tom. Él, Tom Ripley, había eliminado a Thomas Murchison en beneficio de todos, y ahora tenía un buitre en forma de Pritchard acechándole a él y su casa.

Estaba seguro de que Heloise había salido del baño y estaba arriba, en su habitación, pero prefería hacer aquella llamada desde su cuarto con la puerta cerrada. Subió las escaleras de dos en dos. Buscó el teléfono de St. John's Wood y marcó, esperando escuchar un contestador.

Contestó una voz extraña, diciendo que míster Constant estaba ocupado y que si quería dejar algún recado. Míster Constant le estaba haciendo un retrato a alguien y no podía ponerse.

–¿Puede decirle a míster Constant que Tom Ripley está al aparato y quiere hablar con él un momento?

En menos de medio minuto, Jeff estaba al otro lado del hilo. Tom le dijo:

–Jeff, lo siento, pero es urgente. ¿Podéis volver a intentar averiguar de dónde ha sacado el nombre de Cynthia el tal David Pritchard? Es muy importante. Y averiguad si Cynthia ha llegado a conocerle. Pritchard es un mentiroso empedernido, de lo peor que he visto. Anteanoche hablé con Ed. ¿Te llamó?

–Sí, esta mañana, antes de las nueve.

–Vale... Las últimas noticias son que ayer por la mañana, hacia las diez de aquí, Pritchard estaba fotografiando mi casa desde la calle. ¿Qué te parece?

–¿Fotografiando? ¿Es un poli?

–Estoy intentando enterarme. Tengo que averiguarlo. Dentro de unos días me voy con mi mujer de vacaciones. Espero que comprendas por qué me preocupa la seguridad de mi casa. Sería muy buena idea invitar a Cynthia a tomar algo o a comer, o a lo que sea, y conseguir la información que queremos.

–Eso no...

–Ya sé que no será fácil –dijo Tom–. Pero vale la pena intentarlo. Equivale a una buena parte de tu renta y de la de Ed. —Tom no quiso añadir, por teléfono, que también se trataba de evitar una acusación de fraude contra Jeff y Ed, y una acusación de asesinato en primer grado contra él.

—Lo intentaré —dijo Jeff.

—Te repito los datos de Pritchard: americano, de unos treinta y cinco años, pelo oscuro y liso, uno ochenta de estatura, corpulento, gafas de montura negra y una calvicie incipiente que acabará dejándole como una bola de billar.

—Lo tendré en cuenta.

—Si crees que Ed lo puede hacer mejor... —Tom no hubiera podido decir cuál de los dos era el más apropiado para hacer aquello—. Sé que Cynthia es difícil —prosiguió Tom más amable—, pero Pritchard va detrás de la pista de Murchison... o, al menos, va diciendo su nombre por ahí.

—*Ya lo sé* —dijo Jeff.

—De acuerdo. —Tom se sintió agotado—. Vale, Jeff, hacedlo lo mejor que podáis y mantenedme al corriente. Estaré aquí hasta el viernes a primera hora de la mañana.

Colgaron.

Tom dedicó media hora a practicar con el clavicémbalo, con una concentración poco habitual en él. Cuando tenía por delante períodos de tiempo breves y limitados —veinte minutos o media hora—, le salía mejor y hacía más progresos, si es que podía permitirse usar tal término. Tom no se proponía la perfección como objetivo, ni siquiera tocar correctamente. ¿Qué era aquello para él? Nunca tocaba ni pensaba tocar para los demás, así que ¿a quién le importaba su mediocre nivel, salvo a sí mismo? Para Tom, la práctica del piano y las sesiones semanales del schubertiano Roger Lepetit eran una forma de disciplina que había llegado a amar.

Faltaban dos minutos para que se cumpliera la media hora en la mente de Tom y en su reloj cuando sonó el teléfono. Fue a cogerlo al vestíbulo.

—¿Está míster Ripley, por favor?

Tom reconoció enseguida la voz de Janice Pritchard. Heloise había cogido su teléfono, y Tom dijo:

—Creo que es para mí, cariño. —Y oyó colgar a Heloise.

—Soy Janice Pritchard —continuó la voz, tensa y nerviosa—. Quiero disculparme por lo de ayer por la mañana. A veces mi marido tiene unas ideas tan absurdas y groseras... ¡Hacerle fotos a su casa! Seguro que usted o su mujer le vieron.

Mientras ella hablaba, Tom recordó su expresión del día anterior, sonriendo aprobadora mientras miraba a su marido desde el coche.

—Creo que mi mujer lo vio —dijo—. No tiene importancia, Janice. Pero ¿para qué quiere fotos de mi casa?

—*No las quiere* —dijo ella, con una nota más aguda—. Solo quiere fastidiarle a usted... y a todo el mundo.

Tom se rió, con una risa desconcertada, y reprimió lo que tenía ganas de decir.

—¿Y así se divierte?

—*Sí.* Yo no le entiendo. Le he dicho...

Tom interrumpió aquel ataque a su marido que sonaba tan falso y le dijo:

—Janice, ¿puedo preguntarle cómo han averiguado, usted o su marido, mi número de teléfono?

—Ah, muy fácil. David se lo preguntó al fontanero. Es el fontanero local y nos lo dio enseguida. Vino porque teníamos un pequeño problema.

Victor Jarot, naturalmente, el infatigable vaciador de cisternas rebeldes, el desatascador de tuberías. ¿Qué noción de la privacidad podía tener un hombre así?

—Ya —dijo Tom, súbitamente lívido, pero sin saber qué hacer respecto a Jarot, salvo decirle que, por favor, no diera su número a nadie más, bajo ninguna circunstancia. Pensó que podía pasar lo mismo con los de la calefacción o el gas. Aquella gente se creía que el mundo giraba en torno a sus oficios y que no había nada más–. ¿A qué se dedica realmente su marido? –preguntó Tom, aventurándose–. La verdad es que no puedo creer que esté estudiando marketing. ¡Seguro que ya sabe todo lo que hay que saber de marketing! Supongo que lo dijo en broma. –Tom no pensaba decirle a Janice que había llamado al INSEAD.

–Oh... Un momento... Me ha parecido oír el coche. Sí, David ha vuelto. Tengo que dejarle, míster Ripley. ¡Adiós! –Y colgó.

¡Bien! ¡Le había tenido que llamar a escondidas! Tom sonrió. ¿Y el motivo de la llamada? ¡Disculparse! ¿Significaba disculparse una humillación más para Janice Pritchard? ¿Sería verdad que David Pritchard había llegado de pronto interrumpiendo la llamada?

Tom se rió en voz alta. ¡Juegos, juegos! Juegos secretos y juegos evidentes. Juegos que parecían evidentes y que en realidad eran furtivos y secretos. Y, como norma, los juegos más secretos quedaban tras las puertas cerradas. Y los afectados eran meros peones, jugando con algo que quedaba fuera de su control. Así de claro.

Se dio la vuelta y miró el clavicémbalo, al que no pensaba volver por el momento, luego salió y se acercó al lecho de dalias más próximo. Con su navaja, cortó una de la especie que él llamaba naranja rizada. Era su favorita, porque sus pétalos le recordaban a los cuadros de Van Gogh de campos cercanos a Arles, con hojas y pétalos pintados a lápiz o a pincel con un amoroso y serpenteante cuidado.

Volvió andando a la casa. Pensaba en el Opus 38 o en la Sonata en Re Menor de Scarlatti, como la llamaba monsieur Lepetit. Estaba trabajando en aquella pieza y tenía esperanza de mejorar. Le encantaba lo que para él era el tema principal, que sonaba como una lucha, un enfrentarse a una dificultad, y era precioso. Pero no quería practicarlo tanto como para que se convirtiera en algo rutinario.

También estaba pensando que Jeff o Ed tenían que llamarle para decirle algo de Cynthia Gradnor. Y lo más descorazonador era pensar que no le llamarían hasta veinticuatro horas más tarde, aun cuando Jeff consiguiera hablar con Cynthia.

Cuando sonó el teléfono, hacia las cinco de la tarde, Tom tuvo la leve esperanza de que fuera Jeff. Pero no lo era.

Agnès Grais le saludó con su agradable voz, y le preguntó si Heloise y él querían ir a su casa a tomar una copa a las siete de la tarde.

—Antoine ha pasado aquí un fin de semana largo y quiere irse mañana muy temprano.

—Gracias, Agnès. ¿Puedes esperar un momento a que lo consulte con Heloise?

A Heloise le pareció bien y Tom volvió y se lo dijo a Agnès.

Tom y Heloise salieron de Belle Ombre cuando eran casi las siete. Mientras conducía, Tom pensó que la casa que acababan de alquilar los Pritchard se erguía en el mismo camino, un poco más allá. ¿Qué sabrían los Grais respecto a los nuevos «inquilinos»? Tal vez nada. En aquella zona crecían los inevitables árboles silvestres que a Tom le encantaban, ocultando a veces los puntos de luz de las casas, y cuando los árboles tenían hojas, como ocurría en aquella estación, amortiguaban los ruidos.

Como de costumbre, Tom se encontró de pie hablando con Antoine, aunque se había prometido no dejarse atrapar otra vez. Tenía poco que hablar con aquel voluntarioso arquitecto de derechas. En cambio Heloise y Agnès tenían el talento femenino para improvisar una conversación y seguir hablando con una agradable expresión en la cara durante toda la tarde.

Pero aquel día, en vez de hablar de la cantidad de inmigrantes extranjeros que había en París buscando vivienda, Antoine empezó a hablar de Marruecos.

—*Ah oui,* mi padre me llevó allí cuando tenía unos seis años. Nunca lo olvidaré. Claro que he vuelto unas cuantas veces desde entonces. Tiene un encanto, una magia... Pensar que hubo un tiempo en que los franceses tuvieron un protectorado allí. La época en que funcionaban los servicios de correos, de teléfonos, las calles...

Tom le escuchaba. Antoine se ponía casi poético hablando del amor de su padre hacia Tánger o Casablanca.

—Desde luego, es la gente la que hace el país —dijo Antoine—. El país les pertenece por derecho..., y sin embargo, desde el punto de vista de los franceses, lo han convertido en un caos.

¿Qué respuesta cabía ante aquello? Solo suspirar. Tom se aventuró:

—Hablando de otra cosa. —Agitó su largo vaso de gin-tonic y el hielo tintineó—. ¿Son ruidosos, vuestros vecinos? —E indicó con un gesto hacia la casa Pritchard.

—¿Que si son ruidosos? —Antoine sacó el labio inferior hacia fuera—. Ya que lo preguntas —dijo con una risa ahogada—, ponen la música altísima. Hacia medianoche. ¡Y más tarde! Música pop. —Dijo música pop como si fuera muy raro que alguien de más de doce años escuchara ese tipo de música—. Pero no mucho rato. Una media hora.

Un período de tiempo muy sospechoso, pensó Tom, y Antoine Grais era el típico hombre que cronometraba el fenómeno con el reloj.

—¿O sea que se oye desde aquí?

—Oh, sí. ¡Y estamos casi a medio kilómetro! ¡La ponen altísima!

—¿Alguna otra queja? —sonrió Tom—. ¿Aún no te han pedido prestado el cortacéspedes?

—Hum, no —rezongó Antoine, y se bebió su Campari.

Tom no pensaba decir una sola palabra de que Pritchard hubiera fotografiado Belle Ombre. Las vagas sospechas de Antoine respecto a Tom podían llegar a cuajar y eso era lo último que deseaba. Al final, todo el pueblo se había enterado de que la policía inglesa y la francesa habían ido a hablar con él a Belle Ombre justo después de la desaparición de Murchison. La policía no había armado mucho jaleo y los coches iban sin sirena, pero en un pueblo pequeño todo el mundo se enteraba de todo y Tom no se podía permitir que supieran más cosas. Antes de ir a casa de los Grais había avisado a Heloise de que no mencionara que habían visto a Pritchard haciendo fotos en Belle Ombre.

Los hijos de Antoine y Agnès entraron en casa. Venían de bañarse en alguna parte, descalzos, sonrientes y con el pelo mojado, pero no eran nada ruidosos: los Grais no lo hubieran tolerado. Édouard y su hermana dijeron «*bonsoir*» y enfilaron hacia la cocina, seguidos de Agnès.

–Un amigo nuestro tiene una piscina en Moret –le explicó Antoine a Tom–. Es muy amable y también tiene hijos. Yo los llevo y luego él los trae a casa. –Antoine esbozó otra rara sonrisa que iluminó su orondo rostro.

–¿Cuándo volvéis? –preguntó Agnès, alisándose el pelo con los dedos. La pregunta iba dirigida a Heloise y Tom. Antoine había ido a buscar algo.

–Dentro de tres semanas más o menos. Aún no lo hemos decidido –dijo Heloise.

–Ya estoy aquí –dijo Antoine, bajando la curvada escalera con algo en las manos–. Agnès, *chérie*, ¿unos vasitos? Aquí tienes un buen mapa, Tom. Antiguo, pero... *ya se sabe...* –dijo, con un tono que quería decir que lo antiguo era siempre mejor.

Tom lo examinó. Era un mapa de carreteras de Marruecos muy viejo, doblado muchas veces y pegado con papel celo.

–Lo trataré con cuidado –dijo Tom.

–Tenéis que alquilar un coche, eso seguro. Para poder ir a los pueblecitos. –Luego Antoine sirvió su especialidad, ginebra holandesa, de una fría botella de cerámica.

Tom recordó que Antoine tenía una neverita en su estudio.

Antoine sirvió y pasó la bandeja con cuatro vasitos, ofreciéndoselos primero a las señoras.

–¡Ooooh! –exclamó cortésmente Heloise, aunque no le entusiasmaba la ginebra.

–*Santé!* –dijo Antoine mientras todos levantaban sus vasos–. ¡Que tengáis un buen viaje!

Todos bebieron.

La ginebra holandesa era especialmente suave, Tom tuvo que reconocerlo, pero Antoine se portaba como si la hubiera destilado él, y Tom nunca le había visto ofrecer un segundo trago.

Tom pensó que los Pritchard aún no habían intentado conocer a los Grais, quizá porque Pritchard no sabía que los Ripley eran viejos amigos de estos. ¿Y aquella casa que había entre la de los Grais y la de los Pritchard? Llevaba años vacía, y tal vez estuviera en venta, aunque era una casa sin ninguna gracia, pensó Tom.

Heloise y Tom se despidieron, prometiendo mandar una postal, lo que movió a Antoine a advertirles que el correo en Marruecos era *abominable.* Tom pensó en el casete de Reeves.

Acababan de llegar a casa cuando sonó el teléfono.

–Estoy esperando una llamada, querida... –Tom cogió el teléfono de la mesita del hall, dispuesto a trasladarse a su habitación, en el caso de que la conversación con Jeff se complicara.

–*Chéri,* me voy a tomar un yogur, no me gustó nada esa ginebra –dijo Heloise, y se marchó en dirección a la cocina.

–Tom, soy Ed –dijo la voz de Ed Banbury–. He localizado a Cynthia. Jeff y yo dividimos... los esfuerzos. No he podido conseguir una cita, pero me he enterado de algunas cosas.

–¿Sí?

–Parece que hace un tiempo Cynthia estuvo en una fiesta para la prensa, un gran montaje de esos en los que puede entrar todo el mundo, y por lo visto Pritchard también estaba allí.

–Un minuto, Ed. Voy a coger el otro teléfono. No cuelgues. –Tom subió deprisa las escaleras hasta su habitación, descolgó el teléfono y corrió a colgar el del hall. Heloise no prestaba atención y había encendido la televisión en la sala. Pero Tom no quería arriesgarse a pronunciar el nombre de Cynthia y que ella pudiera oírlo, porque recordaría que Cynthia había sido la novia de Bernard Tufts, *le fou,* como le llamaba Heloise. Bernard la había asustado cuando se conocieron en Belle Ombre–. Ya estoy aquí –dijo Tom–. ¿Has hablado con Cynthia?

–Sí, esta tarde, por teléfono. En aquella fiesta, alguien que Cynthia conocía se acercó a ella y le dijo que allí había un americano que le había preguntado si conocía a Tom Ripley. Así, de buenas a primeras. Y el amigo de Cynthia...

–¿También era americano?

–No lo sé. El caso es que Cynthia le dijo a su amigo que le dijera al americano que investigara la relación de Ripley con Murchison. Eso es lo único que he averiguado, Tom.

A Tom le pareció muy confuso.

–¿No conoces el nombre del intermediario? El amigo de Cynthia que habló con Pritchard...

–Cynthia no me lo ha dicho y yo no he querido... presionarla demasiado. ¿Y qué excusa tenía para llamarla? ¿Que un americano bastante torpe sabía su nombre...? No le he dicho que me lo habías dicho tú. ¡Lo he hecho como si no viniera a cuento! He tenido que hacerlo así. Y creo que al menos nos hemos enterado de algo, Tom.

Era verdad, pensó Tom.

–¿Pero Cynthia no llegó a ver a Pritchard aquella noche?

–Según creo, no.

El intermediario debió de decirle a Pritchard: «Yo le preguntaré a mi amiga Cynthia Gradnor sobre Ripley.» Pritchard se sabía su nombre y no es un nombre muy corriente –quizá Cynthia se había tomado la molestia de darle una tarjeta suya a través del intermediario, pensando que si alguna vez llegaba a verla Tom Ripley, se le pondrían los pelos de punta.

–¿Sigues ahí, Tom?

–Sí. Cynthia no tiene buenas intenciones, amigo mío. Ni Pritchard. Pero él está colgado.

–¿Colgado?

–Tiene algún tipo de enfermedad mental, no me preguntes cuál. –Tom respiró hondo–. Ed, gracias por tus esfuerzos. Y dale las gracias también a Jeff.

Cuando colgaron, Tom se dio cuenta de que estaba temblando. Era evidente que Cynthia sospechaba de la desaparición de Thomas Murchison. Y tenía el valor suficiente como para arriesgarse. Podía imaginarse que si en la agenda de Tom había algún candidato a ser eliminado, era ella. Sabía demasiado. Había estado al corriente del asunto de las falsificaciones desde el principio, y quizá sabía hasta cuál era la primera copia que había hecho Bernard Tufts (algo que ni siquiera Tom sabía con certeza) y en qué fecha.

Tom pensó que Pritchard habría dado con el nombre de Murchison buscando material sobre él en archivos periodísticos. Que Tom supiera, su nombre solo había aparecido un día en los periódicos americanos. Madame Annette había visto a Tom llevando la maleta de Murchison al coche a tiempo para que Murchison llegara a coger el avión en Orly e, ingenuamente, se había confundido y le había dicho a la policía que había visto a míster Ripley y a míster Murchison saliendo con el equipaje en el coche de Ripley. Tal era el poder de la sugestión y la imaginación, pensó Tom. En aquel momento, Murchison estaba torpemente envuelto en una vieja lona, en el sótano de la casa, y Tom estaba aterrado ante la idea de que madame Annette bajara a por una botella de vino antes de que él pudiera deshacerse del cadáver.

El hecho de que Cynthia sacara a relucir el nombre de Murchison debía de haberle dado un nuevo entusiasmo a Pritchard. Tom no dudaba que Cynthia sabía que Murchison había «desaparecido» justo después de visitar a Tom. Aquello había salido en los periódicos ingleses, según recordaba Tom, aunque con pequeños titulares. Murchison tenía la convicción de que los últimos Derwatts eran falsos. Y por si la creencia de Murchison no hubiera sido suficiente, Bernard Tufts lo había acabado de arreglar. Había ido al hotel de Murchison en Londres y le había dicho: «No compre más Derwatts.» Murchison le había hablado a Tom de su curioso encuentro con un desconocido en el bar del hotel. Según le contó Murchison a Tom, Bernard no le había dicho su nombre. Pero Tom, que estaba vigilando a Murchison en aquel mismo momento, le había visto hablando con Bernard *tête-à-tête* y aún recordaba la sensación de horror que le había producido. Era fácil adivinar lo que Bernard le estaba diciendo.

Muchas veces se había preguntado si Bernard Tufts habría acudido entonces a Cynthia en un intento de recuperarla. Tal vez le habría prometido que no volvería a falsificar ningún cuadro. Pero, en ese caso, Cynthia no le había aceptado.

6

Tom pensaba que tal vez Janice Pritchard hiciera otro esfuerzo para «contactar» con él, como había prometido. Y así sucedió el martes por la tarde. Hacia las dos y media, sonó el teléfono en Belle Ombre. Tom lo oyó débilmente. Estaba limpiando de hierbajos uno de los lechos de rosas que había cerca de la casa. Contestó Heloise, y al cabo de unos pocos segundos le llamó:

—¡Tome! ¡Al teléfono! —Se había asomado a la puerta de cristal, que estaba abierta.

—Gracias, cariño. —Dejó caer la azada—. ¿Quién es?

—La mujer de Pritckard.

—¡Ah! Pritchard, querida. —Molesto pero lleno de curiosidad, Tom lo cogió en el vestíbulo. En aquellas circunstancias, no podía subir a hablar arriba sin darle una explicación a Heloise—. ¿Diga?

—¡Hola, míster Ripley! Me alegro de encontrarle en casa. He

pensado que... Tal vez lo considere un atrevimiento por mi parte... Pero me gustaría hablar un momento con usted cara a cara.

—Ah.

—Tengo coche. Y estoy libre casi hasta las cinco. ¿Tiene tiempo...?

Tom no quería que ella fuese a su casa, ni tampoco quería ir a la casa de los reflejos en el techo. Acordaron encontrarse a las tres y cuarto cerca del obelisco de Fontainebleau (a sugerencia de Tom), en un bar de obreros llamado Le Sport, en la esquina nordeste. A las cuatro y media tenían clase de música con monsieur Lepetit, pero Tom no dijo nada al respecto.

Heloise le miró, y en los ojos había un interés que casi nunca despertaban las conversaciones telefónicas de Tom.

—Sí, es curioso, pero —a Tom le fastidiaba tener que decirlo, pero siguió adelante— quiere verme esta tarde y le he dicho que sí. A lo mejor me entero de algo.

—¿De qué te quieres enterar?

—No me gusta su marido. No me gusta ninguno de los dos, querida, pero... si averiguo algo, puede ser útil.

—¿Hacen preguntas raras?

Tom sonrió, agradecido de que Heloise se mostrara tan comprensiva con unos problemas que le concernían sobre todo a él.

—No, no es eso, no te preocupes. *Ils taquinent.* Los dos. —Y añadió, con una nota más animosa—: Te daré un informe completo cuando vuelva... A tiempo para la clase con monsieur Lepetit.

Unos minutos después, salió de la casa. Al llegar, encontró un sitio para aparcar cerca del obelisco. No era muy buen sitio, y podían ponerle una multa, pero tampoco le importaba.

Janice Pritchard ya estaba allí, de pie en la barra, y aparentemente incómoda.

—Míster Ripley. —Le dedicó a Tom una cálida sonrisa. Tom la saludó con una inclinación de cabeza, pero ignoró la mano que ella le tendía.

–Buenas tardes. ¿No hay ninguna mesa?

Sí que la había. Tom pidió té para la señora y un café solo para él.

–¿Qué hace su marido hoy? –le preguntó, con una agradable sonrisa, esperando que Janice dijera que estaba en el INSEAD de Fontainebleau, en cuyo caso él volvería a preguntarle qué estudiaba exactamente David Pritchard.

–Está en su sesión de masaje –respondió Janice moviendo la cabeza–. En Fontainebleau. Tengo que recogerle a las cuatro y media.

–¿Masaje? ¿Tiene la espalda mal? –La palabra masaje a Tom le resultaba desagradable, pues la asociaba a salones de sexo, aunque sabía que también había salones de masaje respetables.

–No. –El rostro de Janice parecía torturado. Miraba tanto a la mesa como a Tom–. Le gusta. Estemos donde estemos, en todas partes, siempre va dos veces a la semana.

Tom tragó saliva. Aborrecía aquella conversación. Los sonoros gritos pidiendo «*Un Ricard!*» y los aullidos de triunfo que provocaba la máquina de juegos eran más agradables que la charla de Janice sobre su excéntrico marido.

–Quiero decir que... si ahora nos fuéramos a París, enseguida encontraría un salón de masaje.

–Qué curioso –murmuró Tom–. ¿Y qué es lo que tiene contra mí?

–¿Contra *usted?* –dijo Janice sorprendida–. ¿Por qué? Nada. Siente respeto hacia usted. –Le miró a los ojos.

Tom ya lo sabía.

–¿Por qué dice que estudia en el INSEAD si es mentira?

–Oooh, ¿ya lo sabe? –Ahora los ojos de Janice miraban más fijo, con expresión divertida y maliciosa.

–No –dijo Tom–. No estoy del todo seguro. Pero no me creo lo que dice su marido.

Janice se rió. Soltó una risita llena de curioso regocijo.

Tom no le devolvió la sonrisa porque no tenía ganas. Observó a Janice frotarse la muñeca derecha con el pulgar, como si estuviera enviando alguna especie de mensaje inconsciente. Llevaba una camisa blanca y radiante sobre los mismos pantalones azules, con un collar de turquesas (no eran de verdad, pero el collar era bonito) bajo el cuello de la camisa. Y esta vez, mientras Janice se frotaba los brazos, levantándose los puños de la camisa, Tom vio claramente las marcas de contusiones. Se fijó en una mancha azulada en el lado izquierdo de su cuello que también era un moretón. ¿Le estaba enseñando voluntariamente las magulladuras que tenía en las muñecas?

–Bueno –dijo Tom al fin–, si no estudia en el INSEAD...

–Le gusta contar historias –dijo Janice, bajando los ojos hacia el cenicero de cristal, en el que yacían tres colillas de los clientes anteriores, una con filtro.

Tom sonrió indulgente, esforzándose por parecer sincero.

–Y, claro, usted le quiere igual. –Vio que Janice dudaba, frunciendo el ceño. Pensó que ella adoptaba el papel de la damisela en apuros, o algo por el estilo, y que le gustaba que él la sonsacara.

–Él me necesita. No sé si..., bueno, sí le quiero. –Miró a Tom.

Oh, Dios mío, como si eso me importara, pensó Tom.

–Le haré una pregunta muy americana. ¿De qué vive? ¿De dónde saca el dinero?

El ceño de Janice se alisó súbitamente.

–Ah, eso no es problema. Su familia tenía un negocio maderero en el estado de Washington. Cuando su padre murió, lo vendieron, y David se quedó la mitad junto con su hermano. Todo está invertido... de alguna forma... y le produce una renta.

Por la manera en que dijo «de alguna forma» Tom dedujo que Janice ignoraba todo lo que se refería a acciones e inversiones.

–¿Suiza?

–Nooo. Algún banco de Nueva York, ellos se ocupan de todo. Es suficiente para nosotros... Pero David siempre quiere más. —Janice sonrió dulcemente, como si hablara de la exagerada inclinación de un niño hacia los pasteles—. Creo que su padre perdió la paciencia con él, le echó de casa cuando tenía veintidós años porque no trabajaba. Incluso entonces, David tenía una buena renta, pero quería más.

Tom podía imaginárselo. El dinero fácil alimentaba el elemento de fantasía en su existencia, le garantizaba la constante irrealidad y, al mismo tiempo, la comida en la nevera y en la mesa.

Bebió un sorbo de su café.

—¿Para qué quería verme?

—Oh... —La pregunta pareció despertarla de un sueño. Sacudió levemente la cabeza y miró a Tom—. Para decirle que él está jugando con usted. Quiere *hacerle daño*. Quiere hacerme daño a mí también. Pero ahora... usted le interesa.

—¿Cómo puede hacerme daño? —Tom sacó sus Gitanes.

—Pues sospecha de usted..., de todo. Simplemente, quiere que se sienta usted muy mal. —Pronunció la última palabra exagerando, como si se tratara de algo desagradable, pero fuese solo un juego.

—Hasta ahora no lo ha conseguido. —Tom le tendió el paquete, ella negó con la cabeza y cogió uno de los suyos—. ¿Y qué sospecha de mí, por ejemplo?

—Oh, no puedo decírselo. Me pegaría si se lo dijera.

—¿Pegarle?

—Oh, sí. A veces pierde el control.

Tom fingió sorprenderse un poco.

—Pero seguro que usted sabe qué tiene contra mí. No creo que sea nada personal, porque yo no le había visto nunca hasta hace quince días —se aventuró Tom—. No sabe nada de mí.

Ella entrecerró los ojos y su débil sonrisa se hizo tan débil que apenas podía considerarse como tal.

—No, es un juego.

A Tom le desagradaba tanto ella como su marido, pero intentó que su expresión no le traicionara.

—¿Y suele ir por ahí molestando a la gente? —le preguntó, como si le divirtiera la idea.

Otra vez la risita infantil de Janice, aunque las pequeñas arrugas que rodeaban sus ojos revelaban que tendría al menos treinta y cinco años, la misma edad que aparentaba su marido.

—Puede decirlo así. —Miró a Tom y luego apartó la vista.

—¿A quién molestaba antes que a mí?

Hubo un silencio, mientras Janice contemplaba el sórdido cenicero como si fuera una bola de cristal, como si vislumbrara en él fragmentos de antiguas historias. Tenía las cejas enarcadas —¿estaba representando algún papel, por su propio placer?—, y por primera vez Tom vio una cicatriz en forma de luna que ella tenía en el lado derecho de la frente. ¿Le habría lanzado David un plato a la cara en una pelea nocturna?

—¿Y qué espera ganar él molestando a la gente? —preguntó Tom amablemente, como si planteara una pregunta en una reunión de amigos.

—Oh, es su idea de la diversión. —Ahora Janice esbozó una sonrisa sincera—. Había un cantante en América... ¡*Dos* cantantes! —añadió riéndose—, uno pop y la otra..., mucho más importante, una soprano que cantaba ópera. Se me ha olvidado su nombre, pero quizá sea mejor, ¡ja, ja! Noruega, creo. David... —Janice volvió a mirar el cenicero.

—¿Un cantante pop? —la interrumpió Tom.

—Sí. David le escribía notas insultantes, ¿sabe? «Estás acabado», o «Dos asesinos te acechan», cosas así. David quería derrumbarle, que se pusiera nervioso en las actuaciones. Yo no sé siquiera si las cartas le llegaron, esa gente recibe muchas cartas, y él era bastante famoso entre la gente joven. El nombre de pila era Tony, de eso sí que me acuerdo. Pero creo que luego empezó con las drogas y no... —Janice hizo otra pausa y luego dijo—: A David le gusta ver a la gente hundirse..., si puede. Cuando consigue acobardarles.

Tom escuchaba.

—¿Y colecciona expedientes sobre esa gente? ¿Recortes de periódicos?

—No, generalmente no —dijo Janice indiferente, echando un vistazo a Tom, y tomó un sorbo de té—. La verdad es que no le gusta tener nada de eso en casa, por si acaso tiene..., bueno, éxito. Por ejemplo, con la cantante de ópera noruega no creo que tuviera éxito, pero me acuerdo de que ponía la televisión para verla, y decía que ella estaba empezando a temblar, que desfallecía. ¿Por qué? A mí me parecía absurdo. —Janice miró a Tom a los ojos.

Aquel tono de franqueza le sonaba a falso. Si ella sentía así, ¿qué hacía viviendo bajo el mismo techo que David Pritchard? Tom respiró hondo. No se podía juzgar con lógica la conducta de una mujer casada.

—¿Y qué planes tiene para mí? ¿Solo fastidiarme?

—Oh..., supongo. —Janice se retorció de nuevo—. Cree que usted está demasiado seguro de sí mismo. Que es un engreído.

Tom contuvo la risa.

—Fastidiarme —musitó Tom—. ¿Y después qué?

Los delgados labios rosados de Janice se elevaron en una línea traviesa que él nunca le había visto, y sus ojos le evitaron.

—¿Quién sabe? —Se frotó otra vez la muñeca.

—¿Y cómo es que David la ha tomado conmigo?

Janice le miró y luego reflexionó.

—Creo recordar que le vio en un aeropuerto de no sé dónde. Se fijó en su abrigo.

—¿Mi *abrigo?*

—Era un abrigo de cuero con el cuello de piel. Muy bonito, y David dijo: «Qué abrigo tan elegante, quién será ese hombre», y de alguna forma lo descubrió. Supongo que hizo averiguaciones hasta que se enteró de su nombre. —Janice se encogió de hombros.

Tom intentó recordar algo, pero no pudo. Parpadeó. Desde luego, era posible averiguar su nombre en un aeropuerto, si se había fijado en que tenía pasaporte americano. ¿Investigando dónde? ¿En las embajadas? Tom no estaba registrado —por lo menos, no creía estarlo en París, por ejemplo—. ¿O habría consultado archivos periodísticos? Eso exigía bastante perseverancia.

—¿Cuánto tiempo llevan casados? ¿Cómo conoció a David?

—Oh... —De nuevo hubo regocijo en su estrecho rostro, y se puso la mano sobre el pelo color albaricoque—. Sí, creo que llevamos más de tres años casados. Y nos conocimos... en una conferencia multitudinaria para secretarias, bibliotecarias y también jefas. —Otra risa—. En Cleveland, Ohio. No sé cómo empezamos a hablar David y yo, había tanta gente... Pero David tiene cierto encanto, aunque quizá usted no pueda apreciarlo.

Evidentemente, Tom no podía. Los tipos como Pritchard se dirigían hacia sus objetivos aunque ello implicara retorcerle el brazo a un hombre o a una mujer y, si hacía falta, eran capaces de ahogarles. Tom sabía que algunas mujeres encontraban encanto en un personaje así. Se levantó el puño de la camisa y miró la hora.

—Perdone. Tengo una cita dentro de unos minutos y voy a llegar tarde. —Se moría de ganas de mencionar a Cynthia, de preguntarle para qué pensaba utilizarla Pritchard, pero no quería pronunciar su nombre. Además, tampoco quería parecer preocupado—. ¿Qué quiere de mí su marido, si puedo preguntárselo? ¿Por qué hacía fotos de mi casa, por ejemplo?

—Oh, quiere que usted le tenga miedo... Quiere ver cómo se asusta.

Tom sonrió, tolerante.

—Lo siento, pero eso es imposible.

—Es simplemente una exhibición de *poder* por parte de David

–dijo ella, con una nota más chillona–. Yo ya le he dicho *muchas veces...*

–Otra pregunta directa: ¿ha ido alguna vez al psiquiatra?

–¡Ja, ja, ja! –Janice se contorsionó regocijada–. ¡Claro que no! Se ríe de ellos, dice que son unos embaucadores..., pero casi nunca habla de eso.

Tom le hizo una seña al camarero.

–Pero..., Janice, ¿no cree que es un poco raro que un marido pegue a su mujer? –Tom apenas podía controlar su sonrisa, porque estaba convencido de que a Janice le gustaba aquel trato.

Janice se removió inquieta y frunció el ceño.

–Pegar... Quizá no debería habérselo dicho.

Tom había oído hablar de la típica cónyuge que encubre a su pareja y, en aquel momento, Janice estaba haciendo exactamente eso. Tom sacó un billete de la cartera y le dijo al camarero que se quedara con la vuelta.

–Hablemos de cosas alegres. Dígame el próximo movimiento de David –dijo Tom cordialmente, como si le divirtiera el juego.

–¿Qué movimiento?

–Contra mí.

La mirada de Janice se enturbió, como si una gran multitud de posibilidades le invadieran la mente. Consiguió sonreír.

–La verdad, no puedo decírselo. Tal vez ni siquiera podría decirlo con palabras si...

–¿Por qué no? Inténtelo. –Tom esperó–. ¿Tirar piedras contra mi ventana?

Ella no contestó y Tom, disgustado, se levantó.

–Tendrá que perdonarme –dijo.

Silenciosa, quizá ofendida, ella se levantó, y Tom dejó que le precediera hasta la puerta.

–Por cierto, la vi recoger a David el domingo frente a mi casa –dijo Tom–. Y ahora le recoge otra vez. Es usted muy atenta.

Tampoco hubo respuesta.

Tom sintió una repentina y ardiente ira, y se dio cuenta de que era pura frustración.

–¿Por qué no se larga? ¿Por qué se queda ahí y lo aguanta?

Naturalmente, Janice Pritchard no iba a contestar a aquella pregunta, que había dado demasiado directo en el blanco. Mientras andaban, Tom vio brillar una lágrima en su ojo derecho. Ella iba delante, y seguramente se dirigía hacia su coche.

–¿Están casados de verdad? –prosiguió Tom.

–¡Oh, basta! –Ahora las lágrimas afluyeron en torrente a sus ojos–. Yo solo quería complacerle a usted...

–No se moleste, señora. –Tom recordó la sonrisa satisfecha de Janice cuando recogió a David Pritchard en Belle Ombre el domingo por la mañana–. Adiós.

Se dio la vuelta y se dirigió a su coche, apresurándose en los últimos metros. Tenía ganas de dar un puñetazo a algo, un tronco de árbol, cualquier cosa. Camino de casa, tuvo que esforzarse para no apretar demasiado el acelerador.

Tom comprobó con satisfacción que la puerta principal estaba cerrada. Heloise le abrió. Había estado tocando el clavicémbalo y tenía el libreto de lieder de Schubert sobre la repisa.

–¡Por todos los diablos! –exclamó Tom con profunda exasperación, y se sostuvo la cabeza con ambas manos durante un momento.

–¿Qué ha pasado, *chéri?*

–¡Esa mujer está chiflada! Y es deprimente. Horrible.

–¿Qué te ha dicho? –Heloise estaba tranquila. Rara vez se ponía nerviosa y a Tom le tranquilizó ver su compostura.

–Hemos tomado un café. Ella..., bueno, ya conoces a esos americanos –titubeó. Seguía pensando que Heloise y él podían ignorar a los Pritchard. ¿Por qué molestar a Heloise contándole las artimañas de aquella gente?–. Cariño, ya sabes que no puedo tragar a cierta gente. Y a veces me molestan tanto que me hacen explotar. Lo siento. –Y antes de que Heloise pudiera formular otra pregunta, Tom le dijo—: Perdóname. —Y se fue al lavabo del vestíbulo, donde se lavó la cara con agua fría, las manos con agua y jabón y se cepilló las uñas.

Pronto llegaría monsieur Roger Lepetit y la atmósfera cambiaría por completo. Heloise y Tom nunca sabían quién de los dos sería el primero en recibir la media hora de clase de monsieur Roger. Era él quien escogía de pronto, con una sonrisa cortés, diciendo: *«Alors, monsieur»*, o *«Madame, s'il vous plaît?»*.

Monsieur Lepetit llegó unos minutos tarde, y después de los comentarios habituales sobre el buen tiempo y el buen estado del jardín, le hizo un gesto a Heloise, con su ruborizada sonrisita, levantó una mano bastante rechoncha y dijo:

—Madame, ¿le gustaría empezar? ¿Vamos?

Tom se quedó al fondo, todavía de pie. Sabía que a Heloise no le molestaba su presencia cuando tocaba, hecho que Tom apreciaba. Él no hubiera soportado hacer el papel de crítico duro. Encendió un cigarrillo, se quedó de pie tras el largo sofá, y contempló el Derwatt que colgaba sobre la chimenea. *No* era un Derwatt, recordó, sino una falsificación de Bernard Tufts llamada *El hombre de la silla*. Era marrón rojizo con algunas vetas amarillas, y como todos los Derwatts, tenía múltiples contornos, algunos con trazos oscuros, de los que provocaban dolores de cabeza a alguna gente. Pero, a distancia, las imágenes parecían animadas, incluso con un ligero movimiento. El hombre de la silla tenía una cara parduzca, un tanto simiesca, con una expresión que podía describirse como pensativa, pero que no estaba definida con rasgos claramente marcados. Era la actitud inquieta (aun sentado en la silla), dubitativa y alterada, lo que le gustaba a Tom. También le gustaba el hecho de que fuese una copia. Ocupaba un lugar de honor en su casa.

El otro Derwatt de la sala —este auténtico— era *Las sillas rojas*, otro cuadro de tamaño medio, con dos niñas de unos diez años sentadas en sillas, en una actitud tensa, con los ojos abiertos y asustados. De nuevo los contornos rojizos y amarillos de las sillas y las siluetas estaban triplicadas y cuadruplicadas y, al cabo de pocos segundos (Tom siempre lo pensaba, imaginándose una primera visión), el observador descubría que el fondo parecía estar en llamas, y que la carne debía de estar quemándose. ¿Cuánto valdría ya aquel cuadro? Una cantidad de seis cifras en libras, una alta cantidad de seis cifras. Quizá más. Dependía de quién lo subastara. La compañía de seguros de Tom valoraba al alza el precio de sus dos cuadros. Tom no tenía intención de venderlos.

Si aquel patán de David Pritchard conseguía desacreditar todas aquellas falsificaciones, nunca podría hacer nada contra *Las sillas rojas,* que era muy antiguo y había sido pintado en Londres. Tom pensó que Pritchard no podía entrar allí a husmear con su chabacana nariz ni destruir nada. Pritchard nunca había oído hablar de Bernard Tufts. Los hermosos acordes de Franz Schubert le daban a Tom fuerza y coraje, aunque la interpretación de Heloise no siguiera los cánones del concierto, la intención y el respeto por Schubert estaban allí. Como en *El hombre de la silla* de Derwatt, no, de Bernard Tufts; el respeto que Bernard sentía por Derwatt estaba presente en su forma de pintar con el estilo de Derwatt.

Tom relajó los hombros, dobló los dedos y se miró las uñas. Limpias e impecables. Recordó que Bernard Tufts nunca había querido participar en los beneficios que obtenían con los falsos Derwatts. Bernard siempre había aceptado lo justo para mantener su estudio de Londres.

Tom suponía que si un tipo como Pritchard denunciaba las falsificaciones –¿pero cómo?–, Bernard Tufts también se vería afectado, aunque estuviera muerto. Jeff Constant y Ed Banbury tendrían que contestar a la pregunta de quién había hecho las falsificaciones y, evidentemente, Cynthia Gradnor lo sabía. La clave era: ¿sentiría ella el suficiente respeto por su antiguo amor, Bernard Tufts, como para no traicionar su nombre? Tom sentía un

91

orgulloso deseo de hacer justamente eso, proteger al idealista e infantil Bernard, que, finalmente, había muerto por su propia voluntad para pagar sus pecados.

La versión de Tom había sido que, en Salzburgo, Bernard le había dejado su bolsa de lona mientras había salido a buscar una habitación en otro hotel, y nunca más había vuelto. La verdad era que Tom había seguido a Bernard y que este había saltado por un acantilado. Al día siguiente, Tom había quemado el cuerpo lo mejor que había podido. Luego había fingido que se trataba del cadáver de Derwatt. Y le habían creído.

Después de todo, no era tan extraño que Cynthia alimentara un resentimiento latente, y que se preguntara dónde estaría el cuerpo de Bernard. Y Tom sabía que ella le odiaba y que odiaba a los dueños de la Buckmaster Gallery.

7

El avión inició el descenso con una pronunciada inclinación del ala derecha, y Tom se incorporó tanto como se lo permitía el cinturón de seguridad. Heloise estaba sentada junto a la ventanilla, porque Tom había insistido en ello. Y allí estaban: las dos afiladas puntas del puerto de Tánger, curvadas hacia dentro, y dirigidas hacia el estrecho como si quisieran capturar algo.

–¿Te acuerdas del mapa? ¡Ahí lo tienes! –dijo Tom.

–*Oui, mon chéri.* –Heloise no parecía tan entusiasmada como él, pero tampoco quitaba los ojos de la redonda ventanilla.

Desgraciadamente, la ventanilla estaba sucia, y la visión no era clara. Tom se inclinó, intentando ver Gibraltar. No pudo, pero vio el extremo sur de España, donde se levantaba Algeciras. Parecía tan pequeño...

El avión se enderezó, se inclinó hacia el otro lado y giró hacia la izquierda. No veían nada. Pero de nuevo descendió sobre el ala derecha, ofreciéndoles a Tom y a Heloise una perspectiva más cercana de blancas casas apretadas sobre una pendiente arenosa, casitas encaladas con ventanillas cuadradas. Ya en tierra, el avión se deslizó por la pista durante diez minutos. La gente se iba desabrochando el cinturón, impaciente por abandonar sus asientos.

Se acercaron a una sala de control de pasaportes. El techo era muy alto y dejaba pasar el sol a través de las lejanas y cerradas ventanas. Acalorado, Tom se quitó su chaqueta de verano y se la puso al brazo. Las dos colas, que avanzaban muy lentamente, parecían llenas de turistas franceses, pero Tom se fijó en que también había marroquíes, y algunos llevaban chilaba.

En la sala siguiente, Tom reclamó su equipaje, que estaba en el suelo —un sistema de lo más informal—, cambió mil francos franceses en dirhams, y luego le preguntó a la mujer morena del mostrador de información cuál era la mejor forma de llegar al centro. Taxi. ¿Y el precio? Unos cincuenta dirhams, contestó ella en francés.

Heloise había sido «razonable» con su equipaje, y los dos podían llevar sus escasas maletas sin la ayuda de un porteador. Tom le había dicho a Heloise que podía comprarse más cosas en Marruecos, e incluso alguna otra maleta para llevarlas.

—Cincuenta dirhams a la ciudad, ¿de acuerdo? —le dijo Tom en francés al taxista que abrió su portezuela—. Hotel Minzah. —Tom sabía que no había taxímetros.

—Suba —fue la brusca réplica en francés.

Tom y el conductor cargaron las maletas.

Luego salieron como en un cohete, pensó Tom, pero la sensación no se debía a la velocidad sino a los baches del camino y al viento que entraba por las ventanillas abiertas. Heloise se agarraba al asiento y a un asidero de cuero. El polvo entraba por la ventana del conductor. Pero, al fin, el camino mejoró, y se dirigieron al racimo de casas blancas que Tom había visto desde el avión.

Había casas a ambos lados, edificios de un ladrillo rojo que parecía sin cocer, de cinco o seis pisos de altura. Giraron por una calle principal, por cuyas aceras circulaban hombres y mujeres con sandalias. Había un par de cafés con terraza, y niñitos temerarios que cruzaban la calle a todo correr, obligando a los conductores a frenar bruscamente. Aquello era sin duda el centro de la ciudad, polvoriento, grisáceo, lleno de tenderos y vagabundos. El conductor se puso a la izquierda y paró unos metros más allá.

Hotel El Minzah. Tom salió y pagó, añadiendo diez dirhams más. Un botones vestido de rojo salió del hotel para ayudarles.

Tom rellenó la ficha de registro en aquel formal vestíbulo de altos techos. Por lo menos parecía limpio. Entre sus colores predominaban el rojo y el granate, aunque las paredes eran de un tono blanco crema.

Minutos después, Tom y Heloise estaban en su «suite», un término que a Tom siempre le parecía lúdico y elegante. Heloise se lavó las manos y la cara de un modo rápido y eficiente, y empezó a deshacer el equipaje, mientras Tom observaba el panorama por la ventana. Estaban en el cuarto piso, contando según el sistema europeo. Tom miró el panorama de edificios blancos y grisáceos, de no más de seis pisos, un desorden de ropa tendida, algunas banderas andrajosas e inidentificables colgando de sus postes en los tejados, montones de antenas de televisión y más ropa tendida sobre las azoteas. Abajo, visible desde otra ventana de la habitación, la clase adinerada, en la que él podía incluirse, se bronceaba, dispersa por el jardín del hotel. El sol había desaparecido del área que rodeaba la piscina del Minzah. Más allá de las figuras horizontales en bikini y bañador, había una hilera de mesitas y sillas blancas, y aún más allá, agradables y bien cuidadas palmeras, arbustos y buganvilias en flor.

A la altura de las piernas de Tom, un aparato de aire acondicionado irradiaba aire fresco, y él tendió las manos, dejando que el frío le entrase por las mangas.

–*Chéri!* –Un grito de suave desesperación de Heloise. Luego una leve carcajada–. *L'eau est coupée! Tout d'un coup!* –continuó–. Como dijo Noëlle. ¿Te acuerdas?

–Durante cuatro horas al día, ¿no dijo eso? –Tom sonrió–. ¿Y el retrete? ¿Y el baño? –Tom entró en el lavabo–. ¿No dijo Noëlle...? ¡Sí, mira esto! ¡Un cubo de agua limpia para lavarse!...

Tom se lavó las manos y la cara con el agua fría y, entre los dos, acabaron de deshacer todo el equipaje. Luego salieron a dar una vuelta.

Tom hizo tintinear las exóticas monedas en el bolsillo derecho del pantalón, y se preguntó qué sería lo primero que pagaría con ellas. ¿Un café? ¿Postales? Estaban en la Place de France, una plaza en la que desembocaban cinco calles, incluyendo la rue de la Liberté, donde estaba su hotel.

–¡Mira! –dijo Heloise, señalando un bolso de piel repujada. Pendía en el exterior de una tienda junto con chales y cuencos de cobre de dudosa utilidad–. Es bonito, ¿no, Tome? Original.

–Humm... Es mejor mirar primero otras tiendas, ¿no, querida? Vamos a dar una vuelta. –Ya eran casi las siete de la tarde y una pareja de tenderos empezaba a cerrar, observó Tom. De pronto le cogió la mano a Heloise–. ¿A que es fantástico? ¡Un país desconocido!

Ella sonrió. Tom vio curiosas líneas oscuras en sus ojos color lavanda, surgían de sus pupilas como radios de una rueda; una imagen muy dura para algo tan hermoso como los ojos de Heloise.

–Te quiero –le dijo Tom.

Avanzaron por el boulevard Pasteur, una amplia calle con una ligera pendiente hacia abajo. Había más tiendas, y toda la mercancía estaba muy apretujada. Niñas y mujeres arrastraban largas faldas, los pies calzados con sandalias, mientras los niños y los jóvenes parecían preferir los vaqueros, las zapatillas deportivas y las camisas de verano.

–¿Te gustaría tomar un té helado, cariño? ¿O un kir? Seguro que aquí hacen muy bien el kir.

Luego volvieron hacia el hotel y en la Place de France, siguiendo el esquemático mapa del folleto de Tom, encontraron el Café de París. Una larga y ruidosa hilera de mesas redondas y sillas se extendía a lo largo de la acera. Tom ocupó la última mesa que quedaba, y cogió una segunda silla de una mesa cercana.

—Toma un poco de dinero, querida —dijo Tom, sacando su cartera y ofreciéndole a Heloise la mitad de los dirhams.

Ella tenía una forma muy graciosa de abrir su bolso —que era como una mochila, pero más pequeño— y hacer que los talones o lo que fuera desapareciese instantáneamente, y que cada cosa cayera siempre en su sitio.

—¿Y cuánto es esto?

—Unos... cuatrocientos francos. Cambiaré más esta tarde en el hotel. Me he fijado que en El Minzah dan el mismo cambio que en el aeropuerto.

Heloise no demostró demasiado interés por aquella observación, pero Tom sabía que ella lo recordaría. A su alrededor, Tom no oía hablar en francés. Solo árabe o algo que, según había leído, debía de ser un dialecto bereber. Fuera lo que fuese, era ininteligible. Las mesas estaban ocupadas casi totalmente por hombres, algunos de mediana edad y un tanto gordos, con camisas de manga corta. De hecho, solo había una mesa ocupada por un hombre rubio con pantalón corto y una mujer.

Y apenas había camareros.

—¿Tenemos que confirmar la habitación para Noëlle?

—Sí, vale más reservarla dos veces. —Tom sonrió. Al registrarse, había preguntado por la habitación de madame Hassler, que llegaría la noche siguiente. El recepcionista le había dicho que la habitación estaba reservada. Tom le hizo un gesto a un camarero por tercera vez, un camarero con chaqueta blanca y una bandeja en la mano, y con aire de no prestar atención a nada. Pero aquella vez se acercó.

Les dijo que no se servía vino ni cerveza.

Los dos pidieron café. *Deux cafés.*

Entre toda la gente en la que uno podía pensar estando en el Norte de África, Tom pensaba en Cynthia Gradnor. Cynthia, la encarnación de la fría y rubia indiferencia inglesa. ¿No había sido fría con Bernard Tufts? ¿Se había mostrado intolerante? Tom no podía contestar a aquello, pues pertenecía al reino de las relaciones íntimas, tan distinto en privado de lo que una pareja podía parecer en público. ¿Hasta dónde llegaría ella para perjudicarle a él, a Tom Ripley, sin perjudicarse a sí misma y también a Bernard Tufts? Era curioso que, aunque Cynthia y Bernard nunca se hubieran casado, Tom les consideraba espiritualmente uno solo. Seguramente no habían sido amantes durante más de un mes, pero no era el factor físico lo que contaba. Cynthia había respetado a Bernard, le había querido profundamente, y Bernard, a su torturada manera, quizá se había considerado «indigno» de hacerle el amor a Cynthia, tan culpable se sentía por falsificar los Derwatts.

Tom suspiró.

–¿Qué pasa, Tome? ¿Estás cansado?

–¡No! –Tom estaba cansado y volvió a sonreír ampliamente, con una sensación real de libertad, basada en la conciencia de dónde se hallaba: a cientos de kilómetros de sus «enemigos», si es que podía llamarles así. Tal vez debía llamarles provocadores, y aquello incluía no solo a los Pritchard, sino también a Cynthia Gradnor.

De momento... Tom no pudo acabar su pensamiento, y volvió a fruncir el ceño. Se dio cuenta y se frotó la frente.

–¿Qué haremos mañana? ¿El Museo Forbes, los soldaditos de plomo? ¡Está en la Kasba! Y luego al Zoco.

–¡Sí! –dijo Heloise, con la cara súbitamente iluminada–. ¡La Kasba! Y luego al Zoco.

Ella se refería al Gran Zoco, el gran mercado. Comprarían cosas, regatearían, discutirían los precios. A Tom no le gustaba regatear, pero sabía que tenía que hacerlo para no parecer idiota y pagar el precio de los idiotas.

Camino del hotel, Tom no se molestó en regatear por unos higos verde pálido y otros más oscuros que tenían un magnífico aspecto, además de unos hermosos racimos de uvas verdes y un par de naranjas. Se lo llevó en las dos bolsas de plástico que le había dado el vendedor.

–Quedarán muy bien en nuestra habitación –dijo–. Y también le daremos a Noëlle.

Descubrió, para su placer, que volvían a tener agua. Heloise se duchó, seguida de Tom, y luego se tumbaron en pijama en la inmensa cama, disfrutando de la frescura del aire acondicionado.

–Hay televisión –dijo Heloise.

Tom ya la había visto. Se acercó e intentó encenderla.

–Es solo por curiosidad –le dijo a Heloise.

No funcionaba. Examinó el enchufe, parecía estar bien conectada, en la misma red que la lámpara de pie.

–Mañana –murmuró Tom, resignado, sin importarle mucho– le diré a alguien que la arregle.

A la mañana siguiente visitaron el Gran Zoco que había ante la Kasba, y cogieron un taxi para llevar al hotel las compras de Heloise: un bolso de piel marrón y un par de sandalias de cuero rojo, porque no querían llevarlas encima todo el día. El taxi esperó con Heloise mientras Tom dejaba el paquete en el mostrador de recepción. Luego fueron a la oficina de correos, donde Tom envió la misteriosa pieza que parecía una cinta de máquina de escribir. La había vuelto a embalar en Francia. Por avión, pero sin certificar, como quería Reeves. No puso ningún remite, ni siquiera uno inventado.

Luego fueron a la Kasba en otro taxi, dando un paseo cuesta arriba por algunas estrechas callejuelas. Allí estaba el castillo de

York —¿no había leído que Samuel Pepys había trabajado o se había hospedado un tiempo allí?—, sobre el puerto, y sus muros de piedra parecían inmensamente grandes y fuertes, contrastando con las casitas blancas que había a cada lado. Cerca había una mezquita con una alta cúpula verde. Mientras Tom la contemplaba se empezó a oír un fuerte cántico. Tom había leído que cuatro veces al día se oía en la ciudad la llamada a la oración del muecín, que en la actualidad se hacía con una grabación. La gente era demasiado perezosa para salir de la cama y subir las escaleras, pensó Tom, pero era despiadada cuando se trataba de despertar a otros a las cuatro de la madrugada. Se imaginó que los creyentes tenían que salir de la cama y mirar hacia la Meca, recitar algo y luego volver a la cama.

Pensaba que él había disfrutado más que Heloise con el Museo Forbes y los soldados de plomo, aunque tampoco podía asegurarlo. Heloise apenas dijo nada, pero parecía tan fascinada como Tom por las escenas de batalla, los campos para los heridos con vendajes sangrientos envolviéndoles la cabeza, el desfile de tal o cual regimiento, muchos a caballo, todos desplegados sobre largos mostradores acristalados. Los soldados y sus oficiales medían unos diez centímetros de alto, y los cañones y los carros guardaban la proporción. ¡Era sorprendente! Qué emocionante hubiera sido tener siete años... Los pensamientos de Tom se detuvieron bruscamente. En la época en que él hubiera podido apreciar los soldados de plomo, sus padres habían muerto ahogados. Él se había quedado a cargo de la tía Dottie, que nunca hubiera entendido el encanto de los soldados de plomo, ni le hubiera dado dinero para comprarlos.

—Es fantástico estar solos aquí —le dijo Tom a Heloise, porque, curiosamente, no había ni un alma en las amplias salas que atravesaban.

No les habían cobrado la entrada. El vigilante era un hombre joven, con chilaba blanca, que estaba en el inmenso vestíbulo, y solo les preguntó si eran tan amables de firmar en el libro de visitantes. Primero lo hizo Heloise, y luego Tom. Era un grueso libro con hojas color crema.

–*Merci et au revoir!* –le dijeron.

–¿Cogemos un taxi? –preguntó Tom–. ¡Mira! ¿Crees que eso puede ser un taxi?

Fueron a verlo. Bajaron por el paseo central entre grandes parcelas de césped hasta el supuesto taxi alineado junto al bordillo. Estaba lleno de polvo, pero tenían suerte: era un taxi.

–*Au Café de Paris, s'il vous plaît* –dijo Tom por la ventanilla antes de entrar.

Pensaban en Noëlle, que al cabo de unas horas embarcaría en un avión en Roissy. Le dejarían una fuente de fruta fresca en su habitación (que estaba en la planta superior a la de ellos), y cogerían un taxi hasta el aeropuerto para recogerla. Tom tomó un zumo de tomate con media rodaja de limón flotando en la superficie, y Heloise un té de menta, del que había oído hablar y que nunca había probado. Olía muy bien. Tom probó un sorbo. Heloise comentó que se moría de calor y que decían que el té iba bien, pero no podía imaginarse cómo.

Su hotel estaba justo unos pasos más allá, en la rue de la Liberté. Tom pagó, y estaba cogiendo su chaqueta blanca del respaldo de la silla, cuando le pareció que había reconocido una silueta familiar en el paseo principal, a su izquierda.

¿David Pritchard? La cabeza y el perfil le habían parecido los de Pritchard. Se puso de puntillas, pero había tanta gente andando en todas direcciones, que Pritchard, si es que era él, había desaparecido entre la multitud. No valía la pena correr hacia la esquina para mirar, pensó Tom, ni mucho menos correr tras él. Seguro que se había confundido. La cabeza morena con gafas de montura redonda: ¿acaso no veía a un tipo similar un par de veces al día?

–Por aquí, Tome.

–Ya lo sé. –Tom avistó un vendedor ambulante de flores–. ¡Flores! ¡Compremos un ramo!

Compraron ramos de buganvilias, algunas azucenas y un ramito más pequeño de camelias. Las camelias eran para Noëlle.

–¿Algún mensaje para los Ripley?

–*Non, m'sieur* –contestó el recepcionista de librea roja que estaba detrás del mostrador.

Una llamada de teléfono y les trajeron dos jarros, uno para la habitación de Noëlle, y otro para la de Tom y Heloise. Después de todo, había bastantes flores. Luego se dieron una ducha rápida antes de salir a buscar un sitio donde comer.

Decidieron buscar The Pub, recomendado por Noëlle Hassler, «justo junto al boulevard Pasteur, en medio de la ciudad», recordaba Tom. Le preguntó a un vendedor de corbatas y cinturones instalado en la acera si sabía dónde estaba The Pub. Segunda calle a la derecha, ya lo verían.

–*Merci infiniment!* –dijo Tom.

The Pub tenía un aire acondicionado bastante dudoso pero, de todas formas, era confortable y divertido. Incluso Heloise lo apreció, pues conocía algunos pubs ingleses. Allí, el propietario o propietarios habían hecho un esfuerzo: estanterías marrones, un antiguo reloj de péndulo colgado en la pared junto a fotografías de equipos deportivos, el menú en una pizarra, y botellas de Heineken a la vista. Era un sitio pequeño y no estaba demasiado lleno. Tom pidió un bocadillo de queso cheddar, y Heloise un plato del queso que fuera y una cerveza, que se bebió solo cuando estuvo lo bastante tibia.

–¿Deberíamos llamar a madame Annette? –preguntó Heloise, después del primer trago de cerveza.

Tom se quedó un tanto sorprendido.

–No, querida. ¿Por qué? ¿Estás preocupada?

–No, *chéri,* tú estás preocupado. ¿O no? –Heloise frunció el ceño, muy levemente, pero como lo hacía tan pocas veces parecía casi enfadada.

–No, querida. ¿Por qué?

–Por ese Preekard, ¿no?

Tom se puso la mano sobre los ojos y sintió que enrojecía, ¿o era el calor?

–Pritchard, querida. No –dijo con firmeza. Tenía el bocadillo de queso y el platillo de salsas frente a él–. ¿Qué puede hacer? –Era una pregunta tonta y vacía, formulada solo para tranquilizar a Heloise. Pritchard podía hacer montones de cosas, dependiendo exactamente de hasta dónde quisiera llegar–. ¿Qué tal tu queso? –le preguntó, formulando otra pregunta fútil.

–*Chéri,* ¿no fue Prikshard el que llamó haciéndose pasar por Graneleaf? –Heloise untó delicadamente un poco de mostaza sobre el queso.

La forma en que pronunció Greenleaf, omitiendo Dickie, hizo que Dickie y su cadáver parecieran muy lejanos, casi irreales.

–No lo creo, querida –dijo Tom, con calma–. Pritchard tiene una voz más profunda. Por lo menos, no parece nada juvenil. Tú dijiste que la voz parecía joven.

–Sí.

–Las llamadas de teléfono –dijo Tom pensativo mientras se servía un poco de salsa en el borde del plato– me recuerdan a un chiste malo. ¿Quieres que te lo cuente?

–Sí –dijo Heloise, y en sus ojos color lavanda había un leve pero firme interés.

–Un manicomio. *Maison de fous.* El médico ve a un paciente escribiendo algo y le pregunta qué está escribiendo. Una carta. Una carta a quién, pregunta el médico. A mí mismo, dice el paciente. ¿Qué dice la carta?, pregunta el médico. Y el paciente le contesta: No lo sé, aún no la he recibido.

Heloise no soltó ninguna carcajada, pero al menos sonrió.

–Es bastante malo.

Tom respiró hondo.

–Cariño..., tenemos que comprar unas cuantas postales. Camellos galopando, mercados, vistas del desierto, pollos patas arriba...

–¿Pollos?

–Suelen salir patas arriba en las postales. En México, por ejemplo. Camino del mercado. –Tom no quiso añadir «antes de que les retuerzan el pescuezo».

Pidieron dos Heineken más para acabar la comida, porque se trataba de botellas pequeñas.

De vuelta en la elegancia y los altos techos del Minzah, volvieron a ducharse, esta vez juntos. Luego decidieron dormir la siesta. Aún tenían tiempo de sobra para ir al aeropuerto.

Un poco antes de las tres, Tom se puso vaqueros y una camiseta, y bajó a comprar postales. Compró una docena en la recepción del hotel. Había cogido un bolígrafo y pensaba empezar una postal para que Heloise la acabara, dirigida a la fiel madame Annette. Ah, qué lejos quedaban aquellos tiempos –¿habrían existido realmente?– en que él le había escrito una postal a la tía Dottie desde Europa. Le escribía porque le interesaba mantenerla a su favor para heredar algo, reconoció para sí. Ella le había dejado diez mil dólares, pero su casa, que a Tom le gustaba y tenía esperanzas de heredar, se la había legado a otra persona. Había olvidado su nombre, tal vez porque prefería olvidarlo.

Se sentó en una banqueta del bar del Hotel Minzah, porque allí había buena luz. Pensó que también sería un detalle simpático mandarles una postal a los Clegg, sus vecinos ingleses, que vivían cerca de Malun. Él era abogado, pero ya estaba retirado.

Tom escribió, en francés:

Querida madame Annette:
Aquí hace mucho calor. ¡Hemos visto un par de cabras andando por la acera y sin atar!

Era verdad. El chico que las llevaba, calzado con sandalias, tenía que esforzarse bastante, agarrándoles los cuernos cuando hacía falta. ¿Y adónde irían? Tom continuó escribiendo:

Por favor, dígale a Henri que la pequeña forsitia que hay cerca del invernadero necesita riego *ya*. Hasta pronto.

Tom

—*M'sieur?* —le dijo el camarero.

—Gracias, espero a alguien —contestó Tom. El camarero de la chaqueta roja debía de saber que él era huésped del hotel, supuso Tom. Los marroquíes, como los italianos, tenían aspecto de observar y recordar las caras de la gente.

Tom esperaba que Pritchard no estuviera rondando por Belle Ombre, molestando a madame Annette, que seguramente le reconocería desde lejos tan bien como el propio Tom. ¿Cuál era la dirección de los Clegg? No estaba seguro del número de la calle pero, de todas formas, podía empezar la postal. A Heloise le gustaba que le ahorraran al máximo la tarea de escribir postales.

Con el bolígrafo otra vez entre los dedos, Tom echó un vistazo a su derecha.

No había razón para preocuparse de que Pritchard acechara Belle Ombre porque estaba sentado allí, en el bar, con sus ojos oscuros fijos en Tom, unas cuatro banquetas más allá. Llevaba puestas sus gafas de montura redonda y una camisa azul de manga corta, y tenía un vaso frente a él.

—Buenas tardes —dijo Pritchard.

Dos o tres personas que venían de la piscina, por detrás de Pritchard, se acercaron a la puerta y entraron en el bar en sandalias y bañador.

—Buenas tardes —respondió Tom con calma. Sus peores sospechas parecían haberse confirmado: los malditos Pritchard le habían espiado en Fontainebleau, cuando todavía llevaba los billetes en la mano o en el bolsillo, y estaba cerca de la agencia de viajes... *Phuket,* pensó, recordando la tranquila playa isleña del cartel de la agencia de viajes. Bajó la vista hacia su postal, que estaba dividida en cuatro escenas: camello, mezquita, chicas del mercado con chales de rayas, una playa azul y dorada. *Queridos Clegg*. Agarró el bolígrafo.

–¿Cuánto tiempo se queda aquí, míster Ripley? –le preguntó Pritchard, aventurándose a acercarse a Tom, con el vaso en la mano.

–Ah... Creo que nos vamos mañana. ¿Usted ha venido con su mujer?

–Sí. Pero no estamos en este hotel. –El tono de Pritchard era frío.

–Por cierto –dijo Tom–, ¿qué pretende hacer con las fotos que hizo de mi casa? El domingo, ¿se acuerda? –Tom recordó que le había preguntado lo mismo a la mujer de Pritchard, y todavía confiaba, esperaba, que Janice Pritchard no le hubiera contado a su marido nada de su entrevista con él.

–El domingo. Sí. Vi a su mujer o a alguien mirando por la ventana. Bueno..., las fotos son solo para mi registro. Como le dije, tengo... un buen expediente sobre usted.

Tom pensó que Pritchard no se lo había dicho exactamente.

–¿Trabaja para alguna oficina de investigaciones? ¿Merodeadores Internacionales, S. A.?

–¡Ja, ja! No, es solo para mi propio placer... Y el de mi mujer –añadió con cierto énfasis–. Y usted es un campo abonado, míster Ripley.

Tom estaba pensando que probablemente aquella torpe chica de la agencia de viajes habría contestado a la pregunta de David Pritchard: «Su último cliente le ha comprado unos billetes, ¿para qué país eran? Es un vecino mío, míster Ripley. Le hemos llamado, pero no nos ha visto. Quizá cambiemos de idea, pero preferiríamos no coincidir en el mismo sitio.» La chica le habría contestado: «Míster Ripley ha comprado dos billetes para Tánger para su mujer y para él.» Seguro que había sido lo bastante estúpida como para revelarle también el nombre del hotel, sobre todo considerando que las agencias obtienen porcentaje por cada cliente que registran.

—¿Usted y su mujer han venido hasta Tánger solo para verme? —preguntó Tom, con el tono de quien se siente halagado.

—¿Por qué no? Es interesante —dijo Pritchard, con sus ojos castaño oscuro fijos en Tom.

Sobre todo, era bastante molesto.

Cada vez que Tom veía a David Pritchard, le parecía que había engordado un kilo más. Era muy curioso. Tom miró a su izquierda para ver si Heloise había bajado al vestíbulo, porque ya se acercaba la hora.

—Lo siento por usted, porque vamos a quedarnos muy poco tiempo. Nos vamos mañana.

—¡Oh! Tienen que ver Casablanca, ¿no?

—Exacto —contestó Tom—. Nos vamos a Casablanca. ¿En qué hotel están Janice y usted?

—En el... Grand Hotel Villa de France, por allí... —Movió una mano hacia Tom—. Una calle más arriba.

Tom no sabía si creerle o no.

—¿Y cómo están nuestros mutuos amigos? Tenemos tantos... —sonrió Tom. Ahora estaba de pie, sujetando postales y bolígrafos con la mano izquierda y apoyándose en el cuero negro de la banqueta.

—¿Cuáles? —Pritchard soltó una risita que le hizo parecer muy viejo.

A Tom le hubiera encantado pegarle un puñetazo en aquel prominente plexo solar.

—Mistress Murchison —se aventuró.

—Sí, estamos en contacto. Y con Cynthia Gradnor también.

Una vez más, el nombre salió con fluidez de labios de Pritchard. Tom retrocedió unos centímetros, dando a entender que ya se iba a marchar por la gran puerta.

—¿Suelen ponerse conferencias?

–Oh, sí... ¿Por qué no? –Pritchard mostró su perfecta dentadura.

–Pero... –empezó Tom pensativo–. ¿De qué hablan?

–¡De *usted!* –contestó Pritchard sonriendo–. Cotejamos hechos. –De nuevo asintió para dar énfasis–. Y urdimos planes.

–¿Con qué objetivo?

–Divertirnos –contestó Pritchard–. Quizá vengarnos. –Aquí soltó una risa gutural–. Algunos, claro.

Tom asintió, y luego dijo cordialmente:

–Buena suerte. –Se volvió y salió.

Encontró a Heloise, la divisó en una de las butacas del vestíbulo. Estaba leyendo un periódico francés o, al menos, editado en francés, pero Tom vio también una columna en árabe en la parte de abajo de la primera página.

–Querida... –Tom sabía que ella había visto a Pritchard.

Heloise dio un respingo.

–¡Otra vez! ¡Ese mequetrefe! ¡Tome, no me puedo creer que esté *aquí!*

–A mí me molesta tanto como a ti –murmuró Tom en francés–, pero mantengamos la calma, porque puede estar vigilándonos desde el bar. –Tom se quedó de pie, erguido y sereno–. Dice que está en el Grand Hotel no sé qué, cerca de aquí, con su mujer. No sé si creerle. Pero seguro que pasa la noche en algún hotel.

–¡Y nos ha seguido hasta *aquí!*

–Querida, amor mío, podríamos... –Tom se detuvo bruscamente, y sintió que sus pensamientos le habían llevado al borde de un precipicio en sus razonamientos. Había estado a punto de proponerle a Heloise que se trasladaran esa misma tarde, que cambiaran de hotel y le dieran esquinazo a Pritchard, incluso quizá saliendo de Tánger. Pero eso hubiera sido un problema para Noëlle Hassler, que debía de haberles dicho a sus amigos que estaría unos días en el Hotel El Minzah. ¿Y por qué tenían que molestarse Heloise y él a causa de un siniestro personaje llamado Pritchard?–. ¿Has dejado la llave en recepción?

Heloise asintió.

–¿La mujer de Pritchard está con él? –preguntó ella cuando salieron por la puerta principal.

Tom ni siquiera había mirado si Pritchard había salido del bar.

–Eso ha dicho él, así que probablemente no será verdad.

¡Su *mujer!* Qué extraña relación: su mujer confesándole a Tom en el bar de Fontainebleau que su marido era un tirano y un bruto. Pero seguían juntos. Aquello era enfermizo.

–Estás tenso, *chéri.* –Heloise le había cogido del brazo, intentando no perderse en medio de la multitud que los empujaba por la acera.

–Perdona, estaba pensando.

–¿Qué pensabas?

–En nosotros. En Belle Ombre... En todo. –Echó un rápido vistazo al rostro de Heloise. Ella se echó el pelo hacia atrás con la mano izquierda. *Quiero que estemos seguros,* podría haber añadido Tom, pero no quería importunar más a Heloise–. Crucemos la calle.

Una vez más, habían echado a andar por el boulevard Pasteur, como si la multitud y las tiendas tuvieran un imán. Tom vio un letrero rojo y negro colgando sobre una puerta: Rubi Bar & Grill, escrito en inglés, y con letras árabes debajo.

–¿Probamos aquí? –preguntó Tom.

Era un pequeño bar-restaurante, con tres o cuatro clientes nativos, unos de pie y otros sentados.

Tom y Heloise se quedaron de pie en la barra y pidieron un café y un zumo de tomate. El camarero les acercó un platillo de judías frías y otro de rábanos y aceitunas negras, además de cubiertos y manteles de papel.

Un hombre de constitución fuerte, sentado en una banqueta detrás de Heloise, parecía almorzar a base de tapas. Llevaba una chilaba amarillenta que le colgaba casi hasta sus zapatos negros de ejecutivo. Tom le vio hundir una mano por la abertura lateral de la chilaba buscando el bolsillo de sus pantalones. Los bordes de la abertura parecían un tanto sucios. El hombre se sonó y luego se guardó el pañuelo otra vez en el bolsillo, sin quitar los ojos del periódico.

Tom estaba inspirado. Se compraría una chilaba, se armaría de valor y se la pondría. Se lo dijo a Heloise y la hizo reír.

—Y yo te haré una foto... en la Kasba, ¿eh? Fuera del hotel, ¿de acuerdo?

—Donde quieras. —Tom estaba pensando en lo práctica que era aquella ropa suelta, porque uno podía llevar pantalón corto o un traje formal debajo, incluso podía ir en bañador.

Tom estaba de suerte: justo al volver la esquina desde el Rubi Bar & Grill había una tienda con chilabas colgando entre chales brillantes.

—Una chilaba, por favor —le dijo Tom al dueño—. No, rosa, no —continuó en francés, al ver la primera que le ofrecía—. ¿Y de manga larga? —Tom se señaló la muñeca con el dedo.

—*Ah! Si! Ici, m'sieur.* —Sus sandalias sin tacón claqueteaban sobre el viejo suelo de madera—. *Ici.*

Allí colgaba una hilera de chilabas, parcialmente oscurecidas por la sombra de un par de expositores. No había espacio para llegar donde estaba el dueño, pero Tom señaló una verde pálido. Tenía manga larga y dos aberturas laterales. Tom se la colocó encima para comprobar la talla.

Heloise se volvió y, con discreción, tosió y se abrió paso hacia la puerta.

—*Bon, c'est fait* —dijo Tom, después de preguntar el precio, que le pareció razonable—. ¿Y eso?

—*Ah, si...* —Luego siguió un párrafo de elogios..., Tom no pudo entenderlo todo, aunque el hombre hablaba en francés..., sobre la calidad de sus cuchillos. Para cazar, como abrecartas y para la cocina.

Eran navajas. Tom escogió rápidamente: una con la empuñadura de madera marrón claro con incrustaciones de cobre, una hoja afilada y puntiaguda, cóncava en el extremo no cortante. Treinta dirhams. Doblada, su navaja no medía más de quince centímetros, cabía en cualquier bolsillo.

–¿Un paseo en taxi? –le preguntó Tom a Heloise–. Una vuelta rápida hacia cualquier parte. ¿Te apetece?

Heloise miró su reloj.

–Tenemos tiempo. ¿No te vas a cambiar para ponerte la chilaba?

–¿Cambiarme? ¡Me la pondré en el taxi! –Tom se despidió del tendero, que les estaba observando, con un gesto de la mano–. *Merci, m'sieur!*

El tendero dijo algo que Tom no comprendió y Tom deseó que hubiera dicho: «Que Dios le acompañe», fuera el dios que fuera.

El taxista les preguntó por la ventanilla:

–¿Club náutico?

–Ahí tenemos que comer algún día –le dijo Heloise a Tom–. Noëlle nos quiere llevar.

A Tom le resbaló una gota de sudor por la mejilla.

–Algún sitio fresco. Donde corra aire –dijo en francés al conductor.

–¿La Haffa? Brisa. Océano. Cerca. ¡Té!

Tom estaba desorientado. De todas formas, subieron al taxi y le dijeron al conductor que siguiera adelante. Tom le dijo:

–Tenemos que estar en el Hotel Minzah a las cinco. –Y se aseguró de que el conductor le entendía.

Miraron los relojes. Tenían que recoger a Noëlle a las siete.

Otra vez a toda velocidad, y dando saltos en el taxi. El conductor se dirigía a algún sitio determinado. Iban hacia el oeste, pensó Tom, y la ciudad empezó a desaparecer.

–Tu ropa –le dijo Heloise con disimulo.

110

Tom sacó la chilaba doblada de su bolsa de plástico, la colocó bien, agachó la cabeza y la metió por el hueco de la fina tela verde pálido. Luego, un par de tirones y ya le caía sobre los pantalones.

–¡Mira! –le dijo triunfalmente a Heloise.

Ella le observó con un centelleo en los ojos, aprobadora. Tom se buscó los bolsillos: eran accesibles. La navaja seguía en su bolsillo izquierdo.

–La Haffa –dijo el conductor, acercándose a un muro de cemento con un par de puertas, una de ellas abierta. El azul del Atlántico se extendía más allá, visible a través de un hueco del muro.

–¿Qué es? ¿Un museo? –preguntó Tom.

–Té-café –dijo el conductor–. *J'attends? Demi-heure?*

Era más sensato decir que sí, pensó Tom, y contestó:

–De acuerdo, *demi-heure*.

Heloise ya había salido y, con la cabeza erguida, estaba mirando hacia las aguas azules. La brisa le apartaba el pelo hacia un lado.

Una figura masculina con pantalones negros y lacia camisa blanca se acercó despacio hacia ellos desde una puerta de piedra. Como un espíritu maligno, pensó Tom, que les condujera al infierno o, por lo menos, hacia la corrupción. Un flaco perro mestizo, negro y subalimentado, empezó a husmear en dirección a ellos, aparentemente sin fuerzas, y avanzó renqueando sobre tres patas. Fuera cual fuese el problema de la cuarta pata, parecía sufrirlo desde hacía mucho tiempo.

Tom siguió a Heloise de mala gana, a través de la primitiva entrada de piedra y luego por un camino empedrado que llevaba hacia el mar. Vio una cocina o algo parecido a su izquierda, con un hornillo para calentar agua. Amplios escalones excavados en la roca y sin barandilla bajaban hacia el océano. Tom miró los cubículos que había a cada lado, habitaciones sin paredes junto al mar, y con esteras de paja sobre postes a modo de tejado, esteras en el suelo y ningún otro mueble. Tampoco había ningún cliente.

–Es curioso este sitio –le dijo Tom a Heloise–. ¿Quieres tomar un té de menta?

Heloise sacudió la cabeza.

–Ahora no. No me gusta esto.

A Tom tampoco le gustaba. El camarero, maître o lo que fuese, no se movía. Tom se imaginó que aquel sitio debía de ser fascinante por la noche, o a la puesta de sol, con amigos, con cierta animación y lámparas de aceite en el suelo. Había que sentarse en aquellos jergones con las piernas cruzadas, o echarse, como en la Grecia clásica. Luego, Tom oyó una fuerte carcajada en un cubículo, donde había unos hombres sentados fumando algo, con las piernas dobladas sobre el suelo cubierto de esteras. Tuvo la impresión de ver tacitas de té, y una fuente blanca a la sombra, donde la luz del sol llegaba en forma de pequeños flecos de oro.

El taxi les esperaba, y el conductor charlaba y se reía con el tipo flaco de la camisa blanca.

Volvieron al Minzah, Tom le pagó al taxista y Heloise y él entraron en el vestíbulo. No se veía a Pritchard por ninguna parte. Y se alegró de comprobar que su chilaba no despertaba ninguna expectación.

–Querida, me gustaría hacer unas cosas. Estaré ocupado durante una hora más o menos. ¿Te importaría ir sola al aeropuerto a buscar a Noëlle?

–No –dijo Heloise pensativa–. Volveremos aquí enseguida. ¿Qué vas a hacer?

Tom sonrió, titubeando.

–Nada importante, pero prefiero quedarme solo un rato. ¿Nos vemos hacia las... ocho o las ocho y pico? Dale la bienvenida a Noëlle de mi parte. ¡Hasta pronto!

8

Tom salió de nuevo al sol, se arremangó la chilaba y sacó su esquemático plano del bolsillo de atrás. El Grand Hotel Villa de France que Pritchard había mencionado parecía estar muy cerca, y se podía llegar por la rue de Hollande. Tom echó a andar, se enjugó el sudor de la frente con la parte superior de la chilaba verde claro, y luego la arremangó y se la quitó por la cabeza sin dejar de andar. Lástima que no tuviera una bolsa de plástico, no hubiera tenido que llevar la chilaba doblada bajo el brazo.

Nadie le miraba y Tom tampoco miró a los transeúntes. La mayoría de la gente, hombre y mujeres, llevaban bolsas de compra de alguna especie, y no iban de paseo.

Tom entró en el vestíbulo del Grand Hotel Villa de France y miró a su alrededor. No era tan lujoso como El Minzah, y había cuatro personas sentadas en el vestíbulo, pero ninguna era Pritchard o su mujer. Tom fue a la recepción y preguntó si podía hablar con míster David Pritchard.

–*Ou madame Pritchard* –añadió.

–¿A quién debo anunciar? –le preguntó el joven que había tras el mostrador.

–Dígales simplemente Thomas.

–*M'sieur Thomas?*

–*Oui.*

Míster Pritchard no estaba, al parecer, aunque el joven miró tras de sí y vio que la llave tampoco estaba.

–¿Puedo hablar con su mujer?

El joven le dijo que míster Pritchard estaba solo en el hotel.

–Muchas gracias. Por favor, dígale que le ha llamado míster Thomas, ¿quiere?... No, gracias, *m'sieur* Pritchard sabe cómo localizarme.

Tom se volvió hacia la puerta y en aquel momento vio a Pritchard saliendo de un ascensor, con la cámara colgada del hombro con una correa. Tom avanzó hacia él.

–¡Buenas tardes, míster Pritchard!

–¡Ah, hola! Qué sorpresa tan agradable.

–Sí. He pensado que podía acercarme a saludar. ¿Tiene unos minutos? ¿O ha quedado con alguien?

Los labios rosa oscuro de Pritchard se abrieron con sorpresa, ¿o era satisfacción?

–Hum... Sí, ¿por qué no?

Al parecer, «¿por qué no?» era la frase favorita de Pritchard. Tom adoptó una actitud amable y se dirigió hacia la puerta, pero tuvo que esperar a que Pritchard depositara su llave.

–Bonita cámara –observó cuando volvió Pritchard–. Cerca de aquí hay un sitio muy agradable, en la costa. Bueno, todo está en la costa, ¿no? –Se rió suavemente.

Salieron del aire acondicionado al calor del sol. Tom observó que eran cerca de las seis y media.

–¿Conoce bien Tánger? –le preguntó, dispuesto a hacerse el entendido–. ¿La Haffa? Es un sitio con unas vistas espectaculares. O vamos a un café... –Hizo un gesto circular con un dedo para indicar el vecindario más inmediato.

–Probemos el primer sitio que ha dicho. Lo de las vistas.

–Quizá Janice quiera venir también. –Tom se detuvo en la acera.

–Está durmiendo la siesta –dijo Pritchard.

Al cabo de unos minutos, Tom consiguió un taxi y le pidió al taxista que les llevase a La Haffa.

–Es agradable la brisa, ¿verdad? –dijo Tom, dejando que el aire entrara por una rendija de la ventanilla–. ¿Sabe algo de árabe? ¿O el dialecto bereber?

–Muy poco –dijo Pritchard.

Tom estaba dispuesto a fingir también en aquel tema. Pritchard llevaba zapatos blancos, de un tejido de arpillera que dejaba pasar el aire, el tipo de zapatos que Tom no podía soportar. Era curioso cómo le fastidiaba todo lo de Pritchard, incluso el reloj que llevaba, con pulsera de oro extensible, cara y ostentosa, el reloj montado en oro, con esfera dorada, típico de macarra, pensó Tom. Él prefería mil veces su conservador Patek Philippe, con correa de cuero marrón y con un aire antiguo.

–¡Mire! Creo que ya estamos. –Como era lógico, el segundo viaje a La Haffa le pareció más corto que el primero. Pagó los veinte dirhams, pese a las protestas de Pritchard, y despidió al chófer–. Es un salón de té –dijo Tom–. Tienen té de menta y quizá otras cosas. –Tom soltó una risita. Suponía que se podía comprar kif o cannabis si uno lo pedía.

Atravesaron la entrada de piedra y luego bajaron por el camino. Tom se fijó en que uno de los camareros de camisa blanca les había visto.

–¡Mire qué vistas! –dijo Tom.

El sol aún flotaba sobre el intenso azul. Mirando al mar, se podía pensar que no existía ni una partícula de polvo. Incluso bajo los pies, y a la derecha e izquierda, el polvo y la arena se extendían en una capa muy fina, casi imperceptible. Sobre el camino de piedra se veían pedazos de esteras hechas a mano, y las plantas parecían sedientas en aquel suelo tan yermo. Un cubículo, o comoquiera que se llamaran los espacios divididos, estaba ocupado por seis hombres sentados y reclinados, charlando animadamente.

–¿Aquí? –preguntó Tom, señalando–. Así podremos pedir si viene el camarero. ¿Té de menta?

Pritchard se encogió de hombros e hizo girar unos botones de su cámara.

–¿Por qué no? –dijo Tom, intentando adelantarse a Pritchard, pero este lo dijo al mismo tiempo.

Imperturbable, Pritchard levantó la cámara a la altura de sus ojos y la enfocó hacia el mar.

Llegó el camarero, con una bandeja vacía en la mano. Iba descalzo.

—Dos tés de menta, por favor —pidió Tom en francés.

Una respuesta afirmativa y el chico se alejó.

Pritchard hizo tres fotos más, despacio, dándole la espalda a Tom, que estaba de pie, bajo la sombra del combado techo del cubículo. Luego se volvió y dijo, con una débil sonrisa:

—¿Le hago una a usted?

—No, gracias —contestó Tom afablemente.

—¿Tenemos que sentarnos aquí? —preguntó Pritchard, avanzando hacia el cubículo moteado del sol.

Tom lanzó una breve carcajada. No estaba de humor para sentarse. Cogió la chilaba plegada que llevaba en el brazo izquierdo, y la extendió amablemente en el suelo. Su mano izquierda volvió al bolsillo de sus pantalones, donde su pulgar tocó la navaja cerrada. En el suelo también había un par de cojines tapizados, advirtió Tom, sin duda muy cómodos para apoyar el codo cuando uno se tumbaba.

—¿Por qué me dijo que su mujer estaba con usted si no es verdad? —se aventuró Tom.

—Oh... —A pesar de su débil sonrisa, la mente de Pritchard se agitaba—. Una broma, supongo.

—¿Por qué?

—Para divertirme. —Pritchard levantó la cámara y enfocó a Tom, como para devolverle su insolencia.

Tom hizo un gesto violento hacia la cámara, como para lanzarla contra el suelo, pero no la tocó.

—Déjelo. No me gusta que me hagan fotos.

—Peor que eso. Por lo visto, odia las cámaras. —Pero Pritchard había dejado de enfocarlo.

Qué sitio tan bueno para matar a aquel bastardo, pensó Tom. Nadie sabía que habían quedado, nadie sabía que estaban *allí*. Golpearle, clavarle el cuchillo y que se desangrara hasta la muerte, llevarle a otro cubículo (o dejarle allí) y marcharse.

—No es verdad —dijo Tom—. Tengo dos o tres en casa. Pero no me gusta la gente que hace fotos de mi casa con aspecto de estar vigilándome, como si fuese a utilizarlas más adelante.

David Pritchard sostenía la cámara en las manos, a nivel de la cintura, y sonrió benévolo.

—Está preocupado, míster Ripley.

—En absoluto.

—Tal vez le preocupe Cynthia Gradnor... y la historia de Murchison.

—En absoluto. Usted no conoce a Cynthia Gradnor. ¿Por qué finge conocerla? ¿Solo para divertirse? ¿Qué diversión es esa?

—Usted ya lo sabe. —Pritchard se iba calentando, aunque muy cautelosamente, para la pelea. Era obvio que prefería el estilo cínico, de apariencia fría—. El placer de ver derrumbarse a un estafador esnob como usted.

—Oh. Mis mejores y más británicos deseos, míster Pritchard. —Tom se balanceaba sobre los pies, con las manos en los bolsillos del pantalón, muriéndose de ganas de pegarle. Se dio cuenta de que estaba esperando a que llegara el té, que llegó entonces.

El joven camarero dejó la bandeja en el suelo, sirvió dos vasos de una tetera metálica, y les deseó a los caballeros que disfrutaran con la bebida.

El té olía muy bien, fresco, casi embriagador, todo lo que no era Pritchard. También había un platillo con hojas de menta. Tom sacó su cartera e insistió en pagar, pese a las protestas de Pritchard. Añadió una propina.

—¿Bebemos? —dijo, y se inclinó hacia su vaso, teniendo cuidado de no perder de vista a Pritchard. No pensaba tenderle el suyo. Los vasos estaban metidos en una especie de posavasos metálicos. Tom se echó una ramita de menta en el té.

Pritchard se inclinó y levantó su vaso.

—¡Ay!

Quizá se había echado un poco de té encima, Tom no lo sabía ni le importaba. ¿Disfrutaría Pritchard, a su manera enfermiza, de aquel té con él, incluso cuando no ocurría nada excepto que la relación se hacía más y más odiosa para ambos?, se preguntó Tom. ¿Le gustaba más a Pritchard cuanto más odiosa se volvía? Probablemente. Tom pensó otra vez en Murchison, pero de otra forma: era curioso, ahora Pritchard estaba en la posición de Murchison, actuando como alguien que podía traicionarle, que podía sacar a relucir las falsificaciones de Derwatt y el negocio de ventas de Derwatt, que ahora poseían nominalmente Jeff Constant y Ed Banbury. ¿Se iba a mantener firme Pritchard como Murchison? ¿Tendría Pritchard artillería pesada o solo serían vagas amenazas?

Tom sorbió su té, de pie. La similaridad, pensó Tom, era que él tenía que preguntarles a ambos hombres si preferían abandonar sus pesquisas o morir. Él le había pedido a Murchison que se olvidara de las falsificaciones, no le había amenazado. Pero cuando Murchison se había obstinado...

–Míster Pritchard, me gustaría pedirle algo que quizá le sea imposible. Salga de mi vida, deje de husmear, y ¿por qué no se va también de Villeperce? ¿Qué hace allí aparte de molestarme a mí? Ni siquiera está en el INSEAD. –Tom se rió de un modo indiferente, como si las historias de Pritchard sobre sí mismo fuesen pueriles.

–Míster Ripley, tengo derecho a vivir donde quiera. Igual que usted.

–Sí, si se comporta como el resto de la gente. He pensado en poner a la policía detrás de usted, en pedirles que no le pierdan de vista en Villeperce, donde yo llevo bastantes años viviendo.

–¡Llamar a la policía! *¡Usted!* –Pritchard intentó reírse.

–Tengo tres testigos contra usted, además de mí mismo, claro. –Podía haber mencionado un cuarto, Janice Pritchard.

Dejó su té en el suelo. Pritchard también había dejado el suyo después de quemarse, y no había vuelto a cogerlo.

A la derecha de Tom, detrás de Pritchard, el sol iluminaba aún más cerca las azuladas aguas. Por el momento, Pritchard intentaba seguir con su actitud fría. Tom recordó que Pritchard sabía judo o, al menos, eso había dicho. ¿Quizá había mentido? Súbitamente perdió los nervios, estalló, y lanzó el puño izquierdo para darle a Pritchard un golpe en el abdomen —estilo jiu jitsu, tal vez—, pero el golpe fue bajo y le dio a Pritchard en la ingle.

Mientras Pritchard se doblaba retorciéndose de dolor, Tom le lanzó un directo a la mandíbula. Cayó sobre la estera que había en el suelo de piedra, con un golpe que sonó a cuerpo fláccido e inconsciente, aunque quizá no lo estuviera.

Nunca le pegues a un hombre caído, pensó Tom, y le dio otro puñetazo, con fuerza, en el diafragma. Estaba tan furioso como para sacar su nueva navaja y coserle a puñaladas, pero tenía poco tiempo. Luego le agarró de la camisa y le propinó otro directo bajo la mandíbula.

Decididamente, había vencido en aquel pequeño altercado, pensó Tom, mientras se metía la chilaba por la cabeza. No se había derramado té, no había sangre, pensó Tom. Por la posición yacente de Pritchard sobre el costado izquierdo, dando la espalda a cualquiera que entrase en el cubículo, un camarero que se acercara podía pensar que estaba dormitando.

Tom se marchó, se acercó a los escalones y subió sin gran esfuerzo hasta el nivel de la cocina, salió, y le hizo un gesto de despedida al joven de la camisa blanca, que estaba fuera.

—¿Se puede encontrar un taxi por aquí? —le preguntó.

—Sí... *Peut-être cinq minutes.* —Movió la cabeza como si no se creyera lo de los cinco minutos.

—*Merci. J'attendrai.* —Tom no veía otros medios de transporte posibles, como un autobús, por ejemplo; no había paradas de autobús a la vista. Todavía derrochando energía, avanzó con deliberada lentitud por el borde de la carretera —no había acera—, disfrutando de la brisa que soplaba sobre su frente húmeda, escuchando el eco de sus pasos. Andaba como un filósofo pensativo. Miró su reloj: eran las siete y veintisiete, luego se volvió y echó a andar de nuevo hacia La Haffa.

Se quedó pensando un momento, imaginándose a Pritchard denunciándole por asalto y agresión a la policía de Tánger. No, la verdad era que no podía concebir una cosa así. Hubiera significado demasiadas dificultades. Pritchard *nunca* lo haría, pensó.

Y si un camarero se acercaba corriendo (como lo haría un camarero francés o inglés) y le decía: «¡Señor, su amigo está malherido!», Tom haría como si no supiera nada del asunto. Pero la hora del té (allí siempre era la hora del té) transcurría ociosamente, y, considerando que el camarero ya había cobrado, Tom dudaba que ninguna figura agitada fuese a aparecer corriendo en su busca por la entrada de piedra de La Haffa.

Al cabo de unos diez minutos, se acercó un taxi que parecía venir de Tánger, se detuvo y descendieron tres hombres. Tom se apresuró a hacerle señas y aún tuvo tiempo de darle al chico de la puerta el dinero suelto que le quedaba en el bolsillo.

–Hotel El Minzah, *s'il vous plaît* –dijo, y se acomodó detrás para disfrutar del paseo. Sacó su curvado paquete de Gitanes y encendió uno.

Empezaba a gustarle Marruecos. El hermoso racimo de casitas lechosas de la Kasba se acercaba cada vez más. Luego sintió que el taxi era engullido por la ciudad, pasando desapercibido en el largo bulevar. Un giro a la izquierda y allí estaba su hotel. Tom sacó la cartera.

En la acera frente a la entrada del Minzah, cogió la chilaba por el dobladillo y, con calma, se la quitó por la cabeza y la dobló como antes. Una herida en el índice de la mano derecha le había manchado un poco la chilaba. Se había fijado en el taxi, pero ahora ya apenas le sangraba. Era muy poco, comparado con lo que podía haberle pasado, un corte de verdad hecho con los dientes de Pritchard, por ejemplo, o con la hebilla de su cinturón.

Tom entró en el vestíbulo de altos techos. Eran casi las nueve. Heloise ya debía de haber vuelto del aeropuerto con Noëlle.

–La llave no está, *m'sieur* –dijo el recepcionista. Ningún mensaje.

–¿Y madame Hassler? –preguntó Tom.

Su llave tampoco estaba, de modo que Tom le pidió que llamase a la habitación de mistress Hassler, por favor.

Contestó Noëlle.

–*Allô, Tome!* Estamos aquí charlando... y yo me estoy vistiendo. –Se rió–. Casi he acabado. ¿Qué te parece Tánger? –Por alguna razón, Noëlle le hablaba en inglés, y parecía de muy buen humor.

–¡Muy interesante! –dijo Tom–. ¡Fascinante! No pararía de elogiarlo. Se dio cuenta de que parecía nervioso, quizá demasiado entusiasta, pero estaba pensando en Pritchard, que yacía en aquella esterilla, y al que todavía no habrían descubierto. Pritchard no se iba a encontrar muy bien al día siguiente. Tom escuchó la explicación de Noëlle: Heloise y ella estarían listas para encontrarse con él abajo en menos de media hora, si a Tom le apetecía. Y le pasó a Heloise.

–Hola, Tome. Estamos aquí charlando.

–Ya lo sé. Nos veremos abajo..., ¿dentro de veinte minutos más o menos?

–Ahora voy a nuestra habitación. Quiero refrescarme.

Aquello disgustó a Tom, pero no sabía cómo detenerla. Y además Heloise tenía la llave.

Tom cogió el ascensor para ir a su planta y llegó a la habitación unos segundos antes que Heloise, que había ido por la escalera.

–Noëlle parece en plena forma –dijo Tom.

–Sí, ¡le encanta Tánger! Esta noche quiere invitarnos a un restaurante junto al mar.

Tom abrió la puerta. Heloise entró.

–Me palese muy bien –dijo Tom, adoptando su acento chino, que solía divertir a Heloise. Se chupó rápidamente el dedo herido–. ¿Puedo usal el baño plimelo? Mucho calol aquí.

–Claro, Tome, pasa. –Heloise se acercó al aparato de aire acondicionado que había bajo los ventanales.

Tom abrió la puerta del baño. Había dos lavabos contiguos, como en muchos hoteles que pretendían ofrecer comodidad a sus huéspedes, supuso Tom. Pero enseguida se imaginó a una pareja de recién casados lavándose los dientes, o a la mujer depilándose mientras el marido se frotaba la barba, y la antiestética imagen le deprimió. Cogió la bolsa de plástico del detergente en polvo, con el que Heloise y él siempre viajaban, de su propio neceser. Primero agua fría, recordó para sí. Había un mínimo de sangre, pero quería limpiarla del todo. Frotó las dos manchas, que ya parecían más pálidas, y luego dejó correr el agua. Después le dio un segundo lavado con agua caliente y un jabón que no hacía espuma, pero que resultaba muy eficaz.

Entró en el gran dormitorio –dos camas de gran tamaño, nada menos, las dos puestas una junto a la otra– y se dirigió a un armario ropero, en busca de una percha de plástico.

–¿Qué has hecho esta tarde? –preguntó Heloise–. ¿Has comprado algo?

–No, cariño –sonrió Tom–. He paseado y me he tomado un té.

–Té –repitió Heloise–. ¿Dónde?

–Oh, en un pequeño café, igual que todos. Me apetecía observar a la gente durante un rato.

Tom volvió al baño y colgó la chilaba detrás de la cortina, para que el agua cayera dentro de la bañera. Luego se desnudó, colgó la ropa como pudo en un toallero, y se dio una ducha rápida y fría. Heloise entró para utilizar el lavabo. Envuelto en su albornoz y descalzo, Tom salió en busca de ropa interior limpia.

Heloise se había cambiado y ahora llevaba pantalones blancos y una blusa de rayas blancas y verdes.

Tom se volvió a poner los pantalones de algodón.

—¿A Noëlle le ha gustado su habitación?

—¿Ya has lavado la chilaba? —le preguntó Heloise desde el lavabo, donde se estaba maquillando.

—¡Por el polvo! —contestó Tom.

—¿De qué son las manchas? ¿De grasa?

¿Había encontrado alguna otra mancha? En aquel momento, Tom oyó la gimiente y aguda voz del muecín desde una mezquita cercana. Podía parecer una alarma, pensó Tom, una amenaza de algo peor, si uno quería tomárselo así, pero él no quería. ¿Grasa? ¿Cómo podía salirse de aquello?

—Esto parece sangre, Tome —dijo ella en francés. Él se adelantó, abrochándose la camisa.

—No es gran cosa, querida. Me he hecho una herida en el dedo. Me he dado con algo. —Aquello era verdad. Extendió la mano derecha, con la palma hacia abajo—. No es nada. Pero no quería que se me quedaran las manchas.

—No quedarán —dijo ella solemne—. ¿Pero cómo te lo has hecho?

Viniendo en el taxi, Tom había caído en la cuenta de que tendría que darle alguna explicación a Heloise, porque pensaba sugerirle que se marcharan del hotel al día siguiente, antes de mediodía. Incluso le preocupaba un poco quedarse allí aquella noche.

—Bueno, querida... —Se paró, buscando las palabras.

—Has visto a ese...

—Pritchard —añadió Tom—. Sí. Hemos tenido un pequeño forcejeo. Una pelea. Fuera de un bar, de un café. Me ha puesto tan nervioso que le he pegado. Un puñetazo. Pero tampoco le he hecho mucho daño. —Heloise esperaba oír algo más, como había ocurrido otras veces en el pasado. Casi nunca estaban juntos cuando pasaba algo, y él no estaba acostumbrado a informarla o, al menos, nunca más de lo necesario.

—¿Te lo has encontrado en algún sitio, Tome?

—Está en un hotel cerca de aquí. Y su mujer no ha venido con él, aunque cuando me lo encontré en el bar de abajo él me dijo que sí. Supongo que ella está en Villeperce. Me pregunto de qué será capaz. –Estaba pensando en Belle Ombre. Una mujer merodeando por allí era más inquietante que un hombre, pensó Tom. Era más improbable que alguien le plantase cara, por ejemplo.

–¿Pero qué pasa con esos Preeshard?

–Querida, ya te dije que estaban chalados. *Fous!* Pero no tienen por qué estropearte tus vacaciones. Tú tienes a Noëlle. Ese cerdo quiere molestarme a *mí,* no a ti, de eso estoy seguro. –Tom se humedeció los labios y se acercó a la cama para sentarse y ponerse calcetines y zapatos. Quería volver a Belle Ombre para comprobarlo todo, y luego irse a Londres. Se ató los zapatos rápidamente.

–¿Dónde ha sido la pelea? ¿Y por qué?

Él sacudió la cabeza, mudo.

–¿Todavía te sangra el dedo?

Tom lo miró.

–No.

Heloise fue al cuarto de baño y volvió con una venda adhesiva, cortándola para ponérsela.

En un abrir y cerrar de ojos, el pequeño vendaje estaba colocado, y Tom se sintió algo mejor. Al menos, ya no dejaría ninguna huella, ni la más leve mancha rosada ensuciando lo que fuera.

–¿En qué piensas? –le preguntó ella.

Tom miró su reloj.

–¿No hemos quedado abajo con Noëlle?

–Sí –dijo Heloise con calma.

Tom se guardó la cartera en el bolsillo de la chaqueta.

–En la pelea de hoy he ganado yo. –Tom se imaginaba que aquella noche, cuando volviera al hotel, Pritchard «descansaría», pero era difícil adivinar lo que haría al día siguiente–. Pero me temo que míster Pr... Pritchard querrá devolverme el golpe. Tal vez mañana. Será mejor que Noëlle y tú cambiéis de hotel. No quiero que os pase nada desagradable.

124

Las cejas de Heloise temblaron levemente.

—¿Devolvértelo cómo? ¿Y no piensas quedarte aquí?

—Eso es lo que todavía no sé. Vamos abajo, querida.

Noëlle llevaba cinco minutos esperando, pero se la veía de buen humor. Parecía como si tras una larga ausencia hubiera vuelto a un lugar que le gustara. Cuando se acercaron a ella, estaba charlando con el camarero.

—*Bonsoir, Tome!* —exclamó Noëlle, y continuó en francés—. ¿Puedo invitaros a un aperitivo? Esta noche es mía. —Noëlle movió la cabeza y su pelo liso se agitó como una cortina. Llevaba grandes aretes de oro a modo de pendientes, una chaqueta negra bordada y pantalones negros—. ¿Vais lo bastante abrigados para esta noche?... Sí —añadió, examinándoles como una madraza y comprobando que Heloise llevaba un jersey en la mano.

Tom y Heloise ya habían sido advertidos: las noches de Tánger eran mucho más frescas que los días.

—Dos Bloody Marys, y un gin-tonic para el caballero —encargó al camarero.

Heloise sacó el tema.

—Tom cree que mañana quizá tendríamos que cambiar de hotel. Los tres. ¿Te acuerdas de aquel hombre que hizo fotos de nuestra casa, Noëlle?

—¿Está aquí? —exclamó Noëlle, atónita.

—¡Y sigue provocando problemas! ¡Enséñale la mano, Tome!

Tom se rió. *Enséñale la mano.*

—Tendrás que fiarte de mi palabra —le dijo solemnemente, mostrando su vendaje.

—¡Una pelea a puñetazos! —dijo Heloise.

Noëlle miró a Tom.

—Pero ¿por qué está furioso contigo?

—Esa es la cuestión. Es como un merodeador... pero, cosa que pocos harían, dispuesto a comprar un billete de avión para estar más cerca —contestó Tom en francés—. Es extraño.

125

Heloise le contó a Noëlle que Pritchard estaba allí sin su mujer, en un hotel del vecindario, y que, por si acaso Pritchard intentaba algún ataque de cualquier tipo, era mejor que abandonaran el Minzah, pues Pritchard sabía que Tom estaba allí.

—Hay otros hoteles —dijo Tom, de un modo un tanto superfluo, pero estaba intentando parecer más tranquilo de lo que se sentía en realidad. Se alegró de que Noëlle y Heloise supieran de su apuro o de su preocupación del momento, aunque ignoraran, y ciertamente Noëlle lo ignoraba, la razón, la misteriosa desaparición de Murchison y el negocio de los Derwatts. *Negocio.* Aquello tenía dos sentidos, pensó Tom mientras paladeaba su bebida: el comercio en sí, y el hecho de que la mitad fueran falsificaciones. Haciendo un esfuerzo, Tom consiguió dirigir de nuevo su atención hacia las señoras. Él estaba de pie, Heloise también, y solo Noëlle estaba apoyada en una banqueta.

Las señoras hablaban de comprar joyas en el Gran Zoco, ambas a toda velocidad y al mismo tiempo, aunque seguro que se las arreglaban para entenderse a la perfección.

Entró un hombre que vendía rosas rojas, a juzgar por su ropa, un vendedor ambulante. Noëlle hizo un gesto para apartarle, aún sumida en su conversación con Heloise. El camarero acompañó al hombre hasta la puerta.

Cenaron en el Nautilus Plage. Noëlle había reservado mesa. Era un restaurante con terraza junto al mar, en el paseo, bullicioso pero bastante elegante, con mucho espacio entre las mesas, y velas encendidas para leer el menú. La especialidad era el pescado. Solo gradualmente volvieron al tema del día siguiente, del cambio de hotel. Noëlle estaba segura de que podría cambiar la reserva para cinco días en el Minzah. Conocía a la gente del Minzah: el hotel estaba a tope, y ella solo diría que iba a llegar alguien a quien querían evitar.

—Lo cual es cierto, ¿no? —le preguntó a Tom, sonriendo y enarcando las cejas.

—Bastante —dijo Tom. Noëlle parecía haber olvidado a su último amante, pensó Tom, el que había conseguido deprimirla.

9

Al día siguiente, Tom se levantó temprano, y aunque despertó a Heloise sin querer antes de las ocho, a ella no pareció molestarle.

—Voy a tomar café abajo, querida. ¿A qué hora dijo Noëlle que quería salir, a las diez?

—Hacia las diez —dijo Heloise, con los ojos aún cerrados—. Yo puedo hacer las maletas. Tome, ¿adónde vas?

Ella sabía que él iba a algún sitio. Pero Tom no sabía exactamente adónde iría.

—A hacer la ronda —dijo—. ¿Quieres que te pida un desayuno continental? ¿Con zumo de naranja?

—Yo lo pediré... cuando tenga hambre. —Se acomodó en la almohada.

Era una esposa plácida y relajada, pensó Tom, mientras abría la puerta y le enviaba un beso.

—Volveré dentro de una hora más o menos.

—¿Por qué te llevas la chilaba?

Tom la llevaba doblada en una mano.

—No sé. Tal vez compre un gorro a juego.

Abajo, habló con recepción para recordarles que su mujer y él se marcharían aquella mañana. Noëlle les había informado la noche anterior, casi a medianoche, pero Tom pensó que era más educado decir algo ahora, ya que el personal de turno había cambiado. Luego fue a los lavabos, donde un americano de mediana edad se estaba afeitando. Al menos, parecía americano. Tom desplegó su chilaba y se la puso.

El americano le miró en el espejo.

—¿No tropieza dentro de esa cosa? —Con la maquinilla en la mano, el americano ahogó una risita, y le miró, dudando si él le habría comprendido.

—Desde luego —contestó Tom—. Y hago chistes malos, como «Tropiezo pero no me caigo».

—¡Ja, ja!

Tom le saludó con la mano y se fue.

Una vez más, la leve cuesta descendiente del boulevard Pasteur, donde los vendedores ya habían instalado su mercancía en la acera o bien la estaban desplegando. ¿Qué llevaban los hombres a modo de sombrero? La mayoría no llevaba nada, observó Tom, mirando a su alrededor. Dos llevaban una tela blanca, más parecida a la toalla caliente de un barbero que a un turbante. Por fin, Tom compró un sombrero de paja de ala ancha, de un tono amarillento, por veinte dirhams.

Así ataviado, Tom avanzó hacia el hotel de Pritchard, el Villa de France. Por el camino, se detuvo en el Café de París a tomarse un café solo y algo parecido a un croissant. Luego siguió adelante.

Holgazaneó dos o tres minutos más ante la entrada del Grand Hotel Villa de France, esperando a que saliera Pritchard, en cuyo caso pensaba bajarse el ala del sombrero y seguir mirando. Pero Pritchard no salió.

Tom entró en el vestíbulo, miró a su alrededor y se dirigió al mostrador principal. Se echó el sombrero hacia atrás, como un turista recién llegado del sol, y dijo en francés:

—Buenos días. ¿Puedo hablar con *m'sieur* David Pritchard, por favor?

—Preechard... —El empleado buscó en un libro y marcó un número en un pupitre que había a la izquierda de Tom.

Tom vio al empleado asentir y fruncir el ceño.

—*Je suis désolé, m'sieur* —dijo, volviéndose—, *mais m'sieur Preechard ne veut pas être dérangé.*

–Dígale que soy Tom Ripley, por favor –dijo Tom en tono urgente–. Seguro que... Es *muy* importante.

El empleado volvió a intentarlo.

–*C'est m'sieur Ripley, m'sieur. Il dit...*

Al parecer, Pritchard interrumpió al empleado y, al cabo de un momento, este se acercó y le dijo a Tom que míster Preechard no quería hablar con nadie.

Había ganado los dos primeros rounds, pensó Tom, mientras le daba las gracias al recepcionista y se marchaba. ¿Tendría Pritchard la mandíbula rota? ¿Habría perdido algún diente? Lástima que no fuera algo peor.

Volvió al Minzah. Tenía que cambiar más dinero para Heloise cuando pagaran y se fueran del hotel. ¡Qué lástima no haber podido conocer mejor Tánger! Pero luego se animó y recuperó la confianza en sí mismo. Tal vez pudiera conseguir una plaza en el avión de última hora de la tarde para París. Tenía que llamar a madame Annette, pensó. Llamaría primero al aeropuerto y, si era posible, iría con Air-France. Quería atraer a Pritchard de vuelta a Villeperce.

Le compró un ramo de jazmines frescos a un vendedor callejero. Irradiaban un aroma genuino y peculiar.

En su habitación, Tom encontró a Heloise vestida y haciendo las maletas.

–¡Tu sombrero! Quiero vértelo puesto.

Al entrar al hotel, Tom se había quitado el sombrero sin darse cuenta, y ahora se lo puso.

–¿No crees que parece más bien mexicano?

–*Non, chéri,* tal como vas vestido, no –dijo Heloise, mirándole muy seria.

–¿Qué noticias tienes de Noëlle?

–Primero iremos al Hotel Rembrandt, y después... A Noëlle se le ha ocurrido ir en taxi al cabo Spartel. Dice que tenemos que verlo. Quizá podamos comer allí algo en plan cafetería.

Tom recordaba haber visto el cabo Spartel en el mapa, un cabo o promontorio al oeste de Tánger.

–¿Cuánto se tarda en llegar allí?

–Noëlle dice que no más de cuarenta y cinco minutos. Hay camellos. Y unas vistas maravillosas. Tome... –Ahora los ojos de Heloise se habían vuelto súbitamente tristes.

Intuía que él se iba a ir, Tom lo sabía, quizá aquel mismo día.

–Yo..., bueno... Tengo que llamar al aeropuerto, querida. ¡Estoy pensando en Belle Ombre! –añadió, como un caballero antes de su marcha–. Pero... intentaré irme en el último avión de esta tarde. A mí también me gustaría ver el cabo Spartel.

–¿Has...? –Heloise dejó caer una blusa doblada en su maleta–. ¿Has visto a Preechaud esta mañana?

Tom sonrió. Heloise tenía infinitas variaciones para aquel nombre. Pensó en contarle que había ido a verle y que el otro no había querido, pero finalmente le dijo:

–No. He dado una vuelta, me he comprado el sombrero y he tomado un café. –Le gustaba guardar para sí ciertas cosas y ocultárselas a Heloise, cosas insignificantes que, no obstante, podrían perturbarla.

Hacia las doce menos cuarto, Noëlle, Heloise y Tom iban en un taxi en dirección oeste, hacia el cabo Spartel, a través de tierras yermas y vacías. Tom había llamado desde el vestíbulo del Hotel Rembrandt y, con la ayuda e influencia del director del hotel, había obtenido una plaza en un avión de Air France que salía de Tánger hacia Roissy a las 13.15. El director le había asegurado a Tom que cuando llegara al aeropuerto de Tánger encontraría el billete confirmado. De momento podía concentrar su atención en el panorama o, al menos, así lo sentía. No había tenido tiempo de llamar a madame Annette, pero suponía que su inesperada aparición no la asustaría, y tenía su llave de la casa en el llavero.

–*Esto* fue muy importante... siempre –dijo Noëlle, empezando su discurso sobre el cabo Spartel, después de que Tom pagase el taxi a pesar de sus protestas–. Los romanos estuvieron aquí..., todo el mundo estuvo aquí –dijo en inglés, abriendo los brazos.

Su bolso de cuero le colgaba del hombro. Llevaba pantalones de algodón amarillo y una chaqueta amplia sobre la camisa. La constante brisa les hacía ondear la ropa y el pelo hacia el oeste, al menos eso le pareció a Tom. Hinchaba las camisas y pantalones masculinos, pero era suave. Dos largos cafés parecían las únicas construcciones de la zona. El cabo se erguía muy por encima del acantilado. La vista era la mejor que Tom había contemplado nunca, pues el Atlántico se extendía ampliamente hacia el oeste.

Orgullosos camellos les observaban unos metros más allá, dos o tres camellos instalados cómodamente en la arena, con las patas dobladas bajo los cuerpos. Un acompañante de blanca túnica y con turbante paseaba junto a los camellos, pero parecía como si no los mirara. Comía algo que tenía en la mano y que parecían cacahuetes.

–¿Damos un paseo ahora o después de comer? –preguntó Noëlle en francés–. ¡Mirad! ¿Lo veis? ¡Casi se me olvida! –Señaló hacia la costa que se curvaba magníficamente hacia el lado oeste, y Tom distinguió lo que parecían ruinas de adobe tostado, los restos de las habitaciones y vestíbulos–. Los romanos extraían el aceite del pescado y lo enviaban a Roma. Antiguamente, todo esto perteneció a Roma.

En aquel momento, Tom estaba mirando una colina, donde un hombre bajó de una moto y, de pronto, adoptó una posición orante, con la cabeza en tierra y las nalgas en alto, sin duda orientado hacia la Meca.

Los dos cafés tenían mesas dentro y fuera, uno con terraza

hacia el océano. Se decidieron por aquel y se sentaron junto a una mesa blanca y metálica.

–¡Un cielo precioso! –dijo Tom. En efecto, era impresionante, digno de recordar, una gran cúpula azul, sin nubes, sin siquiera un avión ni un pájaro, solo silencio, con una sensación intemporal. ¿Habrían cambiado los camellos, se preguntó Tom, desde miles de años atrás, cuando sus pasajeros no llevaban cámaras?

Tomaron tapas, una forma de comer que a Heloise le encantaba. Zumo de tomate, Perrier, aceitunas, rabanitos, pedacitos de pescado frito... Por debajo de la mesa, Tom miró su reloj. Eran casi las dos.

Las señoras hablaban de dar un paseo en camello. El delgado rostro y la estrecha nariz de Noëlle ya se habían bronceado. ¿O era un maquillaje protector? ¿Cuánto tiempo se quedarían Noëlle y Heloise en Tánger?

–Quizá tres días más, ¿no? –preguntó Noëlle, mirando a Heloise–. Aquí tengo algunos amigos. Y está el club de golf, que resulta muy agradable para comer. Esta mañana solo he localizado a uno de mis amigos.

–Estaremos en contacto, Tome –dijo Heloise–. ¿Has cogido el número de teléfono del Rembrandt?

–Claro, querida.

–¡Qué lástima –dijo Noëlle con vehemencia– que tipos tan bárbaros como Preetchard puedan estropearle a uno las vacaciones!

–Oh. –Tom se encogió de hombros–. Tampoco me las ha estropeado. Tengo cosas que hacer en casa. Y en otros sitios. –Tom no se daba cuenta de que se mostraba muy impreciso, aunque así era. Noëlle no estaba en absoluto interesada por los detalles de sus actividades, ni por cómo había logrado una renta similar a la de Heloise, si es que lo sabía siquiera. Ella vivía de una renta familiar, a la que se añadía algo que le pasaba un exmarido, recordó vagamente Tom.

Cuando acabaron de comer se dirigieron hacia los camellos, pero primero acariciaron al «burrito», cuya presencia anunciaba en inglés su propietario, un hombre con sandalias que cuidaba a la madre del burro. El burrito, con su velludo pelaje y sus orejas, se mantenía muy pegado a su madre.

–¿Foto? *Photo?* –preguntó el propietario de ambos animales–. Burrito.

Noëlle llevaba una cámara en su amplio bolso. La sacó y le dio al dueño del burro un billete de diez dirhams.

–Pon la mano en la cabeza del burrito –le dijo Noëlle a Heloise–. ¡Clic! –Heloise sonreía–. ¡Ahora tú, Tome!

–No. –O quizá sí. Tom dio un paso hacia donde estaban el burrito con su madre y Heloise, pero luego sacudió la cabeza–. No, os haré una a las dos.

Hizo la foto.

Dejó a las señoras hablando en francés con el conductor de camellos. Tenía que coger un taxi de vuelta a Tánger para recoger su equipaje. Podía habérselo llevado, pero prefería volver al Rembrandt, para ver si Pritchard les había localizado allí. En el Minzah habían dicho que se iban a Casablanca.

Tom tuvo que esperar al taxi. Minutos antes, le había preguntado al camarero si podía llamar a un taxi, y él se había encargado de conseguírselo. Mientras, Tom paseó por la terraza, a pasos muy lentos.

El taxi llegó con gente que iba a pasar la tarde allí. Tom subió y le dijo al conductor:

–Al Hotel Rembrandt, boulevard Pasteur, *s'il vous plaît.*

Salieron a toda velocidad.

Tom no se volvió a mirar los camellos, pues no quería ver a Heloise balanceándose de un lado a otro cuando el camello se levantara. No quería ni pensar en mirar la arena desde el camello, aunque seguro que Heloise, subida a lomos del animal, sonreía feliz y miraba en todas direcciones. Y luego volvería al suelo sin haberse roto ningún hueso. Cerró la ventanilla dejando medio centímetro abierto, pues la velocidad del taxi dejaba entrar el aire suficiente.

¿Había ido él alguna vez en camello? No estaba seguro, aunque la incómoda sensación de ser izado muy alto le parecía tan real y tan arraigada en su memoria que sentía como si hubiera ocurrido. Lo aborrecía. Debía de ser algo así como mirar hacia abajo desde un trampolín de cuatro metros o más sobre la superficie del agua. *¡Salta!* ¿Por qué iba a saltar? ¿Se lo había ordenado alguien? ¿En un campamento de verano? No lo sabía con certeza. A veces, las escenas producidas por su imaginación eran tan claras como las experiencias vividas y recordadas. Suponía que algunos recuerdos se iban borrando, como el de haber matado a Dickie, a Murchison, o incluso a aquel par de gordos de la mafia que había estrangulado con un *garrotte*. Aquellos dos supuestamente humanos, como hubiera dicho Doonesbury, no significaban nada para él, excepto por su odio a la mafia. ¿Los había matado realmente? ¿En el tren? ¿Acaso su inconsciente estaba protegiendo al consciente haciéndole sentir que tal vez *no* los hubiera matado? ¿O no era verdad? Él había leído lo de los dos cadáveres en la prensa. ¿O no? Naturalmente, no se había quedado el recorte ni lo había guardado en su casa. Había una pantalla entre los hechos y la memoria, pensó Tom, aunque no sabía traducirlo en palabras. Pero unos segundos después pensó que sí podía definirlo: autoprotección.

De nuevo las polvorientas, bulliciosas y atestadas calles y los edificios de cuatro plantas de Tánger tomaron forma a su alrededor, y vislumbró la torre de ladrillo rojo de San Francisco, que se parecía un poco a la Piazza San Marcos de Venecia, pese a los signos arábigos pintados sobre ladrillo blanco. Tom se sentó en el borde de su asiento.

—Estamos muy cerca ya —dijo en francés, porque el taxista seguía conduciendo muy deprisa.

Al final, después de un giro a la izquierda hacia el otro lado del boulevard Pasteur, Tom salió del taxi, pagándole al conductor.

Había dejado su equipaje a cargo del conserje de abajo.

—¿Algún mensaje para Ripley? —preguntó en recepción.

No había ninguno. Aquello le satisfizo.

Su equipaje consistía tan solo en una maleta pequeña y un maletín.

—Ahora necesitaré un taxi, por favor —dijo—. Para el aeropuerto.

—Sí, señor. —El hombre levantó un dedo y dijo algo a un botones.

—¿No ha venido nadie preguntando por mí? ¿Ni siquiera alguien que no haya dejado ningún recado? —preguntó Tom.

—No, *m'sieur*. Me temo que no —dijo el recepcionista, muy serio.

Tom subió al taxi, que acababa de llegar.

—*L'aéroport, s'il vous plaît.*

Se dirigieron hacia el sur y, una vez que salieron de la ciudad, Tom se arrellanó y encendió un cigarrillo. ¿Cuánto tiempo querría quedarse Heloise en Marruecos? ¿La convencería Noëlle de ir a algún otro sitio? ¿A Egipto? Tom no se las imaginaba en Egipto, pero se imaginaba que Noëlle querría quedarse más tiempo en Marruecos. Aquello era lo que él quería, porque intuía cierto peligro en perspectiva, tal vez violencia, y en torno a Belle Ombre. Pensó que tenía que intentar conducir al odioso Pritchard fuera de Villeperce porque, como forastero que era —y para colmo, americano—, no quería provocar problemas ni molestias en aquel silencioso pueblecito. La verdad es que ya había provocado bastantes, aunque había logrado mantenerlo todo bastante silencioso y oculto.

En el avión de Air France, había un ambiente muy francés, y Tom aceptó un champán (en lugar de su vino favorito) en su asiento de primera clase, mientras contemplaba el perfil de la costa de Tánger y África alejándose de su campo de visión. Si algún relieve costero podía calificarse de único, un apelativo popular del que se abusaba en los folletos de viaje, era el puerto bífido de Tánger. Tom quería volver algún día. Cogió el cuchillo y el tenedor para comer, mientras las tierras españolas palidecían también y sucumbían a la blancura perlada y el aburrimiento de la ventanilla, que era el sino de los viajeros aéreos. Tenía allí un nuevo ejemplar de *Le Point* (al menos, era nuevo para él), y después de comer lo estuvo hojeando. Luego se dedicó a dormitar hasta el aterrizaje.

Tenía ganas de llamar a Agnès para saber cómo iban las cosas, y lo hizo desde Roissy, después de recuperar su maleta. Agnès estaba en casa.

—Estoy en Roissy —le dijo, contestando a su pregunta—. He decidido volver antes... Sí, Heloise se ha quedado con su amiga Noëlle. ¿Va todo bien en casa? —continuó en francés. Y Agnès le dijo que sí, al menos, que ella supiera.

—¿Vienes en tren?... Déjame que te recoja en Fontainebleau. No importa que sea tarde... ¡Pues claro, Tome!

Agnès consultó los horarios. Le recogería justo después de medianoche. Le aseguró que sería un placer para ella y que así se entretendría.

—Una cosa más, Agnès. ¿Puedes llamar a madame Annette y decirle que llegaré esta noche? No quiero asustarla cuando entre con mi llave.

Agnès dijo que llamaría.

Tom se sintió mucho mejor. Él solía hacerles favores similares a los Grais y a sus hijos. Ayudarse entre vecinos formaba parte de la vida en el campo y le producía satisfacción. Cogió un taxi hacia la Gare de Lyon, y luego el tren. Una vez en el tren, le compró el billete al revisor, pues prefería pagar un pequeño suplemento en vez de batallar con las máquinas expendedoras de la estación. Podía haber cogido un taxi hasta casa, pero era cauteloso, y no le gustaba llevar a los taxistas hasta las puertas de Belle

Ombre. Era como enseñarle su casa a un enemigo potencial. Tom se dio cuenta de que abrigaba dicho temor, y se preguntó si se estaría volviendo paranoico. Pero si un conductor de taxi resultaba ser un enemigo, no había tiempo para aquellas preguntas académicas.

Agnès estaba en Fontainebleau, sonriente y con el buen humor de siempre, y le hizo preguntas sobre Tánger mientras conducía hacia Villeperce. Él no mencionó a los Pritchard y esperaba que Agnès dijera algo, cualquier cosa, de Janice Pritchard, que vivía apenas a doscientos metros de ellos, pero Agnès no dijo nada.

–Madame Annette me ha dicho que te esperaría. La verdad, Tome, es que madame Annette...

Agnès no encontraba palabras para describir la devoción de madame Annette y su buena disposición. Madame Annette había abierto las puertas del jardín.

–Entonces, ¿no sabes seguro cuándo volverá Heloise? –le preguntó Agnès mientras entraban en el jardín de Belle Ombre.

–No. Depende de ella. Necesita unas vacaciones. –Tom cogió su maleta del portaequipajes y le dio las gracias y las buenas noches a Agnès.

Madame Annette abrió la puerta principal.

–*Soyez le bienvenu, m'sieur Tome!*

–*Merci, madame Annette!* Me alegro de estar aquí. –Estaba encantado de oler de nuevo el leve y familiar aroma de pétalos de rosa y limpiamuebles, de oír a madame Annette preguntarle si tenía hambre. Tom le aseguró que no, que solo quería irse a la cama. Pero primero quería mirar el correo.

–*Ici, m'sieur Tome. Comme toujours.*

Estaba en la mesa del recibidor, y observó que no era un montón muy grueso.

–¿Madame Heloise está bien? –preguntó madame Annette con cierta ansiedad.

–Oh, sí. Está con su amiga Noëlle, ¿recuerda?

—Esos países tropicales... —madame Annette meneó ligeramente la cabeza–, uno tiene que andar con mucho cuidado.

Tom se echó a reír.

—Hoy madame ha montado en camello.

—¡Ooooh!

Desgraciadamente, era demasiado tarde para llamar a Jeff Constant o a Ed Banbury sin parecer maleducado, pero de todas formas Tom les llamó. Primero a Ed. En Londres sería cerca de medianoche.

Ed contestó con voz soñolienta.

—Ed, perdona que te llame tan tarde, pero es importante. –Tom se humedeció los labios–. Creo que tendré que ir a Londres.

—¡Oh! ¿Qué pasa? –Ed se había despejado.

—Estoy preocupado –dijo Tom con un suspiro–. Mira, me gustaría hablar con alguna gente de allí. ¿Puedes alojarme en tu casa? ¿O Jeff? Serán una o dos noches.

—Creo que cualquiera de los dos puede –dijo Ed, y su voz clara y tensa volvía a ser la de siempre–. Jeff tiene una cama libre y yo también.

—Al menos la primera noche –dijo Tom–, hasta que vea cómo van las cosas. Gracias, Ed. ¿Sabes algo de Cynthia?

—No.

—¿Ni insinuaciones ni rumores de ningún tipo?

—No, Tom. ¿Has vuelto a Francia? Pensaba que...

—David Pritchard apareció en Tánger, aunque te cueste creerlo. Nos siguió hasta allí.

—¿*Qué?* –Ed parecía sinceramente sorprendido.

—Nos tiene entre ceja y ceja, Ed, y no para de hacernos la puñeta. Su mujer se quedó en casa..., aquí. Ya te contaré los detalles en Londres. Te llamaré mañana, cuando tenga el billete. ¿Qué hora es buena para localizarte?

—Antes de las diez y media, hora de aquí –dijo Ed–. Mañana por la mañana. ¿Dónde está Pritchard ahora?

–De momento en Tánger, que yo sepa. Te llamaré mañana por la mañana, Ed.

10

Tom durmió bien y se levantó antes de las ocho. Bajó a echar un vistazo al jardín. Las forsitias que tanto le preocupaban habían sido regadas. Tenían muy buen aspecto, y, por lo visto, Henri había estado allí. Tom se dio cuenta por los nuevos retoños de rosas que había cerca del compost apilado junto al invernadero. En dos días era difícil que hubiera ocurrido algún desastre, a menos que hubiera caído una tormenta de granizo.

–*M'sieur Tome!... Bonjour!* –Madame Annette estaba de pie en una de las tres puertas acristaladas que daban a la terraza.

Su café debía de estar listo, y Tom fue hacia la casa rápidamente.

–No esperaba que se levantase tan temprano, *m'sieur* –dijo madame Annette, después de servirle la primera taza.

Su bandeja estaba en la sala, con la cafetera de filtro.

–Ni yo tampoco. –Tom se sentó en el sofá–. Ahora tiene que contarme las noticias. Siéntese, madame.

Aquella era una pregunta poco habitual.

–¡Pero *m'sieur Tome,* si aún no he ido a comprar el pan!

–Cómpreselo al hombre que lo lleva en la camioneta. –Le sonrió Tom. Un camión de pan pasaba por la carretera, y algunas mujeres iban a comprarle hogazas aún en bata. Tom lo había visto alguna vez.

–Pero no para aquí, porque...

–Tiene razón, madame. Pero esta mañana aún encontrará pan en la panadería. Puede ir en cuanto haya hablado dos minutos conmigo.

Ella prefería ir hasta el pueblo a por el pan, porque en la panadería se encontraba a la gente conocida e intercambiaban chismes.

–¿Todo ha estado en calma? –Sabía que una pregunta así obligaría a madame Annette a rebuscar en su mente, intentando recordar algo inhabitual.

–*M'sieur* Henri vino una vez. No mucho rato, como una hora.

–¿Nadie más ha fotografiado Belle Ombre? –le preguntó Tom con una sonrisa.

Madame Annette sacudió la cabeza. Tenía las manos entrelazadas en la cintura.

–No, *m'sieur*. Pero... mi amiga Yvonne me contó que madame... ¿Pichard? La esposa...

–Pritchard, sí, algo así.

–Llora... cuando va a comprar. ¡Con lágrimas! ¿Se imagina?

–No –dijo Tom–. ¿De verdad?

–Y su marido no está. Se ha ido. –Madame Annette lo dijo como si Pritchard hubiera abandonado a su mujer.

–Quizá esté en viaje de negocios... ¿Madame Pritchard tiene amigos en el pueblo?

Ella titubeó.

–No lo creo. Parece muy triste, *m'sieur*... ¿Puedo prepararle un huevo pasado por agua para usted, cuando vuelva de la panadería?

Tom aceptó la sugerencia. Tenía hambre, y no podía retener más a madame Annette.

Madame Annette ya se alejaba hacia la cocina y de pronto se dio la vuelta.

–Ah, llamó monsieur Clegg. Creo que fue ayer.

–Ah, gracias. ¿Dejó algún recado?

–No. Quería saludarles, nada más.

Así que madame Pritchard había llorado. Tom supuso que se trataría de otro de sus numeritos dramáticos, y quizá solo para divertirse. Se levantó y fue a la cocina. Cuando madame Annette llegó de sus dominios con su bolso y descolgó el cesto de la compra del gancho, Tom le dijo:

–Madame Annette, por favor, no le diga a nadie que estoy o que he estado en casa. Porque creo que volveré a irme hoy mismo... Sí, lo siento, así que no compre nada para mí... Ya se lo explicaré más tarde.

A las nueve en punto, Tom llamó a la agencia de viajes de Fontainebleau, y reservó un billete de primera clase a Londres con la vuelta abierta. Salía aquel mismo día de Roissy, a la una de la tarde. Hizo la maleta con lo habitual, además de un par de camisas de nailon.

–A cualquiera que llame –le dijo a madame Annette–, dígale que aún estoy en Marruecos con madame Heloise, por favor. ¡Volveré antes de que se lo espere! Quizá mañana, o pasado... No, no, la llamaré mañana y se lo diré con mayor seguridad, madame.

Le había dicho a madame Annette que iba a Londres, pero sin decirle dónde iba a estar. No le dejó instrucciones en caso de que llamara Heloise. Esperaba que no llamara, ya que los teléfonos en Marruecos eran como para descorazonar a cualquiera.

Luego llamó a Ed Banbury desde su dormitorio. Aunque madame Annette seguía sin saber apenas inglés, y él podía ser bastante hermético hablando, prefería mantener ciertas conversaciones donde ella no pudiera oírle. Informó a Ed de la hora de su llegada, y le dijo que probablemente estaría en su casa un poco después de las tres, si a Ed le iba bien.

Ed le dijo que lo arreglaría. No había ningún problema.

Tom comprobó la dirección de Ed en Covent Garden, para asegurarse de que era correcta.

–Tenemos que vigilar a Cynthia, averiguar lo que está haciendo –dijo Tom–. Necesitamos espías discretos. La verdad es que nos hace falta un topo. Piénsalo... ¡Hasta pronto, Ed! ¿Quieres algo de Frogland?[1]

–Hum, bueno, una botella de Pernod del aeropuerto, si puedes.

–Eso está hecho. *À bientôt.*

Tom llevaba su ligera maleta escaleras abajo cuando sonó el teléfono. Esperó que fuera Heloise.

Era Agnès Grais.

–Tome... Como estás solo, he pensado que estaría bien que vinieras a cenar a casa esta noche. Solo están los niños, y ellos cenan temprano, ya sabes.

–Gracias, querida Agnès –le contestó en francés–. Lo siento mucho, pero tengo que irme otra vez. Estaba a punto de llamar a un taxi. Es una lástima.

–¿Un taxi adónde? Yo voy a comprar a Fontainebleau. ¿Quieres que te lleve?

Eso era justo lo que quería Tom, así que se autoinvitó, sin problemas. Agnès llegó cinco o diez minutos después. Tom tuvo tiempo de despedirse de madame Annette, mientras la camioneta de Agnès Grais entraba por las puertas del jardín, que él había abierto. Luego se marcharon.

–¿Adónde vas ahora? –Agnès le miró con una sonrisa, como si fuera el eterno errabundo.

–A Londres. Por negocios. Por cierto...

–Sí, Tome...

–Te agradecería que no le mencionaras a nadie que he pasado esta noche en casa. Ni que me voy a Londres un día o dos. A nadie le importa, pero creo que debería estar con Heloise, aunque su buena amiga Noëlle le haga compañía. ¿Tú conoces a Noëlle Hassler?

---

1. *Frogland:* literalmente, «país de las ranas». Denominación desdeñosa que los anglosajones aplican a Francia, quizá por la pronunciación francesa de las erres. *(N. de la T.)*

–Sí. Creo que la he visto un par de veces.

–Supongo que volveré allí dentro de un par de días, a Casablanca. –Tom se relajó–. ¿Sabías que últimamente esa extraña madame Pritchard está llorosa? Lo he sabido por mi espía de confianza, madame Annette.

–¿Llorosa? ¿Por qué?

–¡Ni idea! –Tom no pensaba decirle que Pritchard no estaba en casa. Si Agnès no había advertido la ausencia de David Pritchard, tal vez fuera porque Janice intentaba mantenerlo en secreto–. Es raro ir a comprar llorando, ¿no?

–¡Mucho! Y triste.

Agnès Grais dejó a Tom en el sitio donde él, impulsivamente, le había pedido que le dejara: frente al Hotel de L'Aigle Noir. El portero que salió, bajó los escalones y atravesó la terraza para recibirle debía de conocerlo de vista, pues Tom frecuentaba el restaurante y el bar, y enseguida se ocupó de buscarle un taxi que le llevara hasta Roissy. Tom se lo agradeció con una propina.

Muy poco tiempo después –eso le pareció–, Tom estaba en otro taxi que, por la izquierda de la autopista, le llevaba en dirección a Londres. A sus pies, tenía la bolsa de plástico con la botella de Pernod de Ed y un cartón de Gauloises. Por la ventanilla veía fábricas de ladrillo rojo, grandes rótulos de empresas, nada que anticipara la agradable sensación de fraternidad que asociaba a visitar a sus amigos de Londres. Había encontrado más de doscientas libras en su sobre británico (en su caja fuerte tenía un cajoncito dedicado a restos de moneda extranjera), así como algunos cheques de viaje en libras.

–Y por favor, cuando pase por Seven Dials, tenga cuidado –le dijo Tom al conductor, en tono ansioso pero cortés–, si es que va por ahí. –Ed Bunbury le había advertido que los taxistas cometían un error en el recorrido que podía ser desastroso.

El edificio de apartamentos donde vivía Ed, antiguo y restaurado, estaba en Bedfordbury Street. Cuando el taxi llegó a su destino, Tom observó que la calle era bastante pintoresca. Pagó y salió del taxi.

Ed le estaba esperando tal como había prometido, y justo cuando apretó el timbre para abrirle, después de reconocer su voz por el interfono, se oyó un estruendo de truenos que hizo estremecer a Tom. Mientras abría la segunda puerta, oyó quebrarse el cielo y empezar a caer la lluvia.

–No hay ascensor –dijo Ed apoyándose en la barandilla, y luego empezó a bajar–. Segundo piso.

–Hola, Ed –dijo Tom casi en un susurro. No le gustaba hablar alto cuando podían oírle desde los demás apartamentos. Ed cogió la bolsa de plástico. La barandilla de madera estaba bien encerada, las paredes parecían recién pintadas de blanco, y la moqueta era azul oscuro.

El apartamento de Ed ofrecía la misma apariencia nueva y limpia del vestíbulo. Ed preparó un té. Según dijo, solía tomarlo a aquella hora y, además, como estaba lloviendo a cántaros, parecía lo más adecuado.

–¿Has hablado con Jeff? –le preguntó Tom.

–Ah, sí. Quiere verte, quizá esta noche. Le he dicho que le llamaría en cuanto llegaras y hubiéramos hablado un poco.

Tomaron el té en la habitación que le iba a servir de dormitorio a Tom, una especie de biblioteca fuera de la sala, con un sofá que parecía hecho con una cama doble a la que hubieran puesto un cobertor y algunos almohadones. Tom puso a Ed rápidamente al corriente de las actividades de David Pritchard en Tánger, y le contó el satisfactorio episodio que había terminado con Pritchard inconsciente en el suelo de piedra de La Haffa, un salón de té fumadero de kif muy popular, que estaba en la costa de Tánger.

–No he vuelto a verle desde entonces –continuó Tom–. Mi

mujer todavía está allí, con una amiga suya de París llamada Noëlle Hassler. Supongo que luego irán a Casablanca. No quiero que Pritchard le haga daño a mi mujer, ni tampoco creo que lo intente. Va detrás de mí. Pero no sé qué tiene en la mente ese hijo de puta. —Tom bebió un sorbo de su delicioso Earl Gray—. Pritchard puede ser un chiflado, de acuerdo. Pero lo que me interesa es lo que puede haber averiguado a través de Cynthia Gradnor. ¿Tenéis alguna noticia? ¿Habéis sabido algo del intermediario, por ejemplo, el amigo de Cynthia que habló con Pritchard en aquella fiesta?

—Sí. Sabemos su nombre. George Benton. Lo consiguió Jeff, y no fue fácil. Creo que fue a través del que hacía las fotos en la fiesta en cuestión. Jeff tuvo que hacer muchas preguntas, porque él ni siquiera había estado en la fiesta.

Tom estaba muy interesado.

—¿Estás seguro del nombre? ¿Vive en Londres?

—Totalmente seguro del nombre. —Ed volvió a cruzar sus delgadas piernas y frunció ligeramente el ceño—. Hemos encontrado tres Benton prometedores en la guía. Hay muchos Benton con la inicial G... No podemos llamarles sin más y preguntarles si conocen a Cynthia.

Tom tuvo que darle la razón.

—Lo que me preocupa es hasta dónde será capaz de llegar Cynthia. Y si de verdad estará en contacto con Pritchard. Cynthia me odia. —Tom se estremeció levemente mientras decía estas palabras—. Le gustaría hacerme daño de verdad. Pero si decide denunciar las falsificaciones y decir la fecha en que Bernard empezó a hacerlas... —su voz se convirtió casi en un susurro— también estará traicionando a su gran amor, Bernard. No creo que quiera llegar tan lejos. Es solo un juego. —Tom se arrellanó en su sillón, pero no se relajó—. Es una esperanza, o una oración, qué sé yo. No he visto a Cynthia desde hace años y su actitud hacia Bernard puede haber cambiado... un poco. Quizá ahora esté más interesada en vengarse de mí. —Tom se detuvo y observó a Ed, que estaba pensativo.

—¿Por qué dices vengarse de ti, cuando sabes que se trata de todos, Tom? Jeff y yo fuimos los primeros en escribir artículos con fotos de Derwatt y de sus cuadros —añadió con una sonrisa— cuando sabíamos que estaba muerto.

Tom lo sabía. Miró con determinación a su viejo amigo.

—Porque Cynthia sabe que yo tuve la idea de que Bernard hiciera las copias. Vuestros artículos vinieron un poco después. Bernard se lo contó a Cynthia, y entonces fue cuando ella y Bernard empezaron a distanciarse.

—Es verdad. Sí, ya me acuerdo.

Ed, Jeff y Bernard, pero especialmente Bernard, habían sido amigos de Derwatt, el pintor. Y cuando este, en un período de depresión, se había ido a Grecia y se había suicidado, ahogándose en alguna isla, sus amigos de Londres se habían sentido trastornados, desconcertados. De hecho, Derwatt solo había «desaparecido» en Grecia, porque su cuerpo no se había encontrado nunca. Derwatt rondaba la cuarentena, pensó Tom, y empezaba a ser reconocido como un pintor de cierta categoría, cuya mejor obra estaba probablemente por pintar. A Tom se le había ocurrido la idea de que Bernard Tufts, el pintor, intentara falsificar algunos Derwatts.

—¿De qué te ríes? —le preguntó Ed.

—Pensaba en mi confesión. Seguro que un cura me diría... ¿podría escribir todo eso?

Ed echó la cabeza hacia atrás y se rió.

—No... ¡Diría que te lo habías inventado todo!

—¡No! —continuó Tom, riendo—. El cura diría...

Sonó el teléfono en otra habitación.

—Perdona, Tom. Estaba esperando una llamada —dijo Ed, y salió a cogerlo.

Mientras Ed hablaba, Tom se puso a mirar un poco la «biblioteca» donde iba a dormir. Vio montones de libros bien encuadernados, así como otros de bolsillo, en dos paredes de estanterías que iban del techo al suelo. Tom Sharpe y Muriel Spark casi codo con codo. Ed había adquirido algunos muebles buenos desde la última vez que Tom estuviera allí. ¿De dónde era la familia de Ed? ¿De Hove?

¿Y qué estaría haciendo Heloise en aquel momento? Eran casi las cuatro de la tarde. Cuanto antes se fuera de Tánger a Casablanca, más tranquilo estaría Tom.

—Todo va bien —dijo Ed, de vuelta en la habitación, poniéndose un jersey rojo sobre la camisa—. He anulado una cita de poca importancia y ahora tengo el resto de la tarde libre.

—Vamos a la Buckmaster. —Tom se levantó—. Está abierta hasta las cinco y media, ¿verdad? ¿O hasta las seis?

—Hasta las seis, creo. Voy a guardar la leche, pero deja lo demás. Si quieres colgar algo, Tom, hay sitio en el armario, ahí a la izquierda.

—He dejado mis pantalones de repuesto en una silla, ahí... Vamos.

Ed fue hasta la puerta y se dio la vuelta. Llevaba puesta una gabardina.

—Has hablado de dos cosas que querías decir. Sobre Cynthia.

—Ah..., sí. —Tom se abrochó su Burberry—. El segundo... detalle. Naturalmente, Cynthia sabe que el cadáver que yo quemé era de Bernard, no el de Derwatt. No hace falta que te lo diga. Y eso, en cierto modo, es otra ofensa para Bernard: yo manché aún más su nombre diciéndole a la policía que era el cuerpo de otra persona.

Ed consideró aquello durante unos segundos, con la mano en el pomo de la puerta. Luego soltó el pomo, nervioso, y miró a Tom.

—Pero Tom, ya sabes que en todo este tiempo ella no nos ha dicho nada. Ni a Jeff ni a mí. Lo único que ha hecho ha sido ignorarnos, lo cual es perfecto para nosotros.

—Nunca ha tenido una oportunidad como la que ahora le ofrece David Pritchard —objetó Tom—. Un entrometido y sádico chalado. Cynthia puede simplemente utilizarle, ¿no lo ves? Y eso es lo que está haciendo.

Fueron en taxi a Old Bond Street, hasta el discretamente iluminado escaparate de madera de la Buckmaster Gallery. Tom observó que la hermosa y antigua puerta aún tenía su bruñido pomo de cobre. En el escaparate central, un par de maceteros con kentias flanqueaban un cuadro antiguo, ocultando la mayor parte de la sala.

El hombre llamado Nick Hall, que a Tom le habían descrito como de unos treinta años, estaba hablando con otro, mayor. Nick tenía el pelo liso y negro, era de complexión más bien robusta y parecía estar siempre con los brazos cruzados.

Tom vio en las paredes muestras de lo que él consideraba pintura moderna mediocre. No era una exposición homogénea de un mismo artista, sino una selección de tres o cuatro pintores. Tom y Ed se quedaron de pie, a un lado, hasta que Nick acabó su conversación con el anciano caballero. Nick le dio una tarjeta, y el anciano se marchó. Por lo visto no había nadie más en la galería.

—Buenas tardes, míster Banbury —dijo Nick, acercándose, sonriendo y enseñando el tipo de dientes cortos y rectos que no le gustaban a Tom. Al menos, Nick parecía honrado. Y enseguida reconoció a Ed, lo que significaba que estaban bastante en contacto.

—Buenas tardes, Nick. Quiero presentarte a un amigo mío... Tom Ripley. Nick Hall.

—Encantado de conocerle, señor —dijo Nick, sonriendo otra vez. No le tendió la mano, pero se inclinó ligeramente.

—Míster Ripley se queda solo un par de días, y quería mirar un poco la galería, conocerte, y quizá ver algún cuadro interesante.

Ed hablaba en tono informal, y Tom adoptó el mismo. Nick no parecía haber oído nunca el nombre de Tom. Mejor. Aquello era muy distinto (y mucho más seguro) que la última vez, cuando un homosexual llamado Leonard, según recordaba Tom, estaba en el puesto de Nick, y sabía que Tom estaba suplantando a Derwatt en una conferencia de prensa que se celebraba en la habitación del fondo de aquella misma galería.

Tom y Ed fueron a la otra sala (solo había dos salas de exposición), y miraron los paisajes estilo Corot que colgaban de las paredes. En la segunda sala había unas pocas telas apoyadas en la pared, en un rincón. Tom sabía que en la habitación del fondo, al otro lado de la puerta ligeramente ahumada donde se había celebrado la conferencia de prensa, o las dos conferencias de prensa, para ser más precisos, debía de haber más.

Cuando Nick se fue a la sala de delante y por tanto no podía oírles, Tom le preguntó a Ed si había alguna demanda reciente de Derwatts.

–Y luego me gustaría echar una ojeada al libro de visitantes. Para ver la gente que ha firmado. –Hubiera sido muy típico de David Pritchard firmar en el libro, pensó Tom–. En cualquier caso, los dueños de la Buckmaster Gallery, Jeff y tú, ya sabéis que me gustan los Derwatts, *n'est-ce pas?*

Ed fue a preguntárselo a Nick.

–Ahora tenemos seis Derwatts –dijo Nick, y se irguió en su ceñido traje gris, como ante la perspectiva de una venta–. Ahora recuerdo su nombre, señor. Aquí los tiene.

Nick le mostró los Derwatts colocándolos en el asiento de una silla y dejando que se apoyaran en el respaldo. Los cuadros eran todos de Bernard Tufts. Tom recordaba dos, pero no recordaba los otros cuatro. *Gato al atardecer* fue el que le gustó más, una cálida composición castaño rojiza y casi abstracta en la que había un gato blanco y canela difícil de localizar, un gato durmiente. Luego *Estación de ninguna parte,* un hermoso cuadro de manchas azules, marrones y tostadas, con un edificio blanco de aspecto sucio al fondo, probablemente la estación de tren. Después... otra vez gente, *Hermanas discutiendo,* que era un Derwatt típico, aunque Tom sabía que era un Bernard Tufts, por la fecha, un retrato de dos mujeres, una frente a la otra, con las bocas abiertas. Los trazos múltiples de Derwatt ofrecían una sensación de actividad, de ruidos y voces, y las pinceladas rojas –un recurso característico de Derwatt copiado por Bernard Tufts– sugerían enfado, tal vez arañazos y sangre.

–¿Y cuánto piden por este?

–Las *Hermanas...,* creo que cerca de trescientos mil, señor. Pero puedo mirarlo. Si le interesa comprarlo, tendré que avisar a una o dos personas. Este es muy popular. –Nick volvió a sonreír.

A Tom no le hubiera gustado tenerlo en su casa, pero había preguntado el precio por curiosidad.

–¿Y el del *Gato...?*

–Un poco más. Ese es conocido. Ahora lo veremos.

Tom intercambió miradas con Ed.

–Últimamente recuerdas bastante los precios, Nick –le dijo Ed en tono jovial–. Eso está muy bien.

–Sí, señor. Gracias, señor.

–¿Tienen muchas demandas de Derwatts? –preguntó Tom.

–Hum... No muchas, porque son caros. Supongo que Derwatt es nuestro mejor triunfo.

–O la joya de nuestra corona –añadió Ed–. La gente de la Tate y de Sotheby's vienen a ver lo que descubren, Tom. Lo que nos puede haber llegado para revender aquí. La gente de las subastas..., no les necesitamos.

Tom suponía que la Buckmaster tenía su propio método de subasta, que consistía en avisar a los posibles compradores. Le gustaba que Ed Banbury hablase libremente delante de Nick Hall, como si Tom y Ed fueran viejos amigos, cliente y marchante de arte. Marchante de arte: sonaba extraño, pero Ed y Jeff hacían la selección de los cuadros que aceptaban para vender, y de los artistas jóvenes y viejos que representaban. Sus decisiones solían basarse en el mercado, en las modas, Tom lo sabía, pero Ed y Jeff elegían lo bastante bien como para pagar el elevado alquiler de Old Bond Street y obtener beneficios.

–Supongo –le dijo Tom a Nick– que ya no se pueden encontrar más Derwatts desconocidos en desvanes o así.

–¡Desvanes! ¡No..., no es probable, señor! Algún dibujo... Pero desde hace un año, ni siquiera eso.

Tom asintió pensativo.

–Me gusta el *Gato*. Tengo que pensar si puedo permitírmelo o no.

–Usted tiene... –Nick intentaba recordar.

–Dos –dijo Tom–. *El hombre de la silla*, mi preferido, y *Las sillas rojas*.

–Sí, señor. Está en el registro. –Nick no dio muestras de saber que *El hombre de la silla* era falso y que el otro no.

–Creo que deberíamos irnos –le dijo Tom a Ed, como si tuvieran una cita. Luego se dirigió a Nick Hall–: ¿Tiene un libro de visitantes?

–Sí, señor. En ese escritorio. –Nick se acercó al escritorio que había en la sala principal, y abrió un gran libro por la página en curso–. Y aquí hay una pluma.

Tom se inclinó a mirar, con la pluma en la mano. Firmas garabateadas: Shawcross o algo parecido, Forster, Hunter, algunos con dirección, la mayoría sin ella. Una ojeada a la página anterior le reveló que Pritchard no había firmado durante el último año. Tom firmó, pero no puso ninguna dirección: solo Thomas Ripley y la fecha.

Muy pronto estaban fuera, en la acera, donde chispeaba.

–La verdad es que me alegro de ver que el tal Steuerman no esté representado –dijo Tom sonriendo.

—Claro. ¿No te acuerdas de que pusiste el grito en el cielo, llamando desde Francia?

—¿Y por qué no? —Ahora los dos buscaban un taxi. Ed o Jeff (Tom no quería señalar a ninguno en particular) habían descubierto unos años atrás a un pintor llamado Steuerman, del que pensaban que podía hacer unos Derwatts pasables. *¿Pasables?* Tom se puso tenso bajo la gabardina. Steuerman lo podía haber estropeado todo si la gente de la Buckmaster Gallery hubiera sido tan estúpida como para intentar comercializar sus obras. Tom recordó que su argumento contra Steuerman se había basado en las diapositivas en color que le había enviado la galería. Las había visto y le habían parecido impresentables.

Ed estaba en la calle, agitando el brazo. Iba a ser difícil encontrar un taxi libre a aquella hora y con aquel tiempo.

—¿Cómo hemos quedado esta noche con Jeff? —le gritó Tom.

—Vendrá a casa hacia las siete. ¡Mira!

Apareció un taxi con la bendita luz amarilla encendida sobre el techo. Subieron.

—Me ha encantado ver los Derwatts —dijo Tom, complacido con el agradable recuerdo—. Aunque debería decir los Tufts. —Pronunció la última palabra en un tono muy suave, casi un susurro—. Se me ha ocurrido una solución para el problema de Cynthia, problema o como quieras llamarle.

—¿Cuál es?

—La llamaré y le preguntaré si está en contacto con mistress Murchison, por ejemplo. Y con David Pritchard. Me haré pasar por alguien de la policía francesa. Si te parece bien, la llamo desde tu casa.

—¡Claro! —dijo Ed, comprendiéndolo al fin.

—¿Tienes el número de Cynthia? ¿Es fácil de conseguir?

—No, pero está en la guía. Ya no vive en Bayswater, sino en... Chelsea, creo.

11

En el apartamento de Ed, Tom se duchó, aceptó un gin-tonic que le ofreció Ed, e intentó poner en orden sus pensamientos. Ed le había apuntado el teléfono de Cynthia Gradnor en un trozo de papel.

Tom practicó su acento de comisario francés con Ed.

—Son casi las siete. Si llega Jeff, déjale entrrarr como siempre, ¿sí? Ed asintió con una inclinación de cabeza.

—Sí. *Oui!*

—Le llamo del bureau de polissía de... Queda mejor de París, ¿no? —Tom estaba de pie y se puso a andar por el estudio de Ed, donde estaba el teléfono sobre un escritorio plagado de papeles—. Ruidos de fondo. Escribe un poco a máquina, por favor. Aquí la comisarría de polissía. Estilo Simenon. Todos nos conossemos.

Ed obedeció, se sentó y puso una hoja de papel en la máquina. Ta-ta-ta-tat.

—No escribas tan deprisa —dijo Tom—. Haz como si tuvieras que pensarlo. —Marcó y se preparó mentalmente para asegurarse de que hablaba con Cynthia Gradnor, decirle que David Pritchard había contactado un par de veces con ellos, y preguntarle si podía hacerle unas preguntas sobre *m'sieur* Reepley.

El teléfono sonó y sonó.

—No está en casa —dijo Tom—. *Merde!* —Miró su reloj. Eran las siete y diez. Colgó el auricular.

—A lo mejor mañana —dijo Ed—. O esta noche. Sonó el timbre de la puerta.

—Aquí está Jeff —dijo Ed, y se dirigió al recibidor. Jeff entró, con paraguas pero un poco mojado. Era más alto y corpulento que Ed, y estaba un poco más calvo que la última vez que Tom le había visto.

—¡Hola, Tom! ¡Qué sorpresa tan agradable! ¡Como siempre!

Los dos se estrecharon la mano calurosamente, casi abrazándose.

–Quítate esa gabardina empapada y sécate con algo –le dijo Ed–. ¿Un whisky?

–Lo has adivinado. Gracias, Ed.

Los tres se sentaron en la sala, donde había un sofá y una mesita y podían ponerse más cómodos. Tom le explicó a Jeff por qué estaba allí: desde su última conversación telefónica, las cosas se habían precipitado.

–Mi mujer todavía está en Tánger, con una amiga francesa, en el Hotel Rembrandt. He venido a averiguar qué está haciendo Cynthia o qué está intentando hacer... respecto a Murchison. Puede que esté en contacto...

–Sí, ya me lo ha contado Ed –dijo Jeff.

–... con mistress Murchison, que está en Estados Unidos. Seguro que a ella le interesa saber cómo desapareció su marido. Creo que tendré que averiguar eso. –Tom dejó su gin-tonic en un posavasos–. Si la policía empieza a buscar el cadáver de Murchison por allí... podrían encontrarlo. Por lo menos, el esqueleto.

–Tú dijiste una vez que estaba a unos kilómetros de donde vives, ¿no? –Jeff habló con un matiz de temor en la voz–. En un río, ¿no?

–Sí. –Tom se encogió de hombros–. O en un canal. He olvidado exactamente *dónde,* pero reconocería el puente desde donde lo tiramos Bernard y yo... aquella noche. Claro que... –se irguió y adoptó una expresión más animada– nadie sabe por qué o cómo desapareció Thomas Murchison. Podrían haberle secuestrado en Orly, yo le dejé allí..., ¿entiendes? –Su sonrisa se hizo más amplia. Había dicho «le dejé», como si se lo creyera–. Llevaba *El reloj* y el cuadro también desapareció en Orly. Un Tufts auténtico. –Tom se rió–. O bien Murchison podría haber decidido desaparecer. En cualquier caso, alguien robó *El reloj* y nunca más volvimos a verlo o a saber de él, ¿os acordáis?

–Sí. –Jeff arrugó su alargada frente, pensativo. Sostenía el vaso entre las rodillas–. ¿Cuánto tiempo se va a quedar esa gente en tu vecindario, esos Pritchard?

–Supongo que el contrato de alquiler será de seis meses. Debería haberlo preguntado, pero no se me ha ocurrido. –Él se desembarazaría de Pritchard en menos de seis meses, pensó. Se libraría de él de alguna forma. Sintió que le invadía la cólera y, para desahogarse, empezó a explicarles a Ed y Jeff cómo era la casa que habían alquilado los Pritchard. Describió los muebles clásicos de imitación, y el estanque del jardín en el que brillaba el sol de la tarde, describiendo figuras que se reflejaban en el techo de la sala–. La verdad es que me encantaría verles a los dos ahogados en ese estanque –concluyó, y los otros dos se echaron a reír.

–¿Quieres tomar algo más, Tom? –le preguntó Ed.

–No, gracias, está bien así. –Tom echó un vistazo a su reloj: eran poco más de las ocho–. Quiero probar a llamar a Cynthia antes de salir.

Ed y Jeff cooperaron. Ed se ocupaba otra vez del ruido de fondo de máquina de escribir, mientras Tom ejercitaba su acento hablando con Jeff.

–No te rías. Essto es una comisarría de Parrís. He hablado con Preechard –dijo Tom muy serio, otra vez en pie–, y quierro prreguntarle a madame Gradnoorr, porrque ella puede saberr algo sobre monsieur Murcheeson o su mujerrr. ¿Sí?

–*Oui* –contestó Jeff igual de serio, como si estuviera jurando algo.

Tom tenía papel y lápiz preparados para anotar lo que fuera, además del pedazo de papel con el número de teléfono de Cynthia. Marcó.

Al cabo de cinco timbrazos, contestó una voz femenina.

–Hola, buenas tarrdes, madame. ¿Madame Gradnorr?

–Sí.

–*Commissaire Édouard Bilsault, à Paris.* Estamos en communicasión con monsieur Preechard sobre Thomas Murcheeson..., usted lo conosse, ¿verrdad?

–Sí. Así es.

De momento, todo iba bien. Tom hablaba con un tono más agudo de lo que era habitual en él, y más tenso. Después de todo, Cynthia podía acordarse de su voz y reconocerle.

–Monsieur Preechard está ahorra en *l'Afrique du Nord,* como usted sabrá, madame. Querremos saberr la diresión amerricana de madame Murcheeson, en *Amerique,* si usted la tiene.

–¿Para qué? –preguntó Cynthia Gradnor, con su brusquedad de antaño, que a veces, cuando las circunstancias lo requerían, acompañaba con un gesto rígido y desdeñoso del labio inferior.

–Porrque quissaás tengamos sierrta inforrmasión, muy prronto, sobre su marrido. Monsieur Preechard nos ha llamado en una ocasión desde Tánger. Perro no podemos localisarrle ahorra. –Tom subió el tono para transmitir una nota de urgencia.

–Hum –dijo ella, dudando–. Creo que míster Pritchard tiene su propia forma de hacer las cosas... en ese tema al que usted se refiere. No es cosa mía. Le sugiero que espere hasta su regreso.

–Perro no podemos..., no debemos esperar, madame. Tenemos una prregunta que haserrle a madame Murcheeson. Monsieur Preechard no estaba cuando le llamamos y los teléfonos en Tánger son muy malos. –Tom carraspeó, aclarándose la garganta de un modo que le hizo daño, e hizo un gesto pidiendo ruidos de fondo. Cynthia no parecía sorprendida de oír que Pritchard estuviera en Tánger.

Ed lanzó un libro a un punto determinado de su escritorio y continuó tecleando, mientras Jeff, desde lejos y cara a la pared, se puso las manos a modo de altavoz cóncavo junto a la boca e imitó un lejano aullido de sirena. Era exacto al sonido de las sirenas de París, pensó Tom.

–Madame... –continuó Tom, en tono grave.

—Un momento.

Cynthia había ido a buscar la dirección. Tom cogió el lápiz sin mirar siquiera a sus amigos.

Cynthia volvió al aparato y leyó una dirección en la calle Setenta Este de Manhattan.

—*Merci, madame* —dijo Tom cortésmente, pero como si le pareciera obligatorio que ella colaborase con la policía—. ¿Y el teléfono? —Tom lo anotó también—. *Merci infiniment, madame. Et bonne soirée.*

—Chk chk glu glu —dijo Jeff, mientras Tom se despedía cortésmente. Tom tuvo que reconocer que eran unos ruidos de interferencias muy convincentes, pero quizá Cynthia no llegase a oírlos.

—Lo he conseguido —dijo Tom con calma—. Pero, la verdad, pensar que tiene la dirección de mistress Murchison... —Miró a sus amigos, que le observaban en silencio. Se guardó la dirección de mistress Murchison, y volvió a mirar su reloj—. ¿Puedo hacer una llamada más, Ed?

—Adelante, Tom —le dijo Ed—. ¿Quieres que te dejemos solo?

—No hace falta. Llamo a Francia.

De todas formas, los dos se retiraron a la cocina.

Tom marcó el número de Belle Ombre. Allí debían de ser las nueve y media.

—*Allô, madame Annette!* —dijo Tom. El sonido de la voz de madame Annette le devolvió al recibidor y al mostrador de la cocina, junto a la máquina de café, donde también había un teléfono.

—¡Oh, *m'sieur Tome!* ¡No sabía dónde encontrarle! Tengo malas noticias. Mmm...

—*Vraiment?* —dijo Tom, frunciendo el ceño.

—¡Madame Heloise! ¡La han secuestrado!

Tom abrió la boca.

—¡No puede ser! ¿Quién se lo ha dicho?

—¡Un hombre con acento americano! Ha llamado... hacia las

cuatro de la tarde. Yo no sabía qué hacer. Ha dicho eso y luego ha colgado. He hablado con madame Genèvieve y ella me ha dicho: «¿Qué puede hacer la policía de aquí? Hay que avisar a Tánger. Díselo a *m'sieur Tome*», pero yo no sabía cómo encontrarle.

Tom cerró los ojos con fuerza, mientras madame Annette continuaba. Estaba pensando que Pritchard había dicho una mentira. Había descubierto que él ya no estaba en Tánger, o que no estaba con su mujer, y estaba intentando crear más problemas. Aspiró con fuerza e intentó formular una frase coherente para madame Annette.

—Madame Annette, creo que es una trampa. No se preocupe, por favor. Madame Heloise y yo cambiamos de hotel, creo que ya se lo dije. Ahora madame está en el Hotel Rembrandt. Pero no se preocupe por eso. Voy a llamar a mi mujer esta noche y comprobaré que sigue allí. —Tom se rió, se rió de verdad—. ¡Acento americano! —dijo con desdén—. ¿No tendría que ser un norteafricano, madame, o un oficial de policía, si la información fuese correcta?

Madame Annette tuvo que darle la razón.

—¿Qué tal tiempo hace? Aquí está lloviendo.

—¿Me llamará cuando encuentre a madame Heloise, *m'sieur Tome?*

—¿Esta noche? Sí. —Y añadió con calma—: Espero poder hablar con ella esta noche. Luego la llamaré a usted.

—¡A cualquier hora, *m'sieur!* He cerrado todas las puertas de la casa, y las de fuera también.

—¡Bien hecho, madame Annette!

Tom colgó y lanzó una exclamación. Metió las manos en los bolsillos y se dirigió hacia sus amigos, que estaban en la biblioteca con sus bebidas.

—Tengo noticias —dijo Tom, aliviado de poder compartirlas, malas como eran, en lugar de guardar silencio, como casi siempre tenía que hacer con las malas noticias—. Mi ama de llaves dice que han secuestrado a mi mujer. En Tánger.

—¿Secuestrado? —Jeff frunció el ceño—. ¿Es una broma?

—Un hombre con acento americano ha llamado a mi casa y se lo ha dicho a madame Annette. Luego ha colgado. Estoy seguro de que es mentira. Es típico de Pritchard... provocar todos los problemas posibles.

—¿Qué puedes hacer? —le preguntó Ed—. ¿Llamarla a su hotel y ver si sigue allí?

—Exacto. —Pero antes Tom encendió un Gitanes, saboreando unos segundos su odio hacia Pritchard, odiando cada miligramo de su cuerpo, incluso sus gafas de montura redonda y su vulgar reloj de pulsera—. Sí, llamaré al Rembrandt, de Tánger. Mi mujer suele volver a la habitación hacia las seis o las siete a cambiarse para la cena. Por lo menos, en el hotel podrán decirme si ha estado allí.

—Claro. Llama, Tom —dijo Ed.

Tom volvió al teléfono que había junto a la máquina de escribir de Ed, y sacó su agenda del bolsillo interior de su chaqueta. Había apuntado el número del Rembrandt con el prefijo de Tánger. ¿No había dicho alguien que las tres de la madrugada era la mejor hora para llamar a Tánger? Tom lo intentó de todas formas, marcando con cuidado.

Silencio. Luego un zumbido, tres zumbidos que prometían cierta actividad. Y otra vez silencio.

Marcó el número para llamar por operadora y le pidió a la mujer que intentase la llamada, dándole el número de Ed. La operadora le dijo que colgara. Le llamó al cabo de un minuto y le dijo que estaba intentando comunicar con aquel número de Tánger. La operadora de Londres le hablaba a alguien en un tono irritado e impertinente, y Tom apenas oía la voz del otro, pero tampoco ella tuvo suerte con Tánger.

—A veces es difícil a estas horas de la tarde, señor... Le sugiero que vuelva a intentarlo esta noche, más tarde. ¿Quiere que siga probando?

Tom le dio las gracias.

–No –le dijo, en respuesta a su pregunta–. Ahora tengo que salir. Volveré a intentarlo más tarde.

Fue a la biblioteca, donde Ed y Jeff casi habían acabado de prepararle la cama.

–No ha habido suerte –dijo Tom–. No he podido comunicar. He oído decir que es normal con los teléfonos de Tánger... Salgamos a comer algo y olvidémoslo por ahora.

–Mierda –dijo Jeff, irguiéndose–. Te he oído decir que lo intentarías más tarde.

–Sí... Por cierto, gracias a los dos por hacerme la cama. Esta noche lo agradeceré.

Minutos después estaban fuera, bajo la llovizna, con dos paraguas abiertos, de camino al pub que había propuesto Ed. Estaba bastante cerca, lleno de cálidas estanterías y reservados de madera de color castaño. Se sentaron a una mesa. Tom lo prefería, porque así podía ver mejor a la gente. Pidió rosbif y pudin de Yorkshire, en honor a los viejos tiempos.

Tom le preguntó a Jeff Constant por su trabajo. Jeff trabajaba por su cuenta, como fotógrafo independiente. Tenía que aceptar por dinero muchos trabajos que no le gustaban tanto como lo suyo, que describía como «fotografías de interiores artísticos con o sin gente». Se refería a interiores de casas bonitas, a veces con un gato o con plantas. Le dijo que la mayoría de las veces el trabajo comercial estaba relacionado con el diseño industrial, como por ejemplo primeros planos de planchas eléctricas y cosas así.

–O edificios fuera de la ciudad en obras –continuó Jeff–. Tengo que hacerles fotos, a veces con un tiempo tan malo como este.

–¿Os veis mucho Ed y tú? –le preguntó Tom.

Ed y Jeff sonrieron y se miraron. Ed habló primero:

–No mucho, ¿verdad, Jeff? Pero si uno de los dos necesita al otro, aquí estamos.

Tom pensaba en los viejos tiempos, cuando Jeff hizo las excelentes fotografías de los cuadros de Derwatt (auténticos), y Ed Banbury habló de ellos, escribiendo artículos sobre Derwatt, dejando caer cuidadosamente una palabra aquí y allá, con la idea de que la publicidad empezara a rodar y crecer como una bola de nieve. Y había salido bien. Según su historia, Derwatt había estado viviendo en México, y aún vivía allí, pero vivía recluido, se negaba a conceder entrevistas e incluso a revelar el nombre del pueblo donde vivía. Corrían rumores de que estaba cerca de Veracruz, desde cuyo puerto enviaba sus cuadros a Londres en barco. Los antiguos propietarios de la Buckmaster Gallery habían representado a Derwatt sin grandes éxitos, porque no habían intentado promocionarle. Ed y Jeff habían hecho todo aquello justo después de que Derwatt se fuera a Grecia y se ahogara. Todos ellos habían conocido a Derwatt (todos excepto Tom, curiosamente, aunque muchas veces le parecía como si le hubiera conocido). Antes de su muerte, Derwatt había sido un buen pintor, interesante, que empezaba a ser reconocido en Londres, admirado por Jeff y Ed, así como por Cynthia y Bernard. Derwatt era oriundo de alguna melancólica ciudad industrial del norte de Inglaterra, Tom había olvidado cuál. Qué curioso, pensó Tom. Van Gogh también había sufrido porque nadie hablaba de él. ¿Quién había hablado de Vincent Van Gogh? Nadie, tal vez solo Theo.

Ed contrajo su delgado rostro.

—Si quieres no tocaremos más el tema, Tom, pero déjame hacerte una pregunta. ¿Estás realmente preocupado por Heloise?

—No... Ahora estaba pensando en otra cosa... Conozco a ese Pritchard, Ed. Poco, pero lo suficiente. —Tom se echó a reír—. Nunca he conocido a nadie como él, pero he leído sobre esos tipos. Sádico. Con una renta independiente. Bueno, eso dice su mujer, aunque yo sospecho que los dos mienten como bellacos.

—¿Está casado? —preguntó Jeff, sorprendido.

–¿No te lo había dicho? Con una americana. Me da la sensación de que son una pareja sadomasoquista. Se quieren y se odian mutuamente, ¿sabes? –continuó Tom–. Pritchard me dijo que estaba haciendo un máster en el INSEAD, un centro de economía y marketing que hay cerca de Fontainebleau... Y es totalmente falso. Su mujer tiene los brazos y el cuello llenos de moretones. Y él se ha instalado allí solo para hacerme la vida imposible. Ahora Cynthia ha encendido su imaginación sacando a relucir a Murchison. –Mientras cortaba su rosbif, Tom se dio cuenta de que no quería decirles a Ed ni a Jeff que Pritchard (o su mujer) habían intentado imitar a Dickie Greenleaf por teléfono y que habían hablado con él y con Heloise. A Tom no le gustaba recordar lo de Dickie Greenleaf.

–Y os siguieron a Tánger –dijo Jeff, haciendo una pausa, con el cuchillo y el tenedor en las manos.

–Su mujer no –dijo Tom.

–¿Cómo se libra uno de una plaga como esa? –preguntó Jeff.

–Esa *es* la interesante cuestión. –Tom se echó a reír. Los otros dos se miraron, un tanto sorprendidos por su risa. Luego se esforzaron por sonreír también.

–Me gustaría volver a casa de Ed si vas a volver a llamar a Tánger –dijo Jeff–. Quisiera saber lo que está pasando.

–¡Vamos todos, Jeff! ¿Cuánto tiempo piensa quedarse Heloise allí, Tom? –preguntó Ed–. En Tánger. O en Marruecos.

–Quizá otros diez días más o menos. No lo sé. Su amiga Noëlle ya había estado allí antes. Quieren ir a Casablanca.

Café expreso. Luego, charla profesional entre Jeff y Ed. Para Tom era evidente que, de vez en cuando, cada uno de los dos le ofrecía trabajo al otro. Jeff Constant era muy bueno haciendo retratos, y Ed Banbury solía entrevistar a gente para los suplementos dominicales.

Tom insistió en pagar la cena.

–Es un placer –dijo.

La lluvia había cesado y, cuando estuvieron cerca de casa de Ed, Tom propuso que dieran una vuelta a la manzana. Le gustaban las tiendecitas, que se alternaban con las entradas a las casas de apartamentos, las hendiduras de cobre bruñido para el correo, o incluso los acogedores, tardíos y bien iluminados establecimientos de ultramarinos abiertos hasta casi medianoche, con fruta fresca, conservas y estanterías llenas de pan y cereales.

—Los llevan árabes o paquistaníes —dijo Ed—. En cualquier caso, son una bendición: también abren los domingos y festivos.

Llegaron a la puerta de Ed, y este abrió con su llave.

Tom pensó que tenía más posibilidades de comunicar con el Hotel Rembrandt, aunque quizá no tantas como a las tres de la madrugada. De nuevo marcó con cuidado, esperando que respondiera alguien competente y capaz de hablar francés.

Jeff y Ed entraron también, Jeff con un cigarrillo.

—Aún no contestan —dijo Tom con un gesto. Marcó el número de la operadora y dejó el asunto en sus manos. Ella le llamaría cuando contactase con el Rembrandt.

—¡Mierda!

—¿Crees que hay alguna esperanza? —le preguntó Ed—. ¡También puedes mandarle un telegrama, Tom!

—La operadora de Londres tiene que volver a llamarme. Pero no hace falta que esperéis despiertos. —Tom miró a su anfitrión—. Ed, ¿no te importa si Tánger me contesta esta noche y yo me levanto a cogerlo?

—Claro que no. Desde mi habitación no lo oiré. Allí no hay teléfono. —Ed le dio una palmadita en la espalda a Tom.

Era el primer contacto físico que Tom podía recordar de Ed, aparte de los apretones de manos.

—Me voy a dar una ducha. Así seguro que me llaman cuando esté bajo el agua.

—¡Venga! Te daremos un grito —le dijo Ed.

Tom sacó su pijama del fondo de la maleta, se desnudó y entró en el cuarto de baño, que estaba entre su habitación y el dormitorio de Ed. Se estaba secando, cuando Ed lo llamó. Tom contestó, se puso el pijama antes de salir calzado con sus zapatillas de ante. *¿Es Heloise o la recepción?*, quería preguntarle a Ed, pero al final no le dijo nada y cogió el teléfono.

–*Allô?*

–*Bonsoir. Hotel Rembrandt. Vous êtes...?*

–*M'sieur* Ripley –continuó en francés–. Quisiera hablar con madame Ripley, habitación trescientos diecisiete.

–*Ah, oui. Vous êtes...?*

–*Son mari* –dijo Tom.

–*Un instant.*

Son mari producía cierto efecto, pensó Tom. Miró a sus dos atentos amigos. Luego, una voz soñolienta dijo:

–*Allô?*

–¡Heloise! ¡Empezaba a preocuparme!

Ed y Jeff se relajaron, sonriendo.

–Sí. El maldito *Preechard*... ¡Ha llamado a madame Annette para decirle que te habían *secuestrado!*

–¡Secuestrado! Si ni siquiera le hemos visto hoy... –dijo Heloise.

Tom se echó a reír.

–Voy a llamar a madame Annette esta misma noche, se quedará más tranquila. Oye... –Tom intentó aclarar los planes de Heloise y Noëlle. Ella le contó que habían ido a una mezquita y también a un mercado. Sí, pensaban ir a Casablanca al día siguiente–. ¿A qué hotel?

Heloise tuvo que pensarlo o mirarlo en algún sitio.

–Miramare.

Qué original, pensó Tom, todavía de buen humor.

–Aunque no veáis a ese cerdo, querida, puede ser que esté rondando por ahí, intentando descubrir dónde estás, y dónde estoy yo. Así que me alegro de que mañana os vayáis a Casablanca... ¿Y luego qué?

—¿Luego?

—¿Adónde iréis desde allí?

—No lo sé. Creo que a Marrakech.

—Coge un lápiz —le dijo Tom con firmeza. Le dio el número de teléfono de Ed, y se aseguró de que ella lo había copiado bien.

—¿Por qué estás en Londres?

Tom se echó a reír.

—¿Por qué estás tú en Tánger? Mira, no estaré aquí a todas horas del día, pero tú llama y deja el mensaje... Creo que Ed tiene contestador... —Ed asintió—. Dime tu próximo hotel, si os vais de Casablanca... Bueno. Saluda a Noëlle... Te quiero. Adiós, cariño.

—¡Qué alivio! —dijo Jeff.

—Sí. Para mí, desde luego. Dice que ni siquiera ha visto a Pritchard merodeando... Claro que eso no significa nada.

—Prik-hard —dijo Jeff.

—Hard-prik[1] —replicó Ed, impasible, deambulando.

—¡Basta! —Tom sonrió—. Más llamadas. Tengo que llamar a madame Annette. Mientras, he estado pensando en mistress Murchison.

—¿Sí? —le preguntó Ed, curioso, apoyando un codo en una estantería—. ¿Crees que Cynthia está en contacto con mistress Murchison? ¿Que cotejan los datos que tienen?

Era una idea horrible. Tom reflexionó un momento.

—Las dos deben saber la dirección de la otra, pero ¿qué se pueden haber contado? También es posible que solo se haya puesto en contacto desde la aparición de David Pritchard.

Jeff, que aún estaba de pie, empezó a andar, inquieto.

---

1. Juego de palabras con el apellido Pritchard, transformándolo en *prick*, «pelmazo», y *hard*, «pesado». *(N. de la T.)*

–¿Qué ibas a decir sobre mistress Murchison?

–Bien... –Tom titubeó. No le gustaba expresar ideas a medio formular, pero pensó que estaba entre amigos–. Me gustaría llamarla a América y preguntarle cómo van las averiguaciones sobre la desaparición de su marido. Pero me temo que yo le desagrado tanto como a Cynthia. Bueno, no tanto, claro, pero yo fui la última persona conocida que vio a su marido. ¿Y por qué iba a llamarla? –Tom se interrumpió bruscamente–. ¿Qué demonios puede hacer Pritchard? ¿Ha averiguado algo nuevo? ¡Maldito sea! ¡Nada!

–Es verdad –dijo Ed.

–¿Y si llamaras a mistress Murchison...? Tú eres muy bueno imitando, Tom... Con la voz de ese inspector... Webster, creo que se llamaba, ¿no? –preguntó Jeff.

–Sí. –A Tom no le gustaba recordar el nombre del inspector inglés, aunque Webster no había descubierto la verdad–. No, no quiero arriesgarme, gracias. –¿Era posible que Webster, que había ido a Belle Ombre y llegado incluso hasta Salzburgo, siguiera en el caso, como solía decirse? ¿Estaría Webster en contacto con Cynthia y con mistress Murchison? Tom volvió a la misma conclusión: no habían averiguado nada nuevo, así que ¿por qué preocuparse?

–Será mejor que me retire –dijo Jeff–. Mañana tengo que trabajar. ¿Me dirás lo que vas a hacer mañana, Tom? Ed tiene mi teléfono. Y tú también, si mal no recuerdo.

Se dieron las buenas noches.

–Llama a madame Annette –le dijo Ed–. Una tarea agradable, por lo menos.

–¡Por lo menos! –repitió Tom–. Yo también te doy las buenas noches, Ed, y gracias por tu hospitalidad. Estoy muerto de sueño.

Luego Tom marcó el número de Belle Ombre.

–*Allooô?* –La voz de madame Annette tenía un timbre agudo, de ansiedad.

–¡Soy Tome! –dijo Tom. Y le informó de que madame Heloise estaba bien y de que la historia del secuestro había sido un falso rumor. Pero no pronunció el nombre de David Pritchard.

–Pero... ¿usted sabe quién me ha contado esa historia malvada? –Madame Annette utilizó la palabra *méchante* con vehemencia.

–Ni idea, madame. El mundo está lleno de gente con malas intenciones. Aunque parezca extraño, disfrutan con eso. ¿Va todo bien en casa?

Madame Annette le aseguró que todo iba bien. Él le dijo que la llamaría en cuanto supiera cuándo iba a volver. No podía decirle con certeza cuándo volvería madame Heloise, pero lo importante era que estaba con su buena amiga madame Noëlle, y lo estaba pasando muy bien.

Luego cayó en la cama rendido y se durmió como un tronco.

12

La mañana siguiente era tan clara y brillante como si la lluvia del día anterior nunca hubiera existido. Todo parecía recién lavado, pensó Tom cuando miró por la ventana hacia la estrecha calle. La luz del sol centelleaba en las ventanas de la fachada y el cielo era azul radiante.

Ed le había dejado una llave en la mesita y una nota debajo diciéndole que se instalara a sus anchas y que él no volvería hasta las cuatro de la tarde. El día anterior le había enseñado la cocina. Tom se afeitó, desayunó y se hizo la cama. A las nueve y media estaba abajo, caminando hacia Piccadilly, saboreando las escenas callejeras, los retazos de conversación, la variedad de acentos que oía al pasar.

En Simpson's, Tom vagabundeó, aspirando el aroma floral, que le sugirió que quizá pudiera conseguir cera de lavanda para madame Annette mientras estuviera en Londres. Se dirigió hacia la sección de batines de hombres y le compró uno a Ed Banbury, un Black Watch de lana, muy ligero, y para él eligió uno rojo escocés, un Royal Stewart. Ed usaba una talla menos que él, estaba seguro. Se llevó los dos en una bolsa de plástico y salió andando en dirección a Old Bond Street y la Buckmaster Gallery. Eran casi las once.

Cuando llegó, Nick Hall estaba hablando con un hombre gordo y moreno y, al verle, le saludó con una inclinación de cabeza.

Tom se dirigió a la sala adyacente, donde se exhibían los sedantes Corot o, mejor dicho, los cuadros estilo Corot, y luego volvió a la sala principal, donde oyó a Nick decir:

—Menos de quince mil, estoy seguro, señor. Pero si quiere, puedo comprobarlo.

—No, no.

—Todos los precios están sujetos a la revisión de los propietarios de la Buckmaster Gallery. Los precios pueden subir o bajar, en general muy ligeramente. —Nick hizo una pausa—. Depende del mercado, no de la persona que quiera comprarlo.

—Muy bien. Míremelo, por favor. Estoy dispuesto a llegar a trece mil... *Pícnic* me gusta bastante.

—Sí, señor. Tengo su número, intentaré localizarle mañana.

Tom pensó que estaba bien que Nick no hubiera dicho «le llamaré mañana». Nick llevaba un bonito par de zapatos negros, distintos de los del día anterior.

—Hola, Nick..., si me permite... —dijo Tom cuando se quedaron solos—. Nos conocimos ayer.

—Ya me acuerdo, señor.

—¿Tiene algún dibujo de Derwatt para enseñarme?

Nick dudó un momento.

—Sí, señor. Están guardados en carpetas en la habitación del fondo. La mayoría no están en venta. Creo que ninguno está en venta, oficialmente.

Muy bien, pensó Tom. Archivos sagrados, esbozos de dibujos que se habían convertido o se convertirían en clásicos.

—Pero... ¿podría?

—Claro. Por supuesto, señor. —Nick echó un vistazo a la puerta principal y luego se acercó, quizá a comprobar que estuviera bien cerrada, o a echar un pestillo. Volvió con Tom y los dos atravesaron la segunda sala hasta la pequeña habitación trasera, con el escritorio, que estaba tan atestado como siempre, las paredes tiznadas, los cuadros, marcos y portafolios apoyados contra las antaño blancas paredes. ¿Había sido allí donde se habían apretujado veinte periodistas, con Leonard sirviendo las bebidas, un par de fotógrafos y él mismo? Sí, recordó Tom.

Nick se acuclilló y levantó una carpeta.

—Más o menos la mitad son esbozos de cuadros —dijo, sujetando la gran carpeta gris con las dos manos.

Había una mesa auxiliar cerca de la puerta y Nick reverentemente apoyó en ella la carpeta. Luego desató los tres lazos que la cerraban.

—Hay más carpetas en esos cajones —dijo Nick, señalando con la barbilla hacia el mueble blanco que había contra la pared, que tenía al menos seis cajones de arriba abajo. Aquel mueble accesorio era nuevo para Tom.

Cada dibujo de Derwatt estaba en un envoltorio de plástico transparente. Carboncillo, lápiz y conté. Mientras Nick iba pasándolos uno tras otro, todos con su funda plástica, Tom se dio cuenta de que no podía distinguir los Derwatts de los Bernard Tufts, por lo menos no con toda seguridad. Los esbozos de *Las sillas rojas* (tres) sí, porque él sabía que eran una creación de Derwatt. Pero cuando Nick le enseñó los apuntes de *El hombre de la silla,* una copia de Bernard Tufts, a Tom le dio un vuelco el corazón, porque él poseía el cuadro, le gustaba y lo conocía bien, y porque el devoto Bernard Tufts había hecho sus apuntes con el mismo amoroso cuidado con que lo hubiera hecho Derwatt. Y en aquellos esbozos, que no estaban hechos para impresionar a nadie, Bernard se había fortalecido para su esfuerzo real, la composición en color sobre tela.

–¿Estos están en venta? –preguntó Tom.

–No. Bueno... Míster Banbury y míster Constant no quieren. Que yo sepa, nunca hemos vendido ninguno. No mucha gente... –Nick titubeó–. Mire, el papel que usaba Derwatt no siempre era de la mejor calidad. Amarillea, se arruga en los bordes.

–A mí me parecen maravillosos –dijo Tom–. Sigan cuidándolos, protegiéndolos de la luz y todo eso.

Nick esbozó su rápida sonrisa.

–Y tocándolos lo menos posible.

Había más. *Gato al atardecer,* que a Tom le gustó mucho y que, según dedujo, era obra de Bernard Tufts, en una hoja grande de papel más bien barato, con indicaciones de color a lápiz: negro, marrón, rojo, incluso verde.

A Tom se le ocurrió que Tufts estaba tan mezclado con Derwatt, que era artísticamente imposible separarlos, por lo menos en algunos, si no en la mayoría de aquellos dibujos. En muchos sentidos, Bernard Tufts se había convertido en Derwatt. De hecho, Bernard había muerto en un estado de confusión y de vergüenza por su éxito, al convertirse en Derwatt y adoptar el viejo estilo de vida de Derwatt, en su pintura y en sus dibujos de investigación. En los trabajos de Bernard, al menos en aquellos de la Buckmaster Gallery, no había ningún signo de debilidad de espíritu, ni en los esbozos a lápiz ni en los de color. Bernard aparecía como un maestro de la composición, y de la decisión sobre las proporciones y el color.

–¿Está usted interesado, míster Ripley? –le preguntó Nick Hall, ahora de pie, cerrando un cajón–. Puedo hablar con míster Banbury.

–No lo sé seguro –sonrió Tom–. Es tentador. Y... –la idea

confundió a Tom por un instante– ¿qué pediría la galería por un esbozo de uno de los cuadros?

Nick miró al suelo, pensando.

–No sabría decirle, señor. Realmente, no lo sé. No creo que tenga los precios de estos dibujos, si es que existen.

Tom tragó saliva. Muchos, la mayoría de aquellos dibujos provenían del modesto y pequeño estudio de Bernard Tufts, situado en alguna parte de Londres, donde había trabajado y dormido durante los últimos años de su vida. Curiosamente, los esbozos eran la mejor prueba de autenticidad, tanto de los cuadros como de los propios esbozos de Derwatt, pensó Tom, pues no revelaban ningún cambio en el uso del color, lo cual había obsesionado mucho a Murchison.

–Gracias, Nick. Ya veremos. –Tom se dirigió hacia la puerta y le dijo adiós.

Anduvo a través de la Burlington Arcade, esta vez sin sentirse atraído por las corbatas de seda, los elegantes cinturones y las bufandas de los escaparates. Estaba pensando que si «se revelaba» que Derwatt había sido falsificado en la mayor parte de su obra, no importaría, pues los esfuerzos de Bernard Tufts habían sido igual de buenos, absolutamente similares y lógicos. Habían mostrado el mismo desarrollo que el Derwatt real podía haber mostrado si hubiera muerto a los cincuenta o cincuenta y cinco en vez de a los treinta y ocho años, o a la edad que tuviera en el momento del suicidio. Podía decirse que Tufts había mejorado respecto a la obra anterior de Derwatt. Si, según calculaba Tom, el sesenta por ciento de las obras de Derwatt que existían hubieran estado firmadas por B. Tufts, ¿por qué iban a ser menos valiosas?

La respuesta, desde luego, era que ellos las habían comercializado deshonestamente, y que su valor de mercado, siempre en alza incluso en aquel momento, estaba basado en el valor del nombre de Derwatt. Aunque en la época de su muerte se trataba de un valor relativo, pues Derwatt no había llegado a ser muy conocido. Pero Tom ya había llegado otras veces a aquel callejón sin salida.

Se alegró de volver en sí al llegar a Fortnum and Mason, preguntando dónde podía encontrar artículos de uso doméstico.

–Productos como cera para los muebles –añadió, dirigiéndose a alguien que iba con levita.

Y allí estaba, abriendo una lata de cera de lavanda, oliéndola con los ojos cerrados e imaginándose que había vuelto a Belle Ombre.

–Me llevaré tres –le dijo a la vendedora.

Las metió con su bolsa de plástico dentro de la bolsa grande de los batines.

En cuanto terminó aquella fácil tarea, los pensamientos de Tom volvieron a Derwatt y a Cynthia, David Pritchard y los problemas que tenía entre manos. ¿Por qué no intentar ver a Cynthia, hablar con ella cara a cara, en vez de por teléfono? Desde luego, sería difícil conseguir una cita con ella. Si la llamaba, quizá le colgaría el teléfono, y si iba a su casa, quizá no le dejara entrar. ¿Pero qué podía perder? Cynthia debía de haberle hablado a Pritchard de la desaparición de Murchison, al menos debía de haber subrayado aquel tema en el currículum de Tom, que Pritchard, según todos los indicios, había encontrado en archivos de periódicos. ¿En Londres? Tom podía averiguar si Cynthia seguía en contacto con Pritchard, por teléfono o escribiéndose de vez en cuando. Y podía averiguar cuál era su plan, si es que tenía alguno, aparte de dedicarse a molestarle.

Tom almorzó en un pub cerca de Piccadilly y luego cogió un taxi hasta el apartamento de Ed. Dejó el batín sobre la cama informalmente, sin sacarlo de su gran bolsa de plástico ni ponerle ninguna tarjeta. La bolsa de Simpson's le parecía bonita. Volvió a su dormitorio-biblioteca, dejó su batín en una silla y fue a buscar las guías de teléfono. Estaban cerca de la mesa de trabajo de Ed. Tom buscó Gradnor, Cynthia L., y la encontró.

172

Miró su reloj (las dos menos cuarto) y empezó a marcar.

Una voz grabada, la de Cynthia, contestó después del tercer timbrazo, y Tom cogió un lápiz. La voz de Cynthia aconsejaba llamar a cierto número durante las horas de oficina.

Tom llamó al número en cuestión. Contestó una voz femenina anunciando algo como Vernon McAllister Agency, y él preguntó si podía hablar con miss Gradnor.

Miss Gradnor acudió al teléfono.

—¿Diga?

—Hola, Cynthia. Soy Tom Ripley —dijo Tom, adoptando un tono más grave y serio—. He venido a Londres un par de días, de hecho llevo un día aquí. Pensaba que...

—¿Para qué me llamas? —preguntó ella, poniéndose tensa.

—Porque me gustaría verte —dijo Tom con calma—. Tengo una idea... que creo que te interesará tanto a ti como a todos nosotros.

—¿Todos nosotros?

—Creo que ya me entiendes. —Tom se irguió—. Estoy seguro de que sí. Cynthia, me gustaría verte diez minutos. En cualquier parte..., en un restaurante, un salón de té...

—¡*Un salón de té!* —Su tono no era chillón; eso hubiera significado perder el control.

Cynthia nunca perdía el control. Tom continuó con aire decidido.

—Sí, Cynthia. Donde sea. Si me dices...

—Pero ¿a qué viene esto?

—Es una idea —Tom sonrió— que podría resolver muchos problemas... desagradables.

—No quiero verle, míster Ripley. —Y colgó.

Tom consideró o sufrió aquel rechazo durante unos segundos, vagó por el estudio de Ed y encendió un cigarrillo.

Marcó el número que había garabateado, volvió a comunicar con la agencia, comprobó el nombre y consiguió la dirección.

–¿Hasta qué hora está abierta su oficina?

–Hum... Hasta las cinco y media, más o menos.

–Gracias –dijo Tom.

Aquella tarde, hacia las cinco y cinco, Tom estaba esperando junto a una puerta de King's Road, donde estaban las oficinas de Vernon McCullen. Era un edificio nuevo y gris que albergaba una docena de empresas, según vio Tom en la lista de firmas de la pared del vestíbulo. Estaba al acecho, buscando a una mujer más bien alta y esbelta con el pelo castaño claro y liso, que no esperaría encontrarle allí. ¿O sí? Tuvo que esperar mucho. A las seis menos veinte, estaba mirando su reloj quizá por decimoquinta vez, cansado de repasar con los ojos todas las figuras y rostros que salían. Eran hombres y mujeres, algunos con aspecto cansado, otros riéndose y charlando, como si estuvieran contentos de haber pasado un día más.

Encendió un cigarrillo, el primero desde su espera, porque muchas veces un cigarrillo –en circunstancias en las que hay que apagarlo enseguida, como cuando llega un autobús que uno espera– ayuda a que ocurran las cosas. Se acercó a la entrada.

–¡Cynthia!

Había cuatro ascensores, y Cynthia Gradnor acababa de salir del que quedaba más a la derecha. Tom tiró el cigarrillo, lo aplastó con el pie, lo cogió y lo echó a uno de los contenedores de arena.

–Cynthia –volvió a decir, porque la primera vez no le había oído.

Ella se paró en seco y su pelo liso resbaló un poco hacia los lados. Sus labios parecían más finos, más rectos de lo que Tom recordaba.

–Te he dicho que no quería verte, Tom. ¿Por qué me molestas así?

–No pretendo molestarte, al contrario. Pero me gustaría hablar cinco minutos... –Tom titubeó–. ¿Nos podemos sentar en alguna parte? –Había visto que había pubs por allí cerca.

174

–No. No, gracias. ¿Qué es eso tan vital? –Sus ojos grises le lanzaron una mirada hostil, y luego esquivaron su rostro.

–Es algo sobre Bernard. Yo diría que... puede interesarte.

–¿Qué? –dijo ella, casi en un susurro–. ¿Qué es? Supongo que has tenido otra idea desagradable.

–No, al contrario –dijo Tom, moviendo la cabeza. Había pensado en David Pritchard: ¿había algo, alguna idea más desagradable que Pritchard? Para Tom no, de momento. Bajó la vista hacia los zapatos planos y negros de Cynthia, hacia sus medias negras. Estilo italiano, elegante, pero sombrío–. Estaba pensando en David Pritchard, que puede hacerle bastante daño a Bernard.

–¿Qué quieres decir? ¿Cómo? –Cynthia fue empujada por alguien que pasaba por detrás de ella.

Tom tendió la mano para protegerla del empujón, y Cynthia le esquivó.

–Es fatal hablar aquí –dijo Tom–. Lo que quiero decir es que Pritchard no tiene buenas intenciones, ni para ti, ni para Bernard, ni para...

–Bernard está muerto –dijo Cynthia, antes de que Tom pudiera pronunciar la palabra «mí»–. El daño ya está hecho.

Gracias a ti, podría haber añadido.

–No todo está hecho. Puedo explicártelo en dos minutos. ¿Podemos sentarnos en alguna parte? ¡Hay un sitio justo ahí en la esquina! –Tom hacía esfuerzos para ser a la vez educado e inflexible.

Con un suspiro, Cynthia cedió, y fueron andando hacia la esquina. No era un pub muy grande y, por tanto, no muy ruidoso, e incluso encontraron una mesita libre. A Tom no le importaba si les servían o no, y estaba seguro de que a Cynthia tampoco.

–¿Hasta dónde es capaz de llegar Pritchard –preguntó Tom–, además de ser un merodeador, un fisgón y un sádico con su mujer?

–Pero no es un asesino.

–¡Ah! Me alegra saberlo... ¿Te escribes con David Pritchard, o habláis por teléfono?

Cynthia aspiró profundamente y parpadeó.

—Creí que tenías algo que decirme sobre Bernard.

Cynthia Gradnor estaba en estrecho contacto con Pritchard, pensó Tom, aunque quizá era lo bastante sensata como para no poner nada en un papel.

—Y es verdad, dos cosas. Pero primero, ¿puedo preguntarte qué haces con un tipo tan despreciable como Pritchard? ¡Es un enfermo mental! —Tom sonrió, seguro de sí mismo.

Cynthia habló muy despacio.

—No me interesa hablar de Pritchard. Además, no le he visto nunca.

—¿Entonces cómo sabes su nombre? —preguntó Tom en tono cortés.

Otra vez tomó aire, bajó la vista hacia la superficie de la mesa y volvió a mirar a Tom. Su rostro parecía súbitamente más delgado y envejecido. Debía de tener unos cuarenta años, supuso Tom.

—No pienso contestar a esa pregunta —dijo Cynthia—. ¿Puedes ir al grano, por favor? Algo sobre Bernard, has dicho.

—Sí. Su obra... He visto a Pritchard y a su mujer porque ahora son vecinos míos... en Francia. Supongo que ya lo sabes. Pritchard me habló de Murchison..., el hombre que sospechaba que había falsificaciones.

—Y que desapareció misteriosamente —dijo Cynthia, que de pronto parecía muy atenta.

—Sí. En Orly.

Ella sonrió, un tanto cínica.

—¿Cogió otro avión? ¿Adónde? ¿Nunca volvió a ponerse en contacto con su mujer? —Se detuvo—. Venga, Tom. Tú sabes lo que hiciste con míster Murchison. Seguramente llevaste su equipaje a Orly...

Tom mantuvo la calma.

—Pregúntale a mi ama de llaves, que nos vio salir de casa aquel día... a Murchison y a mí en dirección a Orly.

Tom pensó que Cynthia no tenía una respuesta inmediata para lo que le acababa de decir.

Tom se levantó.

—¿Qué quieres que te pida?

—Dubonnet con una rodaja de limón, por favor.

Fue a la barra, pidió el Dubonnet para Cynthia y un gin-tonic para él, y al cabo de tres minutos pagó y se llevó las bebidas.

—Volviendo a Orly —continuó Tom mientras se sentaba—. Recuerdo haber dejado a Murchison junto a la acera. No aparqué. No nos quedamos a tomar la última copa.

—No te creo.

Pero Tom sí se lo creía, a pies juntillas. Seguiría creyéndolo mientras no le pusieran ante sus narices una prueba irrefutable de lo contrario.

—¿Cómo sabes qué relación tenía con su mujer? ¿Cómo puedo saberlo yo?

—Pensaba que mistress Murchison había ido a verte —dijo Cynthia suavemente.

—Sí que vino. A Villeperce. Tomamos el té en casa.

—¿Y dijo ella algo de una mala relación con su marido?

—No, pero ¿por qué iba a decírmelo? Vino a verme porque yo era la última persona que había visto a su marido... Que se supiera.

—Sí —dijo Cynthia orgullosa, como si tuviera cierta información que Tom desconocía.

Bueno, y si así era, ¿cuál sería la información? Se quedó esperando, pero Cynthia no continuó. Tom sí.

—Supongo que mistress Murchison podría sacar a relucir lo de las falsificaciones cuando quisiera. Pero cuando yo la vi, ella reconoció que no entendía el razonamiento de su marido ni su teoría de que los últimos Derwatts eran falsos.

Cynthia sacó un paquete de cigarrillos de su bolso y cogió uno delicadamente, como si los racionara.

Tom le tendió el mechero.

–¿Has sabido algo de mistress Murchison? De Long Island, si mal no recuerdo.

–No. –Cynthia sacudió levemente la cabeza, aún serena y, al parecer, indiferente.

Cynthia no daba signos de asociar a Tom con la llamada de teléfono en la que había fingido ser de la policía francesa y le había preguntado la dirección de mistress Murchison. ¿O tal vez era capaz de disimular, como una buena actriz?

–Te lo pregunto porque –continuó Tom–, por si no lo sabes, Pritchard está intentando crear problemas con respecto a Murchison. Pritchard está obsesionado conmigo. Es muy extraño. No tiene ni idea de pintura. Le importa un comino el arte... ¡Tendrías que ver los muebles que tiene en su casa y lo que cuelga en las paredes! –Tom se echó a reír–. Estuve allí tomando algo... No era un ambiente muy amistoso.

Cynthia reaccionó con una leve sonrisa de complacencia, como Tom esperaba.

–¿Por qué estás preocupado?

Tom mantuvo su expresión complacida.

–Preocupado no, harto. Hizo fotos de mi casa, del exterior, un domingo por la mañana. ¿Te gustaría que un desconocido te hiciera eso sin permiso? ¿Por qué quiere fotografiar mi casa?

Cynthia no contestó, se limitó a tomarse su Dubonnet.

–¿Estás animando a Pritchard en su juego anti-Ripley? –le preguntó Tom.

En aquel momento, en la mesa de detrás de Tom hubo un estallido de carcajadas.

Cynthia no se asustó como Tom, pero se pasó una mano indolente por el pelo, y Tom vio que tenía algunas canas. Intentó imaginarse su casa: probablemente moderna, pero con algunos toques hogareños, objetos heredados de su familia, una antigua librería, una tela escocesa. Su ropa era bonita y conservadora. No se atrevió a preguntarle si era feliz. Ella se hubiera reído con desdén si no le tiraba el vaso encima. ¿Tendría algún cuadro o algún dibujo de Bernard Tufts en las paredes?

—Mira, Tom, ¿crees que no sé que mataste a Murchison y luego te libraste de él? ¿Crees que no sé que era Bernard el que cayó del acantilado en Salzburgo, y que hiciste pasar su cuerpo o sus cenizas por las de Derwatt?

Tom se quedó un momento en silencio ante la intensidad y la vehemencia de su tono.

—Bernard murió por ese juego repugnante —continuó ella—. Tu idea, las falsificaciones. Tú arruinaste su vida... y casi arruinas la mía. Pero ¿qué te importaba, mientras los cuadros siguieran llegando firmados por Derwatt?

Tom encendió un cigarrillo. Había un gracioso en la barra del bar, dando golpes con los tacones contra la barra de cobre, riéndose y contribuyendo al ruido de fondo.

—Yo nunca obligué a Bernard a pintar, ni a seguir pintando —dijo Tom suavemente, de modo que nadie más pudiera oírle—. Eso estaba fuera de mis posibilidades, y tú lo sabes. Yo apenas le conocía cuando sugerí lo de las falsificaciones. Les pregunté a Ed y a Jeff si conocían a alguien que fuera capaz de hacerlo. —Tom no estaba seguro de que aquello fuera cierto, que él no hubiera propuesto directamente a Bernard, porque su obra, o lo poco que había visto de ella no difería mucho del estilo de Derwatt. Tom continuó—: Bernard era más amigo de Ed y de Jeff.

—Pero tú promoviste todo aquello. ¡Tú lo aplaudiste!

Tom empezaba a hartarse. Cynthia solo tenía razón en parte. Estaban entrando en el terreno de la furia femenina que a Tom le asustaba. ¿Quién podía salir airoso de aquello?

—Bernard lo podía haber dejado en cualquier momento, tú lo sabes, podía haber dejado de pintar Derwatts. A él le gustaba Derwatt como artista. Y no debes olvidar tampoco la relación personal que había habido entre ellos. Yo... yo creo sinceramente que, al final, a Bernard se le escapó de las manos lo que estaba haciendo... Incluso bastante antes, cuando empezó a asumir el estilo de Derwatt –añadió con convicción–. Me gustaría saber quién podría haberle detenido. –La verdad era que Cynthia no había podido, y ella sabía lo de las falsificaciones de Bernard desde el principio, porque Bernard y ella estaban muy unidos. Los dos vivían en Londres y pensaban casarse.

Cynthia permaneció en silencio, y apagó su cigarrillo. Por un momento, sus mejillas parecieron hundirse, como las de un muerto o un enfermo.

Tom bajó los ojos hacia su vaso.

–Ya sé que no se ha perdido ningún afecto entre nosotros dos, Cynthia, y que a ti no te importa lo mucho que me molesta Pritchard. Pero va a empezar a hablar de *Bernard*. –Tom volvió a bajar la voz–. Solo para fastidiarme a mí, por lo que parece. ¡Es absurdo!

Cynthia clavó los ojos en él.

–¿De Bernard? No. ¿Quién ha mencionado a Bernard en todo esto? ¿Quién va a sacarlo a relucir ahora? ¿Sabía Murchison siquiera su nombre? No lo creo. ¿Y qué, si lo sabía? Murchison está muerto. ¿Ha mencionado Pritchard a Bernard?

–Conmigo no –dijo Tom. Observó las últimas gotas rojas que quedaban en el vaso de Cynthia. Parecía como si ella fuese a dar por terminado aquel encuentro–. ¿Quieres otro? –le preguntó, mirando su vaso vacío–. Yo repetiré si tú repites.

–No, gracias.

Tom intentó pensar deprisa. Era una lástima que Cynthia supiera –o estuviera convencida de ello– que el nombre de Bernard Tufts no se había mencionado nunca en relación con las falsificaciones. Tom había pronunciado el nombre de Bernard ante Murchison (según recordaba), cuando intentaba persuadirlo de que dejara de investigar sobre las falsificaciones. Pero, como Cynthia había dicho, Murchison estaba muerto, porque Tom lo había matado pocos segundos después de aquella conversación inútil. Tom apenas podía apelar al deseo de Cynthia —creía que ella lo sentía así— de mantener limpio el nombre de Bernard. Si es que su nombre se había mencionado alguna vez en los periódicos. Lo intentó una vez más:

—Seguro que no quieres que el nombre de Bernard se vea implicado..., en caso de que el lunático de Pritchard siga adelante y se entere por alguien.

—¿Por quién? —preguntó Cynthia—. ¿Por ti? ¿Estás de broma?

—¡No! —Tom se dio cuenta de que ella se había tomado su comentario como una amenaza—. No —repitió muy serio—. De hecho, se me ocurrió otra idea relacionada con asociar el nombre de Bernard a los cuadros. —Tom se mordió el labio inferior y bajó la vista hacia el humilde cenicero de cristal, que le recordaba su conversación con Janice Pritchard en Fontainebleau, tan deprimente como aquella, y donde el cenicero tenía colillas de cigarrillos de desconocidos.

—¿Y cuál es? —Cynthia cogió su bolso y se irguió en su asiento, con el aspecto de alguien a punto de marcharse.

—Que... Bernard estuvo en ello tanto tiempo..., seis o siete años, ¿no?, que desarrolló y mejoró el estilo... y, en cierto modo, se convirtió en Derwatt.

—¿No me lo habías dicho ya? ¿O quizá fue Jeff el que me repitió lo que tú habías dicho? —Cynthia no parecía impresionada.

—Y aún más importante —insistió Tom—, ¿cuál hubiera sido la catástrofe si se hubiera revelado que la mitad o más de la producción de Derwatt era de Bernard Tufts? ¿Eran peores como cuadros? No estoy hablando del valor de las buenas copias, que actualmente salen en los periódicos, incluso como una nueva moda o un nuevo mercado. Me refiero a Bernard, como pintor que se desarrolló *a partir de* Derwatt..., que le dio continuidad, quiero decir.

Cynthia se agitó, inquieta, a punto de levantarse.

—Parece que no te das cuenta, como tampoco Ed, ni Jeff, de

que Bernard era muy desgraciado con lo que estaba haciendo. Nos destrozó a los dos. Yo... –Sacudió la cabeza.

En la mesa de detrás de Tom volvieron a oírse fuertes carcajadas. ¿Cómo podía convencer a Cynthia en medio minuto de que Bernard también había amado y respetado su trabajo, incluso «falsificando»? La única objeción de Cynthia era que el intento de Bernard de imitar el estilo de Derwatt era algo deshonesto.

–Los artistas tienen sus destinos –dijo Tom–. Bernard tenía el suyo. Yo hice lo que pude... para mantenerle con vida. Estaba en mi casa, ya lo sabes, yo hablé con él antes de que se fuera a Salzburgo. Al final, Bernard estaba confuso porque pensaba que, en cierto modo, había traicionado a Derwatt... –Tom se humedeció los labios y se bebió rápidamente el resto de su bebida–. Yo le dije: «Muy bien, Bernard, deja de falsificar, pero quítate de encima la depresión.» Yo confiaba en que volviera a hablar contigo, en que los dos volveríais... –Tom se detuvo.

Cynthia le miró con los labios separados.

–Tom, eres el hombre más malo que nunca he conocido..., si consideras eso una distinción favorable. Supongo que sí.

–No. –Tom se levantó porque Cynthia se había puesto en pie y se había colgado el bolso al hombro.

Tom la siguió, sabiendo que ella querría decirle adiós lo antes posible. Por la dirección que constaba en la guía de teléfonos, sabía que ella podía ir andando desde allí hasta su apartamento, si es que iba para allá, y estaba seguro de que no querría que la acompañara hasta la puerta. Tuvo la sensación de que vivía sola.

–Adiós, Tom. Gracias por la invitación –dijo Cynthia, ya en la acera.

–Ha sido un placer –contestó Tom.

Y de golpe se quedó solo frente a King's Road. Se volvió a observar la espigada figura de Cynthia, con su abrigo de punto beige, desapareciendo entre la gente que ocupaba la acera. ¿Por qué no le había preguntado más cosas? ¿Qué pretendía ella incitando a Pritchard a continuar? ¿Por qué no le había preguntado directamente si ella llamaba a los Pritchard? Porque Cynthia no le hubiera contestado, pensó. ¿Habría llegado a conocer a mistress Murchison?

13

Después de una espera de varios minutos, cogió un taxi, le pidió al conductor que se dirigiese hacia el Covent Garden, y le dio la dirección de Ed. En su reloj eran las siete y veintidós. Sus ojos saltaban del cartel de una tienda a un tejado, de una paloma a un perro salchicha que cruzaba King's Road con correa. El conductor tuvo que girar y dirigirse en la dirección contraria. Tom pensó que si le hubiera preguntado a Cynthia si mantenía contacto regular con Pritchard, ella con su sonrisa felina le habría replicado: «Claro que no. ¿Para qué?» Y ello hubiera significado que un tipo como Pritchard se mantendría con su propia inercia, sin más munición —aunque ella le había dado ya bastante—, simplemente porque había decidido odiar a Tom Ripley.

Al llegar al apartamento, Tom se alegró de encontrar allí a Jeff Constant y a Ed Banbury.

—¿Qué tal te ha ido el día? —le preguntó Ed—. ¿Qué has hecho además de comprarme este precioso batín? Ya se lo he enseñado a Jeff.

Estaban en la biblioteca.

—Esta mañana he ido a la Buckmaster, he hablado con Nick, que cada vez me cae mejor.

—Es agradable, ¿verdad? —dijo Ed mecánicamente, con su estilo inglés.

—Antes que nada, Ed, ¿hay algún mensaje telefónico para mí? Le di tu número a Heloise, ¿sabes?

–No. Lo he mirado al llegar, hacia las cuatro y media –contestó Ed–. Si quieres llamar a Heloise ahora...

Tom sonrió.

–¿A Casablanca? ¿A estas horas? –Pero Tom estaba un tanto preocupado, pensando que luego vendría Meknés o quizá Marrakech, ciudades interiores que le sugerían visiones de arena, horizontes lejanos, camellos que andaban con soltura mientras los hombres se hundían en una blandura que, en la imaginación de Tom, adquiría los poderes malignos de las arenas movedizas. Tom parpadeó–. La... la llamaré más tarde, esta noche, si te parece bien Ed.

–¡Estás en tu casa! –dijo Ed–. ¿Un gin-tonic, Tom?

–Dentro de un minuto, gracias... Hoy he visto a Cynthia.

Tom vio cómo despertaba la atención de Jeff.

–¿Dónde? ¿Y cómo? –Jeff se rió al hacer la última pregunta.

–Me he quedado esperándola a la salida de su oficina –dijo Tom–. Con cierta dificultad, la he convencido para que tomáramos algo en un pub de por allí.

–¿*De verdad*? –dijo Ed Banbury impresionado.

Tom se sentó en el sillón que Ed le señalaba. Jeff parecía estar cómodo en el sofá ligeramente hundido de Ed.

–No ha cambiado. Sigue siendo bastante desagradable. Pero...

–Ponte cómodo, Tom –le dijo Ed–. Vuelvo en un segundo. –Fue a la cocina y volvió, efectivamente en un segundo, con un gin-tonic, sin hielo y con una rodaja de limón.

Mientras, Jeff le había preguntado:

–¿Crees que se ha casado? –Jeff hablaba en serio, pero parecía darse cuenta de que si Tom le hubiera planteado la pregunta, Cynthia no le habría contestado.

–Me da la sensación de que no. Pero es solo una sensación –dijo Tom, y aceptó el vaso–. Gracias, Ed... Bueno, me parece que es un problema mío y no vuestro. Ni de la Buckmaster Gallery o de la obra de Derwatt. –Tom levantó su vaso–. Salud.

—Salud —repitieron ellos.

—Lo digo porque Cynthia recibió un mensaje de Pritchard...,
a quien dice no haber visto nunca, para que intentara investigar
el asunto de Murchison. Por eso digo que es *mi* problema. —Tom
hizo una mueca—. Pritchard sigue instalado en mi vecindario. Por
lo menos su mujer sigue ahí por ahora.

—¿Y qué crees que pueden hacer... él o ella? —preguntó Jeff.

—Fastidiarme —dijo Tom—. Seguir haciéndole el juego a
Cynthia. Encontrar el cadáver de Murchison. ¡Ja! Pero..., por lo
menos, miss Gradnor no parece querer sacar a relucir lo de las
falsificaciones.

Tom bebió un sorbo de su gin-tonic.

—¿Sabe Pritchard algo de Bernard? —preguntó Jeff.

—Yo diría que no —contestó Tom—. Cynthia me ha dicho:
«¿Quién ha nombrado a Bernard en todo esto?» Como diciendo
que nadie le ha hablado de él. Ha adoptado una actitud defensiva
respecto a Bernard... ¡Gracias a Dios, y por suerte para todos!
—Tom se echó hacia atrás en su confortable butaca—. La verdad es
que he vuelto a intentar lo imposible. —Como con Murchison,
pensó Tom. Lo había intentado y había fallado—. Le he preguntado a Cynthia, bastante en serio, si no eran los cuadros de Bernard tan buenos o mejores que los que podría haber hecho
Derwatt. Incluso en el mismo estilo de Derwatt. ¿Cuál es el problema de que el nombre de Derwatt fuera cambiado por el de
Tufts?

—Uf —hizo Jeff, y se frotó la frente.

—De hecho, ninguno —dijo Ed, con los brazos cruzados. Estaba de pie, junto al borde del sofa donde se sentaba Jeff—. En
cuanto al valor de los cuadros, todavía, pero en cuanto a la *calidad*...

—Debería ser lo mismo, pero no lo es —dijo Jeff mirando a
Ed, con una risa burlona.

—Es verdad —concedió Ed.

–¿Has hablado de esto con Cynthia? –le preguntó Ed, con aire de cierta preocupación.

–No muy a fondo –dijo Tom–. Solo le he hecho un par de preguntas retóricas. Estaba intentando suavizar las cosas por si me atacaba, pero tampoco lo ha hecho. Me ha dicho que yo había arruinado la vida de Bernard y había estado a punto de arruinar la suya. Supongo que es verdad. –Tom se frotó la frente y se levantó–. ¿Te importa si me lavo las manos?

Fue al cuarto de baño que había entre su dormitorio-biblioteca y la habitación de Ed. Estaba pensando en Heloise, preguntándose qué estaría haciendo y si Pritchard las habría seguido a Noëlle y a ella hasta Casablanca.

–¿Qué otras amenazas te ha hecho Cynthia, Tom? –le preguntó Ed en tono suave, cuando volvió–. O insinuaciones de amenazas.

Ed casi hizo una mueca al decirlo. Nunca había tragado a Cynthia, y Tom lo sabía. A veces Cynthia hacía que la gente se sintiera incómoda, porque siempre tenía un aire de estar por encima de todo lo que pensaran los demás, y de que nada podía llegar a molestarla. Y, desde luego, mostraba un sincero desdén hacia Tom y sus socios de la Buckmaster Gallery. Pero el hecho era que Cynthia no había logrado convencer a Bernard de que dejara las falsificaciones, y seguro que lo había intentado.

–Ninguna, creo. Al menos, no ha dicho nada –dijo Tom al fin–. Ella disfruta sabiendo que Pritchard me está fastidiando. Y va a seguir ayudándole a hacerlo, siempre que pueda.

–¿Está en contacto con él? –preguntó Jeff.

–¿Por teléfono? No lo sé –dijo Tom–. Quizá sí. El número de Cynthia está en la guía, así que para Pritchard es fácil llamarla si quiere. –Tom estaba pensando en qué otra cosa de importancia podía ofrecerle Cynthia a Pritchard si no pensaba denunciar las falsificaciones–. Tal vez Cynthia solo quiere fastidiarnos a los tres con la amenaza de sacarlo todo a relucir en cuanto quiera.

186

—Pero tú has dicho que ni siquiera lo ha insinuado —dijo Jeff.

—No, porque no lo haría —contestó Tom.

—No —repitió Ed—. Piensa en la publicidad —añadió suavemente, como meditando. Y su tono era más grave.

¿Estaba pensando Ed en la publicidad desfavorable para Cynthia, para Bernard Tufts y la galería, o para todos? En cualquier caso, sería horrible, pensó Tom, y probablemente no por el análisis de las telas, sino por la ausencia de registros de orígenes. Y las dudosas desapariciones de Derwatt, Murchison y Bernard Tufts no harían más que añadir leña al fuego.

Jeff levantó su prominente barbilla y sonrió, con aquella amplia y plácida sonrisa suya que Tom no le había visto desde hacía mucho tiempo.

—A menos que podamos demostrar que no sabíamos nada de las falsificaciones. —Lo dijo riéndose, como si fuera totalmente imposible.

—Podríamos si no hubiéramos sido amigos de Bernard Tufts, y él nunca hubiera venido a la Buckmaster Gallery —dijo Ed—. De hecho, nunca vino a la galería.

—Podríamos echarle toda la culpa a Bernard —dijo Jeff, más serio pero sonriendo aún.

—Eso no convencería a nadie —dijo Tom, meditando sobre lo que había oído. Se acabó lo que le quedaba en el vaso—. También pienso que Cynthia nos estrangularía con sus propias manos si le echáramos la culpa a Bernard. ¡Solo de pensarlo me dan escalofríos! —Tom se rió.

—¡Desde luego! —dijo Ed Banbury, sonriendo ante el humor negro de la idea—. Pero ¿cómo podría probar que mentíamos? Si Bernard hubiera enviado el material desde su *atelier* de Londres... y no desde México...

—¿O se hubiera tomado la molestia de hacerlo enviar desde México para que nosotros viéramos los sellos? —preguntó Jeff, con la cara iluminada por el placer de la fantasía.

–¡Con los precios de esos cuadros –intervino Tom– Bernard podía haberse tomado la molestia de enviarlos desde la China! Especialmente, con la ayuda de un compinche.

–¡Un *compinche!* –dijo Jeff, levantando el dedo índice–. ¡Ya lo tenemos! El compinche es el culpable, pero no podemos encontrarlo, ni Cynthia tampoco. ¡Ja, ja!

Se echaron a reír a carcajadas. Era un alivio.

–Es un disparate –dijo Tom, y estiró las piernas. ¿Le estaban ofreciendo sus amigos «una idea» para jugar con ella, como si jugando pudieran librarse, ellos tres y la galería, de las veladas amenazas de Cynthia y de todos sus pecados del pasado? En cualquier caso, la idea del compinche era insostenible. En realidad, Tom estaba pensando otra vez en Heloise, y en llamar a mistress Murchison mientras aún estuviera en Londres. ¿Qué le podía preguntar a mistress Murchison? Algo lógico y plausible. No sabía si llamarla como Tom Ripley o como la policía francesa, como ya había hecho con Cynthia, obteniendo cierto éxito. ¿Habría llamado ya Cynthia a mistress Murchison para decirle que la policía francesa le había pedido su dirección? Tom lo dudaba. Aunque mistress Murchison fuera más fácil de engañar que Cynthia, el buen sentido aconsejaba andarse con cuidado. Después de todo, pensó Tom, el orgullo precede a la caída. Quería saber si el entrometido de Pritchard había hablado por teléfono hacía poco, o si había hablado alguna vez, con mistress Murchison. Quería averiguar aquello en primer lugar, pero podía llamar con el pretexto de comprobar su dirección y número de teléfono, en relación con la investigación sobre su marido. No, tendría que plantearle alguna pregunta como: ¿sabía ella dónde estaba «míster Preechard» en aquel momento?, porque «la polissía había perrdido su pista en el Norte del África, y monsieur Preechard estaba colaborando en la investigación sobre su marrido...».

–Tom. –Jeff dio un paso hacia él, tendiéndole un cuenco lleno de pistachos.

—Gracias. ¿Puedo coger unos cuantos? Me encantan —dijo Tom.

—Coge los que quieras —dijo Ed—. Aquí tienes un platillo para las cáscaras.

—Estaba pensando algo bastante evidente —dijo Tom—. Sobre Cynthia.

—¿Y qué es? —preguntó Jeff.

—Cynthia puede jugar un doble juego. Puede tomarnos el pelo a nosotros y a Pritchard preguntándole «¿dónde está Murchison?», sin reconocer que había una razón para librarse de él: la de cerrarle la boca sobre el tema de las falsificaciones. Si Cynthia sigue adelante, tendrá que exponer el hecho de que Bernard hacía las copias, y creo que no quiere revelar *nada* sobre Bernard. Ni siquiera diciendo que le explotaban otros.

Los demás se quedaron silenciosos durante unos segundos.

—Cynthia sabe que Bernard era un tipo extraño. Nosotros le explotamos, explotamos su talento, os lo aseguro —añadió Tom meditabundo—. ¿Creéis que se hubiera casado con él?

—Sí —asintió Ed—. Creo que sí. Ella, por encima de todo, es bastante maternal.

—*¡Maternal!* —Jeff se rió, sentado en el sofá y levantando los pies del suelo—. ¡Cynthia!

—Todas las mujeres lo son, ¿no crees? —dijo Ed gravemente—. Yo creo que se hubieran casado. Por eso Cynthia está tan amargada.

Tom sacudió la cabeza deprisa, como para despejarse, y mordisqueó otro pistacho salado.

—¿Alguien quiere cenar? —preguntó Jeff.

—Oh, sí —contestó Ed—. Conozco un sitio... No, no, está muy lejos, en Islington. Pero hay otro sitio bueno cerca de aquí y muy diferente del de anoche, Tom.

—Antes quiero llamar a mistress Murchison —dijo Tom, levantándose de su sitio—. A Nueva York. Puede ser buena hora, si está en casa para comer.

–Adelante –dijo Ed–. ¿Quieres usar el teléfono de la sala o prefieres este?

Tom sabía que daba la impresión de querer estar solo, pues se le veía ceñudo y un tanto nervioso.

–El de la sala, gracias.

Ed hizo un gesto y Tom sacó su pequeña agenda.

–Instálate como en tu casa –le dijo Ed, y le puso una silla cerca del teléfono.

Tom se quedó de pie. Marcó el número de Manhattan y ensayó mentalmente para presentarse como el comisario de la policía francesa Édouard Bilsault, de París, y dio gracias a Dios por haber anotado aquel nombre tan raro debajo de la dirección y el teléfono de mistress Murchison. De no haberlo hecho así, nunca lo habría recordado. Esta vez pensaba adoptar un acento no tan exagerado, un poco al estilo de Maurice Chevalier.

Desgraciadamente, mistress Murchison no estaba en casa, aunque la esperaban en cualquier momento, le dijo una voz femenina que Tom clasificó como la de una criada o una mujer de la limpieza. No obstante, como no lo sabía seguro, se esforzó por mantener su acento francés.

–Porr favorr, dígale que le ha llamado el comisario Bilsault... No, no hase falta apuntarr, volverré a llamar más tarde o mañana. Grasias, señorra.

No hacía falta decir que la llamada estaba relacionada con Thomas Murchison, pues mistress Murchison ya se lo imaginaría. Tom decidió llamar más tarde, ya que la señora iba a volver pronto a su casa.

No estaba seguro de qué le diría si conseguía dar con ella: desde luego, tenía que preguntarle si había sabido algo de David Pritchard a partir del momento en que la policía francesa había perdido el contacto. Tom esperaba un «no» como respuesta y, por tanto, debía preguntarle algo más o decirle algo, porque mistress Murchison y Cynthia podían estar en contacto telefónico, al

190

menos de vez en cuando. Acababa de entrar en el estudio de Ed, su habitación, cuando sonó el teléfono.

Contestó Ed.

—¡Oh!... ¡Sí! *Oui!* ¡Un momento! ¡Tom! ¡Es Heloise!

—¡Oh! —dijo Tom, y cogió el receptor—. ¡Hola, querida!

—¡Hola, Tome!

—¿Dónde estás?

—Estamos en Casablanca. Sopla una brisa muy fresca... Se está muy bien. Y... ¿sabes qué? ¡Ha aparecido míster Preechard! Nosotras hemos llegado a la una de la tarde... y él debe de haber llegado mucho antes. Debe de haber encontrado nuestro hotel porque...

—¿Está en el *mismo* hotel? ¿El Miramare? —preguntó Tom, lívido e impotente, cogiendo con fuerza el teléfono.

—*Non!* Pero ha venido. Nos ha visto a Noëlle y a mí. Pero te buscaba a ti, le hemos visto buscándote. Y Tome...

—¿Qué, cariño?

—¡Esto ha sido hace seis horas! Luego, Noëlle y yo le hemos buscado. Hemos llamado a un par de hoteles y él no estaba. Creemos que se ha ido porque tú no estabas con nosotras.

—Yo no estoy tan seguro. —Tom seguía ceñudo—. ¿Cómo puedes saberlo?

Hubo un clic, como si una mano maliciosa hubiera cortado la comunicación. Tom respiró hondo y se contuvo para no soltar un exabrupto.

Luego volvió la voz de Heloise, hablando más tranquila, a través de ruidos de interferencias.

—Ya es casi de noche y no le hemos visto por ninguna parte. Es muy desagradable que nos haya seguido. *Le salaud!*

Tom estaba pensando que Pritchard podía haber vuelto a Villeperce, creyendo que él habría vuelto allí también.

—Tenéis que tener cuidado —dijo Tom—. Ese Pritchard siempre utiliza tretas. No os fiéis de ningún extraño que os invite a ningún sitio. Ni siquiera para ir a una tienda. ¿Me entiendes?

–*Oui, mon cher.* Pero... solo salimos de día, a buscar bolsas de cuero u objetos de cobre. No te preocupes, Tome. ¡Al contrario! Esto es muy divertido. ¡Eh! Se quiere poner Noëlle.

A Tom solía sorprenderle oír a Heloise decir «eh», pero aquella noche le sonó familiar y le hizo sonreír.

–Hola, Noëlle. Parece que lo estáis pasando bien en Casablanca, ¿no?

–¡Ah, Tome, es fabuloso! Hacía tres años que no estaba en Casablanca, creo, pero me acordaba muy bien del puerto... Un puerto mucho mejor que el de Tánger, ¿sabes? Mucho más grande...

Se oyeron ruidos de interferencias ahogando su voz.

–¡Noëlle!

–... no haber visto a ese monstruo durante unas horas es un *placer* –continuó Noëlle en francés, al parecer, sin darse cuenta de la interrupción.

–¿Te refieres a Pritchard? –dijo Tom.

–*Preechard, oui! C'est atroce! Cette histoire de...* ¡secuestro!

–*Oui, il est atroce!* –dijo Tom, como si el repetir las palabras francesas confirmase a David Pritchard como un loco, un personaje digno de ser odiado por toda la humanidad y de ser puesto entre rejas. Por desgracia, Pritchard no estaba entre rejas–. Mira, Noëlle, yo me iré pronto a Villeperce, mañana mismo, porque Pritchard podría ir para allá... y provocar problemas. ¿Podré hablar con vosotras mañana?

–Claro que sí. ¿Qué te parece a mediodía? Podemos estar aquí –contestó Noëlle.

–De acuerdo, pero si no tenéis noticias mías no os preocupéis. Es muy difícil llamar de día. –Tom comprobó el número del Miramare, que Noëlle, con su estilo eficaz, tenía a mano–. Oye, Noëlle, a veces Heloise no es muy consciente del peligro en estas situaciones. Pero yo preferiría que no saliera sola a la calle, ni siquiera de día, a comprar el periódico.

–Ya te entiendo, Tome –dijo Noëlle en inglés–, ¡pero aquí es tan fácil pagarle a alguien para que te lo haga todo!

Qué idea más horrible, pensó Tom, pero dijo, agradecido:

–¡Sí! ¡Aunque Pritchard haya vuelto a Francia! –Y añadió, en un tono más vulgar–: ¡Ojalá se haya largado ese... –no terminó la expresión– a otra parte!

Noëlle se echó a reír.

–¡Hasta mañana, Tome!

Tom sacó otra vez la agenda con el número de Murchison. Se dio cuenta de que estaba hirviendo de rabia contra Pritchard. Cogió el teléfono y marcó.

Contestó mistress Murchison, o por lo menos eso le pareció a Tom.

Una vez más, se presentó: Commissaire Édouard Bilsault, desde París. ¿Estaba mistress Murchison? Sí. Tom estaba preparado para decir el barrio y el distrito de la comisaría, si hacía falta. Sentía curiosidad por saber –si podía averiguarlo con habilidad– si Cynthia había intentado ya llamar a mistress Murchison aquella tarde.

Se aclaró la garganta y adoptó un tono más alto.

–Madame, se trrata de una cuestión relasionada con la desaparrisión de su marido. En este momento no podemos encontrarr a David *Preechard*. Hemos estado en contacto con él... pero m'sieur Preechard se fue a Tánger. ¿Lo sabía usted?

–Oh, sí –dijo mistress Murchison con calma, con aquella voz civilizada que Tom recordaba bien–. Me dijo que iría allí, porque el señor Ripley también iba..., con su mujer, según creo.

–*Oui. Exact, madame.* ¿Usted no ha sabido nada de míster Preechard desde que fue a Tánger?

–No.

–¿O de madame Cynthia Gradnor? Crreo que ella está también en contacto con usted, ¿no?

–Sí, últimamente... me escribe o me llama. Pero no me ha llamado nadie desde Tánger. Me temo que no puedo ayudarles.

–Comprrendo. Gracias, madame.

–Yo no sé qué hace míster Pritchard en Tánger. ¿Le sugirieron ustedes que fuese? Quiero decir, ¿es una idea de la policía francesa?

Era la idea de un loco, pensó Tom, el loco Pritchard siguiendo a Ripley, sin llegar a asesinarle, solo acosándole.

–No, madame, monsieur Preechard querría seguirr a monsieur Reepley a *l'Afrique du Nord,* no fue idea nuestrra. Perro generralmente está en contacto con nosotros.

–Pero... ¿qué noticias hay con respecto a mi marido? ¿Hay alguna pista nueva?

Tom suspiró, y oyó un par de coches de Nueva York dando bocinazos por una ventana abierta cerca de mistress Murchison.

–Ninguna, madame. Siento tenerr que desirrlo. Perro seguimos intentando. Es una situación delicada, madame, porrque monsieur Reepley es un hombre respetado donde vive y no tenemos nada contrra él. Monsieur Preechard tiene sus prropias ideas y nosotros le escuchamos, sí, perro... ¿comprende, madame Murcheesson? –Tom continuó en tono cortés, pero apartando poco a poco el teléfono para que su voz se mitigase. Hizo un par de ruidos guturales y colgó, como si se hubiera cortado.

¡Bueno! No había ido tan mal como se había temido. No había sido nada peligroso, pensó. ¡Pero ahora lo sabía seguro! ¡Cynthia estaba en contacto con ella! Esperó no tener que volver a llamar a mistress Murchison.

Volvió a la biblioteca, donde Ed y Jeff parecían estar listos para salir a cenar. Él había decidido no llamar a madame Annette aquella noche, sino a la mañana siguiente, después de su hora de ir a comprar, que debía de ser la misma de siempre. Madame Annette sabría por su fidedigna centinela –Geneviève, ¿se llamaba así?– si míster Pritchard había vuelto a Villeperce o no.

–Bueno –dijo Tom, sonriendo–. He hablado con madame Murchison. Y...

–Hemos pensado que era mejor dejarte solo. –Jeff parecía interesado.

–Pritchard ha estado en contacto con ella hasta tal punto que la avisó de que se iba a Tánger. ¡Imagínate! Supongo que la llamó para decírselo. Y me ha dicho que Cynthia la llama o la escribe... de vez en cuando. La cosa está bastante negra, ¿no?

–¿Te refieres a que todos estén en contacto? –dijo Ed–. Sí, bastante.

–Salgamos a comer algo –dijo Tom.

–Tom... Ed y yo hemos estado hablando –empezó Jeff–. Uno de nosotros, o los dos, iremos a Francia y te ayudaremos... con ese... –Jeff buscó la palabra– loco obseso de Pritchard.

–O a Tánger –intervino Ed Banbury enseguida–. Donde tengas que ir, Tom. O donde podamos serte útiles. Los tres estamos metidos en esto, ya lo sabes.

Tom consideró la idea. Era reconfortante.

–Gracias. Pensaré, pensarré qué tenemos que hacer. ¿Nos vamos?

14

Tom no pensó mucho en sus problemas mientras cenaba con Ed y Jeff. Al final habían decidido coger un taxi para ir a un sitio que conocía Jeff en la zona de Little Venice, pequeño y tranquilo. Aquella noche estaba silencioso y con tan poca clientela que Tom habló todo el rato en voz baja, aun tratando de temas inocentes como la cocina.

Ed dijo que últimamente había recuperado un poco su olvidado talento para la cocina, si es que lo tenía, y que la próxima vez se atrevería a cocinar para los tres.

–¿Mañana por la noche o a la hora de comer? –preguntó Jeff, sonriendo incrédulo.

—Tengo un librito que se llama *La cocina imaginativa* —continuó Ed—. Anima a combinar cosas y...

—¿Sobras? —Jeff levantó un espárrago y se llevó la punta a la boca.

—Tú ríete —dijo Ed—. Pero la próxima vez prometo que cocinaré.

—Pero no te atreves a intentarlo mañana —le dijo Jeff.

—¿Cómo sé si Tom va a estar aquí mañana por la noche? ¿Lo sabe él?

—No —dijo Tom. Había observado que un par de mesas más allá había una mujer bastante joven, con el pelo liso y claro, hablando con un hombre que tenía frente a ella. Llevaba un vestido negro sin mangas y pendientes de oro, y tenía ese tipo de atractivo que no le dejaba a uno apartar la mirada. La joven le había hecho pensar en llevarle un regalo a Heloise. ¿Pendientes de oro? ¡Absurdo! ¿Cuántos pares tendría ya Heloise? ¿Una pulsera? A Heloise le gustaba que al volver de sus viajes le trajera algo por sorpresa, aunque fuese una tontería. ¿Y cuándo volvería a casa Heloise?

Ed quiso ver lo que fascinaba a Tom.

—Es guapa, ¿verdad? —dijo Tom.

—Sí que lo es —concedió Ed—. Mira, Tom, al final de esta semana puedo quedar libre. O incluso el jueves, dentro de dos días, para ir a Francia, o a donde sea. Tengo un artículo que corregir y pasar a máquina. Si hace falta puedo darme prisa. Si estás en apuros...

Tom no contestó enseguida.

—Ed no usa procesador de textos —intervino Jeff—. Es del estilo anticuado.

—Yo soy un procesador de textos —dijo Ed—. ¿Y qué me dices de tus viejas cámaras, por cierto? Algunas son antiguas.

—Y son excelentes —dijo Jeff tranquilamente.

Tom vio que Ed contenía su réplica. Tom estaba saboreando unas deliciosas chuletas de cordero y un buen vino tinto.

—Ed, viejo amigo, te lo agradezco mucho —dijo Tom en tono bajo, mirando a su izquierda, donde, después de una mesa vacía, había otra ocupada por tres personas—. Porque puede ser arriesgado. No sé exactamente cómo, porque tampoco he visto a Pritchard con pistola, por ejemplo. —Bajó la cabeza y dijo como para sí—: A lo mejor tengo que atajar a ese hijo de perra frente a frente. Destrozarle, no sé.

Sus palabras se quedaron flotando en el aire.

—Yo soy bastante fuerte —dijo Jeff en tono animoso—. Puedes necesitar mi ayuda, Tom.

Tom pensó que Jeff Constant era más fuerte que Ed, porque era más alto y más corpulento. Por otro lado, Ed parecía más ágil, y eso también podía ser útil.

—Todos tenemos que mantenernos en forma, *n'est-ce pas?* Y ahora, ¿quién se apunta a un postre bien dulce?

Jeff se empeñó en pagar la cuenta. Tom les invitó a un Calvados.

—¿Quién sabe cuándo volveremos a reunirnos así? —dijo Tom.

Tom se despertó con el sonido de la lluvia golpeando los cristales de las ventanas, no muy fuerte, pero insistentemente. Se puso su nuevo batín, con la etiqueta del precio aún colgando, se lavó la cara en el cuarto de baño y fue a la cocina. Al parecer, Ed no se había levantado todavía. Tom puso agua a hervir y se preparó un café cargado. Luego se dio una ducha rápida y se afeitó, y cuando apareció Ed, ya se estaba haciendo el nudo de la corbata.

—Hace un tiempo excelente, ¿verdad? ¡Buenos días! —dijo Ed, sonriendo—. Como verás, he estrenado el batín nuevo.

—Ya veo. —Tom estaba pensando en llamar a madame Annette, y en la feliz idea de que en Francia era una hora más y que, al cabo de unos veinte minutos, ella ya habría vuelto de la compra—. He hecho café, si te apetece. ¿Qué hago con mi cama?

–De momento hazla. Luego ya veremos. –Ed se dirigió a la cocina.

Tom se alegró de que Ed le tuviera la suficiente confianza como para poderle decir que hiciera la cama o que quitara las sábanas. Y decirle que hiciera la cama significaba darle la bienvenida para que se quedara otra noche, si le hacía falta. Ed puso unos croissants a calentar en el horno. También había zumo de naranja. Tom se bebió el zumo, pero estaba demasiado tenso para comer nada.

–Tengo que llamar a Heloise a mediodía, o al menos intentarlo –dijo Tom–. Se me había olvidado decírtelo.

–Puedes usar el teléfono siempre que quieras.

Tom estaba pensando que quizá al mediodía no estuviera allí para llamar.

–Gracias. Ya veremos. –Luego, el sonido del teléfono le hizo sobresaltarse.

Al cabo de unas pocas palabras de Ed, Tom comprendió que se trataba de una llamada de trabajo; hablaban de un encabezamiento para un texto.

–De acuerdo, no hay problema, sí –dijo Ed–. Tengo la copia aquí... Te llamaré mañana antes de las once. Muy bien.

Tom miró su reloj y vio que la minutera apenas se había movido desde la última vez que lo había mirado. Pensó que podía pedirle un paraguas a Ed y pasar parte de la mañana paseando, y quizá ir a la Buckmaster Gallery a elegir un dibujo para una posible compra. Un dibujo de Bernard Tufts.

Ed volvió del teléfono en silencio y se dirigió hacia la cafetera.

–Voy a probar a llamar a mi casa –le dijo Tom, y se levantó de la silla de la cocina.

En la sala, Tom marcó el número de Belle Ombre, y lo dejó sonar ocho veces, y luego dos más antes de colgar.

–Madame Annette debe de haber salido de compras. Quizá se estará informando de los últimos chismes –le dijo a Ed con una sonrisa. Aunque también se había fijado en que madame Annette se estaba volviendo un poco sorda.

—Si quieres, prueba más tarde, Tom. Yo voy a vestirme. —Ed salió.

Tom volvió a llamar al cabo de unos minutos, y madame Annette contestó al quinto timbrazo.

—¡Ah, *m'sieur Tome!* ¿Dónde está usted?

—Todavía en Londres, madame. Ayer hablé con madame Heloise. Está bien. En Casablanca.

—¡Casablanca! ¿Y cuándo vuelve?

Tom se echó a reír.

—¿Quién sabe? La llamaba para saber qué tal van las cosas en Belle Ombre. —Tom sabía que madame Annette le contaría si había habido algún merodeador, y si Pritchard había tenido tiempo de volver a husmear por allí.

—Todo va bien, *m'sieur Tome.* Henri no está, pero todo va bien.

—¿Y sabe por casualidad si *m'sieur* Pritchard está en su casa de Villeperce?

—Todavía no, *m'sieur,* ha estado fuera, pero vuelve hoy. Lo he sabido por Geneviève esta mañana en la panadería, y ella lo sabía por la mujer de *m'sieur* Hubert, el electricista, que le ha hecho un trabajito a madame Preechard esta misma mañana.

—¿Ah, sí? —dijo Tom, admirado por el servicio de información de madame Annette—. Así que vuelve hoy.

—Sí, sí, eso seguro —dijo madame Annette con calma, como si hablara de la salida o la puesta del sol.

—Volveré a llamar antes..., bueno, antes de ir a ningún sitio, madame Annette. ¡Cuídese usted! —Colgó e inspiró profundamente.

Pensó que debía volver a su casa aquel mismo día, así que su siguiente misión era hacer la reserva para la vuelta a París. Fue hacia su cama y empezó a quitar las sábanas, pero, cuando pensó que quizá tuviera que volver a instalarse pronto en casa de Ed, volvió a hacerla tal como estaba.

—Pensaba que ya habrías acabado —dijo Ed, entrando en la biblioteca.

Tom se lo explicó.

—El viejo Pritchard vuelve hoy a Villeperce. Así que le veré allí. Y si hace falta, le atraeré hasta Londres, donde... —le sonrió a Ed, porque estaba fantaseando— hay muchas calles oscuras y solitarias, y Jack el Destripador es muy eficaz, ¿verdad? Oye, ¿tú qué crees que...? —se interrumpió.

—¿Qué creo de qué?

—Qué sacaría Pritchard de arruinarme. Yo no lo sé. Una sádica satisfacción, supongo. O de desvelar la historia de Murchison. No puede probar nada, ¿sabes, Ed? Pero las cosas podrían ponerse feas para mí. Y si consiguiera matarme, tendría el gusto de ver a Heloise como una triste viuda, volviendo quizá a París, porque no puedo imaginármela viviendo sola en la casa o casándose con otro y viviendo allí.

—¡Tom, deja ya de fantasear!

Tom estiró los brazos, intentando relajarse.

—No entiendo a los locos —dijo, pero pensó que había entendido muy bien a Bernard Tufts. Y con Bernard había perdido, en el sentido de que no había podido impedir que se suicidara—. Y ahora, si te parece bien, Ed, voy a enterarme de los horarios de los aviones.

Llamó a reservas de Air France y averiguó que podía coger un avión que salía a las 13.40 de aquella tarde. Se lo comunicó a Ed.

—Cogeré mis trastos y me iré.

Ed iba a sentarse ante su máquina y tenía papeles esparcidos sobre el escritorio.

—Espero volver a verte pronto, Tom. Me gusta que estés aquí. Pensaré en ti.

—¿Hay algún dibujo de Derwatt a la venta? He sabido que, en principio, no se venden.

—Los estamos guardando —sonrió Ed Banbury—. Pero si es para ti...

—¿Cuántos hay? ¿Y sobre qué precios...?

—Creo que hay unos cincuenta. Los precios pueden oscilar de dos mil hasta quince mil, quizá. Los de Bernard Tufts, claro. Si son *buenos,* los precios son más altos. No siempre depende del tamaño.

—Pagaré el precio normal, desde luego. Puedes estar seguro.

Ed contuvo la risa.

—¡Si te gusta algún dibujo en especial, Tom, te lo mereces como regalo! Después de todo, ¿para quién son los beneficios? ¡Para nosotros tres!

—A lo mejor me da tiempo de pasar por la galería antes de irme. ¿Tienes alguno aquí? —le preguntó Tom, como si tenerlos en casa fuera lo más lógico.

—Hay uno en mi dormitorio. Si quieres echarle una ojeada.

Fueron a la habitación que había al final del corto pasillo. Ed cogió un dibujo enmarcado que estaba apoyado cara a la pared, sobre su mueble de cajones. El dibujo, a carboncillo y conté, mostraba unas líneas verticales que podían representar un caballete, y detrás, el esbozo de una figura masculina algo más alta que el caballete. ¿Era un Tufts o un Derwatt?

—Muy bonito. —Tom entrecerró los ojos, los abrió de nuevo, avanzó un poco—. ¿Cómo se llama?

—*Caballete en el estudio* —contestó Ed—. Me gusta ese rojo anaranjado tan cálido. Con solo dos líneas marca el contorno de la habitación. Típico de Derwatt. —Y añadió—: No siempre lo tengo colgado... Solo unos seis meses al año..., y así siempre me parece nuevo.

El dibujo tendría casi ochenta centímetros de alto y unos cincuenta de ancho, con un marco idóneo, gris y neutro.

—¿Es de Bernard? —preguntó Tom.

—Es un Derwatt. Lo compré hace años... por un precio ridículo. Creo que fueron cuarenta libras. ¡No recuerdo ni dónde lo encontré! Lo hizo en Londres... Mira la mano del hombre. —Ed tendió la mano derecha en la misma posición hacia el cuadro.

En el dibujo, la mano derecha estaba extendida, esbozada sutilmente con un solo trazo vertical. El pintor estaba representado acercándose al caballete, y el pie izquierdo estaba dibujado con un trazo gris oscuro que hacía resaltar la suela del zapato.

—Un hombre disponiéndose a trabajar —dijo Ed—. Este cuadro me da ánimos.

—Lo comprendo. —Tom se volvió, ya en la puerta—. Voy a ver los dibujos... Luego cogeré un taxi a Heathrow. Gracias por haber sido tan amable, Ed.

Tom cogió su gabardina y su pequeña maleta. Debajo de la llave, en la mesita de noche, había dejado dos billetes de veinte libras por las llamadas de teléfono, esperando que Ed los encontraría más tarde o al día siguiente.

—¿Quieres que te confirme cuándo voy? Mañana, por ejemplo. Solo tienes que decir una palabra, Tom.

—Déjame ver primero qué cariz toman las cosas. Quizá te llame esta noche. Pero no te preocupes si no llamo. Si todo va bien, estaré en casa a las siete u ocho de esta tarde.

Ya en la puerta de la casa se estrecharon las manos.

Tom vio a lo lejos una prometedora parada de taxis, se acercó y, en cuanto cogió uno, le pidió al conductor que le llevara a Old Bond Street.

Esta vez, al llegar, encontró a Nick solo. Estaba en un escritorio, hojeando un catálogo de Sotheby's, y al verle se levantó de su asiento.

—Buenos días, Nick —le dijo Tom, cordialmente—. He vuelto para echar otra ojeada a los dibujos de Derwatt. ¿Puede ser?

Nick se irguió y sonrió, como si considerase la petición como algo especial.

—Sí, señor. Por aquí, ya sabe.

A Tom le gustó el primer dibujo que sacó Nick, un esbozo de una paloma en el alféizar de una ventana. Tenía algunos de los trazos externos típicos de Derwatt para sugerir el movimiento del pájaro, que estaba en actitud de alerta. El papel, amarilleado por el tiempo aunque originalmente era blanco y de buena calidad, se estaba deteriorando por los bordes, pero a Tom le gustaba. El dibujo era a carboncillo y conté, y estaba cubierto por un celofán transparente.

–¿Qué precio puede tener este?

–Hum... Quizá diez mil, señor. Tendría que comprobarlo.

Tom estaba mirando otro dibujo de la carpeta, una bulliciosa escena en el interior de un restaurante, que no le atraía demasiado. Luego un par de árboles y un banco en un parque que parecía londinense. No, quería la paloma.

–¿Y si le pago a plazos... y usted habla con míster Banbury?

Tom firmó un cheque por dos mil libras y se lo tendió a Nick por encima del escritorio.

–Es una lástima que no esté firmado por Derwatt –dijo Tom, interesado en cuál podía ser la respuesta de Nick.

–Bueno... La verdad es que –contestó Nick en tono amable, balanceándose ligeramente sobre los talones– eso era típico de Derwatt, según he oído decir. Hacer un dibujo con el impulso del momento, no pensar en firmarlo, olvidar hacerlo más tarde, y luego... Derwatt ya no está con nosotros.

–Es verdad –asintió Tom–. Adiós, Nick. Míster Banbury tiene mi dirección.

–Oh, sí, señor, no hay problema.

Llegó a Heathrow. Cada vez que lo veía le parecía más lleno. Las mujeres de la limpieza, provistas de escobas y papeleras con ruedas, apenas si podían con todos los papeles que cubrían el suelo. Tom tuvo tiempo de comprar una caja con seis tipos de jabón inglés para Heloise, y una botella de Pernod para Belle Ombre.

¿Cuándo volvería a ver a Heloise?

Compró una revista de chismes, que no pensaba llevarse al avión. Después de comer langosta con vino blanco, se echó la siesta en su asiento de primera clase. Solo se despertó cuando la azafata recomendó abrocharse el cinturón de seguridad. Los fragmentos verde claro, verde oscuro y pardo de los campos franceses se extendían bajo el avión. El avión se ladeó. Tom se sentía fortalecido, dispuesto a cualquier cosa. Aquella mañana, en Londres, se le había ocurrido ir a la hemeroteca, estuviera donde estuviera, para buscar información sobre David Pritchard. Pero ¿qué podría encontrar sobre David Pritchard, si es que aquel era su verdadero nombre? ¿Delitos leves de una adolescencia de niño mimado? ¿Multas por exceso de velocidad? ¿Una falta leve por drogas a los dieciocho años? Todo eso apenas merecía la pena registrarse, ni siquiera en su país, Estados Unidos, y no tenía ningún interés en Inglaterra o Francia. Aun así, era gracioso pensar que Pritchard podía constar en los archivos con la edad de quince años por torturar a un perro hasta matarle. Estaba seguro de que en los archivos de Londres podía figurar algún horrible suceso por el estilo si es que a los ordenadores les sobraba espacio como para archivar cosas así. Tom se preparó mientras el avión aterrizaba suavemente y empezaba a frenar. Y en cuanto a su propia ficha... Bueno, era una lista de interesantes sospechas, pero no tenían ninguna certeza.

Después de pasar el control de pasaportes, Tom se dirigió a la cabina de teléfonos más próxima y llamó a casa. Madame Annette contestó al octavo timbrazo.

–*Ah, m'sieur Tome! Où êtes-vous?*

–En el aeropuerto de Roissy. Con un poco de suerte, puedo llegar a casa en dos horas. ¿Va todo bien?

Ella le confirmó que todo iba tan bien como siempre.

Cogió un taxi hacia casa. Estaba demasiado ansioso por llegar como para preocuparse por si el conductor se interesaba por su domicilio. El día era cálido y soleado, y Tom abrió una rendija en ambas ventanillas, esperando que el taxista no se quejara por *le courant d'air,* como solían hacer los franceses con la más ligera de las brisas. Tom pensó en Londres, en el joven Nick, en lo dispuestos a ayudar que estaban Jeff y Ed en caso de necesidad. ¿Qué estaría haciendo Janice Pritchard? ¿Hasta qué punto ayudaba a su marido y le cubría, y hasta qué punto le criticaba aquellas fechorías? ¿Le plantaría cara y le abandonaría cuando él la necesitara? Janice era imprevisible, era una bala perdida, pensó Tom, pero aquel era un término absurdo para alguien tan frágil como ella.

Madame Annette no estaba tan sorda como para no oír las ruedas del taxi sobre la gravilla, porque había abierto la puerta principal y estaba en el porche de piedra antes de que el taxi se detuviera. Tom pagó al conductor. Le dio propina y se dirigió a la puerta con su maleta.

–¡No, no, ya la llevo yo! –dijo–. ¿Quiere llevar esta bolsa, que pesa poco?

Las viejas costumbres de madame Annette nunca desaparecían, y ella siempre pretendía llevar la maleta más pesada porque era el deber de un ama de llaves.

–¿Ha llamado madame Heloise?

–*Non, m'sieur.*

Aquello eran buenas noticias, pensó Tom. Entró en el recibidor y aspiró aquel aroma de pétalos de rosa, pero esta vez no percibió el olor a cera de lavanda y aquello le recordó que llevaba unas latas en la maleta.

–¿Un té, *m'sieur Tome?* ¿O un café? ¿Una bebida con hielo? –Le colgó la gabardina en el armario de la entrada.

Tom dudó. Entró en la sala y miró el jardín por las puertas acristaladas.

–Bueno, sí, un café. Y también una copa. –Eran las siete y unos minutos–. Pero creo que primero me daré una ducha rápida.

–*Oui, m'sieur.* Ah. Llamó madame Berthelin. Ayer por la tarde. Le dije que madame y usted estaban fuera.

–Gracias –dijo Tom. Los Berthelin, Jacqueline y Vincent, eran unos vecinos que vivían unos pocos kilómetros más allá, en otro pueblo–. Gracias, ya la llamaré –dijo Tom–. ¿Alguna otra llamada?

–*N-non, je crois que non.*

–Bajaré dentro de diez minutos. Ah, pero antes... –Tom dejó la maleta plana en el suelo, la abrió y sacó las latas de cera con su bolsa de plástico–, un regalo para la casa, madame.

–*Ah, cirage de lavande! Toujours le bienvenu! Merci!*

Al cabo de diez minutos, Tom estaba abajo, con ropa limpia y zapatos de lona. Decidió tomarse una copita de Calvados con el café. Madame Annette apareció por la sala, para cerciorarse de que lo que había preparado para la cena sería satisfactorio, aunque siempre lo era. Su descripción le entró a Tom por un oído y le salió por el otro, porque estaba pensando en llamar a Janice Pritchard, la bala perdida.

–Suena muy tentador –le dijo Tom en tono cortés–. Solo me gustaría que madame Heloise estuviera aquí para acompañarme.

–¿Y cuándo vuelve madame Heloise?

–No lo sé –contestó Tom–. Pero lo está pasando muy bien con su amiga.

Luego se quedó solo. Janice Pritchard. Tom se levantó del sofá amarillo y se dirigió a la cocina con deliberada lentitud. Le dijo a madame Annette:

–¿Y monsieur Pritchard? Creo que volvía hoy, ¿no? –Intentó parecer los más despreocupado posible, como si preguntara por cualquier otro vecino no muy amigo suyo. Fue a la nevera a coger un trozo de queso o cualquier otra cosa para picar, como si hubiera entrado a la cocina con ese propósito.

Madame Annette le ayudó, dándole un platito y un cuchillo.

–Esta mañana aún no había vuelto –contestó–. Quizá ahora ya sí.

–¿Pero su mujer sigue aquí?

–Sí. A veces me la encuentro en la tienda.

Tom volvió a la sala con el platito en la mano y lo dejó junto a su copa. En la mesa del recibidor estaba la agenda o cuadernillo de notas que madame Annette nunca utilizaba, y muy pronto encontró en él el número de la casa de Pritchard, que aún no habían apuntado en el listín de teléfonos oficial.

Antes de llegar al teléfono, vio acercarse a madame Annette.

–*M'sieur Tome,* antes de que se me olvide, esta mañana me he enterado de que *les* Preechard han comprado su casa de Villeperce.

–¿De verdad? Qué interesante. –Pero lo dijo como si no le interesara. Madame Annette se dio la vuelta y se alejó. Tom miró el teléfono.

Si contestaba el propio Pritchard, pensó, colgaría sin decir nada. Si contestaba Janice, se arriesgaría. Podía preguntarle cómo estaba David de su mandíbula, dando por hecho que Pritchard le habría contado lo de su pelea en Tánger. ¿Sabría Janice que Pritchard le había dicho a madame Annette, en francés y con acento americano, que Heloise había sido secuestrada? Tom decidió no hablarle de ello. ¿Tenía sentido la cortesía con aquella gente tan loca? Tom se irguió. Pensó que la buena educación y las formas rara vez eran un error, y marcó el número de los Pritchard.

Contestó Janice, con un cantarín y americano «hola».

–Hola, Janice. Soy Tom Ripley –dijo sonriendo.

–¡Oh, míster Ripley! ¡Pensaba que estaba en África del Norte!

–Estaba, pero ya he vuelto. Vi a su marido allí, supongo que ya lo sabe. –Le dejé inconsciente, pensó, y volvió a sonreír con expresión cortés, como si Janice pudiera verle a través del teléfono.

–Sí. Ya entiendo. –Janice hizo una pausa. Su tono era melodioso, aún más suave–. Sí, hubo una pelea...

–Oh, no tanto –dijo con modestia. Tenía la sensación de que David Pritchard aún no estaba en casa–. Espero que David se encuentre bien.

—Claro, está *muy bien*. Ya *sé* que él *se busca* esas cosas —dijo Janice con gravedad—. Donde las dan las toman, ¿no? ¿Por qué *fue* a Tánger?

A Tom le recorrió un escalofrío. Aquellas palabras eran más profundas de lo que quizá Janice pudiera imaginar.

—¿David volverá pronto?

—Sí, esta noche. Tengo que ir a buscarle a Fontainebleau en cuanto me llame —respondió Janice, en su tono serio y firme—. Me ha dicho que se retrasaría un poco, porque quería comprar unos artículos deportivos en París.

—Ah. ¿Para jugar al golf?

—No... Creo que para pescar, pero no lo sé seguro. Ya sabe cómo habla David, siempre indirectamente.

Tom no lo sabía.

—¿Y qué tal le ha ido a usted por aquí? ¿No se ha sentido sola y aburrida?

—Oh, no. Nunca me aburro. Escucho mis discos de gramática francesa. Intento mejorar. —Soltó una risita—. La gente de por aquí es muy amable.

Desde luego. Tom pensó enseguida en los Grais, dos casas más allá de la de ella, pero no quiso preguntarle si les había conocido.

—Bueno... Con David, la semana que viene pueden ser raquetas de tenis —dijo Janice.

—Si él disfruta con eso —contestó él, con una risa ahogada—. Quizá así se olvide un poco de *mis* cosas. —Hablaba en un tono tolerante y divertido, como si se tratara de un niño con una obsesión temporal.

—Oh, lo dudo mucho. Ha comprado la casa. Usted le *fascina*.

Tom recordó otra vez a Janice sonriendo de buen humor, cuando fue a buscar a su marido a Belle Ombre, después de que él merodeara por allí con su cámara, haciendo fotos de la casa.

—Usted parece desaprobar lo que él hace —continuó Tom—.

¿No se le ha ocurrido nunca intentar desanimarle? ¿O abandonarle? —aventuró.

Risa nerviosa.

—Las mujeres no abandonan a sus maridos, ¿no cree? ¡Él me perseguiría! —La última palabra sonó más aguda debido a la risa.

Tom no se reía, ni siquiera sonreía.

—Ya comprendo —dijo, sin saber qué decir—. ¡Es usted una mujer leal! Bien, mis mejores deseos para los dos, Janice. Tal vez les veamos pronto.

—Oh, quizá sí. Gracias por llamar, míster Ripley.

—Adiós. —Colgó.

¡Qué casa de locos! ¡Verles pronto! Él había hablado en plural como si Heloise hubiera vuelto a casa. ¿Por qué no? Podía atraer a Pritchard a más aventuras y hazañas. Tom se dio cuenta de que deseaba matar a Pritchard. Era un deseo similar al que había sentido contra la mafia, pero aquello había sido impersonal: él odiaba a la mafia *per se,* les consideraba unos chantajistas brutales y muy bien organizados. Le daba igual a qué miembro de la mafia matar, había matado a dos, y eran dos menos. Pero Pritchard era un asunto personal. Pritchard se lo había buscado y lo estaba pidiendo a gritos. ¿Le ayudaría Janice? Pensó que no podía contar con ella. Le abandonaría en el último momento y salvaría a su marido, porque seguro que en sus manos podía disfrutar de mayor aflicción física y mental.

¿Por qué no había acabado con Pritchard en La Haffa, en Tánger, con la navaja que llevaba en el bolsillo?

Tal vez tendría que librarse de ambos Pritchard para recobrar la paz, pensó, encendiendo un cigarrillo. A menos que ambos decidieran irse y abandonar los alrededores.

Café con Calvados. Tom bebió los últimos sorbos y devolvió la taza y el platillo a la cocina. Con una rápida ojeada, vio que madame Annette no estaría lista hasta pasados cinco o más minutos, así que la avisó de que iba a hacer otra llamada telefónica.

Llamó a los Grais, cuyo número se sabía de memoria.

Contestó Agnès y, por el ruido de fondo, Tom pensó que la había interrumpido a mitad de la comida.

—Sí, he vuelto hoy de Londres —le dijo—. Me parece que te he interrumpido.

—¡No! Sylvie y yo estamos recogiendo. ¿Está Heloise contigo?

—Sigue en Marruecos. Solo quería deciros que estoy de vuelta. No sé cuándo decidirá volver a casa Heloise... ¿Sabías que tus vecinos, los Pritchard, han comprado la casa?

—*Oui!* —dijo Agnès, y le contó a Tom que se había enterado por Marie, la del bar—. Y el *ruido,* Tome —continuó, con un matiz de diversión en la voz—. Creo que ahora madame está sola, ¡pero pone música rock muy alta a todas horas! ¡Ja, ja! Me pregunto si bailará sola.

¿O quizá vería extraños vídeos? Tom parpadeó.

—Ni idea —contestó sonriendo—. ¿La oyes desde tu casa?

—¡Depende del viento! No todas las noches, la verdad, pero el domingo pasado, por la noche, Antoine se puso furioso. La cosa tampoco era como para ir a su casa y decirles que se callaran. Y como Antoine no encontró su número de teléfono... —Agnès volvió a reírse.

Colgaron, despidiéndose cordialmente, como buenos vecinos. Luego, Tom se sentó ante su cena solitaria, con una revista junto al plato. Mientras comía su excelente buey braseado, rumiaba mentalmente sobre los fastidiosos Pritchard. Quizá en aquel mismo momento, David Pritchard estaba de vuelta, con sus aparejos de pesca. ¿Para pescar a Murchison? ¿Cómo no se le había ocurrido antes? ¡El cadáver de Murchison!

Los ojos de Tom se apartaron de la revista que estaba leyendo y se echó atrás en su asiento, rozándose apenas los labios con la servilleta. ¿Aparejos de pesca? Llevaría un arpeo de agarrar, una cuerda gruesa y una buena barca, pues no le bastaría con un bote de remos. Sería más complicado que pescar desde la orilla de un río o al borde de un canal con una delicada caña e hilo de pescar, como hacían algunos lugareños que, con suerte, cogían unos pececillos blancos, supuestamente comestibles. Según Janice, Pritchard no tenía problemas de dinero, y quizá se compraría una buena motora. Incluso tal vez contratase un ayudante.

Pero aquello podía ser una pista falsa, pensó Tom. Quizá a David Pritchard le gustaba de verdad la pesca.

Lo último que pensó Tom aquella noche fue que tenía que escribir un sobre con la dirección de su sucursal del Nat West Bank. Tenía que transferir dinero del depósito a la cuenta corriente para cubrir el cheque de dos mil dólares. Al día siguiente, al ver el sobre junto a su máquina de escribir se acordaría de enviarlo.

15

A la mañana siguiente, después de su primer café, Tom salió a la terraza y luego al jardín. Había llovido durante la noche y las dalias tenían buen aspecto. Necesitaban cierta poda, y estaría bien cortar algunas para la sala. Madame Annette no lo hacía casi nunca, pues sabía que a Tom le gustaba escoger él mismo los colores y las flores para cada día.

Tom pensó que David Pritchard ya habría vuelto, probablemente la noche anterior, y quizá hoy empezara con la pesca. ¿Sería así?

Revisó algunas facturas, pasó una hora plantando cosas en el jardín y luego comió. Madame Annette no le transmitió ninguna noticia sobre los Pritchard que hubiera oído en la panadería. Tom echó una ojeada a los dos coches del garaje y al que estaba fuera, que en aquel momento era la camioneta. Todos arrancaban perfectamente. Les limpió las ventanillas a los tres.

Luego cogió el Mercedes rojo, que casi nunca conducía y que consideraba el coche de Heloise, y salió en dirección al oeste.

Los caminos que cruzaban el llano paisaje le eran bastante familiares, pero no eran los que solía tomar para ir a Moret, por ejemplo, o a Fontainebleau, los sitios adonde iba a comprar. Ni siquiera hubiera podido decir exactamente qué camino había cogido aquella noche con Bernard para deshacerse del cuerpo de Murchison. Solo había buscado un canal, algún torrente que estuviera lo bastante alejado y en el que pudiera hundir con facilidad el fardo que envolvía el cadáver. Según recordaba, había puesto unas cuantas piedras grandes dentro de la tela que envolvía a Murchison para que el cuerpo se hundiera y se quedara en el fondo. Y allí se había quedado, que él supiera. Dio una ojeada y vio que en la guantera había un mapa. Quizá fuese de los alrededores, pero, de momento, prefería fiarse de su instinto. Los principales ríos de la zona, el Loing, el Yonne y el Sena, tenían canales y afluentes, numerosos y a veces sin nombre, y Tom sabía que había arrojado a Murchison en uno de ellos desde la baranda de un puente que quizá reconociera al verlo.

Tal vez la búsqueda fuese en vano. Pensó que si alguien intentaba encontrar a Derwatt (muerto hacía años) en algún pueblecito de México, aquella se convertiría en una tarea eterna, pues Derwatt nunca había vivido en México sino solo en Londres, y se había ido a Grecia a suicidarse.

Miró el marcador de gasolina: señalaba más de la mitad. Cerca, en un sitio que le pareció seguro, efectuó un cambio de sentido, y se dirigió hacia el noreste. Solo veía un coche cada tres o más minutos. Campos verdes de alto y denso maíz se extendían a izquierda y derecha, maíz plantado para pasto de las vacas. Había cuervos negros que sobrevolaban la zona y graznaban.

Recordaba que aquella noche Bernard y él habían recorrido seis o siete kilómetros en coche desde Villeperce, y en dirección al oeste. Pensó en la posibilidad de ir a casa y trazar un círculo en el mapa, con el centro al oeste de Villeperce, para poder encontrar el sitio. Eligió un camino que llegaba hasta más allá de la casa de los Pritchard y luego a casa de los Grais.

Tenía que llamar a los Berthelin, pensó de pronto, Jacqueline y Vincent.

¿Conocían los Pritchard el Mercedes rojo de Heloise? Tom creía que no. Conforme se acercaba a la casa blanca de dos pisos, aminoró la marcha e intentó ver algo manteniendo a la vez los ojos en la carretera. Un camión de reparto en el camino de entrada a la casa atrajo su atención. ¿Era el reparto a domicilio de los artículos deportivos que había comprado Pritchard? Había un desgarbado bulto gris que sobresalía por detrás de la camioneta. Tom oyó lo que le pareció una voz masculina, tal vez las voces de dos hombres, aunque no estaba seguro, y luego pasó de largo la casa de los Pritchard.

¿Podía haber una pequeña barca en la camioneta? La lona gris que la cubría le recordó a Tom la tela más oscura que había cubierto a Thomas Murchison. ¡Bien! Quizá David Pritchard había comprado una camioneta y una barca, y quizá incluso había contratado un ayudante. ¿Un bote de remos? ¿Cómo podía un hombre bajar un bote de remos a un canal (la altura del agua variaba según la posición de las esclusas), bajar el motor, y luego bajar él con una cuerda? Las orillas del canal eran escarpadas. ¿Estaba Pritchard discutiendo el pago con el repartidor, o hablaba con alguien a quien pensaba emplear?

Si David Pritchard había vuelto, Tom no podía sonsacar a Janice –su dudosa aliada– sobre su marido, porque David podía coger el teléfono o bien escuchar la conversación y arrancar el receptor de las frágiles manos de Janice.

En aquel momento, la casa de los Grais no mostraba ningún signo de vida. Tom giró a la izquierda hacia un camino sin edificaciones, y luego a la derecha, unos metros más allá, hasta encaminarse en dirección a Belle Ombre.

Voisy, pensó de pronto. El nombre apareció en su mente sin razón alguna, y fue como una luz que se encendiera inesperadamente. Era el pueblo que atravesaba el torrente o el canal donde había arrojado el cuerpo de Murchison. Voisy. Hacia el oeste, pensó Tom. De todas formas, podía buscarlo en el mapa.

Lo hizo al llegar a casa, en un mapa detallado de la región de Fontainebleau. Un poco más hacia el oeste, no lejos del Sena, Voisy sur Loing. Tom se sintió aliviado. Pensó que el cadáver de Murchison podía haberse movido hacia el norte, en dirección al Sena, si es que se había movido, cosa que dudaba. Pensó en la influencia de las tormentas y las corrientes. ¿Habría corrientes fuertes? No, en un río interior, no. Y por suerte era un río, porque los canales eran dragados de vez en cuando para hacer reparaciones.

Marcó el número de los Berthelin y contestó Jacqueline. Sí, Heloise y él habían estado fuera, pasando unos días en Tánger, le dijo Tom, y Heloise aún estaba en Marruecos.

–¿Y qué tal están tu hijo y tu nuera? –le preguntó Tom. Su hijo Jean-Pierre había acabado ahora los estudios de Bellas Artes, que hacía un par de años había interrumpido por la chica con la que ahora estaba casado. Tom recordó que el padre de Jean-Pierre, Vincent Berthelin, la había criticado. *¡La chica no vale nada!,* había dicho Vincent.

–¡Jean-Pierre está bien, y esperan un hijo para diciembre! –La voz de Jacqueline estaba llena de alegría.

–¡Ah, enhorabuena! –dijo Tom–. ¡Ahora vuestra casa tendrá que estar caliente para el bebé!

Jacqueline se rió, y estuvo de acuerdo con él en aquel conflictivo tema. Vincent y ella habían vivido durante años sin agua caliente, admitió, pero ahora iban a instalar un cuarto de baño junto a la habitación de huéspedes.

–¡Muy bien! –exclamó Tom, sonriendo. Recordó cuando los Berthelin, que por alguna razón estaban decididos a prescindir de las comodidades en su casa de campo, hervían agua en cazos, en

214

el fogón de la cocina, para lavarse, y tenían un retrete en el exterior de la casa.

Prometieron verse pronto. Era una promesa que no siempre cumplían, pensó Tom, porque alguna gente siempre parecía estar ocupada. Pero, pese a todo, se sintió mejor después de colgar. Era importante mantener buenas relaciones con los vecinos.

Se relajó leyendo el *Herald Tribune* en el sofá. Pensó que madame Annette estaba en su parte de la casa, y le parecía oír su aparato de televisión. Sabía que ella solía ver ciertas series televisivas, porque, en otros tiempos, hablaba sobre ellas con Heloise y con él, hasta que comprendió que ellos nunca veían series.

A las cuatro y media, cuando el sol todavía estaba bastante alto en el horizonte, Tom cogió el Renault marrón y condujo en dirección a Voisy. Qué diferencia, pensó, entre el soleado paisaje campestre de aquel día y el de aquella noche con Bernard, una noche sin luna, según recordaba, en la que no veía muy bien hacia dónde iba. Pensó que, hasta aquel momento, la tumba acuática de Murchison había sido un buen escondite, y quizá todavía lo fuese.

Llegó al indicador de VOISY antes de ver el pueblo, que quedaba oculto tras los árboles, después de una curva a la izquierda. A su derecha vio el puente, horizontal y con una rampa en cada extremo. Tendría unos treinta metros de largo, quizá más. Desde aquel puente, por encima de una baranda que les llegaba a la cintura, Bernard y él habían empujado a Murchison.

Conducía a velocidad moderada pero constante. En el puente, giró a la derecha y lo cruzó, sin saber ni importarle adónde llevaba el camino. Recordó que Bernard y él habían aparcado y arrastrado el bulto envuelto en lona hasta el puente. ¿O se habían atrevido a llevar el coche hasta el puente por la rampa?

En el primer sitio que pudo, Tom se detuvo y consultó su mapa, vio una encrucijada y se dirigió allí, sabiendo que el indicador de direcciones señalaría a Nemours o a Sens y le orientaría.

215

Estaba pensando en el río que acababa de ver: de un azul verdoso sucio, con la superficie del agua a un metro y medio más abajo (al menos, aquel día) del nivel de sus suaves orillas cubiertas de hierba. Era imposible andar por aquellas orillas sin resbalarse, perder el equilibrio y caer al río.

¿Y por qué demonios se le podía ocurrir a David Pritchard ir a *Voisy,* cuando había veinte o treinta kilómetros más de río y canales mucho más cerca de Villeperce?

Tom llegó a casa y después de quitarse la camisa y los vaqueros se echó la siesta en su dormitorio. Se sentía más seguro y relajado. Fue una deliciosa siesta de tres cuartos de hora, después de la cual sintió que se había liberado de la tensión de Tánger, de la ansiedad de Londres, de la inquietud que le había producido la conversación con Cynthia y, luego, de la posibilidad de que Pritchard se hubiera comprado una barca para buscar a Murchison. Vagó por la habitación que él consideraba como «la del fondo, a la derecha» de Belle Ombre. Era su estudio o habitación de trabajo.

El hermoso suelo de roble seguía teniendo muy buen aspecto, aunque no estaba tan satinado y pulido como otros suelos de la casa. Tom tenía varios trozos de viejas lonas y velas de barco en el suelo. Las consideraba decorativas, evitaban que las gotas de pintura, si es que caía alguna, ensuciaran el suelo, y servían también como trapos cuando necesitaba frotar, secar o limpiar *La paloma.* ¿Dónde debía colgar aquel dibujo amarillento? Lo mejor sería en la sala, donde pudieran disfrutarlo también sus amigos.

Durante unos segundos buscó un cuadro que había pintado y que ahora estaba apoyado contra una pared. Madame Annette de pie con una taza y un platillo en la mano, su café de la mañana. Había hecho varios apuntes, pocos, para no cansar a madame Annette. Ella llevaba un vestido púrpura y un delantal blanco. Luego, otro cuadro de Heloise, mirando por la ventana ojival del rincón del estudio de Tom, con la mano derecha apoyada en el marco y la izquierda en la cadera. También había hecho estudios preliminares, recordó. A Heloise no le gustaba posar más de diez minutos cada vez.

¿Debía intentar pintar el paisaje que se veía desde la ventana? Hacía tres años que no lo pintaba, pensó. El sombrío y frondoso bosque que había más allá del límite de su propiedad, donde el cuerpo de Murchison había encontrado su primer lugar de reposo... No era un recuerdo agradable. Dirigió sus pensamientos de nuevo a la composición pictórica. Sí, lo intentaría. A la mañana siguiente haría unos apuntes preliminares, con las preciosas dalias en primer plano, a izquierda y derecha, y las rosas rosadas y rojas al fondo. Se podía hacer algo bonito y cursi con aquella idílica vista, pero esa no era la intención de Tom. Iba a intentar trabajar solo con la espátula.

Bajó las escaleras, cogió una chaqueta de algodón del armario del recibidor, más que nada para llevar la cartera en el bolsillo interior, y se dirigió a la cocina, donde madame Annette ya estaba en plena actividad.

–¿Trabajando ya? Si apenas son las cinco, madame.

–Las setas, *m'sieur*. Me gusta prepararlas con tiempo. –Madame Annette le miró con sus pálidos ojos azules y sonrió. Estaba junto al fregadero.

–Voy a salir media hora. ¿Quiere que compre algo en especial?

–*Oui, m'sieur...* Le Parisien Libéré, *s'il vous plaît*.

–Con mucho gusto, madame –le dijo Tom, y salió.

En primer lugar pasó por el bar a comprar el periódico, para que no se le olvidara. Era temprano aún para que los hombres volvieran de su jornada de trabajo, pero el bullicio habitual ya había empezado. A la voz de «*Un petit rouge, Georges!*», Marie ya había cogido su ritmo del atardecer. Saludó a Tom con la mano, pues en aquel momento estaba lejos, a la izquierda, detrás de la barra. Tom echó una rápida ojeada en busca de David Pritchard y no le encontró. Pritchard hubiera sobresalido entre la gente. Más alto que la mayoría, con sus llamativas gafas redondas, se dedicaba a mirar a su alrededor, sin mezclarse con los demás.

Volvió al Mercedes rojo y se dirigió hacia Fontainebleau. En un momento dado giró a la izquierda sin ninguna razón en particular. Iba más o menos hacia el sudoeste. ¿Qué estaría haciendo Heloise?

Quizá iría andando con Noëlle hacia el Hotel Miramare de Casablanca y las dos llevarían bolsas de plástico y cestos recién comprados, llenos de sus compras de aquella tarde. Hablarían de ducharse y echarse una siesta antes de la hora de cenar. Pensó que tal vez probaría a llamarla aquella noche.

Ante el cartel de Villeperce, Tom se dirigió hacia su casa, observando que le faltaban ocho kilómetros para llegar al pueblo. Aminoró la marcha y se detuvo para dejar pasar a una joven granjera que conducía a sus gansos a través del camino con un largo bastón. Qué bonito, pensó Tom, tres ocas blancas avanzaban hacia su objetivo, pero iban a su aire, con toda la calma.

En la siguiente curva, que era bastante suave, tuvo que frenar debido a una camioneta que avanzaba muy despacio, enseguida advirtió un bulto envuelto en lona gris que sobresalía por la parte trasera. Un canal o un río corría a la derecha del camino, a unos sesenta u ochenta metros más allá. ¿Pritchard y compañía, o David Pritchard solo? Estaba lo bastante cerca para ver, por la ventanilla de atrás, que el conductor hablaba con alguien sentado a su lado. Se imaginó que los dos estaban mirando y hablando del agua, del río que tenían a la derecha. Aminoró la marcha aún más. Estaba seguro de que la camioneta era la misma que había visto en el jardín de la casa de los Pritchard.

Pensó en desviarse por cualquier otro camino, a la izquierda o a la derecha, pero luego decidió seguir adelante.

Mientras Tom aceleraba, un coche se acercó en dirección opuesta, un gran Peugeot gris que tenía aspecto de no prestar atención a nadie. Tom frenó, dejó pasar al Peugeot, y luego pisó el acelerador.

Los dos hombres de la camioneta seguían enfrascados en su conversación, y el conductor no era Pritchard, sino un desconocido de pelo castaño claro y ondulado. Pritchard iba a su lado, y cuando Tom pasó, estaba hablando y señalando hacia el arroyo. Tom estaba casi seguro de que no le habían prestado ninguna atención.

Siguió hacia Villeperce, mirando por el retrovisor hasta el último momento, para ver si la camioneta se aventuraba campo a través, para examinar el torrente más de cerca. Pero mientras él observaba, la camioneta no se movió.

16

Aquella noche, después de cenar, Tom se sintió inquieto, sin ganas de ver la televisión, ni de llamar a los Clegg o a Agnès Grais. No sabía si llamar a Jeff Constant o a Ed Banbury. Uno de los dos podía ir a Villeperce. ¿Qué les diría? ¿Venid lo antes posible? Pensó que podía pedirle a uno de ellos que se reuniera con él para ayudarle físicamente en caso de necesidad. A Tom no le importaba reconocerlo en su interior ni tener que admitirlo ante Ed o Jeff. Pensó que para cualquiera de los dos podían ser unas breves vacaciones, sobre todo si no ocurría nada. Si Pritchard intentaba pescar en vano durante cinco o seis días, lo más probable era que abandonara. ¿O era tan loco y obseso que continuaría durante semanas y meses?

La idea era escalofriante y sin embargo posible, pensó Tom. ¿Quién podía prever lo que haría una persona mentalmente enferma? Bueno, los psiquiatras podían preverlo, pero sus predicciones se basarían en historiales y casos pasados, similitudes, parecidos, nada que los propios médicos pudieran considerar definitivo.

Heloise. Llevaba seis días fuera de Belle Ombre. Era agradable pensar que Heloise y Noëlle estaban juntas y aún más agradable saber que Pritchard ya no estaba con ellas.

Tom miró al teléfono, pensando en Ed antes que en Jeff, y alegrándose de que en Londres fuese una hora más temprano, por si se sentía inspirado para llamar a cualquiera de los dos un poco más tarde.

Eran las nueve y doce minutos. Madame Annette había acabado ya en la cocina, y probablemente estaba absorta viendo la televisión. Tom pensó que podía hacer un par de esbozos para su óleo del paisaje de la ventana.

Cuando se acercaba a las escaleras sonó el teléfono. Tom lo cogió en el vestíbulo.

—¿Diga?

—Hola, míster Ripley —dijo una risueña y confiada voz—. Soy Dickie otra vez. ¿Te acuerdas? Te he estado vigilando..., allí donde estabas.

Parecía Pritchard, poniendo un tono más agudo para parecer más «joven». Se imaginó la cara de Pritchard con una sonrisa forzada, con la boca contraída mientras intentaba algo así como un arrastrado acento neoyorquino, comiéndose las consonantes. Tom se quedó en silencio.

—¿Estás asustado, Tom? ¿Voces del pasado? ¿De los muertos?

¿Oyó una palabra de protesta de Janice al fondo o lo imaginó? ¿Había sido una risa ahogada o una carcajada?

Su interlocutor se aclaró la garganta.

—El día del ajuste de cuentas llegará pronto, Tom. Todos los actos tienen su precio.

¿Qué significaba aquello? Nada, pensó Tom.

—¿Sigues ahí? ¿Qué pasa, Tom? ¿El miedo no te deja hablar?

—En absoluto. Estoy grabando esto, Pritchard.

—No, no, Dickie. Empiezas a tomarme en serio, ¿eh, Tom?

Tom siguió en silencio.

–No soy... No soy Pritchard –siguió la aguda voz–. Pero lo *conozco*. Está haciendo un trabajo para mí.

Pronto se conocerían en el otro mundo, pensó Tom, y decidió no pronunciar una palabra más.

Pritchard continuó:

–Un *buen* trabajo. Estamos consiguiendo cosas. –Una pausa–. ¿Sigues ahí? Estamos...

Tom le interrumpió colgando suavemente. El corazón le latía más deprisa de lo habitual, cosa que odiaba, pero recordó que había habido veces en su vida en que le había latido aún más deprisa. Liberó un poco de adrenalina subiendo las escaleras de dos en dos a toda prisa.

En su estudio encendió las luces fluorescentes y cogió un lápiz y un trozo de papel corriente. En una mesa de dibujo intentó primero la escena de su ventana como la conocía: árboles verticales, la línea casi horizontal donde el contorno de su jardín se unía a la hierba más alta y a los arbustos de la tierra que no le pertenecía. Corrigiendo las líneas e intentando lograr una composición interesante, logró apartar a Pritchard de su mente, pero solo hasta cierto punto.

Dejó su lápiz Venus y pensó en el valor que tenía aquel hijo de puta para llamarle una segunda vez haciéndose pasar por Dickie Greenleaf. Por tercera vez, si contaba la llamada que había recibido Heloise. Por lo visto, Janice y él trabajaban en equipo en el tema de las llamadas.

A Tom le encantaba aquel lugar que consideraba su hogar y estaba decidido a que los Pritchard no se convirtieran en parte integrante de aquel paisaje.

En otro pedazo de papel dibujó un rudimentario retrato de Pritchard, duro de rasgos, con oscuras gafas redondas, cejas oscuras, la boca abierta y casi redonda mientras hablaba. Las cejas levemente fruncidas; Pritchard estaba complacido con sus actividades. Utilizó lápices de colores, rojo para los labios, un poco de púrpura bajo los ojos, y también verde. Una caricatura con bastante fuerza. Pero cogió el papel, lo dobló y lo rompió lentamente en pedacitos, luego lo tiró a la papelera. Decidió que no quería que nadie lo encontrara, por si acaso decidía eliminar a míster Pritchard.

Se fue a su dormitorio, donde había conectado el teléfono que solía estar en el dormitorio de Heloise. Pensaba llamar a Jeff. En Londres apenas serían las diez de la noche.

Pero de pronto se preguntó: ¿se estaba desmoronando bajo el acoso del imbécil de Pritchard? ¿Estaba tan asustado como para pedir ayuda? Después de todo, él había vencido a Pritchard en una pelea a puñetazos. Pritchard podía haber opuesto mucha más resistencia, pero no lo había hecho.

Se sobresaltó con el sonido del teléfono. Otra vez Pritchard, supuso. Todavía estaba de pie.

—¿Diga?

—Hola, Tom. Soy Jeff. He...

—¡Ah, Jeff!

—Sí. Mira, he hablado con Ed y él tampoco sabía nada de ti, así que he decidido llamarte y preguntarte qué tal van las cosas.

—Hum, bueno, esto se está calentando un poco. Pritchard ha vuelto al pueblo. Creo que se ha comprado una barca, aunque no lo sé seguro. Quizá una lancha pequeña con motor fueraborda. Solo son suposiciones, porque estaba totalmente tapada y dentro de una camioneta. Lo he visto al pasar por su casa.

—¿De verdad? ¿Y para... qué?

—¡Supongo que intentará rastrear..., pescar en los canales! —Tom se rió—. Con arpeos de hierro, quiero decir. Pero no lo sé seguro. Y pasará tiempo antes de que encuentre algo, eso te lo puedo asegurar.

—Ahora te entiendo —dijo Jeff en un susurro—. Ese tipo es un obseso, ¿no?

—Creo que sí —asintió Tom—. Ten en cuenta que tampoco le

he visto hacerlo. Pero es más sensato anticiparse a estas cosas. Ya te informaré.

—Tom, si nos necesitas aquí nos tienes.

—Vuestra disposición es muy importante para mí. Gracias, Jeff, y dale las gracias también a Ed. Mientras tanto, espero que la canoa de Pritchard choque con una barcaza y se hunda. ¡Ja, ja!

Se despidieron amablemente y colgaron.

Era reconfortante tener refuerzos en perspectiva, pensó Tom. Jeff Constant, por ejemplo, era mucho más fuerte y despierto de lo que había sido Bernard Tufts. A Bernard le había tenido que explicar cada maniobra, por qué tenían que sacar a Murchison de su tumba de detrás del jardín de Belle Ombre con el mínimo ruido posible, por qué tenían que conducir sin luces, y luego lo que Bernard tenía que decir exactamente a los investigadores de la policía, en caso de que los hubiera.

En las circunstancias actuales, pensó Tom, su objetivo consistía en mantener el corrompido y envuelto cadáver de Murchison bajo el agua, si es que todavía existía algún cadáver.

¿Qué debía de ocurrirle a un cadáver que llevara cuatro o cinco años debajo del agua, o incluso tres? La lona se habría podrido, quizá más de la mitad habría desaparecido; las piedras debían de haberse caído, dejando que el cadáver se moviera con mayor facilidad, e incluso que flotara un poco, si es que le quedaba carne alguna. ¿Pero acabaría emergiendo finalmente por la hinchazón? Tom pensó en la palabra maceración, la descamación en capas de la piel exterior. ¿Y luego qué? ¿Los mordiscos de los peces? ¿O acaso la corriente habría arrancado trozos de carne hasta que solo quedaran los huesos? El período de hinchazón debía de haber pasado hacía tiempo. ¿Dónde podía encontrar información sobre el estado de Murchison?

Al día siguiente, después de desayunar, Tom informó a madame Annette de que iba a ir a Fontainebleau o quizá a Nemours a por unas tijeras de podar. ¿Necesitaba algo?

Ella le dijo que no necesitaba nada y le dio las gracias, aunque con el aire, que ahora Tom ya conocía, de pensarlo mejor hasta que él se marchara.

Un poco antes de las diez, como no había sabido nada más de madame Annette, Tom salió, y pensó en ir primero a Nemours a por las tijeras. Se encontró otra vez tomando caminos desconocidos, porque tenía tiempo de sobra: solo debía buscar en el siguiente grupo de indicadores un cartel en dirección a Nemours. Se paró en una gasolinera y llenó el depósito. Llevaba el Renault marrón.

Luego cogió una carretera hacia el norte, con la idea de avanzar un par de kilómetros y girar a la izquierda hacia Nemours. Tierras de cultivo, un tractor moviéndose lentamente a través de rastrojos amarillos... Esas eran las vistas desde la ventanilla abierta de Tom, y los vehículos con que se cruzaba eran tanto camionetas de granja con grandes ruedas traseras como coches normales. Luego otro canal, con un puente arqueado y negro, y bucólicos grupos de árboles junto a ambos extremos. El camino que seguía le llevaría hasta el puente, según observó. Conducía despacio porque no había ningún coche detrás de él.

Cuando acababa de entrar en el puente de hierro negro, le bastó una mirada a la derecha para descubrir a dos hombres en un bote de remos, uno sentado, sujetando lo que parecía un enorme rastrillo. El hombre que estaba de pie tenía el brazo derecho levantado y con la mano sostenía una cuerda. La mirada de Tom volvió un instante al camino y luego otra vez hacia los dos hombres, que no le prestaban atención.

El hombre sentado, con una camisa de color claro y el pelo negro, era nada menos que David Pritchard, y el hombre que estaba de pie, con pantalones y camisa beige, era un desconocido para Tom, alto y con el pelo claro. Estaban manejando una barra de metal de un metro o más con al menos seis pequeños ganchos, una versión en grande de lo que Tom conocía como arpeos.

Bueno, bueno. Estaban tan enfrascados que no habían levantado la vista hacia su coche, que ahora ya debía de serle familiar a David Pritchard. Por otro lado, Tom pensó que reconocer el coche solo hubiera servido para alimentar el ego de David Pritchard: Tom Ripley estaba lo bastante preocupado para merodear y averiguar lo que Pritchard era capaz de hacer, ¿y qué podía perder Pritchard?

Aquel bote tenía un motor fueraborda, observó Tom. ¿Tenían quizá dos de aquellos artefactos tipo rastrillo?

Cuando pasara una barcaza se verían obligados a recular hacia un lado del canal, y si eran dos barcazas, ellos tendrían que marcharse, pero aquello no le sirvió de consuelo a Tom. Pritchard y su compañero tenían el aspecto de estar trabajando y muy enfrascados en su tarea. Tal vez Pritchard le pagara bien a su ayudante. ¿Dormiría en casa de Pritchard? ¿Y quién era, un lugareño o alguien de París? ¿Qué le habría dicho Pritchard que estaban buscando? Tal vez Agnès Grais supiera algo del rubio desconocido.

¿Qué posibilidades tenía Pritchard de encontrar a Murchison? En aquel momento estaba a unos doce kilómetros de su presa.

Un cuervo bajó zumbando desde la derecha de Tom con un feo e insolente graznido que parecía una risotada. ¿De quién se reía el pájaro, de Pritchard o de él?, se preguntó. ¡De Pritchard, desde luego! Asió el volante con más fuerza y sonrió. Pritchard tendría lo que se merecía, aquel bastardo entrometido.

17

No sabía nada de Heloise desde hacía días, y solo podía suponer que seguían en Casablanca, y que le habría escrito un par de postales y las habría enviado a Villeperce; probablemente llegarían unos días después que Heloise volviese a casa. Aquello ya había ocurrido otras veces.

Tom se sintió inquieto. Llamó a los Clegg y consiguió mantener una conversación animada y relajante con los dos, les habló de Tánger y de los viajes de Heloise. Pero se escabulló a la hora de quedar un día fijo para tomar algo con ellos. Eran ingleses, él, abogado retirado, honrado y digno de confianza. No sabían nada de la relación de Tom con la gente de la Buckmaster Gallery, y seguramente el nombre de Murchison se les había olvidado pronto a ambos, si es que alguna vez le habían prestado atención.

Ya de mejor humor, Tom hizo esbozos del interior de una habitación para su siguiente cuadro, una habitación que daba a un recibidor. Quería hacer una composición de púrpuras y grises, mitigados por un objeto pálido, que él imaginaba como un jarrón, quizá vacío, o quizá con una sola flor roja que, si se decidía, siempre podría añadir al final.

Madame Annette le dijo que estaba un poco *mélancolique* porque madame Heloise no le había escrito.

—Es verdad —dijo Tom, sonriendo—. Pero ya sabe lo desastroso que es el correo allí...

Una noche, hacia las nueve y media fue al bar, para cambiar de atmósfera. A esa hora, el público era un poco distinto de la multitud que llegaba a las cinco y media al salir del trabajo. Había unos pocos hombres jugando a las cartas. Durante los primeros tiempos en Belle Ombre, Tom los tomaba por solteros, pero ahora sabía que no lo eran. Simplemente, a muchos hombres casados les gustaba pasar la velada en las tabernas locales, en vez de irse a casa a ver la tele, por ejemplo, cosa que también podían hacer en el bar de Marie y Georges.

—¡Ah, la gente que no sabe de qué hablar tendría que callarse! —le estaba gritando Marie a alguien, o quizá a toda la sala, mientras llevaba una *bière pression*. Le dirigió a Tom una rápida sonrisa con sus labios rojos y le saludó con un gesto.

Tom encontró un sitio en la barra. Siempre prefería quedarse de pie que instalarse en una mesa.

—Monsieur Reepley —le dijo Georges, con sus gruesas manos en el borde de la pila de aluminio del otro lado de la barra.

—Hum... *un demi* —dijo Tom, y Georges fue a ponérsela.

—¡Es un palurdo, eso es lo que *es!* —dijo un hombre a la derecha de Tom. Y su compañero le empujó, replicándole algo a la vez cómico y beligerante, y se echó a reír.

Tom se puso un poco más a la izquierda, porque ambos estaban un tanto bebidos. Oía retazos de conversación: sobre los norteafricanos, sobre un proyecto de construcción en alguna parte, sobre un constructor que iba a necesitar al menos seis albañiles.

—... *Preechard, non?* —Una breve carcajada—. ¡Pescando!

Tom intentó escuchar sin volver la cabeza. Las palabras venían de una mesa que estaba detrás de él, a la izquierda, y con una mirada furtiva, vio a tres hombres sentados, vestidos con monos de trabajo, todos cuarentones. Uno estaba barajando las cartas.

—Pescando en...

—¿Y por qué no pesca desde la orilla? —preguntó otro—. *Une péniche arrive.* —Un crujido y un gesto con las manos—. ¡Se va a hundir con esa absurda barca!

—Eh, ¿sabes lo que está haciendo? —dijo otra voz, y un hombre más joven se acercó a ellos con un vaso—. ¡No está pescando, está rastreando el fondo! ¡Lleva dos artilugios con ganchos!

—*Ah, oui,* ya los he visto —dijo un jugador, indiferente y dispuesto a retornar al juego.

Ya habían repartido las cartas.

—Con eso no pescará ningún *gardon.*

—¡No, solo botas de goma, latas de sardinas y bicicletas! ¡Ja, ja!

—¡Bicicletas! —dijo el joven, aún de pie. No se ría, *m'sieur.* ¡Ya ha cogido una bicicleta! ¡Yo lo he visto! –Soltó una carcajada–. ¡Retorcida y oxidada!

–Pero ¿qué busca?

–*Antiques!* Con los americanos nunca se sabe, tienen unos gustos..., ¿verdad? –dijo un hombre mayor.

Hubo risas. Alguien tosió.

–Es verdad que tiene un ayudante –intervino un hombre de la mesa, justo cuando la máquina de monedas del motorista le dio a alguien otra partida y un aullido que venía de allí (cerca de la puerta) ahogó las palabras pronunciadas en los segundos siguientes.

–... otro americano. Le he oído hablar.

–Para pescar, es absurdo.

–Los americanos... Si tienen dinero para esas chorradas...

Tom se bebió su cerveza y encendió un Gitanes.

–Se lo toma muy en serio. ¡Le he visto cerca de Moret!

¿Sería el tipo rubio empleado de Pritchard?, se preguntó Tom. Si Pritchard tenía dinero, era posible.

Tom continuó escuchando, de espaldas a la mesa, incluso intercambiando de vez en cuando palabras amistosas con Marie. Pero los hombres no volvieron a decir nada de Pritchard. Los jugadores habían vuelto a encerrarse en su propio mundo. Tom conocía aquellas palabras, *gardon,* era una especie de carpa, y *chevesnes,* también un pescado comestible y de la misma familia. No, Pritchard no estaba pescando en busca de aquellas criaturas silvestres, ni tampoco quería bicicletas viejas.

–*Et madame Heloise? Encore en vacances?* –le preguntó Marie, y sus ojos oscuros parecían un poco más fieros de lo habitual, aunque estaba frotando mecánicamente la superficie de la barra de madera con un trapo húmedo.

–Ah, sí –dijo Tom, cogiendo el dinero para pagar–. Ya sabe, el encanto de Marruecos.

–*Maroc!* ¡Ah, qué bonito! ¡He visto fotos!

Marie le había dicho exactamente lo mismo hacía unos días, recordó Tom, pero era una mujer ocupada, que tenía que ser hospitalaria con un centenar de clientes, mañana, tarde y noche. Tom compró un paquete de Marlboro antes de dejar el establecimiento, como si los cigarrillos pudieran atraer a Heloise más pronto junto a él.

En casa, escogió los tubos de los colores que quería para el cuadro del día siguiente, y dejó la tela sobre el caballete. Veía su composición como un cuadro oscuro e intenso, con el centro de atención en un área aún más oscura, al fondo, y que dejaría indefinida, como una habitación pequeña sin luz. Hizo diversos esbozos. Al día siguiente empezaría con trazos a lápiz sobre la blanca tela. Pero aquella noche no. Estaba un poco cansado y temía fracasar.

A las once, el teléfono aún no había sonado. Debían de ser las diez en Londres, y sus amigos pensarían que si Tom no les daba noticias, era buena señal. ¿Y Cynthia? Probablemente aquella noche estaría leyendo, confiada y casi complacida en su convicción de que Tom era culpable de haber matado a Murchison —quizá también conocía las circunstancias de la extraña muerte de Dickie Greenleaf—. Convencida de que la fatalidad predominaría al fin, marcando la existencia de Tom, fuera como fuese. Tal vez aniquilándole.

Y pensando en leer, Tom se alegró de tener para aquella noche la biografía de Oscar Wilde de Richard Ellmann como libro de cabecera. Estaba disfrutando de cada párrafo. Leyéndolo, veía en la vida de Oscar Wilde algo así como una purga, un castigo, la síntesis de la fatalidad del hombre: un hombre de buen carácter, de talento, cuya aportación al placer de la humanidad seguía siendo considerable, había sido atacado y hundido por el carácter vengativo de la chusma, que había disfrutado con sádico placer contemplando la caída del artista. A Tom, la historia de Wilde le recordaba la de Jesucristo, un hombre de ánimo generoso, con una visión clarividente de la expansión de la conciencia y la alegría de vivir. Ambos habían sido malinterpretados por sus contemporáneos, ambos habían sufrido a causa de los celos, profundamente arraigados en el pecho de quienes querían verles muertos, y se burlaban de ellos mientras estaban vivos. No era de extrañar, pensó Tom, que gente de todas las edades y especies siguiera leyendo sobre Oscar Wilde, tal vez sin darse cuenta de por qué les fascinaba.

Mientras estos pensamientos daban vueltas en su cabeza, Tom volvió la página y leyó que Rennell Rodd, que era amigo de Oscar Wilde, le había regalado un ejemplar de su primer libro de poesía. En él, Rodd había escrito de su puño y letra una cita en italiano –curiosamente, decía Ellmann–, cuya traducción decía así:

> En tu martirio, la ávida y cruel
> multitud a la que tú hablaste se reunirá;
> todos vendrán a verte en tu cruz,
> y nadie sentirá piedad por ti.

Era extrañamente profético, pensó Tom. ¿Habría leído aquellas líneas antes en alguna parte? No lo creía.

Mientras leía, Tom se imaginó la emoción de Oscar Wilde al saber que había ganado el Premio Newdigate de poesía, después de haber sufrido desprecio hasta poco tiempo antes. Luego, a pesar de la placidez en que se hallaba sumido, echado en la cama sobre sus almohadas, y a pesar del placer de anticiparse a las páginas siguientes, pensó en Pritchard y en su maldita barca con motor. Y pensó en el ayudante de Pritchard.

–Malditos sean –murmuró, y se levantó de la cama. Sentía curiosidad por las vías fluviales de los alrededores, y aunque ya había examinado la zona en un mapa varias veces, se sintió impelido a hacerlo de nuevo.

Abrió su gran atlas –el *Times Concise Atlas*– del mundo. Debido a los ríos y canales, el distrito que rodeaba Fontainebleau y Moret, el sur de Montereau y todo lo demás, parecía un dibujo de la *Anatomía de Gray*. En concreto el del sistema circulatorio: venas y arterias gruesas y delgadas, cruzándose y separándose; ríos y canales. Y cada uno de ellos era lo bastante grande como para dar cabida a la motora de Pritchard. Muy bien, Pritchard tendría trabajo.

¡Cómo le hubiera gustado hablar con Janice Pritchard! ¿Qué pensaría ella de todo aquello? ¿Qué le diría? «¿Has tenido suerte, querido?... ¿Algún pescado para la cena? ¿Otra bicicleta vieja? ¿Alguna bota?» ¿Y qué le diría Pritchard que estaba buscando? Probablemente le diría la verdad, pensó Tom, que buscaba a Murchison. ¿Por qué no? ¿Llevaría Pritchard un mapa, un registro de los lugares recorridos? Seguro que sí.

Tom aún tenía el primer mapa que había mirado, con el círculo dibujado. El círculo, hecho a lápiz, llegaba hasta Voisy y un poco más. En el *Times Concise Atlas,* los canales y ríos eran más claros, y parecían mucho más numerosos. ¿Habría tomado Pritchard un «amplio radio» con la intención de ir cerrando el círculo o bien había empezado por la vecindad inmediata para ir expandiendo su área poco a poco? Tom pensaba que era más probable lo último. Un hombre con un cadáver en las manos podía no tener tiempo para ir a veinte kilómetros de distancia, pensó Tom, lo lógico sería que se quedara a diez kilómetros o menos. Tom calculaba que Voisy estaba a ocho kilómetros de Villeperce.

En una rápida estimación, Tom juzgó que había unos cincuenta y cuatro kilómetros de canales y ríos en un círculo de un radio de diez kilómetros. ¡Vaya trabajo! ¿Alquilaría Pritchard otra fueraborda con otro par de ayudantes?

¿Cuánto tardaría una persona en cansarse de una tarea semejante? Pero Tom recordó para sí que Pritchard no era una persona normal.

¿Cuánto habría recorrido ya en siete días? ¿O habían sido nueve? Recorriendo un canal, lógicamente por el centro del mismo, a dos kilómetros por hora, durante tres horas por la mañana y otras tres por la tarde, significaba unos doce kilómetros al día. Eso sin contar con las dificultades como, por ejemplo, cruzarse con otra barca cada media hora, además de tener que cargar la barca en la camioneta cada vez que quisiera llevarla a otro canal. En un río, si quería rastrearlo en toda su anchura, tendría que hacer dos viajes, uno en cada sentido.

Así, en resumen, si tenía que recorrer unos cincuenta kilómetros, con un poco de suerte necesitaría otras tres semanas para descubrir a Murchison, si todavía quedaba algo que descubrir.

Pero aquel cálculo de tiempo era un tanto vago, se dijo Tom, tras sentir un leve escalofrío interior. ¿Y si Murchison había sido arrastrado hacia el norte por la corriente, fuera del área en que Tom creía que estaba?

¿Y si meses atrás la lona con el cuerpo de Murchison había sido arrastrada a la deriva hasta un canal y había sido descubierta al drenar ese canal para alguna reparación? Tom había visto desecar muchos canales, con el agua retenida por las esclusas en algún punto. Los restos de Murchison podían haber sido entregados a la policía, que tal vez no había logrado identificarlos. Tom no había visto ninguna nota sobre ello en los periódicos –sobre un saco de huesos sin identificar–, pero tampoco lo había buscado. ¿Y se mencionaría necesariamente en los periódicos? Sí, pensó Tom, porque era justo lo que al público francés o a cualquier otro público le gustaba leer, una bolsa de huesos sin identificar pescados por... ¿un pescador dominguero? Un hombre, probablemente víctima de violencia o asesinato, no un suicida. Pero Tom no podía creer que la policía ni nadie hubiera encontrado nunca a Murchison.

Una tarde, cuando Tom había hecho ya bastantes progresos en su óleo de la «habitación del fondo», como le llamaba para sí, se sintió inspirado para llamar a Janice Pritchard. Podía colgar si contestaba David, y si lo cogía ella, insistir a ver qué podía averiguar.

Dejó un pincel impregnado de ocre sobre la paleta con mucho cuidado, y bajó las escaleras hacia el teléfono del vestíbulo.

Madame Clusot, la mujer que hacía lo que Tom llamaba la limpieza «más seria», estaba ocupada aquel día en el excusado de abajo, que tenía lavabo y una puerta que daba a las escaleras del sótano. Por lo que Tom sabía, ella no entendía el inglés. Estaba solo a unos cuatro metros. Tom buscó el número de los Pritchard, que tenía anotado, y ya iba a coger el teléfono cuando este sonó. Estaría bien que fuera Janice, pensó.

No. Era una conferencia, y se oía murmurar a dos operadoras, hasta que al fin se oyó una de las dos voces, clara y victoriosa.

–*Vous êtes m'sieur Tom Reepley?*

–*Oui madame.* –¿Le había pasado algo a Heloise?

–*Un instant, s'il vous plaît.*

–¡Hola, Tome! –La voz de Heloise sonaba bien.

–Hola, cariño. ¿Cómo estás? ¿Por qué no has...?

–¡Estamos muy bien!... ¡Marrakech! Sí..., te escribí una postal, la mandé en un sobre, pero ya sabes...

–Muy bien, te lo agradezco. Lo más importante es: ¿estás bien? ¿No estás enferma?

–No. *Tome, chéri.* ¡Noëlle conoce unas medicinas maravillosas! Puede comprarlas si las necesitamos.

Bueno, eso ya era algo, desde luego. Tom había oído historias de extrañas enfermedades africanas. Tragó saliva.

–¿Y cuándo vuelves?

–Ooh...

Por aquel «ooh», Tom dedujo que por lo menos tardarían una semana más.

–Vamos a ver. –Fuertes ruidos de interferencias, o un corte, y luego la voz de Heloise volvió, suavemente–: *Meknés.* Hay un problema. Tengo que despedirme, Tome.

–¿Qué pasa?

–... está bien. Adiós, Tome.

Se cortó la comunicación.

¿Qué demonios había pasado? ¿Otra persona necesitaba el teléfono? Por el ruido de voces de fondo, daba la sensación de que Heloise llamaba desde el vestíbulo del hotel, cosa que a Tom le pareció muy lógica. Estaba un poco enfadado, pero al menos sabía que Heloise estaba bien, y que iba a ir hacia el norte, a Meknés, más cerca de Tánger, donde seguramente cogería el avión para volver a casa. Lástima no haber tenido tiempo de hablar con Noëlle. Ahora ni siquiera sabía el nombre de su hotel.

Bastante más animado por la llamada de Heloise, Tom cogió otra vez el teléfono, miró el reloj –las diez y tres–, y marcó el número de los Pritchard. Sonó cinco, seis, siete veces. Luego, la aguda y americana voz de Janice dijo:

–¿Digaaa?

–¡Hola, Janice! Soy Tom. ¿Qué tal están?

–¡Ooh! ¡Qué agradable sorpresa! Estamos muy bien. ¿Y usted?

Misteriosamente simpática y alegre, pensó Tom.

–Bien, gracias. ¿Disfrutan del buen tiempo?

–Hace un día precioso, ¿verdad? Yo estaba arrancando malas hierbas de mis rosales. Desde allí casi no oigo el teléfono.

–¿Y dónde está David? ¿Pescando? –preguntó Tom, forzándose a sonreír.

–¿Pescando? ¡Ja, ja!

–Ah, ¿no pesca? Creí haberle visto una vez... al pasar en coche junto a algún canal de por aquí. ¿Pesca carpas?

–Oh, no, míster Ripley, él quiere pescar un cuerpo. –Se rió alegremente, aparentemente divertida por la similitud de las palabras–. ¡Es ridículo! ¿Qué va a encontrar? ¡Nada! –Se rió otra vez–. Pero al menos sale de casa. Hace ejercicio.

–Un cuerpo... ¿De quién?

–De alguien llamado Murchison. David dice que usted le conocía..., que incluso lo mató, eso es lo que cree David. ¿Se imagina?

—¡No! —dijo Tom, riéndose. Continuó en tono de diversión—. ¿Cuándo lo maté? —Tom esperó—. ¿Janice?

—Lo siento, por un momento he pensado que él había vuelto, pero era otro coche... Hace años, creo. ¡Oh, es tan absurdo, Ripley!

—Desde luego —dijo Tom—. Pero, como usted dice, así hace ejercicio, deporte...

—¡Deporte! —Su tono agudo y la risa le hicieron pensar a Tom que estaba encantada de que su marido permaneciera tantas horas fuera—. Rastreando con un gancho...

—Y el hombre que va con él... ¿es un viejo amigo?

—¡No! ¡Es un estudiante de música americano que David conoció en París! Suerte que es un buen chico y no un estafador... —Janice soltó una risita—. Lo digo porque duerme en casa. Se llama Teddy.

—Teddy —repitió Tom, esperando oír el apellido, que no llegó—. ¿Y cuánto tiempo piensa seguir así?

—Oh, hasta que encuentre algo. David está decidido, eso está claro. Y entre comprar gasolina, curarles las heridas de los dedos y cocinar para ellos dos..., llevo una vida bastante agitada... ¿No puede venir un ratito a tomar un café o una copa?

Tom se quedó atónito.

—Ah..., gracias. Ahora precisamente...

—He oído que su mujer sigue fuera.

—Sí, y creo que aún se quedará algunas semanas más.

—¿Dónde está?

—Creo que ahora se dirige a Grecia. Unas pequeñas vacaciones con una amiga, ¿sabe? Y yo estoy intentando aprovechar para trabajar en el jardín. —Sonrió, porque madame Clusot salía del pequeño aseo de abajo con el cubo y la fregona. Tom no pensaba decirle a Janice Pritchard que podía visitarle y tomar café o una copa en su casa, porque ella podía ser lo bastante maliciosa como para decírselo a David. En ese caso, parecería que Tom sentía mucha curiosidad por las actividades de David, y que estaba preocupado. Seguramente, David también sabía que su mujer era imprevisible: eso formaba parte de su sádica diversión–. Bueno, Janice, mis mejores deseos a su marido... de su vecino y amigo. –Tom hizo una pausa, y Janice esperó. Tom sabía que David le había contado que él le había pegado en Tánger, pero en su mundo, lo bueno y lo malo, la cortesía y la descortesía no parecían contar, ni siquiera existir. De hecho, era más extraño que un juego, porque cualquier juego tenía algún tipo de reglas.

–Adiós, míster Ripley, y gracias por llamar –dijo Janice, más amistosa que nunca.

Tom contempló su jardín y pensó en lo raros que eran los Pritchard. ¿Qué había averiguado? Que David seguiría *ad infinitum*. No, *no podía ser*. ¡Otro mes, y David ya habría removido el fondo de un área de sesenta y cinco kilómetros! ¡Era de locos! Y a menos que estuviera absurdamente bien pagado, Teddy se cansaría. Desde luego, Pritchard podía contratar a otro, mientras le quedase dinero...

¿Dónde estaban Pritchard y Teddy en aquel momento? Si tenían tanta energía como para levantar aquella barca varias veces al día... ¿Podían estar arañando el fondo del Loing, cerca de Voisy, en aquel preciso instante? Tom sintió el deseo de ir hasta allí –quizá en la camioneta blanca, para variar– y satisfacer su curiosidad. Eran las tres y media. Y luego se dio cuenta de que le daba demasiado miedo hacer aquello, acudir por segunda vez al lugar donde se había deshecho del cuerpo. ¿Y si alguien le había visto y recordaba su rostro, el día en que había conducido hasta Voisy y cruzado el puente?

¿Y si topaba directamente con David y Teddy rastreando con sus ganchos justo allí?

Eso alteraría su sueño, por mucho que ellos no lograran dar con su objetivo. Definitivamente, decidió no ir.

Contempló su cuadro terminado, más que satisfecho. Añadió un trazo vertical de color rojo azulado en la parte izquierda de su obra, una cortina del interior de la casa. Los azules, púrpuras y negros se intensificaban desde los extremos hacia el suave contorno de la oscura entrada de la habitación del fondo, que no estaba exactamente en el centro. El cuadro era más largo que ancho.

Llegó otro martes, y Tom pensó en monsieur Lepetit, el profesor de música, que normalmente acudía a su casa los martes. Pero Tom y Heloise habían interrumpido temporalmente sus clases, no sabían cuánto tiempo iban a estar en Marruecos, y Tom no había llamado a Lepetit desde su vuelta, aunque había practicado. Un sábado los Grais habían invitado a Tom a comer, pero él había declinado la invitación, dándoles las gracias. En cambio, Tom llamó a Agnès Grais un día entre semana y se autoinvitó para visitarla a las tres de la tarde.

El cambio de escenario fue agradable para Tom. Se sentaron en la funcional y ordenada cocina de los Grais, junto a una mesa con un sobre de mármol lo bastante grande como para seis personas, y tomaron café expreso con un traguito de Calvados. Sí, dijo Tom, había hablado por teléfono con Heloise dos o tres veces y, al menos una vez, se había cortado. Se echó a reír. Y una postal escrita hacía siglos, tres días después de que él volviera, había llegado el día anterior. Todo iba bien, por lo que él sabía.

–¿Y vuestro vecino? Me han dicho que sigue pescando –dijo Tom con una sonrisa.

–Pescando. –Agnès Grais frunció ligeramente el ceño–. Está buscando algo, no sabría decir qué. Rastrea con unos ganchos, ¿sabes? Y su compañero también. No es que yo les haya visto, pero he oído hablar a la gente en la carnicería.

La gente siempre hablaba en la panadería y en la carnicería, y como el panadero y el carnicero participaban, el servicio era lento, pero cuanto más se quedaba uno, de más cosas se enteraba.

–Seguro que se pueden pescar artilugios fascinantes en esos

canales —dijo Tom al fin—, o en los ríos. Te sorprendería saber las cosas que llegué a encontrar en la *décharge publique* de aquí, antes de que las autoridades la cerrasen, malditos sean. ¡Era como una exposición de arte! ¡Muebles antiguos! Algunos necesitaban cierta reparación, claro, pero... Los jarros de metal que tengo sobre la chimenea, por ejemplo, son de la *décharge publique*. —Tom se rió. La *décharge publique* era un campo que había a un lado de una carretera que salía de Villeperce, y allí se permitía que la gente tirase sillas rotas, neveras estropeadas, todo lo viejo, incluso libros de los que Tom había rescatado unos cuantos. Ahora, aquel campo estaba vallado con una verja metálica y cerrado. Era el progreso.

—La gente dice que no se queda nada —dijo Agnès, sin parecer demasiado interesada—. Alguien me dijo que tira otra vez las cosas que encuentra. No es muy cívico por su parte. Como mínimo, podría dejarlo en la orilla para que los de la basura pudieran llevárselo. Eso sería un servicio a la comunidad. —Sonrió—. ¿Otra copita de Calvados, Tome?

—No, gracias, Agnès. Tengo que irme ya.

—¿Y para qué tienes que volver? ¿Para trabajar? ¿En una casa vacía? Oh, ya sé que puedes entretenerte solo, Tome, pintando y con tu clavicémbalo...

—Nuestro clavicémbalo —la interrumpió Tom—. Es de Heloise y mío.

—Exacto. —Agnès se echó el pelo hacia atrás y le miró—. Pero pareces un poco tenso. Quieres volver a casa, de acuerdo. Espero que Heloise te llame pronto.

Tom ya estaba de pie, sonriendo.

—¿Quién sabe?

—Y ya sabes que aquí siempre eres bienvenido y que puedes pasarte cuando quieras.

—Ya sabes que prefiero llamar antes. —El tono de Tom era tan cordial como el de Agnès. Era un día laborable. Antoine no iba a llegar hasta el viernes por la noche o el sábado a mediodía. Tom pensó que los niños llegarían del colegio en cualquier momento–. Adiós, Agnès. Muchas gracias por ese café tan bueno.

Ella le acompañó a la puerta de la cocina.

–Pareces un poco triste. No olvides que tus viejos amigos seguimos aquí. –Y le dio una palmadita en el brazo antes de que se fuera hacia su coche.

Tom le hizo un gesto de despedida desde la ventanilla del coche y salió a la carretera en el momento en que el autobús amarillo del colegio, que venía de la dirección opuesta, se detenía para dejar a Édouard y Sylvie Grais en casa.

Tom se encontró pensando en madame Annette y en sus vacaciones. Le correspondía hacerlas a principios de septiembre. A madame Annette no le gustaba coger sus vacaciones en agosto, el mes tradicional de vacaciones en Francia, porque decía que había demasiado tráfico para viajar a cualquier parte. Además, en agosto, las demás amas de llaves del pueblo tenían más tiempo libre porque sus jefes solían irse fuera, de forma que ella y sus amigas tenían la oportunidad de visitarse. Pero tal vez debía sugerirle a madame Annette que, si quería, podía empezar sus vacaciones.

¿Debía hacerlo por seguridad? A Tom le interesaba que madame Annette se informara de lo que se decía en el pueblo y se lo contara, pero solo hasta cierto punto.

Tom se dio cuenta de que estaba preocupado. El descubrimiento le hizo sentirse más débil. Tenía que hacer algo para contrarrestar aquella sensación, y cuanto antes, mejor.

Decidió llamar a Jeff o a Ed, pues ambos le eran igualmente útiles. Lo que necesitaba era una presencia amiga, una mano o un brazo dispuestos a ayudar, si era necesario. Después de todo, Pritchard tenía la ayuda de Teddy.

¿Y qué iba a decir Teddy si Pritchard cazaba su presa? ¿Qué le habría dicho Pritchard a Teddy que estaba buscando?

De pronto, Tom rompió a reír a carcajadas, casi se bamboleó

en la sala, por donde estaba paseando despacio. ¡Aquel Teddy, aquel estudiante de música —¿lo era?—, se iba a encontrar un cadáver!

En aquel momento entró madame Annette.

—Ah, *m'sieur Tome*... Me alegro de verle de tan buen humor...

Tom estaba seguro de que tenía la cara colorada de tanto reírse.

—Me acabo de acordar de un chiste muy bueno... ¡No, no, madame, *hélas,* es intraducible al francés!

18

Unos minutos después de aquellas palabras, Tom buscó el número de Ed Banbury en Londres y marcó. Oyó la voz grabada de Ed pidiéndole al interlocutor que diera su nombre y número de teléfono, y ya estaba dejando su mensaje cuando, para su alivio, Ed contestó.

—¡Hola, *Tom!*... Sí, acabo de llegar. ¿Cuáles son las últimas noticias?

Tom respiró hondo.

—Lo mismo. David Pritchard sigue pescando por los alrededores, rastreando con sus ganchos desde la motora. —Tom habló con deliberada calma.

—¿De verdad? ¿Y cuánto tiempo lleva..., diez días? Bueno, más de una semana, ¿no?

Estaba claro que Ed no había contado los días. Tom tampoco, pero sabía que Pritchard llevaba cerca de quince días dedicado a aquella tarea.

—Unos diez días —dijo Tom—. Sinceramente, Ed, si sigue adelante, y da toda la sensación de que va a seguir, puede encontrar lo que tú ya sabes.

—Sí. Es increíble... Creo que necesitas ayuda.

Tom se dio cuenta de que Ed le entendía.

–Sí. Bueno, puede que sí. Pritchard ha cogido un ayudante. Creo que ya se lo dije a Jeff. Un hombre llamado Teddy. Trabajan juntos en su infatigable barca motora, sondeando con sus dos rastrillos, bueno, más bien ganchos múltiples. Llevan tanto tiempo...

–Iré para allá, Tom, a hacer lo que pueda. Me da la sensación de que cuanto antes vaya, mejor.

Tom dudó.

–Confieso que me sentiría mejor.

–Haré lo que pueda. Tenía que acabar un trabajo para el viernes a mediodía, pero intentaré acabarlo para mañana por la tarde. ¿Has hablado con Jeff?

–No, pensaba llamarle..., pero si tú vas a venir, no hace falta. ¿El viernes por la tarde? ¿Por la noche?

–Déjame ver cómo tengo el trabajo. Quizá pueda llegar antes, puede que el viernes a mediodía. Volveré a llamarte cuando sepa la hora de llegada del avión.

Tom se sintió mejor después de aquello, y enseguida fue en busca de madame Annette para informarle de que probablemente tendrían un huésped aquel fin de semana, un señor de Londres. La puerta de la habitación de madame Annette estaba cerrada. Silencio. ¿Estaría durmiendo la siesta? No solía hacerlo.

Miró por la ventana de la cocina y la vio, inclinada sobre un parterre de violetas silvestres que había a la derecha. Las violetas eran púrpura pálido y a Tom le parecían imperturbables ante el viento, el frío o los insectos predatorios. Salió al jardín.

–Madame Annette.

Ella se irguió.

–Monsieur Tom. Estoy admirando de cerca las violetas. ¿Verdad que son *mignonnes?*

Tom asintió. Salpicaban el suelo cerca del laurel y del seto de boj. Tom le comunicó las buenas noticias: llegaba un huésped, alguien para quien cocinar y para el que habría que preparar la habitación de invitados.

–¡Un buen amigo! Eso le animará, monsieur. ¿Ha venido alguna vez a Belle Ombre?

Andaban hacia la puerta de servicio, que daba a la cocina y que estaba a un lado de la casa.

–No lo sé, creo que no. Es curioso. –Parecía extraño, considerando que conocía a Ed desde hacía tanto tiempo. Quizá inconscientemente, Ed se había mantenido a distancia del contacto con Tom y su familia, a causa de las falsificaciones de Derwatt. Y también por el fracaso que había supuesto la visita de Bernard Tufts.

–¿Y qué cree que le gustaría comer? –le preguntó madame Annette, una vez de vuelta a sus dominios, la cocina.

Tom se echó a reír, intentando pensar.

–Supongo que querrá algo francés. Con este tiempo... –Era un tiempo cálido, pero no caluroso.

–¿Langosta... fría? *Ratatouille?* ¡Claro! Fría. *Escalopes de veau avec sauce madère?* –Los ojos azules pálido le brillaban.

–Sí. –La forma en que madame Annette pronunciaba todo aquello despertaba el apetito–. Buena idea. Creo que llega el viernes.

–¿Y su mujer?

–No está casado. Monsieur Ed vendrá solo.

Luego, Tom fue en coche a la estafeta de correos, a comprar sellos y a ver si había llegado algo de Heloise en el segundo reparto que no le hubieran traído a casa. Había un sobre escrito con la letra de Heloise, y le hizo latir el corazón. El matasellos era de Marrakech, con la fecha ilegible por la tenue tinta del sello. Dentro había una postal en la que había escrito:

Cher Tom.

Todo va bien, esto es una ciudad muy activa, ¡tan bonita! Arenas púrpura y hermosas puestas de sol. No estamos enfermas, y comemos cuscús casi todos los días. Luego vamos a Meknés. Noëlle te envía recuerdos. Te quiero mucho. Besos.

H.

242

Era agradable recibirla, pensó Tom, pero ya hacía días que sabía que irían de Marrakech a Meknés.

Tom se puso a trabajar en el jardín. Se sentía muy animado, y estuvo clavando la azada en los márgenes más endurecidos que Henri había olvidado. Henri tenía una idea muy caprichosa de lo que eran sus tareas. Era práctico hasta cierto punto, incluso experto en plantas, pero de pronto se desviaba y acababa esmerándose mucho en algo que no tenía importancia. Pero no era caro ni deshonesto, y Tom pensó que no podía quejarse.

Después de estos quehaceres, Tom se dio una ducha y se puso a leer la biografía de Oscar Wilde. Como había predicho madame Annette, la perspectiva de una visita lo hacía sentirse animado. Incluso hojeó el *Télé-7-jours* para ver lo que ponían aquella noche en la televisión.

No encontró nada que despertara su interés, pero pensó que podía probar a mirar la programación de las diez, a menos que tuviera algo más interesante que hacer. A las diez encendió la televisión, pero volvió a apagarla al cabo de cinco minutos, y salió con una linterna para ir al bar de Marie y Georges a tomarse un café expreso.

Los jugadores de cartas volvían a estar allí y las máquinas de juego traqueteaban y resonaban con los golpes. Pero Tom no oyó nada de David Pritchard, el extraño pescador. Se imaginó que Pritchard debía de acabar demasiado cansado al anochecer como para salir al bar a tomarse una última cerveza, o lo que soliera beber. De todas formas, Tom miraba cada vez que se abría la puerta. Cuando ya había pagado y estaba a punto de salir, un vistazo hacia la puerta, que se acababa de abrir, le reveló que Teddy, el compañero de Pritchard, había entrado en el bar.

Teddy parecía estar solo, y tenía el aspecto de acabar de salir de la ducha, con su camisa beige y sus pantalones de trabajo, pero también parecía un tanto hinchado, o quizá simplemente cansado.

—*Encore un express, Georges, s'il vous plaît* –dijo Tom.

—*Et bien sûr, m'sieur Reepley* –contestó Georges sin siquiera mirarle, y volvió su oronda figura hacia la humeante máquina.

El hombre llamado Teddy no parecía haber visto a Tom, si es que alguna vez le habían dicho quién era, y se quedó de pie, cerca de la puerta, en un extremo de la barra. Marie le sirvió una cerveza, y Tom pensó que le había saludado como si ya le conociera, aunque no pudo oír lo que ella le decía.

Decidió arriesgarse y mirar a Teddy más a menudo de lo que lo hubiera hecho un desconocido, para ver si aquel daba señales de reconocerle. Pero no se inmutó.

Teddy frunció el ceño y bajó la vista hacia su cerveza. Tuvo un breve intercambio de palabras con un hombre que había a su izquierda, sin siquiera una sonrisa.

¿Estaba Teddy considerando la idea de abandonar su empleo con Pritchard? ¿Añoraba a una novia de París? ¿Estaba harto del ambiente de la casa de los Pritchard, de la extraña relación de David y Janice? ¿Podía oír Teddy a Pritchard pegándole a su mujer en el dormitorio solo porque aquel día tampoco había pescado su presa? Lo más probable era que Teddy tuviera ganas de airearse un poco. Era del tipo fortachón, a juzgar por sus manos. No del tipo cerebral. ¿Un estudiante de música? Tom sabía que algunas universidades americanas tenían planes de estudios que parecían de escuelas de artes y oficios. Ser un «estudiante de música» no significaba necesariamente que le importara la música en lo más mínimo, era el título lo que contaba. Teddy era corpulento, mediría uno ochenta y pico, y Tom pensó que cuanto antes desapareciese de escena, más tranquilo se quedaría él.

Tom pagó su segundo café y se dirigió hacia la puerta. Justo cuando pasaba junto al juego del motociclista, el conductor chocó con una barrera y el golpe apareció en la pantalla representado por una estrella relampagueante que finalmente se quedó encendida. Final de partida. INSERTE MONEDAS INSERTE MONEDAS INSERTE MONEDAS. Los leves gemidos de los mirones dieron paso a las risas.

Teddy no le había mirado. Tom llegó a la conclusión de que Pritchard no le había dicho a Teddy lo que estaban buscando, el cadáver de Murchison. ¿Le habría dicho Pritchard que buscaban joyas de un yate hundido? ¿Una maleta de valioso contenido? Por lo menos, era evidente que no le había dicho que su búsqueda tenía relación con un vecino del mismo pueblo.

Cuando Tom se volvió a mirar desde la puerta, Teddy seguía inclinado sobre su cerveza, y sin hablar con nadie.

Como el tiempo era cálido, madame Annette parecía animada con la perspectiva del menú de langostas, y Tom se ofreció a llevarla en coche a Fontainebleau para ayudarla a comprar e ir a la mejor pescadería. Sin demasiada dificultad —cuando se trataba de dichas salidas, madame Annette siempre necesitaba que se lo pidieran dos veces—, Tom la convenció de que le acompañara.

A pesar de tener que hacer la lista de lo que necesitaban, reunir bolsas de compra y capazos, y una serie de prendas que Tom quería llevar a la tintorería, a las nueve y media ya habían salido de casa. Era otro día radiante y soleado, y madame Annette había oído en la radio predicciones de buen tiempo para el sábado y el domingo. Madame Annette le preguntó cuál era la profesión de monsieur Édouard.

—Es periodista —contestó Tom—. Nunca le he oído hablar francés. Supongo que algo sabrá. —Tom se rió, imaginando lo que podía pasar.

Cuando tuvieron las bolsas y capazos llenos, las langostas atadas y dentro de una gran bolsa de plástico doble y muy segura, según les aseguró el pescadero, Tom echó otra moneda en el parquímetro y le sugirió a madame Annette (dos veces) que entraran en una pastelería-salón de té cercana, para invitarla a «un capricho», un *petit extra*. Ella cedió, sonriendo de placer.

Una gran bola de helado de chocolate simulando un conejito con dos orejas de barquillo, y un generoso brochazo de crema batida entre las mismas, fue la elección de madame Annette. Ella miró discretamente a su alrededor, a las matronas que charlaban de cualquier cosa en las mesas cercanas. ¿Cualquier cosa? Bueno, Tom pensó que nunca se sabía, a pesar de las amplias sonrisas que esbozaban mientras se dedicaban a sus dulces. Tom tomó un café expreso. A madame Annette le gustó mucho su helado y lo dijo, cosa que satisfizo a Tom.

¿Y si no ocurría nada durante aquel fin de semana?, pensó Tom mientras caminaban de nuevo al coche. ¿Cuánto tiempo podría quedarse Ed Banbury? ¿Hasta el martes? ¿Sentiría entonces que tenía que llamar a Jeff Constant? Pensó que la cuestión era: ¿cuánto tiempo continuaría Pritchard con su tarea?

–Usted estará más contento cuando vuelva madame Heloise, *m'sieur Tome* –le dijo madame Annette, mientras se dirigían en coche hacia Villeperce–. ¿Qué noticias tiene de madame?

–¡Noticias! ¡Ojalá tuviera alguna! El correo..., bueno, el correo parece todavía peor que el teléfono. Pero creo que en menos de una semana madame Heloise estará en casa.

Cuando Tom entró en la calle principal de Villeperce, vio la camioneta blanca de Pritchard aparcada en la calle, a su derecha. Tom no tenía por qué frenar, pero lo hizo. La popa de la barca motora sobresalía por detrás de la camioneta. ¿Sacaban la lancha del agua durante la comida? Tom supuso que sí, pues, aunque estuviera amarrada a la orilla, podrían robarla o podía colisionar con una barcaza. La lona oscura estaba en el suelo de la camioneta junto al bote. Tom se imaginó que iban a volver a salir después de comer.

–*M'sieur Preechard* –observó madame Annette.

–Sí –dijo Tom–. El americano.

—Está intentando encontrar algo en los canales —continuó madame Annette—. Todo el mundo habla de ello. Pero él no dice lo que quiere encontrar. Invierte tanto tiempo y dinero...

—Cuentan historias. —Tom logró sonreír mientras hablaba—. Ya sabe, madame, historias de tesoros hundidos, monedas de oro, cofres de joyas...

—Él solo saca esqueletos de gatos y perros, ¿sabe, *m'sieur Tome?* Los deja en la orilla, los tira por ahí, de cualquier manera, él o su amigo... Es molesto para la gente que vive cerca, la gente que pasea...

Tom no quería oírlo, pero hizo un esfuerzo y la escuchó. Luego giró a la derecha, hacia las puertas abiertas de Belle Ombre.

—No puede ser feliz aquí. No es un hombre feliz —dijo Tom con una rápida mirada a madame Annette—. No puedo creer que se quede mucho tiempo. —La voz de Tom era suave, pero el pulso le iba un poco más deprisa. Detestaba a Pritchard, y pensó que aquello no era nada nuevo para él. Pero en presencia de madame Annette, no podía maldecirlo en voz alta o ni siquiera entre dientes y eso le ponía nervioso.

En la cocina, sacaron la mantequilla, el hermoso brócoli, la lechuga, tres tipos de queso, un café delicioso, una buena pieza de buey para asar y, por supuesto, las dos langostas vivas, de las que madame Annette tendría que ocuparse más tarde, pues Tom no quería hacerlo. Tom sabía que para madame Annette no merecían apenas mayor preocupación que si hubieran sido judías verdes para cocer en agua hirviendo, pero él se imaginaba que las oiría chillar y gemir mientras se hervían hasta morir. Era tan deprimente como algo que había leído sobre cocinar langostas en el microondas. Decía que después de encender el horno, había que salir de la cocina, rápidamente, para no tener que oír, y posiblemente contemplar, el golpeteo de las garras contra la puerta de cristal del horno hasta que las langostas murieran. Tom se imaginó que había gente que podía continuar pelando patatas mientras las langostas se achicharraban ¿durante cuántos segundos? Intentaba creer que madame Annette no era de ese tipo. En cualquier caso, ellos no tenían microondas. Ni madame Annette ni Heloise habían demostrado interés en comprar uno, y si alguna de las dos lo demostraba, Tom tenía munición para contraatacar. Había leído que las patatas horneadas en el microondas quedaban como si estuvieran hervidas y no como las hechas al horno. Y aquel era un tema que Heloise, madame Annette y Tom se tomaban muy en serio. Y respecto a la cocina, madame Annette nunca iba con prisas.

–*M'sieur Tome!* –exclamó madame Annette desde la terraza de detrás de la casa.

Tom oyó el gritó de madame Annette. Estaba en el invernadero, y había dejado la puerta abierta precisamente por si ella lo llamaba.

–¿Sí?

–*Téléphone!*

Corrió hacia la casa, esperando que fuese Ed, y pensando que quizá fuera Heloise. En dos zancadas ya había subido los escalones de la terraza.

Era Ed Banbury.

–Mañana a mediodía parece buen momento, Tom. Para ser más preciso... ¿Tienes un lápiz?

–Sí, claro. –Tom apuntó. Llegada a Roissy a las 11.25, British Airways, vuelo 212–. Allí estaré, Ed.

–Eso estaría bien... si no es demasiado problema.

–No, qué va. Un paseo agradable..., me vendrá bien. ¿Has sabido algo nuevo de Cynthia? ¿O de alguien más?

–Nada. ¿Y por ahí?

–Él sigue pescando. Ya lo verás. Ah, otra cosa, Ed. ¿Cuál es el precio del dibujo *La paloma*?

–Para ti diez mil, no quince. –Ed soltó una risa ahogada. Se despidieron animosamente.

Tom empezó a pensar en un marco para el dibujo de la paloma: la madera tenía que ser clara, podría ser delgado o grueso, pero de un tono cálido, como el amarillento papel del dibujo. Fue a la cocina a darle a madame Annette la buena noticia: su huésped llegaría a tiempo para la comida del mediodía siguiente. Le recomendó que preparara algo ligero, dada la cálida temperatura reinante.

Luego salió y acabó sus tareas en el invernadero, que remató con un barrido. También limpió el polvo de las sesgadas ventanas con un cepillo suave del suelo. Tom quería que su casa tuviera el mejor aspecto posible para la llegada de su viejo amigo Ed.

Aquella noche, Tom vio el vídeo de *Con faldas y a lo loco*. Era justo lo que necesitaba, relajación frívola, incluida la demencia de las sonrisas forzadas del coro masculino.

Antes de acostarse fue a su estudio e hizo algunos esbozos en la mesa de dibujo. Dibujó con gruesos trazos negros la cara de Ed Banbury tal como la recordaba. Podía preguntarle a Ed si quería posar durante cinco o diez minutos para unos apuntes preliminares. Sería interesante hacer un retrato del rubio Ed, tan inglés, con el nacimiento del pelo ya clareándole, los ojos corteses pero burlones, los labios finos, dispuestos a sonreír o a apretarse en un instante.

19

Tom se levantó más temprano que de costumbre, como hacía siempre que tenía compromisos en perspectiva. A las seis y media ya se había afeitado, se había puesto unos Levi's y una camisa, y estaba abajo, en la sala, dirigiéndose deliberadamente despacio hacia la cocina, para hervir un poco de agua. Madame Annette no solía levantarse hasta las siete y cuarto o siete y media. Tom se llevó a la sala una bandeja con la taza y el platillo. El café aún no había salido, así que se dirigió a la puerta principal, pensando en abrirla para que entrase el aire fresco de la mañana, mirar en el garaje y decidir qué coche llevarse a Roissy, el Mercedes rojo o el Renault.

A sus pies, un largo bulto gris le hizo dar un salto hacia atrás. Yacía atravesado en la entrada, y Tom comprendió, instantáneamente y con horror, lo que era.

Se dio cuenta de que Pritchard lo había envuelto en un «nuevo» trozo de lona gris, que a Tom le pareció la misma que Pritchard utilizaba para cubrir su barca, y lo había atado con cuerdas. Pritchard también había rasgado la lona en diversos puntos con tijeras... ¿por qué? ¿Para coger el bulto con las manos? Pritchard había tenido que transportar aquello hasta allí, y tal vez solo. Tom se inclinó y levantó un colgajo de la nueva lona, por curiosidad, y enseguida vio debajo la vieja lona, raída y deteriorada, y la blancura grisácea de los huesos.

Las grandes puertas de Belle Ombre estaban aún cerradas y acerrojadas desde dentro. Pritchard debía de haber ido en coche hasta el camino que llegaba al jardín de Tom. Debía de haber parado el coche y arrastrado o cargado con el bulto por la hierba, y luego habría recorrido los diez metros de grava que había aproximadamente hasta la puerta principal. La grava habría hecho ruido, por supuesto, pero tanto madame Annette como Tom dormían en la parte posterior de la casa.

A Tom le pareció oler algo desagradable, pero quizá era solo un olor a humedad, a suciedad..., o imaginaciones suyas.

De momento, la camioneta era una buena idea y, gracias a Dios, madame Annette no estaba aún despierta. Tom volvió al recibidor, cogió su llavero de la mesa, salió corriendo y abrió la portezuela de atrás. Luego asió firmemente el bulto pasando ambas manos por debajo de dos cuerdas y lo levantó, esperando levantar un peso mucho mayor.

Aquel maldito fardo no pesaría más de quince kilos, pensó, y parte del peso era agua. El bulto goteaba un poco. Tom lo notó mientras se bamboleaba con él hacia la camioneta. En el umbral de la puerta se había quedado paralizado por la sorpresa durante varios segundos. ¡No debía dejar que le volviera a pasar algo así! Mientras echaba la carga al suelo de la camioneta, se dio cuenta de que no podía distinguir la cabeza de los pies. Desde el asiento del conductor tiró de un extremo de la cuerda, para poder cerrar la puerta.

No había ni gota de sangre. Absurda idea, pensó enseguida. Era lógico pensar que si los huesos se habían quedado hundidos en el fondo era porque no quedaba carne. Las piedras que había metido con la ayuda de Bernard Tufts también debían de haberse caído hacía tiempo.

Cerró la puerta trasera de la camioneta y luego la portezuela del lado. La camioneta estaba fuera del garaje, que solo tenía dos plazas. ¿Qué debía hacer ahora? Volver a su café y decirle «*bonjour*» a madame Annette. Y, entretanto, pensar. O trazar un plan.

Volvió a la puerta principal donde, para su disgusto, descubrió que había gotas de agua bastante visibles, en la entrada y el felpudo, pero enseguida pensó que los rayos del sol las harían desaparecer muy pronto, antes de las nueve y media, que era la hora en que madame Annette solía salir a comprar. Además, la mayoría de las veces, ella salía y entraba por la puerta de la cocina. Una vez dentro de la casa, Tom se dirigió al lavabo y se lavó las manos. Vio que tenía un poco de arena húmeda en el muslo derecho y se la limpió lo mejor que pudo.

¿Cuándo había encontrado Pritchard aquel tesoro? Probablemente a media tarde del día anterior, aunque también podía haber sido por la mañana. Tom se imaginaba que habría guardado su hallazgo escondido en la barca. ¿Se lo habría dicho a Janice? Seguro, ¿por qué no? Janice no solía hacer ningún tipo de juicios sobre lo que estaba bien y lo que estaba mal, en pro o en contra de nada, y aún menos de su marido. Por algo seguía con él. No era solo eso, se corrigió Tom mentalmente: Janice estaba tan chiflada como David.

Entró en la sala, y al ver a madame Annette añadiéndole tostadas, mantequilla y mermelada a su desayuno en la mesita de té adoptó una expresión animada.

–*Bonjour, madame!* –le dijo, y añadió–: Muy amable, gracias.

–*Bonjour, m'sieur Tome.* Se ha levantado temprano.

–Como siempre que viene un invitado, ¿no? –Tom mordió su tostada.

Estaba pensando que tenía que poner algo para tapar el bulto, periódicos o lo que fuera, de forma que si alguien miraba por la ventanilla del coche, no pudiera ver lo que era.

¿Habría despedido ya Pritchard a Teddy?, se preguntó. ¿O se habría despedido el propio Teddy, asustado de convertirse en cómplice de algo que no tenía nada que ver con él?

¿Qué esperaba Pritchard que hiciera él con el saco de huesos? ¿Llegaría David Pritchard con la policía en cualquier momento, diciendo: «Miren, este es el cadáver de Murchison»?

Tom se levantó, con la taza de café en la mano y el ceño fruncido. El cuerpo podía volver perfectamente al fondo del canal, pensó, y Pritchard podía irse al infierno. Por supuesto, Teddy podía atestiguar que Pritchard y él habían encontrado algo, algún *cadáver,* pero ¿qué prueba tenían de que fuera el de Murchison?

Miró su reloj. Faltaban siete minutos para las ocho. Pensó que para recoger a Ed Banbury debía salir de la casa a las diez menos diez, como muy tarde. Se humedeció los labios y encendió un cigarrillo. Andaba despacio por la sala, dispuesto a pararse y a disimular si reaparecía madame Annette. Recordó que había decidido dejarle a Murchison los dos anillos que llevaba puestos. ¿Dientes, marcas dentales? ¿Habría llegado Pritchard tan lejos en Estados Unidos como para conseguir copias de los documentos de la policía, quizá a través de mistress Murchison? Tom se dio cuenta de que se estaba torturando porque en aquel momento, con madame Annette en la cocina –que tenía ventana–, no podía salir fuera y echar una ojeada a lo que tenía en la camioneta. El coche estaba paralelo a la ventana de la cocina, y si ella se asomaba a mirar quizá pudiera ver parte del bulto envuelto en lona. Pero ¿por qué iba a mirar? Y, por otra parte, el cartero tenía que llegar a las nueve y media.

Simplemente, llevaría la camioneta al garaje y echaría un vistazo de inmediato. Mientras acababa de fumarse tranquilamente el cigarrillo, cogió su navaja suiza de la mesa del recibidor y se la metió en el bolsillo. Después cogió un puñado de periódicos viejos, doblados, de la papelera que había cerca de la chimenea.

Sacó del garaje el Mercedes rojo dejándolo preparado para ir a buscar a Ed Banbury, y condujo la camioneta al sitio donde antes estaba el Mercedes. A veces, Tom usaba un pequeño aspirador con batería eléctrica que tenía en el garaje, así que en aquel momento madame Annette podía pensar que estaba limpiando o algo parecido. Las puertas del garaje hacían ángulo recto con la ventana de la cocina, pero Tom cerró la puerta del lado donde estaba la camioneta, y dejó la otra abierta, junto a la que estaba el Renault marrón. Encendió una lámpara con pantalla de rejilla metálica que había en la pared de la derecha.

Otra vez subió al liso suelo de la camioneta y se obligó a comprobar la situación de los pies y la cabeza del objeto envuelto. No fue fácil, y cuando empezaba a pensar que el cuerpo era demasiado corto para ser el de Murchison, comprendió de pronto que no tenía cabeza. La cabeza se había caído, separada del tronco. Tom hizo un esfuerzo para tantear los pies, los hombros...

No había cabeza. Era una noticia reconfortante, pues significaba que no había dientes, ni características del hueso de la nariz u otros posibles signos de identificación. Se levantó y abrió las ventanillas de delante. Se olía un extraño olor a moho que emanaba del fardo envuelto en lona, no era un olor de muerte sino de algo muy húmedo. Se dio cuenta de que tendría que echar un vistazo a las manos para ver los anillos. *No había cabeza.* ¿Y dónde estaría? Rodando por la corriente, en alguna parte, se imaginó Tom. ¿Volviendo al mismo punto, quizá? No, en un río no.

Intentó sentarse en una caja de herramientas, pero quedaba demasiado baja, y acabó apoyándose contra el guardabarros delantero con la cabeza gacha. Estaba a punto de desmayarse. ¿Podía arriesgarse a esperar a que Ed estuviera allí para darle apoyo moral? Se enfrentó al hecho de que no podía seguir examinando el cadáver. Si venían diría que...

Se enderezó y tuvo que hacer un esfuerzo para pensar. En el caso de que Pritchard volviera con la policía, diría que había tenido que coger aquel repugnante saco de huesos –*había visto* algunos huesos y se había dado cuenta de lo que eran– y quitarlos de la vista de su ama de llaves por una cuestión de decencia. Y que le habían producido tales náuseas que aún no había podido llamar a la policía.

De todas formas, sería muy desagradable si llegaba la policía (convocada por Pritchard) mientras él estaba fuera de la casa, recogiendo a Ed Banbury en el aeropuerto de Roissy. Madame Annette tendría que tratar con ellos, la policía buscaría el cadáver del que les hablaba Pritchard, y no tardarían mucho en encontrarlo. Menos de una hora, calculaba Tom. Se inclinó y se humedeció la cara con un aspersor que había en un extremo del jardín.

Ya se sentía mejor, aunque se daba cuenta de que estaba esperando la presencia de Ed para darse ánimos.

¿Y si era el cadáver de otro y no el de Murchison? Era curioso, las cosas que le podían pasar a uno por la cabeza. Luego recordó que la lona oscura le resultaba demasiado familiar y demasiado parecida a la que Bernard y él habían utilizado aquella noche.

¿Y si Pritchard seguía pescando en busca de la cabeza, en los alrededores de donde había encontrado el cuerpo? ¿Qué diría la gente de Voisy? ¿Habría visto algo alguien de por allí? Tom pensó que había un cincuenta por ciento de posibilidades de que sí. A menudo había alguien dando un paseo por la orilla del río, sobre el puente, donde la vista era más bonita. Desgraciadamente, el objeto rescatado tenía el aspecto de ser un cuerpo humano. Era evidente que las dos (¿o eran tres?) cuerdas que Bernard y él utilizaron habían durado pues, si no, la lona habría desaparecido.

Tom pensó en trabajar media hora en el jardín para relajar sus nervios, pero no se sentía con ganas. Madame Annette estaba a punto de irse a sus compras matinales. Solo quedaba media hora antes de salir a buscar a Ed.

Subió al piso de arriba y se dio una ducha rápida, aunque ya se había duchado antes, y volvió a cambiarse de ropa.

Cuando bajó, la casa estaba silenciosa. Decidió que si sonaba el teléfono no lo cogería, aunque pudiera ser Heloise. Odiaba la idea de tener que estar casi dos horas fuera de casa. Su reloj marcaba las diez menos cinco. Se acercó al carrito-bar, escogió el vaso más pequeño y se sirvió un minúsculo Rémy Martin, lo paladeó y se acercó el vaso a la nariz para aspirar su aroma. Después lavó y secó el vaso en la cocina y lo devolvió al carrito-bar. Cartera, llaves, todo preparado.

Salió y cerró la puerta principal. Annette le había abierto concienzudamente las puertas de hierro del jardín. Al salir en dirección norte Tom también las dejó totalmente abiertas. Conducía a una velocidad media, normal. La verdad era que tenía mucho tiempo, aunque uno nunca sabía cómo iba a encontrar *le périphérique*.

Salida en Pont La Chapelle, dirección norte, hacia el grande y deprimente aeropuerto que a Tom seguía sin gustarle. Heathrow era igual de grande, y resultaba difícil calcular la extensión de aquel espacio irregular, hasta que a uno le tocaba andar durante un kilómetro con su equipaje a cuestas. Pero Roissy, en su arrogante incomodidad, estaba concebido de forma simple: un espacio circular, un edificio principal circular, y un conjunto de carreteras rodeándolo. Aunque todas las carreteras estaban señalizadas, si uno se perdía la primera señal, ya era demasiado tarde para dar la vuelta.

Tom dejó el coche en un aparcamiento al aire libre. Llegaba al menos quince minutos antes de tiempo.

Finalmente llegó Ed, con aspecto afable, camisa blanca con el cuello abierto y una especie de mochila colgándole de un hombro. Llevaba un maletín en la mano.

–¡*Ed!* –Ed no le había visto. Tom agitó la mano.

–¡Hola, Tom!

Se estrecharon la mano calurosamente, a punto de abrazarse pero sin llegar a hacerlo.

–Tengo el coche relativamente cerca –dijo Tom. Ed llevaba la gabardina al hombro–. Cojamos ese autobús hasta allí... ¿Y qué tal va todo en Londres?

Todo iba bien, dijo Ed. No le había sido difícil marcharse y su viaje no había representado un problema para nadie.

–¿Y aquí? ¿Alguna noticia?

De pie en el pequeño autobús amarillo, Tom dio un respingo y arrugó la nariz.

–Bueno... Alguna cosilla. Luego te lo contaré, aquí no.

Una vez en el coche, Ed le preguntó qué tal le iba a Heloise en Marruecos. Tom le preguntó si había estado alguna vez en su casa de Villeperce, y Ed le dijo que no.

–¡Es curioso! –dijo Tom–. Increíble, ¿no?

–Pero ha ido muy bien así –contestó Ed, dedicándole una amistosa sonrisa–. Una relación de negocios, ¿no?

Ed se rió, como por lo absurdo de su afirmación, porque, en cierto modo, su relación era tan profunda como una amistad, aunque distinta. Una traición por parte de cualquiera de ellos podía llevar al otro a la desgracia, a la ruina, quizá a la cárcel.

–Sí –concedió Tom–. Por cierto, ¿qué iba a hacer Jeff este fin de semana?

–Hum... No lo sé muy bien. –Ed parecía disfrutar de la brisa veraniega que entraba por su ventanilla–. Le llamé anoche y le dije que venía a verte. También le dije que podías necesitarle. No está de más anticiparse, Tom.

–No –concedió Tom–. No está de más.

–¿Crees que le necesitaremos?

Tom frunció el ceño entre la congestión de tráfico del *périphérique*. Empezaban las salidas del fin de semana, y en dirección sur aún habría más coches. Tom le daba mil vueltas en la cabeza a la cuestión de si hablarle a Ed del cadáver antes o después de comer.

–La verdad es que aún no lo sé.

–¡Qué campos tan bonitos hay aquí! –dijo Ed mientras se alejaban de la región situada al este de Fontainebleau–. Más grandes que en Inglaterra, por lo que parece.

Tom no dijo nada, aunque estaba complacido. Algunos de sus invitados no hacían ningún comentario, como si se quedaran deslumbrados o absortos al mirar por la ventanilla. Ed se mostró igual de apreciativo con Belle Ombre, admiró las impresionantes puertas, y Tom le comentó, riéndose, que no eran a prueba de bala. Al ver la fachada, Ed elogió el equilibrado diseño que tenía la casa.

–Y ahora... –Tom aparcó el Mercedes cerca de la puerta principal, con el morro hacia la casa–. Tengo que decirte algo muy desagradable. No lo he sabido hasta esta mañana, antes de las ocho...

–¿De qué se trata? –le dijo Ed, frunciendo el ceño. Tenía el equipaje en la mano.

–Ahí, en el garaje... –Tom bajó la voz y dio un paso hacia Ed–. Esta mañana, Pritchard ha dejado el cadáver en la entrada de casa. El cadáver de Murchison.

Ed frunció aún más el ceño.

—El cadáver... ¡No puede ser!

—Es una bolsa de huesos —dijo Tom, casi en un susurro. Mi ama de llaves no sabe nada, y es mejor así. Lo tengo en la parte trasera de la camioneta, ahí... No pesa mucho. Tenemos que hacer algo.

—Evidentemente. —Ed también hablaba en voz baja—. ¿Te refieres a llevarlo a algún bosque y dejarlo allí?

—No sé. Hay que pensarlo... Se me ha ocurrido... que era mejor decírtelo ahora.

—¿Ha sido aquí en la entrada?

—Justo ahí. —Tom se lo indicó con la barbilla—. Supongo que lo ha traído cuando aún estaba oscuro. Yo no he oído nada desde donde duermo. Madame Annette tampoco ha oído nada. Lo he encontrado esta mañana, hacia las siete. Ha debido de venir por ese lado... Tal vez con su ayudante, Teddy, aunque él solo podía llevarlo sin problemas desde el camino. Es difícil ver el camino desde aquí, pero puedes llegar en coche hasta muy cerca, dejarlo y entrar andando en mi propiedad. —Mientras Tom miraba en aquella dirección, le pareció ver una leve depresión en la hierba, un camino que podía haber hecho una persona al pasar por allí, porque los huesos no pesaban tanto como para arrastrarlos.

—Teddy —dijo Ed, pensativo y mirando hacia la puerta de la casa.

—Sí. Lo supe por la mujer de Pritchard, creo que ya te lo dije. Me pregunto si Teddy sigue contratado o si Pritchard considera que el trabajo ya está hecho. Bueno..., entremos. Tomemos una copa e intentemos disfrutar de la buena comida.

Tom utilizó la llave del llavero que llevaba aún en la mano. Madame Annette, ocupada en la cocina, quizá les había visto, pero seguramente había pensado que querrían hablar un momento a solas.

—¡Qué bonito! De verdad, Tom —dijo Ed—. La sala es preciosa.

258

—¿Quieres dejar aquí tu gabardina?

Madame Annette entró y Tom les presentó. Ella, naturalmente, quería llevar la maleta de Ed arriba. Ed protestó, sonriendo.

—Es un ritual —murmuró Tom—. Ven, te enseñaré tu habitación.

Y así lo hicieron. Madame Annette había puesto una rosa color melocotón en el tocador, y quedaba muy bien en su jarrón, estrecho. A Ed la habitación le pareció espléndida. Tom le enseñó el baño contiguo, le dijo que se pusiera cómodo y que bajara pronto para tomar un aperitivo.

Pasaban unos minutos de la una.

—¿Ha llamado alguien por teléfono? —le preguntó Tom.

—No, y estoy en casa desde las diez y cuarto.

—Muy bien —dijo Tom con calma, pensando que era buena señal. ¿Le habría contado Pritchard a su mujer lo de su hallazgo y su éxito? ¿Cuál habría sido la reacción de ella, aparte de una risita tonta?, se preguntó Tom.

Se acercó a su colección de cedés, y dudó entre una obra para cuerda de Scarlatti —bonita, pero quizá demasiado romántica—, y el Opus 39 de Brahms, y escogió este último, que era una serie de brillantes valses tocados al piano. Eso era lo que necesitaban Ed y él, y esperaba que a Ed también le gustara. Puso el volumen no demasiado alto.

Se preparó un gin-tonic, y cuando acabó de pelar el limón y tiró la cáscara, su amigo ya estaba abajo.

Ed dijo que tomaría lo mismo.

Tom le preparó la bebida, luego fue a la cocina a pedirle a madame Annette que, por favor, esperase aún otros cinco minutos para servir la comida.

Ed y Tom levantaron sus vasos e intercambiaron una mirada en silencio, por Brahms. Tom notó enseguida el efecto de su bebida, pero también sintió que Brahms le hacía circular la sangre más deprisa. Una rápida y emocionante idea musical seguía a la otra, como si el gran compositor quisiera hacer una deliberada exhibición. Y con su talento, ¿por qué no?

Ed se acercó a las puertas acristaladas que daban a la terraza.

–¡Qué bonito clavicémbalo! ¡Y la vista, Tom! ¿Todo lo que se ve es tuyo?

–No, solo hasta el seto. Detrás hay un bosque que, en cierta manera, es de todo el mundo.

–Y... me encanta esta música.

–Me alegro –sonrió Tom.

Ed volvió al centro de la habitación. Se había cambiado de camisa y se había puesto una azul.

–¿Pritchard vive muy cerca? –preguntó con calma.

–Como a un kilómetro y medio... hacia allí. –Tom señaló por encima de su hombro izquierdo–. Por cierto, mi ama de llaves no entiende el inglés..., por lo menos, eso creo –añadió con una sonrisa–. O prefiero creerlo.

–Ya... Es mejor así.

–Sí. A veces, sí.

Comieron jamón frito, queso artesanal con perejil, la ensalada casera de patatas de madame Annette, aceitunas negras, y una buena botella de Graves, helado. Y para acabar, un sorbete. Aunque por fuera se le veía animado, Tom estaba ya pensando en el trabajo que tenían que hacer, y sabía que Ed también. Ninguno de los dos quiso café.

–Voy a ponerme unos Levi's –dijo Tom–. ¿Tú vas bien así? Te lo digo porque tendremos que arrodillarnos en la parte de atrás de la camioneta.

Ed ya llevaba vaqueros.

Tom subió deprisa y se cambió. Cuando bajó, volvió a coger su navaja suiza del hall, y le hizo un gesto a Ed. Salieron por la puerta principal. Tom evitó mirar hacia la ventana de la cocina, pensando que cuanto menos atrajera la atención de madame Annette mejor.

Pasaron junto al Renault marrón por la puerta abierta del garaje.

—No está muy mal —dijo Tom, lo más animosamente que pudo, cuando llegaron a la camioneta—. La cabeza no está. Lo que busco ahora...

—¿No está?

—Probablemente se cayó y se fue rodando, ¿no crees? Al cabo de tres o cuatro años... El cartílago se deshace...

—¿Rodando adónde?

—Todo esto estaba debajo del agua, Ed. En el río Loing. No creo que haya contracorrientes, como en un canal, pero hay corrientes. Me gustaría mirar si están los anillos. Tenía dos, según recuerdo, y yo... se los dejé puestos. Bueno, ¿preparado y en forma?

Tom vio que Ed intentaba parecer en forma mientras asentía. Abrió la puerta lateral. Ahora podían ver la mayor parte del bulto envuelto en la lona gris oscuro, en la que Tom distinguió dos cuerdas, una a la altura de la cintura, y otra al nivel de las rodillas. Lo que Tom pensaba que eran los hombros estaba hacia la puerta delantera del coche.

—Creo que los hombros están por aquí —dijo Tom con un gesto—. Perdóname. —Tom entró primero, gateó hasta situarse al otro lado del cuerpo, para dejarle sitio a Ed, y sacó su navaja suiza. Voy a mirar las manos. —Empezó a cortar la cuerda, que, con su pequeña navaja, iba a resultar una tarea bastante lenta.

Ed puso una mano bajo el extremo del saco, donde acababan los pies, e intentó levantarlo.

—¡No pesa nada!

—Ya te lo he dicho.

Arrodillado en el suelo de la camioneta, Tom atacó la cuerda desde abajo, cortando hacia arriba con la pequeña hoja de su navaja. Lo consiguió. Soltó la cuerda, abrió un poco la lona y se movió, porque estaba al nivel del abdomen del cadáver. Seguía notándose solo un olor a humedad, y no era un olor como para ponerse enfermo, a menos que pensaran en ello. Tom distinguió algunos pedazos de carne que todavía estaban pegados a la columna vertebral, pálidos y flácidos. El abdomen era solo un hueco. *Las manos,* recordó Tom para sí.

Ed estaba observando muy de cerca, y había murmurado algo, quizá una exclamación.

—Las manos —dijo Tom—. Bueno..., ya ves por qué no pesa.

—¡Nunca había visto nada *igual!*

—Y espero que no lo veas nunca más. —Tom retiró del todo la tela que había puesto Pritchard, y luego la raída lona beige, que parecía a punto de caerse a trozos por todas partes, como las cintas descompuestas que hubieran envuelto a una momia.

Los huesos de las manos y las muñecas parecían casi separados de los dos huesos del antebrazo, pensó Tom, pero de hecho no lo estaban. En la mano derecha Tom vio enseguida el grueso anillo de oro con una piedra púrpura, y recordó haber pensado que parecía un anillo valioso. Lo retiró cuidadosamente del dedo meñique. Afortunadamente salió con facilidad porque él no quería romper los delicados huesos de aquel dedo. Lo frotó con el pulgar para limpiarlo, y luego se lo metió en un bolsillo delantero de sus Levi's.

—¿No habías dicho dos anillos?

—Eso es lo que yo recordaba, sí. —El brazo izquierdo no estaba doblado sino que se extendía paralelo a un lado del cadáver. Tom abrió más la lona, luego se volvió y bajó la ventanilla que había detrás de él—. ¿Estás bien, Ed?

—Claro. —Pero Ed parecía pálido.

—Será cosa de un momento. —Tom alcanzó la mano y vio que no tenía ningún anillo. Buscó bajo los huesos para ver si se había caído. Buscó incluso en la lona de Pritchard—. Creo que era el anillo de boda —dijo—. No está. Quizá se le haya caído.

—Parece bastante lógico que se le cayera —contestó Ed, aclarándose la garganta.

Tom vio que Ed luchaba consigo mismo, que hubiera preferido no mirar. Una vez más, tanteó de nuevo bajo el fémur y los huesos pélvicos. Notó migajas, blandas y no tan blandas, pero nada parecido a un anillo. Se sentó otra vez. ¿Debía quitarle del todo ambas envolturas? Sí.

–Tengo que buscarlo ahora que está aquí. Mira, si madame Annette nos llama, tú sales y le dices que estamos aquí en el garaje, y yo estaré allí en un minuto. No sé si sabe que estamos aquí o no. Si pregunta (no lo preguntará, pero bueno) qué estamos haciendo, le diré que estamos limpiando algo.

Luego Tom hizo un esfuerzo y se puso manos a la obra, cortó la segunda cuerda con la navaja –tenía un nudo muy fuerte–, deseando tener su cuchillo de podar, que guardaba en el invernadero. Levantó los huesos del tobillo y la espinilla, miró y tanteó, de arriba abajo. Todo fue en vano. Advirtió que faltaba el hueso del dedo pequeño del pie izquierdo, y también un par de falanges de los dedos de las manos. Pero pensó que el anillo que había encontrado era una prueba de que el cuerpo era de Murchison.

–No lo encuentro –dijo–. Ahora... –Dudaba si poner piedras. ¿Debía coger algunas y tirar los huesos al agua como ya había hecho con Bernard? ¿Qué iba a hacer con ellos si no?–. Creo que lo voy a atar otra vez. Al menos parecerán unos esquís, ¿no?

–Y ese bastardo de Pritchard, ¿no llamará a la policía, Tom? Imagínate que la policía viene aquí.

Tom jadeó.

–¡Sí, podría ser! ¡Pero estamos tratando con locos, Ed! Son imprevisibles.

–Pero ¿y si viene la policía?

–Bueno... –Tom sintió que le subía la adrenalina–. Les diré que esos huesos están en el coche porque quería quitarlos de la vista de mi invitado, y que pensaba entregárselos a la policía tan pronto como me recobrara de la impresión de haberlos encontrado. Y además... ¡el que avise a la policía es el culpable!

–¿Crees que Pritchard sabe lo del anillo? ¿Que puede habérselo quedado?

–Lo dudo. Dudo que buscara ningún anillo. –Tom empezó a atar la parte inferior del cadáver.

–Te ayudaré con la parte de arriba –dijo Ed, cogiendo la cuerda que Tom había dejado a un lado.

Tom se lo agradeció.

–Creo que esta cuerda solo nos llegará para dar dos vueltas en vez de tres. –Pritchard había arrollado tres veces la cuerda nueva.

–Pero... al final, ¿qué vamos a hacer con él? –preguntó Ed.

Tirarlo a algún canal, pensó Tom, en cuyo caso tendrían que desatar las cuerdas otra vez –o al menos él tendría que hacerlo– para poner unas piedras en la lona de Pritchard. O tirar el maldito paquete en el pequeño estanque de Pritchard. De pronto, Tom se echó a reír.

–Estaba pensando que podríamos devolvérselo a Pritchard. Tiene un estanque en su jardín.

Ed soltó una breve carcajada, incrédulo. Los dos estaban tirando de los nudos finales para asegurar las cuerdas.

–Tengo más cuerda en el sótano, gracias a Dios –dijo Tom–. Buen trabajo, Ed. Ahora sabemos lo que tenemos aquí, ¿no? Un cadáver de un hombre sin cabeza, yo diría que muy difícil de identificar, porque las huellas dactilares desaparecieron hace tiempo junto con la piel, y la cabeza no está.

Ed forzó una carcajada que sonó enfermiza.

–Salgamos de aquí –dijo Tom enseguida. Ed bajó al suelo del garaje y Tom se deslizó tras él. Luego miró el trecho de carretera que había frente a Belle Ombre, hasta donde alcanzaba su vista. No podía creer que Pritchard no sintiera la suficiente curiosidad como para estar merodeando y esperaba verle en cualquier momento. Pero no quería decírselo a Ed.

–Muchas gracias, Ed. ¡No hubiera podido hacerlo sin ti! –Tom le dio una palmadita en el brazo.

—¿Lo dices en broma? —Ed intentó sonreír.

—No. Esta mañana me he quedado paralizado, ya te lo he dicho. —Tom quería buscar otra cuerda y ponerla a mano, en el garaje, pero observó que Ed seguía muy pálido—. ¿Quieres dar una vuelta por el jardín de atrás? ¿Salir al sol?

Tom apagó la luz interior del garaje. Caminaron por allí, pasando por el lado de la cocina —madame Annette debía de haber terminado allí, y ya estaría en su habitación—, y por el jardín de detrás de la casa. Los rayos del sol caían cálidos y brillantes sobre sus cabezas. Tom le habló a Ed de sus dalias. Pensaba cortar un par con su navaja, que llevaba en el bolsillo. Pero como estaban cerca del invernadero, Tom entró y cogió el segundo par de tijeras, que siempre estaban allí.

—¿No cierras por la noche? —le preguntó Ed.

—Generalmente no. Ya sé que debería hacerlo. La mayoría de gente de aquí cerraría. —Tom se descubrió mirando al camino lateral, sin asfaltar, buscando un coche o a Pritchard. Después de todo, Pritchard había traído su paquete por aquel camino. Luego cortó tres dalias azules.

Entraron en la sala por la puerta de cristal.

—¿Una copita de buen coñac? —sugirió Tom.

—Francamente, me gustaría echarme unos minutos.

—Nada más fácil. —Tom sirvió un poco de Rémy Martin y se lo tendió a Ed en una copa ancha—. Pero insisto en que te tomes esto. Es un buen reconfortante. No te hará ningún daño.

—Hum —sonrió Ed, y se lo bebió—. Gracias.

Tom subió con Ed, cogió una toalla de manos del cuarto de baño de invitados, y la humedeció con agua fría. Le dijo a Ed que se echara con la toalla doblada sobre la frente, y si dormía un rato, mejor.

Tom bajó y cogió de la cocina un jarrón adecuado para las dalias y lo puso sobre la mesita de té. El lujoso mechero Dunhill de jade de Heloise estaba en la mesita. Había sido muy sensato por su parte no llevárselo. Pero se preguntó cuándo estaría ella allí para utilizarlo.

Abrió la puerta del pequeño cuartito que él llamaba el lavabo de abajo, abrió la otra puerta, más pequeña, y encendió la luz. Bajó las escaleras que llevaban a la bodega y a los marcos de cuadros sin utilizar que se apoyaban contra la pared, y se dirigió a la vieja librería que ahora servía como despensa de agua mineral, leche, botellas de refrescos, patatas y cebollas. Una cuerda. Tom buscó por los rincones y, finalmente, encontró lo que buscaba. Tiró de la cuerda y volvió a enrollarla. Tenía casi cinco metros. Con ella podría dar varias vueltas al cadáver, incluso poner piedras en la lona.

Subió las escaleras y salió de la casa por la entrada principal, cerrando todas las puertas tras de sí.

¿Era aquel el coche de Pritchard? ¿Uno blanco que se deslizaba despacio hacia Belle Ombre desde la izquierda? Tom se dirigió al garaje y tiró la cuerda a un rincón, cerca de la rueda izquierda del Renault.

Era Pritchard. Había detenido el coche a la derecha de las puertas de la verja y estaba de pie con una cámara a la altura de los ojos.

Tom avanzó hasta él.

—¿Qué encuentra tan fascinante en mi casa, Pritchard?

—¡Oh, muchas cosas! ¿Ha venido ya la policía?

—No. ¿Por qué? —Tom esperó, con las manos en las caderas.

—No haga preguntas tontas, míster Ripley. —Pritchard se volvió y se dirigió a su coche, volviendo la cabeza una vez, con una débil y estúpida sonrisa.

Tom se quedó de pie donde estaba, hasta que el coche de Pritchard se fue. Quizá él hubiera salido en la fotografía, pensó, pero ¿y qué? Tom escupió sobre la grava en dirección a Pritchard, se dio la vuelta y se dirigió otra vez a la puerta principal.

¿Se habría guardado Pritchard la cabeza de Murchison?, se preguntó. ¿Como una garantía de su victoria?

20

Cuando Tom entró en la casa, madame Annette estaba en la sala.

—Ah, *m'sieur Tome*. No sabía dónde estaba... antes. Hace una hora más o menos ha llamado la policía. Del *commissariat* de Nemours. Pensaba que quizá habría salido a dar una vuelta con el otro caballero.

—¿Qué querían?

—Han preguntado si había sucedido algo raro durante la noche. Les he dicho que no, pero...

—¿Algo raro como qué? —preguntó Tom frunciendo el ceño.

—Ruido... Algún ruido. Un coche. Incluso me han preguntado a mí, y yo les he dicho: «*Non, m'sieur, absolument pas de bruit.*»

—Yo hubiera dicho lo mismo... Muy bien, madame. ¿Y no han dicho por qué teníamos que haber oído ruidos?

—*Sí,* han dicho que alguien había informado que había traído un paquete grande. Alguien con acento americano... Un paquete que podía interesar a la policía.

Tom se echó a reír.

—¡Un paquete! Debe de ser una broma. —Tom buscó sus cigarrillos pero no los encontró, al final cogió uno de la caja de la mesita de té y utilizó el mechero de Heloise—. ¿Volverán a llamar?

Madame Annette dejó de frotar la ya brillante mesa del comedor.

—No lo sé seguro, *m'sieur.*

—¿No dijeron quién era el americano?

—*Non, m'sieur.*

–Quizá debería llamarles –dijo Tom, como para sí, y pensó que en realidad debía impedir una posible visita de la policía. También se dio cuenta de que eso significaba arriesgarse, exponerse al peligro. Mentir diciendo que no sabía nada de un paquete, mientras aquel saco de huesos siguiera en su propiedad, no era muy seguro.

Consultó la guía telefónica en busca del teléfono de la comisaría de Nemours. Marcó, dio su nombre y dijo dónde vivía.

–Mi ama de llaves me ha dicho que hoy ha habido una llamada de la comisaría. ¿Ha sido desde esta comisaría? –Le pasaron con otra persona y tuvo que esperar.

Luego repitió a la siguiente persona lo mismo que había dicho antes.

–*Ah, oui, m'sieur Reepley. Oui.* –La voz masculina siguió en inglés–. Un hombre con acento americano nos ha dicho que usted había recibido un paquete que podía interesar a la policía. Por eso hemos llamado a su casa. Habrá sido como a las tres de la tarde.

–Yo no he recibido ningún paquete –dijo Tom–. Hoy han llegado un par de cartas, sí, pero ningún paquete.

–El americano ha dicho que era un paquete grande.

–No ha llegado ningún paquete, *m'sieur*, se lo aseguro... No puedo imaginar por qué alguien... El que llamó, ¿dio su nombre? –Tom hablaba en un tono ligero y despreocupado.

–*Non, m'sieur,* se lo hemos preguntado, pero no ha dado su nombre. Ya conocemos su casa. Usted tiene una entrada muy bonita...

–Sí, gracias. El cartero puede llamar cuando lleva un paquete, claro. Si no, fuera hay un buzón.

–Sí... Es lo normal.

–Gracias por decírmelo –dijo Tom–. Pero precisamente hace unos minutos he estado dando un paseo alrededor de la casa y no he visto ningún paquete en ninguna parte, ni grande ni pequeño.

Se despidieron amistosamente y colgaron.

Tom estaba satisfecho de que el oficial no hubiera relacionado al hombre del acento americano con Pritchard, el americano
que ahora vivía en Villeperce. Esto podía ocurrir más tarde, si
es que pasaba algo más tarde, y Tom esperaba que no. Y el oficial
con el que había hablado no debía de ser el mismo que había visitado Belle Ombre en relación con la desaparición de Murchison hacía algunos años. Pero, desde luego, aquella visita estaría
en los archivos de la policía. ¿No estaba el oficial de entonces
destacado en Melun, una ciudad más grande que Nemours?

Madame Annette revoloteaba discretamente por allí.

Tom se lo explicó. No había ningún paquete. Míster Banbury
y él habían paseado alrededor de la casa, nadie había atravesado
las puertas aquella mañana, ni siquiera el cartero (tampoco aquel
día había llegado nada de Heloise), y Tom había declinado la ofer-
ta de que la policía de Nemours fuera a echar un vistazo en busca
de un extraño paquete.

—Muy bien, *m'sieur Tome.* Es un alivio. Un paquete... —Sacudió la cabeza, indicando que no tenía paciencia con los bromistas
y los mentirosos.

Tom se alegró de que madame Annette tampoco sospechase
de Pritchard. Era el tipo de cosa que hubiera dicho enseguida de
haberlo sospechado. Tom miró su reloj: las cuatro y cuarto. Estaba encantado de que Ed se echara una buena siesta después del
estrés de aquel día. ¿Tal vez una taza de té? ¿Debía invitar a los
Grais a tomar un aperitivo antes de la cena? ¿Por qué no?

Fue a la cocina y dijo:

—¿Puede poner una tetera, madame? Seguro que nuestro
huésped se despertará en cualquier momento. Té para nosotros
dos... No, no hacen falta sándwiches ni bizcocho... Sí, Earl Grey,
perfecto.

Volvió a la sala con las manos metidas en los bolsillos delan-
teros de los vaqueros. En el bolsillo derecho llevaba el grueso

anillo de Murchison. Pensó que lo mejor sería tirarlo al río, quizá desde el puente de Moret, en algún momento, pronto. Y si tenía prisa, siempre podía tirarlo directamente a la bolsa de la basura de la cocina. El cubo de la basura colgaba en el interior de la puerta de debajo del fregadero. Una vez llenas, las bolsas se ponían fuera, al borde de la carretera, y las recogían los miércoles y los sábados por la mañana. A la mañana siguiente, por ejemplo.

Tom estaba subiendo las escaleras para dar un golpecito en la puerta de Ed, cuando este la abrió cautelosamente y le sonrió.

—¡Hola, Tom! ¡Me he echado una siesta perfecta! Espero que no te haya molestado. ¡Esto es tan agradable y hay tanta calma!

—Claro que no me ha molestado. ¿Qué te parece tomar un té? Vamos abajo.

Tomaron el té y observaron dos aspersores que Tom había puesto en marcha en el jardín. Había decidido no mencionar la llamada de la policía. ¿De qué iba a servir? Y tal vez inquietase a Ed y le hiciera sentirse más inseguro.

—Estaba pensando —empezó Tom— que para relajar la atmósfera de esta tarde podríamos invitar a una pareja de vecinos para que vinieran a tomar el aperitivo. Agnès y Antoine Grais.

—Estaría bien —dijo Ed.

—Yo les llamaré. Son muy simpáticos... Viven a menos de un kilómetro y medio. Él es arquitecto. —Tom fue hasta el teléfono y marcó, pensando, para su pesar, que nada más oír su voz le darían un chorro de información sobre Pritchard. Pero no fue así. Cuando Agnès cogió el teléfono, la saludó y le dijo—: Llamaba para preguntarte si Antoine (si es que está, y espero que sí) y tú podéis venir a tomar una copa hacia las siete. Tengo aquí a un viejo amigo de Londres que ha venido a pasar el fin de semana.

—¡Oh, Tom, qué amable! Sí, Antoine está aquí. Pero ¿por qué no venís aquí vosotros dos? Así tu amigo cambiará de escenario. ¿Cómo se llama?

—Edward Banbury, Ed —contestó Tom—. Muy bien, querida Agnès. Estaremos encantados. ¿A qué hora?

—Oh, a las seis y media, ¿o es demasiado pronto? Los niños quieren ver algo en la tele después de cenar.

Tom le dijo que era perfecto.

—Al final vamos nosotros allí —le dijo a Ed, sonriendo—. Viven en una casa redonda, como un torreón. Cubierta de rosales trepadores. Solo dos casas más allá de los malditos... Pritchard. —Tom dijo la última palabra en un susurro y miró a la puerta que daba a la cocina. Hizo bien, porque madame Annette entraba en ese momento para preguntar si los señores querrían tomar más té.

—Creo que no, madame, gracias. ¿O tú quieres más, Ed?

—No, gracias, de verdad.

—Ah, madame Annette... Vamos a ir casa de los Grais a las seis y media. Supongo que volveremos a las siete y media u ocho menos cuarto. Si le parece, cenamos a las ocho y cuarto.

—Muy bien, *m'sieur Tome*.

—Y ponga un buen vino blanco con las langostas. ¿Un Montrachet, quizá?

Madame Annette estaba encantada de complacerles.

—¿Tendría que ponerme chaqueta y corbata? —preguntó Ed.

—Yo no me molestaría. Seguro que Antoine va con vaqueros, o incluso con pantalón corto. Ha llegado hoy de París.

Ed acabó, de pie, lo que le quedaba de su taza y Tom le vio mirando por la ventana hacia el garaje. Ed miró a Tom, y luego apartó la vista. Tom sabía lo que estaba pensando: ¿qué iban a hacer con aquello? Se alegró de que Ed no se lo preguntara, porque aún no sabía la respuesta.

Tom subió las escaleras, y Ed también. Tom se cambió para ponerse un pantalón de algodón negro y una camisa amarilla. Se guardó el anillo en el bolsillo derecho de los pantalones. En cierto modo, se sentía más seguro llevándolo consigo. Luego salieron al garaje, donde Tom miró primero el Renault marrón y luego desvió la vista hacia el Mercedes rojo, que estaba fuera, como dudando cuál de los dos coger, por si madame Annette miraba por la ventana de la cocina. Se acercó a la parte cerrada del garaje, y se aseguró de que el fardo envuelto en lona seguía en el suelo de la camioneta.

Si durante su ausencia llegaba la policía, Tom pensaba decir que debían de haber depositado el bulto allí durante la noche sin que él se enterara. ¿Reaparecería David Pritchard y notaría la diferencia en las cuerdas? Tom lo dudaba. No quería decirle todo aquello a Ed, para que no se pusiera más tenso. Solo esperaba que Ed no estuviera presente, porque si la policía hablaba con los dos a la vez, le pescarían en su mentira y empezarían a investigar.

Ed estaba ya abajo. Era la hora de irse y se pusieron en marcha.

Los Grais se mostraron muy hospitalarios y curiosos hacia su huésped de Londres, el periodista Ed Banbury. Los chicos miraron un poco, quizá divertidos por el acento de Ed. Antoine iba con pantalón corto, como Tom había predicho, y sus piernas morenas, de musculosas pantorrillas, parecían incansables, capaces de una maratón de punta a punta de las fronteras de Francia, por ejemplo. Pero aquella noche solo las utilizaba para ir de la cocina a la sala y viceversa.

—¿Trabaja para un periódico, *m'sieur* Banbury? —le preguntó Agnès en inglés.

—Soy *freelance*. Independiente —contestó Ed.

—Lo sorprendente —dijo Tom— es que con todos los años que hace que conozco a Ed... ¡nunca había venido a Belle Ombre! Me alegro de poder decir que le ha...

—Es precioso —le interrumpió Ed.

—Ah, Tome, hay algunas noticias desde ayer —dijo Agnès—. El ayudante, o como le llamen, de Preechard se ha marchado. Ayer por la tarde.

—Ah —dijo Tom, fingiendo escaso o ningún interés—. El hombre de la barca. —Bebió un sorbo de gin-tonic.

—Sentémonos —dijo Agnès—. ¿Alguien quiere sentarse? Yo sí.

Estaban de pie porque Antoine les había enseñado un poco la casa a Ed y a Tom, por lo menos hasta las escaleras de «la torre del observatorio», como la llamaba Antoine, donde estaba su estudio y, en el lado opuesto del círculo, dos dormitorios. Más arriba, en la buhardilla, aún había otra habitación, la de su hijo Édouard.

Todos se sentaron.

—Pues, como te decía, ese Teddy se ha ido —continuó Agnès—. Le vi ayer hacia las cuatro de la tarde, fuera de la casa, solo en la camioneta de Preechard. Yo pensé: hoy han acabado pronto la pesca. ¿Sabe tu amigo que han estado removiendo los canales locales?

Tom miró a Ed y le dijo en inglés:

—Hablamos de Teddy, el ayudante de Pritchard. Ya te he contado lo de esos dos tan raros, que estaban rastreando los ríos en busca de tesoros. —Tom se rió—. Hay dos parejas raras, una es la de Pritchard y su mujer, y la otra, la de Pritchard y su ayudante —continuó en francés, dirigiéndose a Agnès—. ¿Y qué buscaban?

—¡Nadie lo sabe! —Agnès y Antoine se echaron a reír, porque habían dicho lo mismo casi a la vez.

—No, en serio, esta mañana, en la panadería...

—¡La panadería! —dijo Antoine, como con desdén hacia lo que consideraba un centro de chismorreo solo para mujeres, pero luego escuchó con atención.

—Bueno, pues en la panadería Simone Clément me ha dicho que se había enterado por Marie y Georges. Teddy estuvo ayer en el bar, tomándose un par de copas, y le dijo a Georges que había acabado con Pritchard. Por lo visto, estaba de mal humor y no dijo por qué. Parece que se han peleado, pero no lo sé seguro. Al menos, sonaba como si fuera algo así —terminó Agnès con una sonrisa—. El caso es que hoy Teddy ya no está y la camioneta tampoco.

–Qué gente más curiosa, esos americanos... Bueno, algunos –añadió Agnès, como si Tom pudiera ofenderse por el calificativo–. ¿Y qué noticias tienes de Heloise, Tome?

Agnès les pasó otra vez las bandejas de canapés y el cuenco de aceitunas.

Tom le explicó a Antoine lo que sabía, mientras pensaba que era una ventaja que Teddy se hubiera marchado y además de mal humor. ¿Se habría enterado por fin de qué era lo que buscaba Pritchard y habría pensado que era mejor no mezclarse con aquello? O quizá Teddy –pese a estar bien pagado– no podía aguantar más las rarezas de ambos Pritchard. Tom pensó que la gente normal se sentía incómoda con gente tan anormal. Dejó que sus pensamientos vagaran, mientras intentaba hablar de otras cosas.

Cinco minutos más tarde, después de que Édouard reapareciera y pidiera permiso para irse al jardín, Tom tuvo otra idea: Teddy podía informar a la policía de París sobre los huesos, no necesariamente aquel día, sino al siguiente. Podría decir que Pritchard le había dicho que buscaba un tesoro, una maleta hundida, cualquier cosa excepto un cadáver, y que, al enterarse de la verdad, él, Teddy, había pensado que la policía tenía que saber lo del cadáver. Sería una venganza excelente para Teddy, si es que quería vengarse.

De momento, las noticias eran buenas. Tom sintió que se le relajaba la cara. Aceptó un canapé, pero no quiso más gin-tonic. Observó que Ed Banbury parecía desenvolverse muy bien en francés con Antoine. Agnès Grais estaba especialmente guapa con su blusa estilo campestre, con bordados y mangas cortas abullonadas. Tom le hizo un cumplido.

–Ya es hora de que Heloise te llame, Tome –le dijo Agnès cuando Ed y él se marchaban–. Tengo la sensación de que te llamará esta noche.

–¿De verdad? –le dijo Tom, sonriendo–. Yo no me atrevería a apostar nada.

El día había transcurrido bastante bien, pensó Tom. Hasta el momento.

21

Para añadir algo más a su suerte del día, Tom no había tenido que presenciar, oír o imaginar que oía los chillidos de las dos langostas mientras las hervían vivas. Y, mientras mordía otro suculento bocado cubierto de mantequilla caliente con limón, recordó que la policía tampoco se había presentado mientras Ed y él estaban en casa de los Grais. Si hubiera sido así, madame Annette se lo hubiera dicho enseguida.

–Delicioso, Tom –dijo Ed–. ¿Cenas así todas las noches?

–No. –Tom sonrió–. Es en tu honor. Me alegro de que te guste –dijo, y cogió otro trocito de ensalada de apio.

Habían terminado la ensalada y el queso cuando sonó el teléfono. ¿Sería la policía, o se habría cumplido la predicción de Agnès Grais y era Heloise?

–¿Diga?

–¡Hola, Tome! –Era Heloise, y estaba con Noëlle en Roissy. ¿Podía Tom recogerla más tarde en Fontainebleau?

Tom respiró hondo.

–Heloise, querida. No sabes lo contento que estoy de que hayas vuelto, pero... ¿podrías quedarte esta noche en casa de Noëlle? –Tom sabía que Noëlle tenía una habitación de sobra–. Tengo un invitado inglés...

–¿Quién?

Aunque reacio, Tom se lo dijo.

–Ed Banbury. –Sabía que aquel nombre podía significar un vago peligro para Heloise, porque estaba relacionado con la Buckmaster Gallery–. Esta noche tenemos un poco de trabajo, y en cambio mañana... ¿Cómo está Noëlle?... Muy bien. Dale muchos

275

recuerdo. ¿Y tú estás bien?... Querida, ¿no te importa quedarte en París esta noche?... Llámame mañana por la mañana a la hora que quieras.

—De acuerdo, *chéri*... ¡Estoy tan contenta de haber vuelto! —dijo Heloise en inglés.

Colgaron.

—¡Santo cielo! —exclamó Tom al volver a la mesa.

—Heloise —dijo Ed.

—Quería venir esta noche, pero al final se queda con su amiga Noëlle Hassler. Por suerte —dijo, y pensó que el cadáver que había en el garaje era solo un montón de huesos. Quizá fueran huesos inidentificables, pero seguían siendo los huesos de un hombre muerto e, instintivamente, Tom no quería que Heloise se acercara. Tragó saliva y bebió un sorbo de su copa de Montrachet—. Ed...

En aquel momento entró madame Annette. Tenía que llevarse los platos de la ensalada y reemplazarlos por los de postre. Cuando madame Annette les sirvió su ligera *mousse* casera de frambuesa y se fue, Tom volvió a empezar. Ed sonreía ligeramente, pero tenía los ojos alerta.

—Tengo una idea de lo que podemos hacer esta noche con el problema —dijo Tom.

—Ya me lo imaginaba... ¿Otro río? Eso se hundiría bien. —Ed hablaba con firmeza, pero suavemente—. No queda nada que pueda flotar.

Tom le entendió perfectamente: quería decir que no hacía falta poner piedras.

—No. Se me ha ocurrido otra cosa. Devolvérselo al viejo Pritchard, tirarlo al estanque de su casa.

Ed sonrió, luego se rió suavemente, y se sonrojó un poco.

—Devolvérselo —repitió, como si estuviera leyendo una historia cómica de horror, y cogió una cucharada de *mousse*.

—Es una posibilidad —contestó Tom con calma, y empezó a comer—. ¿Sabes que esto está hecho con frambuesas de Belle Ombre?

276

Tomaron café en la sala. A ninguno de los dos le apetecía un coñac. Tom se acercó a la puerta principal, se asomó afuera y miró el cielo. Eran casi las once. Las estrellas no estaban en pleno esplendor veraniego, porque había muchas nubes, ¿y dónde estaba la luna? Si conseguían hacer el trabajo deprisa, pensó Tom, ¿a quién le importaba la luz de la luna? En aquel momento no podía encontrarla.

Volvió a la sala.

—¿Estás en forma para venir conmigo esta noche?... No creo que veamos a Pritchard.

—Sí, Tom.

—Vuelvo en un segundo. —Tom corrió escaleras arriba, volvió a ponerse los Levi's, y trasladó también el pesado anillo. ¿Estaba desarrollando algún tipo de neurosis con lo de cambiarse de ropa? ¿Se imaginaba que le iba a ayudar de alguna forma, dándole nuevas fuerzas? Luego fue a su taller, cogió un lápiz blando y unas cuantas hojas de dibujo, y bajó. De pronto se sentía mucho más animado.

Ed estaba sentado en el mismo sitio, en un extremo del sofá amarillo, con un cigarrillo en la mano.

—¿Podrás soportar que haga un apunte rápido de ti?

—¿De *mí*? —preguntó Ed, pero accedió.

Tom empezó a dibujar, haciendo indicaciones del sofá y del almohadón como fondo. Intentó imitar la perpleja concentración de las cejas y pestañas rubias de Ed mirándole, los finos labios ingleses y las arrugas del cuello abierto de la camisa. Tom movió su silla medio metro hacia la derecha y cogió otra hoja. Le dijo a Ed que podía moverse o beber si quería, y así lo hizo. Tom trabajó unos veinte minutos, y luego le dio las gracias a Ed por su cooperación.

—¡Cooperación! —dijo Ed—. Estaba soñando despierto.

Madame Annette había vuelto con más café, y Tom sabía que ya se había retirado por aquella noche.

—Mi idea —empezó Tom— es acercarnos a la casa de Pritchard no por el lado de los Grais sino por el otro. Dejar el coche, ir andando y llevar el paquete por el jardín hasta el estanque y, una vez allí, tirarlo al agua. No pesa nada, ya lo sabes. Bueno...

—Yo diría que no llega a quince kilos —dijo Ed.

—Sí, más o menos —murmuró Tom—. Bueno... Si Pritchard y su mujer están en casa, puede ser que oigan algo. La sala tiene una ventana que da a ese lado, un par de ventanas, creo... Nosotros simplemente nos vamos. ¡Que se queje todo lo que quiera! —añadió Tom, temerario—. Que llame a la policía y cuente su historia.

Hubo unos segundos de silencio.

—¿Crees que lo haría?

—¿Quién sabe lo que es capaz de hacer un chalado? —dijo Tom, encogiéndose de hombros. Hablaba resignado. Ed se levantó.

—¿Vamos?

Tom cerró su bloc de dibujo, y dejó el lápiz sobre la mesita. Cogió una chaqueta del recibidor y su cartera del cajón de la mesita de la entrada. Solo por si había algún control policial, pensó, divertido. La verdad era que nunca conducía sin la cartera y el carnet. Un policía le podía pedir el carnet aquella noche, pero no miraría en el portaequipajes de detrás del coche, ni vería lo que, a simple vista, podía parecer una alfombra enrollada.

Ed bajó las escaleras. También llevaba una chaqueta, oscura, y zapatillas deportivas.

—Listo, Tom.

Tom apagó un par de luces. Salieron por la puerta principal que luego cerró tras ellos. Ayudado por Ed, abrió las puertas del jardín, y la alta puerta metálica del garaje. Tal vez la luz de madame Annette estuviera encendida en la parte posterior de la casa, pero Tom no estaba seguro y tampoco le importaba. No había nada extraño en que se llevara a su invitado a dar un paseo nocturno en coche, posiblemente al café de Fontainebleau. Subieron al coche y los dos abrieron una rendija de sus ventanillas, aunque, esta vez, Tom no percibió ni una insinuación del olor a moho. Condujo el coche hacia la entrada de Belle Ombre y, una vez fuera, giró a la izquierda.

Cruzó Villeperce por la parte sur y, en cuanto pudo, cogió una carretera hacia el norte, sin importarle mucho cuál, mientras se dirigiera a donde querían.

—Te conoces todos estos caminos —le dijo Ed. Era casi una pregunta.

—¡Ja! Quizá el noventa por ciento. Es fácil equivocarse por la noche en los sitios sin señalizar. —Tom giró a la derecha, avanzó un kilómetro y luego encontró un cartel que indicaba, entre otros lugares, Villeperce. Tom siguió esa dirección.

Luego se encontró en un camino que conocía, que llevaba a la casa de Pritchard, a la casa vacía y después a la de los Grais.

—Creo que este es el camino —dijo Tom—. Bueno, iremos... —condujo más despacio y dejó que otro coche le adelantara—, iremos andando desde unos veinte metros antes, y así no oirán el coche. —El reloj del salpicadero marcaba casi las doce y media. El coche de Tom avanzó suavemente, con las luces de posición.

—¿Es ahí? —preguntó Ed—. ¿La casa blanca de la derecha?

—Esa es. —Tom vio luces encendidas arriba y abajo, pero arriba solo una—. ¡Espero que haya una fiesta! —dijo con una sonrisa—. Pero lo dudo. Voy a aparcar junto a esos árboles, confío en que todo vaya bien. —Retrocedió y apagó las luces. Estaba cerca de una curva que por la derecha llevaba a un camino; el típico camino sin asfaltar que utilizaban sobre todo los granjeros. Los coches que vinieran tendrían sitio justo para pasar por su izquierda, pero Tom no se había puesto más a la derecha porque no quería caerse en una zanja, aunque fuera poco profunda—. Vamos a intentarlo. —Tom cogió la linterna que había dejado en el asiento.

Levantaron el picaporte de la puerta. Tom deslizó los dedos

bajo la cuerda que estaba más cerca de los tobillos de Murchison, y lo levantó. Era bastante ligero. Ed iba a coger el otro extremo de la cuerda, pero Tom le dijo:

—Espera.

Se quedaron quietos y escucharon.

—Pensaba que había oído algo, pero quizá me lo haya imaginado —dijo Tom.

Sacaron el bulto. Tom cerró la puerta aunque no del todo: no quería que hiciera ruido. Con un gesto de la cabeza, Tom le indicó a Ed que avanzaran, y lo hicieron por el lado derecho de la carretera. Tom iba delante, con la linterna apagada en la mano izquierda. De vez en cuando, la encendía un momento iluminando el camino, porque, después de todo, estaba bastante oscuro.

—Sujétalo un momento —le susurró Ed—. Lo llevo mal cogido.
—Colocó mejor los dedos bajo la cuerda, y continuaron.

Tom se detuvo otra vez y susurró:

—Unos nueve metros más allá, ya lo verás... Podemos meternos por la hierba. No creo que haya siquiera una zanja.

Ahora podían ver con claridad las agudas esquinas de las ventanas encendidas de la sala. ¿Oía música Tom o eran imaginaciones suyas? A su derecha había una especie de zanja pero ninguna valla. Por el otro lado, unos tres metros y medio más allá, estaba el camino particular, y no se veía a ninguno de los Pritchard. Tom le indicó en silencio a Ed que entraran. Avanzaron por el camino particular y se desviaron a la derecha, hacia el estanque, que ahora era un óvalo oscuro, casi redondo. La hierba amortiguaba el ruido de sus pasos. Esta vez, Tom oyó con claridad la música que venía de la casa. Aquella noche era música clásica, y no demasiado alta.

—A la de tres lo tiramos —dijo Tom, y dirigió la maniobra—: Uno —lo agitaron—, dos... y tres, ¡hacia el centro!

Se oyó un chapoteo, ¡splash!, y luego, las aguas del pequeño lago les devolvieron el eco del gemido burbujeante.

Se oyó chapotear de nuevo y un murmullo del aire que se levantaba mientras Tom y Ed se alejaban poco a poco. Tom guiaba y, al llegar a la carretera, se desvió a la izquierda, con la linterna iluminando fugazmente el suelo para poder orientarse.

Cuando estaban a unos veinte pasos del camino particular, Tom se detuvo, y Ed hizo lo mismo. Miraron hacia atrás, a la casa de Pritchard, más allá de la oscuridad.

–¿... qué... gua...? –Eran fragmentos de una pregunta y salían de una garganta femenina.

–Es su mujer, Janice –le susurró Tom a Ed. Miró a su derecha y pudo ver la fantasmal forma de la camioneta oculta en su mayor parte por el oscuro follaje. Tom volvió a mirar hacia la casa de Pritchard, fascinado. Al parecer, habían oído el chapoteo.

–¡Tú... oh... qué...! –Aquel era un tono más profundo, y a Tom le sonó como la voz de Pritchard.

Se encendió una luz en un lado del techo del porche y Tom pudo ver la figura de Pritchard, con camisa clara y pantalones oscuros. Pritchard miró a izquierda y derecha, recorrió el césped con el haz de su linterna, miró hacia la carretera, y luego bajó los escalones hacia el jardín. Se dirigió directamente al estanque, lo escudriñó, y luego miró hacia la casa.

–... *estanque*... –Aquella palabra de Pritchard se oyó claramente, seguida de un áspero sonido, tal vez una maldición–. ¡... áeme... del jardín, Jan!

Janice había aparecido en el porche, vestida con pantalones claros y una blusa.

–¿... cuá... ces...? –preguntó.

–¡Nooo..., uno con *gancho*! –Una brisa favorable llevó aquellas palabras nítidamente hasta Tom y Ed.

Tom le tocó el brazo a Ed y lo encontró rígido de tensión.

–¡Creo que lo va a pescar con un gancho! –susurró. Y ahogó un estallido de risa nerviosa.

–¿No deberíamos irnos, Tom?

En aquel momento, Janice, que había desaparecido, apareció corriendo a toda prisa por la esquina delantera, llevando un palo. Se inclinó, mirando por entre los setos silvestres que crecían al borde del césped de la casa. Tom vio que no era el gran garfio con ganchos, sino un rastrillo con tres dientes, de los que los jardineros usan para arrancar hojas y raíces de sitios de difícil acceso. Tom tenía uno que no llegaba a dos metros, y aquel parecía más corto.

Mascullando, pidiendo algo, quizá la linterna (que ahora yacía en el césped), Pritchard cogió el palo y pareció como si lo empujara hacia el centro del estanque.

—¿Y qué si consigue sacarlo? —murmuró Tom hacia Ed, y dio unos pasos en dirección al coche. Ed le siguió.

Luego Tom tendió la mano izquierda hacia Ed y se detuvieron. A través de los arbustos Tom vio a Pritchard, su figura inclinada hacia delante cogiendo algo que Janice le tendía. Luego la camisa blanca de Pritchard desapareció.

Oyeron un grito de Pritchard, y después un sonoro chapoteo.

—¡*David*! —La silueta de Janice corrió rodeando el estanque—. ¡*Da*...vid!

—¡Mierda, se ha caído dentro! —dijo Tom.

—¡Mi... uuaaaa! —Pritchard emergió del agua—. ¡Ptah! —Se oyó un ruido de un escupitajo. Después un nuevo chapoteo, como de un brazo que agitara la superficie del agua.

—¿Dónde está el *gancho* ese? —gritó Janice en tono agudo—. La mano...

Pritchard lo había soltado, pensó Tom.

—¡Janice!... ¡Dame...! ¡...oy abajo! ¡... mano!

—Mejor una *escoba*... o una *cuerda*... —Janice corrió hacia el porche iluminado, luego se desvió, frenética, y volvió al estanque—. ¡El *palo*... no lo *encuentro*!

—¡... mano... ese...! —Las palabras de David Pritchard se perdieron, y hubo otro ruido de chapoteo.

La pálida figura de Janice aparecía, desaparecía entre los arbustos como un fuego fatuo.

–Davy, ¿dónde *estás...?* ¡Ah! –Había visto algo, y se inclinó.

El movimiento de la superficie del estanque llegaba a los oídos de Tom y Ed.

–¡... la *mano,* David!... ¡Agárrate al *borde!*

Siguieron unos segundos de silencio, luego un gemido de Janice, seguido de otro ruidoso chapoteo.

–¡Dios mío, se han caído *los dos!* –dijo Tom, histéricamente alegre. Y aunque pretendía susurrar, había hablado casi en un tono normal.

–¿Qué profundidad tiene el estanque?

–No sé. Un metro y medio o un metro ochenta... Es una suposición.

Janice gritó algo, pero el agua ahogó su voz.

–¿No deberíamos...? –Ed miró a Tom ansiosamente–. Quizá...

Tom sintió la tensión de Ed. Desplazó el peso del pie izquierdo al derecho y luego al revés, como sopesando o dudando sobre algo. Sí o no. La presencia de Ed era lo que cambiaba las cosas. Los que habían caído al estanque eran los enemigos de Tom. De haber estado solo, Tom no lo hubiera dudado ni un momento, se habría ido.

Los ruidos de chapoteo habían cesado.

–*Yo* no les he empujado al estanque –dijo Tom, en un tono muy bajo pero que parecía inflexible. Les llegó un sonido que parecía de una mano agitando la superficie del estanque–. Ahora, vayámonos antes de que sea demasiado tarde.

Solo les faltaban unos quince pasos hasta la furgoneta. Suerte, pensó Tom, que nadie había pasado por allí en los cinco minutos durante los cuales se habían producido los acontecimientos. Entraron en el coche y Tom retrocedió hasta el campo cercano, para poder girar hacia la izquierda, lo que les permitiría marcharse por el mismo camino indirecto por el que habían llegado. Encendió los faros con las luces largas.

—¡Qué alivio! —dijo Tom, sonriendo. Recordó su euforia con el irresponsable Bernard Tufts, después de haber hundido los mismos huesos en el Loing, en Voisy, los huesos de Murchison. Le habían dado ganas de cantar. Ahora solo se sentía aliviado y mejor, pero se dio cuenta de que Ed no, Ed no podía. Se concentró en conducir con cuidado y no dijo nada más.

—¿Alivio?

—Oh... —Tom conducía en una oscuridad que parecía muy densa. No sabía a ciencia cierta dónde estaba el siguiente cruce o cuándo aparecería algún indicador. Pero pensó que aquella dirección le llevaría al sur de Villeperce, y cruzaría la calle mayor en ángulo recto. Afortunadamente, el bar de Georges y Marie estaría cerrado, Tom no quería que le vieran siquiera cruzando la calle mayor—. ¡Qué alivio... que no haya pasado ningún coche durante esos minutos! Tampoco es que me hubiera importado mucho. ¿Qué hubiera tenido que ver yo con los Pritchard o con los huesos en su estanque que seguro que no encontrarán hasta mañana? —Tom se imaginó vagamente dos cadáveres flotando a un par de centímetros de la superficie del estanque. Se echó a reír y miró a Ed.

Ed, que estaba fumando un cigarrillo, le devolvió la mirada, luego bajó la cabeza y se sujetó la frente con una mano.

—Tom, no puedo...

—¿Te encuentras mal? —le preguntó Tom preocupado, y aminoró la marcha—. Podemos parar...

—No, pero nosotros nos vamos y ellos se están ahogando allí.

Se había ahogado, pensó Tom. Pensó en David Pritchard gritándole a su mujer que le diera la mano, como si quisiera tirarla al agua deliberadamente, en un acto final de sadismo. Pero Pritchard no hacía pie y había intentado salvarse. Tom se dio cuenta, con un sentimiento de frustración, de que Ed Banbury no veía el asunto de la misma manera que él.

—Son un par de entrometidos, Ed. —Tom volvió a concentrarse en la carretera, en el trozo de superficie, ahora color arena, que seguía avanzando bajo el coche—. Por favor, no olvides que lo de esta noche tenía que ver con *Murchison*. Eso es...

Ed apagó el cigarrillo en el cenicero. Seguía frotándose la frente.

Yo tampoco he disfrutado viéndolo, quería decirle Tom, pero ¿cómo podía decirlo y que pareciera verosímil cuando hacía un momento se estaba riendo? Respiró hondo.

—Esos dos hubieran querido denunciar las falsificaciones, coger a la Buckmaster Gallery, cogernos a todos a través de mistress Murchison... —Y Tom continuó—: Pritchard iba a por mí, pero las falsificaciones se hubieran descubierto... Se merecían lo que les ha pasado, Ed. Eran unos intrusos, unos entrometidos. —Tom hablaba con vehemencia.

Estaban cerca de casa y las bucólicas y escasas luces de Villeperce pestañeaban a su izquierda. Iban por la carretera que les llevaría a Belle Ombre. Tom vio el gran árbol que se erguía frente a sus puertas, inclinándose hacia su casa, y que a él siempre le había parecido que la protegía. Las puertas del jardín seguían abiertas. La luz más débil de la sala asomaba por una ventana, a la izquierda de la puerta principal. Tom llevó el coche hacia el sitio vacío que había a un lado del garaje.

—Utilizaré la linterna —dijo, y la cogió. Con un trapo de burda tela que encontró en un rincón del garaje, Tom sacudió los granos de arena del suelo de la camioneta, migajas grises de tierra. ¿Tierra? A Tom se le ocurrió que esas migajas podían ser restos del cuerpo de Murchison, indescriptibles (al menos para él) restos de carne humana. Había muy pocas, y Tom las echó fuera del suelo de cemento con el pie. Pequeñas como eran, desaparecían entre la grava, aparentemente invisibles.

Tom sostenía la linterna mientras se dirigían a la puerta principal. Pensó que Ed Banbury había tenido un día muy agitado, que había paladeado el sabor genuino de su propia vida –la de Tom–, y había visto lo que Tom tenía que hacer, lo que había que hacer de vez en cuando para protegerles a todos. Pero no se sentía con ánimos como para soltarle un discurso a Ed, ni siquiera breve. ¿No lo había hecho ya en el coche?

–Tú primero, Ed –le dijo ya en la puerta de la casa, y dejó que le precediera.

Encendió otra luz en la sala. Madame Annette había echado las cortinas hacía horas. Ed fue al lavabo de abajo y Tom confió en que no fuera a ponerse enfermo. Él se lavó en la pila de la cocina. ¿Qué podía ofrecerle a Ed? ¿Un té? ¿Un whisky cargado? ¿Preferiría ginebra? ¿O un chocolate caliente e irse a la cama?

Ed se reunió con Tom en la sala. Intentaba parecer como siempre, incluso mostrarse afable, pero Tom vio que en su rostro quedaba un aire de confusión o quizá de preocupación.

–¿Quieres algo, Ed? Yo voy a tomar ginebra con limón. Dime lo que quieres tú. ¿Un té?

–Me da igual, lo mismo que tomes tú.

–Siéntate. –Tom fue al carrito-bar y sacudió la botella de ginebra a la que añadió unas gotas de angostura. Luego se acercó a Ed llevando dos bebidas idénticas en las manos.

Después de levantar los vasos a la vez y beber, Tom le dijo:

–Te agradezco que hayas estado conmigo esta noche. Tu presencia me ha sido de gran ayuda.

Ed Banbury intentó sonreír, pero no pudo.

–¿Puedo preguntarte... qué va a pasar ahora? ¿Qué vendrá después?

Tom titubeó.

–¿Para nosotros? ¿Por qué tendría que pasar algo?

Ed volvió a beber y tragó con visibles dificultades.

–En aquella casa...

–¿En casa de los Pritchard? –dijo Tom en voz baja, con una

sonrisa. Aún estaba de pie. La pregunta le hizo gracia–. Bueno, mañana, por ejemplo. Probablemente llegará el cartero..., digamos que hacia las nueve. Quizá vea el rastrillo, o su extremo de madera, saliendo del agua, y se acerque a mirar. O quizá no. Verá la puerta de la casa abierta, a menos que el viento la haya cerrado de golpe. Las luces encendidas, la luz del techo del porche. –Pero el cartero podía entrar por el camino particular hacia los escalones centrales del porche y no pasar por el lado del estanque. Y el rastrillo, que medía menos de dos metros, tal vez no sobresaliera de la superficie del estanque, o quedara hundido en él siendo como era el fondo un lodazal. Podía pasar más de un día antes de que descubrieran a los Pritchard, pensó Tom.

–¿Y luego?

–Supongo que los descubrirán en menos de dos días. ¿Y qué? No podrán encontrar la pista de Murchison ni identificarle. ¡Me apuesto lo que quieras! Ni siquiera su mujer podría. –Tom pensó enseguida en el lujoso anillo de Murchison. Bueno, esa misma noche lo escondería en algún sitio de la casa, por si se daba el improbable caso de que la policía le visitara al día siguiente. Pensó que las luces de los Pritchard seguirían encendidas toda la noche, pero su estilo de vida era tan extraño, que dudaba que ningún vecino fuese a llamar a su puerta–. Ed, creo que es lo más fácil que he hecho nunca... ¿Te das cuenta de que no he tenido que mover un dedo?

Ed le miró. Estaba sentado en una de las sillas amarillas, inclinado hacia delante, con los antebrazos sobre las rodillas.

–Sí... Es verdad, puedes considerarlo así.

–Totalmente. –Tom lo dijo con firmeza, y bebió otro reconfortante sorbo de su ginebra rosada–. No sabemos nada del estanque. No estábamos cerca de la casa de los Pritchard –dijo Tom hablando con suavidad y acercándose a Ed–. ¿Quién sabe que ese... fardo ha estado aquí? ¿Quién nos va a preguntar a *nosotros?* Nadie. Tú y yo hemos dado un paseo hasta Fontainebleau, al final hemos decidido no ir a ningún bar, y hemos vuelto a casa. Hemos estado fuera... menos de cuarenta y cinco minutos. Y eso es casi totalmente verdad.

Ed asintió, volvió a mirarle y le dijo:

–Tienes razón.

Tom encendió un cigarrillo y se sentó en una silla.

–Ya sé que es desconcertante... Pero yo las he visto peores. Mucho, mucho peores –dijo Tom, y se rió–. Bueno, ¿a qué hora quieres que te suban el café a la habitación mañana por la mañana? O el té. Puedes dormir hasta la hora que quieras.

–Creo que té. Eso suena muy elegante...: el té en la habitación antes de bajar. –Ed intentó sonreír–. Digamos que a las nueve o nueve menos cuarto.

–Muy bien. A madame Annette le encanta complacer a los invitados, ¿sabes? Le dejaré una nota, pero seguro que me levantaré antes de las nueve. Madame Annette por lo general se levanta hacia las siete –dijo Tom en tono animoso–. Luego puede ir a la panadería a por croissants recién hechos. –La panadería, pensó, aquel centro de información. ¿Qué noticias traería madame Annette a las ocho del día siguiente?

22

Tom se despertó cuando acababan de dar las ocho. A través de su ventana entreabierta oía el canto de los pájaros, y parecía que iba a ser otro día soleado. Se dirigió –compulsivamente, como un neurótico, pensó– a su cajón de calcetines, el cajón del fondo de su cómoda, y tanteó un calcetín de lana negro buscando el bulto del lujoso anillo de Murchison. Allí estaba. Volvió a cerrar el cajón. Había escondido el anillo allí la noche pasada. Si no, no habría podido dormir, sabiendo que el anillo estaba en el bolsillo de unos pantalones. Sin pensarlo podía colgar los pantalones sobre una silla, por ejemplo, y el anillo hubiera caído a la alfombra, quedando a la vista de cualquiera.

Con los mismos Levi's de la noche anterior y una camisa limpia, después de ducharse y afeitarse, bajó las escaleras sin hacer ruido. La puerta de Ed estaba cerrada, y Tom deseó que aún estuviera dormido.

–*Bonjour, madame!* –dijo, y se dio cuenta de que su tono era más animado de lo habitual.

Madame Annette le devolvió el saludo con una sonrisa, y comentó el buen tiempo que hacía, y que iba a hacer muy buen día.

–Aquí tiene su café, *m'sieur* –le dijo, y se fue a la cocina.

Si hubiera habido alguna mala noticia, madame Annette ya se la habría anunciado, pensó. Aunque quizá no había pasado aún por la panadería, pero podía haberla llamado alguna amiga. Paciencia, pensó. Las noticias serían muy sorprendentes para todo el mundo y él tendría que parecer sorprendido, no cabía duda alguna.

Después de su primer café, Tom salió y cortó dos dalias frescas y tres rosas que le parecieron especiales, y cogió jarrones para todas en la cocina, con la ayuda de madame Annette.

Luego cogió una escoba y salió al garaje. Empezó a dar un rápido barrido al suelo, aunque lo encontró tan limpio de hojas y polvo que podía echar lo que barría a la grava de fuera sin que se notara. Abrió el picaporte de la camioneta y barrió el suelo de partículas grises, tan pocas que apenas se veían, y las echó también en la grava.

Quizá fuese buena idea ir a Moret aquella mañana, pensó Tom. Un pequeño paseo para Ed, y él podría tirar el anillo al río. Esperaba que Heloise llamara antes, anunciando la hora de llegada de su tren. Así podría combinarlo todo, la parada en Moret, Fontainebleau y la vuelta a casa en la camioneta, que era lo bastante grande como para llevar todo lo que Heloise hubiera comprado y llevara en maletas nuevas.

El correo llegó justo después de las nueve y media y trajo una postal de Heloise fechada diez días atrás, en Marrakech. Aquello sí que era típico. ¡Cómo le hubiera alegrado recibirla en el desierto de noticias de la semana anterior! La fotografía mostraba una escena de mercado, con mujeres ataviadas con chales de rayas.

Querido Tom:
¡Otra vez camellos, pero más divertido! ¡Hemos conocido a dos hombres de Lille! *Amusants* y agradables para cenar. Los dos están de vacaciones de sus mujeres. Besos de Noëlle. XXX. ¡Besos!
H.

Vacaciones de sus mujeres, pero por lo visto no de las mujeres. «Agradables para cenar»: sonaba como si Heloise y Noëlle se los fueran a comer.

—Buenos días, Tom. —Ed bajó sonriente, con las mejillas sonrosadas. Tom había observado que a veces se le ponían así sin ninguna razón concreta. Había llegado a la conclusión de que se trataba de una peculiaridad inglesa.

—Buenos días, Ed —contestó—. ¡Otro día magnífico! Estamos de suerte. —Señaló hacia la mesa del comedor, que estaba puesta para dos en un extremo, lo bastante espaciada como para estar cómodos—. ¿Te molesta el sol? Puedo cerrar la cortina.

—Me gusta.

Madame Annette llegó con zumo de naranja, croissants calientes y café recién hecho.

—¿Querrás un huevo duro, Ed? ¿O pasado por agua? ¿Escalfado? Me gusta pensar que en esta casa podemos hacer cualquier cosa.

—No quiero huevo, gracias —sonrió Ed—. Ya sé por qué estás de buen humor. Heloise está en París y probablemente llegará hoy.

Tom sonrió aún más.

—Eso espero. Confío. A menos que haya algo muy tentador

en París, pero no puedo imaginarme nada que pueda retenerla allí. Ni siquiera un espectáculo de cabaret, que a ella le encanta, y a Noëlle también. Creo que Heloise llamará en cualquier momento. ¡Ah! Esta mañana he recibido una postal de ella. Ha tardado diez días en llegar desde Marrakech. ¿Te imaginas? —Se echó a reír—. Prueba la mermelada. La ha hecho madame Annette.

—Gracias. El cartero... ¿viene aquí antes de pasar por aquella casa? —La voz de Ed era apenas audible.

—No lo sé, la verdad. Creo que primero viene aquí, que va desde el centro hacia fuera, pero no lo sé seguro. —Tom vio la preocupación en el rostro de Ed—. He pensado que esta mañana, en cuanto tenga noticias de Heloise, podríamos dar un paseo hacia Moret-sur-Loing. Es un pueblo precioso. —Se detuvo, y estaba a punto de mencionar que quería tirar el anillo al río, pero lo pensó mejor: cuantos menos detalles angustiosos tuviera Ed en la mente, mejor.

Salieron los dos por las puertas acristaladas y dieron un paseo por la hierba. Los mirlos picoteaban, sin mostrar apenas cautela, y un petirrojo se les quedó mirando a los ojos. Un cuervo negro voló por encima de ellos con su desagradable graznido, que hizo estremecerse a Tom, como si fuera música cacofónica.

—¡Croac..., croac..., croac! —le imitó Tom—. A veces pasan solo dos cuervos, y es peor. Me quedo esperando el tercero como si fuera el segundo zapato que tiene que caer. Eso me recuerda...

Sonó el teléfono y desde fuera de la casa se oyó débilmente.

—Debe de ser Heloise. Perdona —dijo Tom. Y corrió adentro. Ya en la casa, añadió—: Está bien, madame Annette, ya lo cojo yo.

—Hola, Tom. Soy Jeff. Se me ha ocurrido llamar para ver cómo van las cosas.

—¡Muy amable por tu parte, Jeff! Las cosas... ah... —Tom vio a Ed acercándose silencioso por la puerta del porche hacia la sala—. Bastante calmadas, de momento. —Le guiñó un ojo a Ed y adoptó una expresión más seria—. No hay nada de emocionante que contar. ¿Quieres hablar un momento con Ed?

—Sí, si está por ahí. Pero antes de que te vayas..., no te olvides de que estoy dispuesto a aparecer en *cualquier* momento. Espero que me aviséis..., sin dudarlo.

—Gracias, Jeff, te lo agradezco... Aquí viene Ed. —Tom puso el teléfono en la mesa del recibidor—. Hemos estado aquí todo el tiempo... No ha pasado nada —le susurró a Ed cuando se cruzaron—. Es mejor así —añadió cuando Ed cogió el receptor.

Tom pasó junto al sofá amarillo y siguió hacia las altas ventanas junto a las que se quedó de pie. Aparentemente demasiado lejos como para oír nada. Oyó a Ed decir que todo estaba en calma en el frente Ripley, y que la casa y el tiempo eran magníficos.

Tom habló con madame Annette de la comida. Parecía que madame Heloise no iba a llegar a comer, así que estarían solo el señor Banbury y él. Le dijo que iba a llamar a madame Heloise a casa de madame Hassler en París, para preguntarle qué planes tenía.

En aquel momento sonó el teléfono.

—¡Debe de ser madame Heloise! —le dijo Tom a madame Annette y salió a cogerlo—. ¿Diga?

—¡Hola, Tome! —Era la voz familiar de Agnès Grais—. ¿Te has enterado de las *noticias?*

—No. ¿Qué noticias? —preguntó Tom, y advirtió que Ed prestaba atención.

—*Les Preechard.* ¡Esta mañana los han encontrado muertos en su estanque!

—¿Muertos?

—Ahogados. O eso parece. Ha sido..., bueno, un sábado por la mañana muy desagradable para todos... ¿Conoces al chico de los Leferre, Robert?

—Creo que no.

—Va al mismo colegio que Édouard. El caso es que Robert ha venido esta mañana a vender boletos para una tómbola... con un amigo suyo, otro chico que no sé cómo se llama... No importa. Bueno, naturalmente, nosotros les hemos comprado boletos para contentarles, y luego se han ido. De esto hará ya una hora larga. La casa de al lado está vacía, como sabes, y ellos, claro, se han ido a casa de los Pritchard, que... *¡Alors,* han venido corriendo a *casa, muertos de miedo!* Nos han dicho que las puertas de la casa estaban abiertas. Nadie contestaba al timbre. Había una luz encendida, y ellos han salido al jardín para curiosear, estoy segura. Echar una ojeada al estanque que hay a un lado de la casa, ¿sabes?

–Sí, ya lo he visto –dijo Tom.

–Allí han visto..., porque por lo visto el agua es muy clara..., ¡dos cuerpos... que no flotaban del todo! ¡Oh, es tan *horrible,* Tom!

–*Mon Dieu, oui!* ¿Crees que ha sido un suicidio? La policía...

–Oh, sí, claro, la policía todavía está en casa y uno ha venido aquí a hablar con nosotros. Solo le hemos dicho... –Agnès dio un hondo suspiro–. *Alors,* ¿qué *podíamos* decir, Tome? Que esos dos hacían horarios extraños, que ponían la música alta. Eran recién llegados aquí, nunca habían estado en nuestra casa ni nosotros en la suya. Lo peor es... Oh, *nom de Dieu,* Tome... ¡Es como magia negra! ¡Horrible!

–¿A qué te refieres? –preguntó Tom, aunque sabía muy bien la respuesta.

–Debajo de ellos..., en el agua..., la policía ha encontrado huesos...

–¿Huesos? –repitió Tom en francés.

–Los restos de... unos huesos *humanos.* Envueltos, según nos ha dicho un vecino. Porque la gente ha ido a verlo por curiosidad, ¿sabes?

–¿La gente de Villeperce?

–*Sí.* Hasta que la policía los ha echado. *Nosotros* no hemos ido, ¡yo no soy *tan* curiosa! –Agnès Grais se rió, como para aliviar la tensión–. No sé qué querrá decir. ¿Estarían locos? ¿Se habrán suicidado? ¿Habrá pescado Preechard esos huesos? Todavía no sabemos las respuestas. ¿Quién sabe cómo funcionaban sus mentes?

—Es verdad. —¿De quién pueden ser los huesos?, pensó preguntar Tom, pero Agnès no lo hubiera sabido, ¿y por qué iba a mostrar curiosidad? Como Agnès, Tom estaba impresionado, solo eso—. Agnès, te agradezco que me lo hayas dicho. Es realmente... increíble.

—Una buena presentación de Villeperce para tu amigo —dijo ella, con otra reconfortante carcajada.

—¡Y que lo digas! —dijo Tom, sonriendo. En los últimos segundos se le había ocurrido una idea desagradable.

—Tome... Nosotros estamos aquí. Antoine se queda hasta el lunes por la mañana, intentando olvidar el horror que nos ha pasado tan cerca. Es un alivio hablar con los amigos. ¿Y qué has sabido de Heloise?

—¡Está en París! Me llamó anoche. Espero que hoy vuelva a casa. Ha pasado la noche con su amiga Noëlle, en su apartamento de París, ya sabes.

—Ya. Dale muchos recuerdos.

—Lo haré.

—Si me entero de algo más, te llamaré... Después de todo, y por desgracia, yo estoy más cerca.

—¡Ja, ja! Ya me doy cuenta. Muchísimas gracias, querida Agnès, y dale muchos recuerdos a Antoine... y a los niños. —Tom colgó—. ¡Uf!

Ed estaba unos metros más allá, de pie, cerca del sofá.

—Era de donde tomamos una copa ayer por la tarde, ¿no? Agnès...

—Sí —dijo Tom. Le contó cómo los dos niños que vendían boletos habían mirado el estanque y habían visto los dos cuerpos.

Aunque conocía los hechos de antemano, Ed hizo una mueca.

Tom narró los acontecimientos como si para él fueran efectivamente nuevos.

294

–¡Debe de haber sido horrible para los chicos encontrarse con eso! Supongo que tendrán unos doce años... El agua de ese estanque es muy clara, si mal no recuerdo, aunque el fondo sea de cieno. Y esos bordes tan raros...

–¿Bordes?

–Los bordes del estanque. Son de cemento, me acuerdo de que alguien lo dijo..., no creo que sean muy anchos. Pero el cemento no se ve bajo la hierba, que es muy alta, así que debe de ser fácil resbalarse desde el borde y caerse, sobre todo si llevas algo en la mano. Ah sí, Agnès ha dicho que la policía ha encontrado una bolsa de huesos humanos en el fondo.

Ed miró a Tom, en silencio.

–Me ha dicho que la policía sigue allí. No me extraña. –Tom suspiró con fuerza–. Creo que voy a hablar con madame Annette.

Una ojeada a la cocina le reveló que estaba vacía. Tom se había vuelto hacia la derecha para ir a llamar a la puerta de madame Annette, cuando ella apareció en el breve recibidor de allí.

–*Oh, m'sieur Tome!* ¡Qué historia! *Une catastrophe!... Chez les Preechard!* –Estaba a punto de contárselo todo. Madame Annette tenía un teléfono en su habitación, con su propio número.

–¡Ah, sí, madame, me lo acaba de contar madame Grais! ¡Qué impresión! ¡Dos muertos... y tan cerca! Venía a decírselo.

Los dos fueron a la cocina.

–Madame Marie-Louise acaba de contármelo... Se lo ha contado madame Geneviève. ¡Lo sabe todo el *pueblo!* ¡Dos personas *ahogadas!*

–¿Creen que ha sido un accidente?

–La gente cree que se estaban peleando, y quizá uno se resbaló y se cayó. Siempre se estaban peleando, ¿lo sabía, *m'sieur Tome?*

Tom dudó

–Creo... que lo había oído decir.

—¡Pero esos huesos en el estanque! —Su voz se convirtió en un susurro—. Es extraño, *m'sieur Tome...*, *muy* extraño. Qué gente tan rara. —Madame Annette lo decía como si los Pritchard fueran extraterrestres, como si estuvieran fuera de la comprensión humana.

—Eso es verdad —dijo Tom—. *Bizarre...*, eso dice todo el mundo. Madame... Ahora voy a llamar a madame Heloise.

Otra vez sonó el teléfono justo cuando Tom iba a cogerlo, y esta vez maldijo en silencio, con frustración. ¿La policía?

—¿Diga?

—*Allô, Tome! C'est Noëlle! Bonne nouvelle pour vous... Heloise arrive...*

Heloise iba a llegar en un cuarto de hora. La llevaba un joven amigo de Noëlle llamado Yves, que tenía un coche nuevo y quería rodarlo. Además, el coche tenía sitio para el equipaje de Heloise, y era más cómodo que el tren.

—¡Un cuarto de hora! Gracias, Noëlle. ¿Estás bien...? ¿Y Heloise?

—¡Las dos tenemos una salud perfecta, como un par de exploradores curtidos!

—Espero verte pronto, Noëlle.

Colgaron.

—Heloise llegará en coche... en cualquier momento —le dijo Tom a Ed con una sonrisa. Luego fue a comunicarle las noticias a madame Annette. A ella se le iluminó la cara. Tom estaba seguro de que la idea de la presencia de Heloise era más alegre para ella que la imagen de los Pritchard muertos en su estanque.

—Para la comida..., ¿fiambres, *m'sieur Tome?* He comprado un buen paté de hígado de pollo esta mañana...

Tom le aseguró que le parecía excelente.

—Y para esta noche... *tournedos...* Hay suficiente para tres. Yo esperaba a madame para esta noche.

—Y patatas al horno. ¿Puede ser? Muy bien hechas. ¡No!... ¡Puedo hacerlo todo yo en la barbacoa! —En efecto, la manera

296

más alegre y sabrosa de asar las patatas y el *tournedos* era en la barbacoa–. ¿Y una buena salsa *béarnaise?*

–*Bien sûr, m'sieur. Et...*

Ella compraría alubias frescas por la tarde, y algo más, quizá algún queso que le gustara a madame Heloise. Madame Annette estaba en el séptimo cielo.

Tom volvió a la sala, donde Ed estaba hojeando el *Herald Tribune* de la mañana.

–Todo va bien –anunció Tom–, ¿quieres que demos un paseo? –Sentía ganas de correr o de saltar una valla.

–¡Buena idea! ¡A estirar las piernas! –Ed estaba dispuesto.

–Y quizá nos encontremos a Heloise que llega en ese coche tan rápido. Quizá conduzca ella y no Yves. De todas formas están al llegar. –Tom fue a la cocina. Madame Annette estaba trabajando tranquilamente–. Madame, monsieur Ed y yo vamos a salir a dar un corto paseo. Volveremos en un cuarto de hora.

Tom se reunió con Ed en el recibidor. De nuevo pensó en la deprimente posibilidad que se le había ocurrido aquella mañana y se detuvo, con la mano en el picaporte.

–¿Qué pasa?

–Nada especial. Bueno..., en confianza... –Tom se pasó los dedos por su pelo liso y corto–. Esta mañana se me ha ocurrido que el viejo Pritchard podía escribir un diario..., o incluso *ella,* eso sería lo más probable. Podrían haber escrito que encontraron los huesos –continuó, bajando la voz y mirando hacia la amplia entrada de la sala–, y que los dejaron en la puerta de mi casa... justo ayer. –Al llegar a este punto Tom abrió la puerta, sintiendo la necesidad de sol y aire fresco–. Y que escondieran la cabeza en algún sitio de su casa.

Los dos salieron al jardín de grava.

–La policía encontraría el diario –continuó Tom–, y averiguaría enseguida que uno de los pasatiempos de Pritchard era acosarme. –A Tom le disgustaba hablar de sus ansiedades, que generalmente eran pasajeras. Pero pensó que podía confiar en Ed.

–¡Pero los dos estaban tan chalados! –Ed le miró con el ceño fruncido, y su susurro era apenas más alto que sus pisadas sobre la grava–. Escribieran lo que escribieran..., podía ser fantasía, no necesariamente verdad. Y aun así... sería su palabra contra la *tuya*.

–Si han escrito en algún sitio que dejaron aquí algún hueso, pienso negarlo –dijo Tom en un tono firme y sereno, como si fuera el final de la conversación–. No creo que ocurra.

–Tienes razón, Tom.

Caminaron, como para liberarse de la energía nerviosa. Podían ir uno al lado del otro, porque casi no pasaba ningún coche. ¿De qué color sería el coche de Yves?, se preguntó Tom. ¿Los coches nuevos también tenían que pasar un rodaje, actualmente? Se imaginaba el coche de color amarillo, *très sportif*.

–¿Crees que a Jeff le gustaría venir? Simplemente, para pasarlo bien –preguntó Tom–. Dijo que podía arreglarlo. Por cierto, espero que te quedes al menos dos días más, Ed. ¿Puedes?

–Puedo. –Ed le miró. El tono rosa inglés había vuelto a sus mejillas–. Puedes llamar a Jeff y preguntarle. Es una buena idea.

–Hay un sofá cama en mi *atelier*. Bastante cómodo. –Tom deseaba disfrutar aunque fuera solo dos días de fiesta en Belle Ombre con sus viejos amigos. Al mismo tiempo, se estaba preguntando si había sonado su teléfono en aquel momento, las doce menos diez, porque quizá la policía querría hablar con él–. ¡Ahí! ¡Mira! –Tom se adelantó y señaló–. ¡El coche amarillo! ¡Me apuesto lo que sea a que son ellos!

El coche se acercaba a ellos con la capota abierta, y Heloise agitaba la mano desde el asiento del pasajero. Se levantaba todo lo que le permitía el cinturón de seguridad, y el pelo rubio le volaba hacia atrás.

–¡Tome!

Tom y Ed estaban en el mismo carril de la carretera que el coche.

—¡Hola, hola! —Tom agitó los brazos. Heloise parecía muy morena.

El conductor frenó, pero aun así adelantó a Tom y a Ed, que corrieron detrás.

—¡Hola, querida! —Tom le dio un beso en la mejilla.

—¡Este es Yves! —dijo Heloise, y el joven moreno sonrió y dijo:

—*Enchanté, m'sieur Ripley!* —Conducía un Alfa Romeo—. ¿Quieren subir? —les preguntó en inglés.

—¡Este es Ed! —indicó Tom con un gesto—. ¡No, gracias, les seguimos! —contestó en francés—. ¡Nos vemos en casa!

Llevaban el asiento trasero del coche lleno de maletas, entre ellas una que Tom nunca había visto, y no quedaba sitio ni para un perro pequeño. Ed y Tom siguieron andando a buen paso, luego corriendo, entre risas, y cuando el Alfa amarillo giró a la derecha y atravesó las puertas de Belle Ombre, ellos estaban tan solo cinco metros más atrás.

Madame Annette salió a recibirles y empezó la charla, con los saludos y presentaciones de rigor. Todos ayudaban como podían con el equipaje, porque el portaequipajes estaba lleno de montones de bolsas de plástico. Por una vez, madame Annette pudo cargar bultos y —aunque le reservaron los más ligeros— llevarlos arriba. Heloise revoloteaba por allí, señalando unas bolsas de plástico que contenían *pâtisserie et bonbons de Maroc* y advirtiéndoles que tuvieran cuidado para no aplastarlos.

—No los aplastaré —dijo Tom—, solo los llevaré a la cocina. —Los llevó y volvió—. ¿Puedo ofrecerte una copa de algo, Yves? Si quieres quedarte a comer, estaremos encantados.

Yves declinó la invitación dando las gracias, y dijo que había quedado en Fontainebleau y que ya llegaba un poco tarde. Heloise le dio las gracias y se despidieron.

A petición de Tom, madame Annette les sirvió dos Bloody Marys a Ed y a él, y un zumo de naranja a Heloise. Tom no podía apartar los ojos de ella. Pensó que no había adelgazado ni engordado, y las curvas de sus caderas bajo los pantalones azul pálido parecían obras de arte, objetos de una belleza única. Su voz, mientras hablaba medio en francés medio en inglés sobre Maroc, Morocco o Marruecos, era música para los oídos de Tom, más deliciosa que Scarlatti.

Tom miró a Ed, que estaba de pie con su bebida colorada en la mano, y le encontró igualmente absorto, mirando a Heloise mientras ella contemplaba el paisaje por las puertas acristaladas que daban al jardín. Heloise preguntó por Henri, y cuándo había llovido por última vez. Tenía otras dos bolsas de plástico en el recibidor, y las trajo. Una contenía un cuenco de cobre, liso y sin adornos. Se lo enseñó a los dos, orgullosa. Otra pieza para que la puliera madame Annette, pensó Tom.

–¡Y esto! ¡Mira, Tom! ¡Es tan bonito y me costó baratísimo!... Un portafolios para tu escritorio. –Sacó una especie de cartera marrón rectangular, de cuero blando, repujado solo en los bordes, bastante sobrio.

¿Qué escritorio?, pensó Tom. En su habitación había una especie de mesita escritorio, pero...

Heloise lo abrió y le enseñó a Tom los cuatro bolsillos interiores, dos a cada lado, todo de cuero.

Tom seguía prefiriendo mirarla a ella. Estaban tan cerca que casi podía oler el sol de su piel.

–Es precioso, querida. ¿Es para mí...?

–¡Claro que es para ti! –Heloise se echó a reír y le dirigió una fugaz mirada a Ed, echándose hacia atrás la rubia melena.

Tenía la piel más oscura que el pelo. Era un fenómeno que Tom había visto en ella muy pocas veces.

–Es una cartera, ¿no, querida...? Yo creo que no es un portafolios... En general suelen llevar un asa.

–¡Oh, Tome, eres tan serio! –Juguetona, le dio un suave golpecito en la frente.

Ed se rió.

—¿Cómo llamarías a esto, Ed? ¿Un portapapeles?

—En inglés... —empezó Ed, pero no acabó la frase—. En cualquier caso, no es un portafolios. Yo diría un portapapeles.

Tom estaba de acuerdo.

—Es precioso, querida. Muchas gracias.

Le cogió la mano derecha y le dio un rápido beso.

—Lo cuidaré y lo tendré siempre limpio... Bueno, lo intentaré.

Pero los pensamientos de Tom estaban en otra parte. ¿Dónde y cuándo podía contarle a Heloise la tragedia de los Pritchard? Madame Annette no lo mencionaría en las dos horas siguientes, porque estaba ocupada sirviendo la comida. Pero el teléfono podía sonar en cualquier momento con más noticias. Podían llamar los Grais, por ejemplo, o incluso los Clegg, si la noticia se había extendido un poco. De todas formas, Tom decidió disfrutar de la buena comida, y escuchar el relato del viaje a Marrakech y la historia de los dos caballeros franceses que eran agradables para cenar, André y Patrick. Con eso se rieron mucho.

Heloise le dijo a Ed:

—¡Estamos muy contentos de tenerte en casa!... Espero que disfrutes de esta visita.

—Gracias, Heloise —replicó Ed—. La casa es preciosa..., *muy* confortable. —Miró a Tom.

Tom se mordió el labio, pensativo. Quizá Ed supiera lo que estaba pensando: que pronto tendría que informar a Heloise de lo de los Pritchard. Si Heloise preguntaba por ellos durante la comida, estaba dispuesto a mostrarse evasivo. Pero se alegró de que ella no se los mencionase.

23

Nadie quiso café después de la comida. Ed dijo que le apetecía dar un largo paseo «por el pueblo».

–Llamarás a Jeff, ¿verdad? –preguntó Tom.

Tom se lo explicó a Heloise, que se estaba fumando un cigarrillo en la mesa. Ed y él habían pensado que tal vez su viejo amigo Jeff Constant, el fotógrafo, quisiera ir a visitarles durante un par de días.

–Sabemos que ahora se lo puede combinar bastante bien. Trabaja por su cuenta, como Ed.

–*Mais oui, Tome!* ¿Por qué no? ¿Dónde dormirá? ¿En tu estudio?

–Eso había pensado. A menos que yo duerma contigo un par de días y él se quede con mi habitación –sonrió Tom–. Como tú quieras, querida. –Recordó que lo habían hecho antes, varias veces. Para él era más fácil trasladarse al cuarto de Heloise que para ella, que tenía que transportar todas sus cosas a la habitación de él. Y las dos habitaciones tenían cama de matrimonio.

–Pues claro, Tome –dijo Heloise en francés. Se levantó, y Tom y Ed la imitaron.

–Perdonadme un segundo –dijo Tom, dirigiéndose sobre todo a Ed, y salió hacia la cocina.

Madame Annette estaba poniendo los platos en el friegaplatos, como cualquier otro día.

–Madame, la comida estaba excelente, gracias. Y... dos cosas. –Tom bajó la voz y dijo–: Tengo que contarle a Heloise lo del asunto de Pritchard... antes de que se entere por cualquier extraño... Así no le producirá tanta impresión.

–*Oui, m'sieur Tome.* Tiene razón.

–Y la segunda cosa. Voy a invitar a otro amigo inglés a visitarnos mañana. No sé seguro si podrá venir, pero prefiero avisarla antes. Si viene, se quedará en mi habitación. Voy a llamar a Londres dentro de unos minutos, luego le diré lo que haya.

–Muy bien, *m'sieur.* Pero ¿y las comidas? ¿El menú?

–Si hay algún problema –dijo Tom sonriendo–, mañana por la noche comeríamos fuera. –Al día siguiente era domingo, pensó Tom, pero el carnicero del pueblo abría por la mañana.

Luego corrió escaleras arriba, pensando que el teléfono podía sonar en cualquier momento —los Grais, por ejemplo, que sabían que Heloise tenía que llegar—, y alguien podía empezar a hablarle de los Pritchard. El teléfono de arriba estaba en la habitación de Tom, no en la de Heloise, donde solía estar, pero aun así, si sonaba, ella iría a cogerlo.

Heloise estaba en su habitación, deshaciendo las maletas. Tom vio un par de blusas de algodón que nunca había visto.

—¿Te gusta esto, Tome? —Heloise se puso una falda de rayas sobre la cintura. Las rayas eran púrpura, verde y rojo.

—Es original.

—¡Sí! Por eso la compré. ¿Y este cinturón? ¡Ah, también tengo una cosa para madame Annette! Déjame ver...

—Querida —la interrumpió Tom—. Tengo que decirte... una cosa... bastante desagradable. —Aquello atrajo su atención—. ¿Te acuerdas de los Pritchard...?

—Oh, los Preechard —repitió ella, como si pensara en la gente más absurda y sin atractivo de la tierra—. *Alors?*

—Bueno... —Era doloroso decir las palabras precisas, por mucho que a Heloise le desagradaran los Pritchard—. Han tenido un accidente... o se han suicidado. No sé cuál de las dos cosas, pero la policía lo dirá...

—¿Están *muertos?* —Heloise tenía los labios entreabiertos.

—Agnès Grais me lo ha dicho esta mañana. Me ha llamado por teléfono. Los han encontrado en ese estanque del jardín. ¿Te acuerdas? El que vimos cuando fuimos a conocer la casa.

—Ah, sí, ya me acuerdo. —Estaba de pie, con el cinturón marrón en las manos.

—Quizá se resbalaron..., uno pudo tirar al otro, no sé. Luego, con el fondo de lodo, *de la boue,* quizá no sea fácil salir. —Tom se estremeció mientras hablaba, como si sintiera simpatía por los Pritchard, pero lo que le hacía estremecer era el auténtico horror que le producía aquel ahogo en el barro. La idea de no tener bajo los pies más que una masa blanda, y los zapatos llenos de barro. A Tom le agobiaba terriblemente la idea de ahogarse. Continuó hablando y le contó a Heloise lo de los dos niños que vendían boletos para una tómbola y que habían ido corriendo a casa de los Grais, aterrados, con la noticia de que habían visto dos cuerpos en el estanque.

—*Sacrebleu!* —susurró Heloise, y se sentó al borde de su cama—. ¿Y Agnès llamó a la policía?

—Seguro. Y luego..., no sé cómo se ha enterado, no me acuerdo, pero me ha dicho que la policía ha encontrado debajo de los Pritchard una bolsa llena de huesos humanos.

—*Quoi?* —Heloise abrió la boca, impresionada—. ¿Huesos?

—Eran raros..., muy extraños, esos Pritchard. —Tom se sentó en una silla—. Todo esto ha sido solo hace unas horas, querida. Supongo que nos hemos enterado un poco más tarde. Pero quería decírtelo yo antes de que te lo contara Agnès o cualquiera.

—Debería llamar a Agnès... Ellos están tan *cerca* de allí. Me pregunto... ¡Esa bolsa de huesos! ¿Qué pensarían hacer con ella?

Tom sacudió la cabeza y se levantó.

—¡Y qué más encontrarán en esa casa! ¡Instrumentos de tortura? ¿Cadenas? ¡Esos dos eran dos casos de psiquiatría...! Quizá la policía encuentre *más* huesos.

—¡Qué horror! ¿Gente que han *matado?*

—¿Quién sabe? —La verdad era que Tom no lo sabía, y pensó en la posibilidad de que, entre otros tesoros, David Pritchard pudiera tener algunos huesos humanos que hubiera desenterrado en alguna parte, o los restos de la víctima de alguien. Pritchard era muy mentiroso—. No olvides que a Pritchard le gustaba pegar a su mujer. Quizá ya había pegado a otras mujeres.

—¡Tome! —Heloise se cubrió la cara con las manos. Tom se acercó y la atrajo hacia sí, rodeándole la cintura con sus brazos.

—No tendría que haber dicho eso... Es solo una posibilidad, nada más.

Ella le abrazó con fuerza.

—Pensaba que esta tarde... podía ser para nosotros. ¡Pero no con esa historia tan horrible!

—¡Pero tenemos esta noche... y mucho tiempo por delante! Quieres llamar a Agnès, ya lo sé, querida. Y luego yo llamaré a Jeff. —Se apartó—. ¿Tú no llegaste a ver a Jeff una vez, en Londres? Es un poco más alto y corpulento que Ed. También tiene el pelo rubio. —Tom no quería recordarle justo en aquel momento que Jeff y Ed eran los fundadores de la Buckmaster Gallery, igual que él. Ella les habría asociado con Bernard Tufts, con el que nunca se había sentido cómoda, porque Bernard estaba muy ido y era un personaje bastante extraño.

—Me suena el nombre... Llámale primero a él. Agnès sabrá más cosas si la llamo más tarde.

—¡Es verdad! —Tom se echó a reír—. Por cierto, madame Annette naturalmente se ha enterado de las noticias del estanque esta mañana, creo que por su amiga Marie-Louise. —Tom tuvo que sonreír—. ¡Con la red telefónica de madame Annette, seguro que ya sabe más que Agnès!

Tom vio que no tenía la agenda en su habitación, y pensó que estaría en la mesa del recibidor. Bajó, buscó el número de Jeff Constant y marcó. Al séptimo timbrazo, hubo suerte.

—Jeff. Soy Tom. Oye, ahora que todo está en calma, ¿por qué no vienes a pasar unas pequeñas vacaciones con Ed y conmigo? O largas, si puedes. ¿Qué te parece mañana? —Tom se dio cuenta de que estaba hablando con la misma cautela que si la línea estuviera intervenida, aunque hasta el momento nunca lo había estado—. Ed ha salido a dar un paseo.

—Mañana... Bueno, sí, mañana creo que podré. Encantado, si encuentro algún vuelo. ¿Estás seguro de que tienes sitio para mí?

—¡Por supuesto, Jeff!

—Gracias, Tom. Miraré los horarios de los vuelos y te volveré a llamar... Supongo que en menos de una hora. ¿Te va bien?

Claro que le iba bien. Y Tom le aseguró a Jeff que estaría encantado de recogerle en Roissy.

Tom le dijo a Heloise que ya podía disponer del teléfono, y que creía que Jeff Constant podría visitarles al día siguiente y quedarse un par de días.

—Muy bien, Tome. Voy a llamar a Agnès.

Tom fue otra vez a la planta baja. Quería revisar la barbacoa de carbón y dejarla preparada para la noche. Mientras doblaba la funda impermeable y llevaba la barbacoa a un sitio adecuado pensó: ¿y si Pritchard había informado a mistress Murchison de su hallazgo, y le había dicho que creía que los huesos eran los de su marido, describiéndole el lujoso anillo del meñique de la mano derecha?

¿Por qué no le había llamado la policía hasta entonces?

Quizá sus problemas estuvieran muy lejos de haberse solucionado. ¿Y si Pritchard había informado a mistress Murchison, y quizá a Cynthia Gradnor —oh, Dios—, y les había contado que había arrojado o que iba a arrojar los huesos en la puerta de Tom Ripley? Bueno, pensó, Pritchard no habría utilizado la palabra «arrojar» con mistress Murchison, habría dicho algo como «entregar» o «depositar».

O quizá —y Tom tuvo que sonreír ante sus errabundos pensamientos—, al hablar con mistress Murchison, Pritchard no le habría dicho que pretendía dejar los huesos en ninguna parte, porque hubiera parecido algo irrespetuoso: lo correcto habría sido transportar los huesos a la propia casa de Pritchard, tal como había hecho al principio, y luego llamar a la policía. Quizá Pritchard, al ver las cuerdas que ataban el cadáver, las viejas cuerdas de Tom, no se había molestado en buscar ningún anillo.

Aún quedaba otra posibilidad. Pritchard había hecho varios cortes en la vieja lona: podía ser que hubiera cogido el anillo de boda y se lo hubiera guardado en algún sitio de su casa, y quizá la policía lo encontrara. Si Pritchard había informado a mistress

Murchison de lo de los huesos, ella podía haberle hablado de los dos anillos que su marido llevaba siempre, y si la policía lo encontraba, ella podría identificar su anillo de boda.

Tom sintió que sus pensamientos empezaban a volverse más ligeros, más etéreos... No podía creer en la realidad de todo aquello. Suponiendo que Pritchard hubiera escondido el anillo en un lugar que solo él conociera (si es que no se había caído en el Loing), el sitio sería tan insólito que nadie podría encontrarlo nunca, a menos que se quemara la casa y luego tamizaran las cenizas. ¿Habría Teddy...?

—¡Tom!

Tom se sobresaltó y se dio la vuelta.

—¡Ah, hola, Ed!

Ed había llegado a casa y estaba detrás de Tom.

—¡No pretendía asustarte! —Ed llevaba el jersey atado al cuello por las mangas.

Tom se echó a reír. Había saltado como si le hubieran disparado.

—Estaba soñando despierto... He localizado a Jeff y parece que podrá venir mañana. ¿A que es fantástico?

—Desde luego. ¿Y cuáles son las últimas noticias? —preguntó, en un tono más bajo—. ¿Has sabido algo?

Tom llevó la bolsa de carbón a un rincón de la terraza.

—Creo que las señoras están cotejando información en este mismo momento. —Oía las voces de Heloise y madame Annette en un animado discurso, cerca del recibidor. Hablaban al mismo tiempo, pero Tom sabía que se entenderían una a la otra, aunque quizá tuvieran que repetirse de vez en cuando—. Vamos a ver.

Entraron a la sala por una de las puertas acristaladas.

—Tome, han buscado... Hola, *m'sieur* Ed.

—Llámame Ed, por favor —dijo Ed Banbury.

—... la policía ha registrado la casa —continuó Heloise, mientras Annette parecía escuchar, aunque Heloise hablaba en inglés–. Se han quedado allí hasta las tres de esta tarde, me lo ha dicho Agnès. Luego han vuelto a hablar con los Grais.

–Era de esperar –contestó Tom–. ¿Y han dicho si había sido un accidente?

–¡No había ninguna carta de suicidio! –contestó Heloise–. La policía... piensa que quizá haya sido un accidente, ha dicho Agnès, mientras tiraban esos... esos...

Tom miró a madame Annette.

–Huesos –dijo suavemente.

–... huesos... al agua. ¡Aj! –Heloise agitó las manos, en un nervioso gesto de repulsión.

Madame Annette se alejó, con aire de volver a sus quehaceres. No parecía haber comprendido el significado de la palabra «huesos» en inglés.

–¿Y la policía no ha averiguado de quién eran esos huesos? –preguntó Tom.

–La policía no lo sabe... o no lo dice –contestó Heloise.

Tom frunció el ceño.

–¿Agnès o Antoine han visto la bolsa de huesos?

–*Non,* pero los dos niños han ido y han dicho que la habían visto en la hierba..., antes de que la policía les pidiera que se marcharan. Creo que hay un cordón alrededor de la casa y un coche de policía que no se mueve de allí. Ah, y Agnès ha dicho que los huesos no son de ahora. Se lo ha dicho el policía. El cadáver es de hace unos años... y ha estado debajo del agua.

Tom miró a Ed, y pensó que estaba escuchando con una seriedad y un interés admirables.

–Quizá se cayeron... intentando sacar los huesos, ¿no?

–*Ah, oui!* Agnès ha dicho que la policía pensaba algo así, porque en el agua había un *utensile* de jardín con un *crochet,* junto a los cadáveres.

–Supongo que se llevarán los huesos a París –dijo Ed–, o a alguna parte, para identificarlos, ¿no? ¿De quién era antes esa casa?

—No lo sé —dijo Tom—, pero eso es fácil de averiguar. Seguro que la policía ya lo sabrá.

—¡El agua era tan clara! —dijo Heloise—. Me acuerdo de que cuando la vi pensé que allí podrían vivir peces.

—Pero el fondo era fangoso, Heloise. Podía haber algo hundido y... Qué tema tan siniestro —dijo Tom—. Aquí, la vida es siempre tan tranquila.

Estaban junto al sofá, pero nadie se sentaba.

—¿Y sabes que Noëlle ya se había enterado, Tome? Lo ha oído en las noticias de la una, pero en la radio, no en la televisión. —Heloise se echó el pelo hacia atrás—. Tome, creo que estaría bien tomar un té. Quizá Ed también quiera, ¿no? ¿Puedes decírselo a madame Annette, Tome? A mí me apetece pasear un poco por el jardín.

A Tom le pareció muy buena idea, porque sabía que Heloise se relajaría quedándose sola un momento.

—¡Muy bien, querida! Ahora mismo le diré a madame Annette que prepare el té.

Tom salió en busca de madame Annette, y acababa de decirle que querían tomar el té, cuando sonó el teléfono.

—Seguro que es nuestro amigo de Londres —le dijo Tom a madame Annette, y volvió a la sala, para cogerlo.

Ed no estaba a la vista en aquel momento.

Era Jeff, y ya sabía la hora de llegada: 11.25 de la mañana siguiente, en el vuelo 826 de la British Airways.

—Con la vuelta abierta —dijo Jeff—. Por si acaso.

—Gracias, Jeff. ¡Todos tenemos ganas de verte! Hace muy buen tiempo, pero tráete algún jersey.

—¿Quieres que te lleve algo, Tom?

—Solo a ti mismo. —Tom se echó a reír—. ¡Ah, una libra de queso cheddar, si puedes! El de Londres siempre es mejor.

Los tres disfrutaron tomando el té en la sala. Heloise se había sentado arrellanada en un extremo del sofá, y apenas hablaba. A

Tom no le importaba. Estaba pensando en el telediario de las seis, para el que faltaban veinte minutos, cuando vio la enorme figura de Henri cerca del invernadero.

—Pero bueno, si es Henri —dijo, dejando la taza en la mesa—. Voy a ver lo que quiere..., si es que quiere algo. Perdonadme, por favor.

—¿Habías quedado con él, Tome?

—No, querida, no. —Y le explicó a Ed—: Es mi jardinero informal, el gigante amistoso.

Tom salió. Tal como había sospechado, Henri no iba a empezar ningún trabajo a aquella hora del domingo por la tarde, sino que quería hablar sobre *les événements* en la *maison Preechard*. Tom pudo observar que ni siquiera un doble suicidio, como lo calificaba él, lograba alterar su enorme figura, ni tampoco le causaba tensión alguna.

—Sí, Henri, ya me he enterado —dijo Tom—. Madame Grais me ha llamado esta mañana. ¡Es realmente increíble!

Las botas de gruesa suela de Henri se movían de izquierda a derecha y luego al revés. Sus manazas jugueteaban, dándole vueltas a una ramita de lavanda.

—Y los huesos ahí abajo —dijo Henri, en un tono bajo y avergonzado, como si de algún modo los huesos determinaran su juicio sobre los Pritchard—. ¡Huesos, *m'sieur!* —Y daba vueltas y más vueltas a la ramita—. ¡Qué gente tan extraña..., *aquí!* ¡Delante de nuestras narices!

Tom nunca había visto a Henri tan disgustado.

—¿Cree... —Tom bajó la vista hacia el césped, y luego volvió a mirar a Henri— que los dos decidieron suicidarse?

—¿Quién sabe? —contestó Henri, enarcando sus frondosas cejas—. Quizá era un extraño juego... Los dos intentaban hacer algo... ¿pero qué?

Aunque fueran tan vagas, pensó Tom, sus ideas podían ser representativas de lo que pensaba la gente del pueblo.

—Sería interesante saber qué dice la policía.

—*Bien sûr!*

—¿Y de quién son esos huesos? ¿Lo sabe alguien?

—*Non, m'sieur.* ¡Los huesos son relativamente viejos! ¡Como si..., *alors,* ya sabe, todo el mundo lo sabe, Preechard ha estado rastreando los canales y los ríos de por aquí! ¿Para qué? ¿Por gusto? Algunos dicen que esos huesos eran los que Preechard sacó de un canal y que su mujer y él se estaban *peleando* por ellos. —Henri miró a Tom como si hubiera desvelado un deshonroso secreto de la pareja.

—Peleándose por ellos —repitió Tom, imitando su acento campesino.

—Es extraño, *m'sieur.* —Henri sacudió la cabeza.

—*Oui, ah oui* —dijo Tom, en tono conciliador y con un suspiro, como si cada día surgiera un enigma con el que uno tuviera que convivir—. Quizá en el telediario de esta tarde digan algo..., si es que se molestan con un pueblo pequeño como Villeperce, ¿eh? Bueno, Henri, tengo que volver con mi mujer, tenemos un invitado de Londres y esperamos a otro mañana... Supongo que no habrá venido a trabajar a estas horas, ¿verdad?

Henri no iba a trabajar pero, en cambio, aceptó tomarse un vaso de vino en el invernadero. Tom dejaba siempre una botella allí para Henri, cambiándola a menudo para que no se picara, además de un par de vasos. Los dos vasos no estaban muy limpios, pero ellos brindaron y bebieron sin preocuparse por eso.

Henri añadió en tono más bajo:

—Es mejor que esos dos ya no estén en el pueblo..., ni siquiera sus huesos. Esa gente era *bizarre.*

Tom asintió, solemne.

—*Salutations à votre femme, m'sieur* —dijo Henri, y se alejó por el césped, dirigiéndose al sendero que había a un lado del jardín.

Tom volvió a la sala a tomarse su té.

Heloise y Ed estaban hablando de Brighton y de otras cosas.

Tom encendió la televisión. Era casi la hora de las noticias.

–Será interesante ver si Villeperce merece un minuto en las noticias internacionales –dijo Tom, dirigiéndose sobre todo a Heloise–. O incluso nacionales.

–Sí. –Heloise se irguió en su asiento.

Tom había desplazado la televisión un poco más hacia el centro de la habitación. El primer reportaje era sobre una conferencia en Ginebra. Luego salió una regata de barcos en alguna parte. El interés por la televisión decaía, y Heloise y Ed volvían a charlar, en inglés.

–Ahí está –dijo Tom de pronto, con bastante calma.

–¡La casa! –dijo Heloise.

Los tres prestaron atención. La casa blanca de dos pisos de los Pritchard servía de fondo a la voz del comentarista. Era evidente que el fotógrafo no había podido acercarse más que a la carretera, y Tom pensó que quizá solo le habían permitido hacer una foto. La voz del comentarista decía:

–... un extraño accidente descubierto esta mañana en el pueblo de Villeperce, cerca de Moret. Los cadáveres de dos adultos, David y Janice Pritchard, americanos, ambos de entre treinta y cuarenta años, han sido encontrados en un estanque de dos metros de profundidad, situado en el jardín de su casa. Ambos estaban vestidos y llevaban zapatos, y se cree que sus muertes han sido consecuencia de un accidente... Monsieur y madame Pritchard habían comprado recientemente su casa.

No decían nada de los huesos, pensó Tom mientras el comentarista terminaba la historia de los Pritchard. Miró a Ed y se imaginó, por sus cejas ligeramente enarcadas, que estaba pensando lo mismo que él.

–No han dicho nada de los huesos –dijo Heloise, y miró ansiosamente a Tom. Parecía angustiarse cada vez que tenía que nombrar los huesos.

Tom ordenó sus pensamientos.

—Supongo... que los habrán llevado a alguna parte, para descubrir cuánto tiempo llevaban ahí, por ejemplo. Seguro que por eso la policía no ha permitido que se dijera nada al respecto.

—Es interesante —dijo Ed— la forma en que han acordonado el lugar, ¿no creéis? Ni siquiera una fotografía del estanque, solo una foto de la casa, y de lejos. La policía está tomando muchas precauciones.

Siguen investigando, dedujo Tom.

Sonó el teléfono y Tom se levantó para cogerlo. Había acertado en su suposición, era Agnès Grais, que acababa de ver las noticias.

—Dice Antoine que de buena nos hemos librado... —le dijo a Tom—. Cree que esa gente estaba loca, y que sacaron unos huesos del fondo y se entusiasmaron tanto... que se cayeron al agua. —Agnès parecía a punto de soltar la carcajada.

—¿Quieres hablar con Heloise?

Heloise se puso al teléfono y Tom volvió con Ed, pero se quedó de pie.

—Un accidente —murmuró, pensativo—. La verdad es que fue exactamente eso...

—Es verdad —asintió Ed.

Ninguno de los dos intentaba escuchar la animada conversación de Heloise con Agnès Grais.

Tom estaba pensando otra vez que había sido una suerte que Murchison llevara tirantes y no cinturón. Un cinturón, sobre todo si era de cuero, se habría conservado, y hubiera sido otro objeto que podía haber rescatado David Pritchard, más fácil de encontrar en una casa que una alianza. Aunque, ¿llevaba Murchison cinturón? Tom no se acordaba realmente. Cogió una última galleta de chocolate del plato que había sobre la mesita. Ed no quería más.

—Voy a descansar un momento, y luego empezaré a preparar las brasas para..., digamos, las ocho menos cuarto —dijo Tom—. Fuera, en la terraza. —Sonrió—. Vamos a tener una noche agradable.

24

Tom acababa de bajar las escaleras, después de ponerse una camisa limpia y un jersey encima, cuando sonó el teléfono. Contestó desde el recibidor.

Una voz masculina se identificó como el *Commissaire de Police Divisionnaire,* o algo parecido, Étienne Lomard, de Nemours, y preguntó si podía hablar un momento con míster Ripley.

—Creo que no le retendré mucho, monsieur —dijo el oficial—, pero es bastante importante.

—Desde luego —respondió Tom—. ¿Ahora?... Muy bien, monsieur.

Tom se imaginó que el oficial de policía sabía dónde estaba su casa. Heloise le había dicho, después de su conversación telefónica con Agnès Grais, que la policía seguía en casa de los Pritchard, y que había un par de coches de policía aparcados. Tom tuvo el impulso de subir y avisar a Ed, pero decidió no hacerlo: Ed sabía cuál sería su versión, y no había necesidad de que estuviera presente cuando llegara la policía. En vez de eso, Tom fue a la cocina, donde madame Annette estaba lavando la lechuga, y le dijo que en cinco minutos más o menos llegaría un oficial de policía.

—*Officier de police* —repitió ella, solo ligeramente sorprendida, porque no era su terreno—. Muy bien, monsieur.

—Yo le haré pasar. No se quedará mucho rato.

Luego, Tom cogió su viejo delantal favorito de la percha situada detrás de la puerta de la cocina, y se lo puso por la cabeza, atándoselo a la cintura. Llevaba escrita una frase jocosa en letras negras sobre el bolsillo rojo de la pechera del delantal.

Cuando Tom entró en la sala, Ed bajaba las escaleras.

—Dentro de un momento vendrá un agente de policía —dijo Tom—. Seguramente, alguien le habrá dicho que Heloise y yo conocíamos a los Pritchard. —Se encogió de hombros—. Y porque hablamos inglés. Por aquí no hay mucha gente que hable inglés.

Tom oyó la aldaba de la puerta. También había timbre, pero a él no le importaba que la gente utilizara una cosa u otra.

—¿Crees que es mejor que desaparezca? —preguntó Ed.

—Puedes estar por aquí tomando algo, sírvete una copa, haz lo que quieras. Eres mi huésped.

Ed se dirigió al carrito-bar que estaba en un rincón, al fondo de la sala.

Tom abrió la puerta y saludó a los agentes de policía, que eran dos, y a los que no creía haber visto nunca. Ellos se presentaron, saludaron llevándose la mano a la gorra, y Tom les invitó a pasar.

Los dos eligieron sentarse en las sillas y no en el sofá.

Ed apareció en escena, y Tom, que todavía estaba de pie, lo presentó como Ed Banbury, de Londres, un viejo amigo suyo que había ido a pasar el fin de semana allí. Después, Ed cogió su copa y salió a la terraza.

Los agentes de policía, más o menos de la misma edad, debían de tener el mismo rango. En cualquier caso, ninguno de los dos llevaba la voz cantante. El asunto era que una tal mistress Murchison había llamado a casa de los Pritchard desde Nueva York, intentando hablar con David Pritchard o con su mujer, y la policía había cogido el teléfono. Mistress Murchison..., ¿la conocía míster Reepley?

—Creo —dijo Tom gravemente— que estuvo en esta casa durante una hora, hace años, después de la desaparición de su marido.

—*Exactement!* ¡Eso nos dijo ella, monsieur Reepley! *Alors* —el agente siguió en francés, con tono serio y seguro—, madame Murchison nos dijo que ayer, viernes, había hablado con...

—El jueves —le corrigió su compañero.

—Sí, es posible..., la primera llamada, sí. David Pritchard le dijo que había encontrado los... huesos, sí, de su marido. Y que él, Preechard, iba a hablar con usted sobre ellos. Se los iba a *enseñar*.

—¿Enseñármelos?... —Tom frunció el ceño—. No lo entiendo.

—Entregárselos —le dijo el otro oficial a su colega.

—Ah, sí, *entregárselos.*

Tom respiró hondo.

—Míster Pritchard no me dijo nada de eso, se lo aseguro... ¿Madame Murchison dijo que él me había llamado a *mí?* Eso no es verdad.

—Iba a entregarlos, *n'est-ce pas, Philippe?* —preguntó el otro oficial.

—Sí, pero madame Murcheeson dijo que lo haría el viernes. Ayer por la mañana —respondió su colega.

Los dos estaban sentados con las gorras en el regazo.

Tom sacudió la cabeza.

—Aquí no me entregaron nada.

—¿Usted conocía a monsieur Preechard, monsieur?

—Él se presentó a sí mismo en el bar de aquí. Luego fui a su casa una vez a tomar algo. Hace ya semanas. Nos habían invitado a mi mujer y a mí, pero fui solo. Ellos nunca vinieron a esta casa.

El agente más alto y rubio se aclaró la garganta y le dijo al otro:

—¿Y las fotografías?

—*Ah oui...* Hemos encontrado en casa de los Preechard dos fotografías de su casa, monsieur Reepley..., desde el exterior.

—¿De verdad? ¿De mi casa?

—Sí, no hay ninguna duda. Estas fotografías estaban puestas en la repisa de la chimenea de casa de los Preechard.

—Es extraño porque mi casa no está en venta. —Tom sonrió—. Pero... ¡Sí! Me acuerdo de que un día, hará cosa de un mes, vi a Pritchard ahí fuera, en el camino. El ama de llaves me avisó de que había alguien haciendo fotos de mi casa, con una cámara pequeña bastante corriente.

—¿Y usted le reconoció como monsieur Preechard?

—Oh, sí... No me gustó que hiciera fotos, pero decidí ignorarlo. Mi mujer también lo vio..., y también una amiga de mi mujer

316

que nos había visitado aquel día. —Tom frunció el ceño, recordando—. Me acuerdo de que vi a madame Pritchard en un coche..., recogió a su marido unos minutos después y se fueron juntos. Fue una cosa muy extraña.

En aquel momento, madame Annette entró en la habitación, y Tom dirigió su atención a ella. Madame Annette quería saber si los caballeros iban a tomar algo. Tom sabía que ella quería poner la mesa pronto.

—¿Un vaso de vino, messieurs? —preguntó Tom—. ¿Un pastis?

Ambos declinaron cortésmente la invitación, pues estaban de servicio, *de jour*.

—Para mí tampoco todavía —dijo Tom—. Ah, madame Annette..., ¿hubo alguna llamada de teléfono para mí el jueves o el viernes?... —preguntó. Miró a los policías y uno de ellos asintió—. Me refiero a una llamada de monsieur Preechard diciendo que pensaba traer algo aquí. —Tom lo preguntó mostrando un gran interés, como si de pronto se le hubiera ocurrido que Pritchard podía haber hablado con madame Annette sobre una entrega de algo, y a ella se le hubiera podido olvidar (aunque era improbable) informar a Tom.

—*Non, m'sieur Tome.* —Ella sacudió la cabeza.

—Naturalmente —les dijo Tom a los policías—, mi ama de llaves se ha enterado esta mañana de la tragedia de los Pritchard.

Los policías murmuraron algo. ¡Desde luego, las noticias se difundían tan deprisa!

—Pueden preguntarle a madame Annette si llegó algún paquete —sugirió Tom.

Uno de los oficiales lo hizo, y madame Annette respondió con una negativa, sacudiendo la cabeza una vez más.

—Ningún paquete, monsieur —confirmó.

—Esto... —Tom eligió sus palabras—. Esto también está relacionado con monsieur Murcheeson, madame Annette. ¿Se acuerda? Era aquel caballero que desapareció en el aeropuerto de Orly. El americano que pasó aquí una noche, hace unos años, ¿se acuerda?

–*Ah, oui.* Un hombre alto –dijo madame Annette, con cierta vaguedad.

–Sí. Vino a hablarme de unos cuadros. Mis dos Derwatts... –Tom señaló hacia las paredes, para información de los oficiales franceses–: Monsieur Murchison también tenía un Derwatt, que por desgracia le fue robado en Orly. Yo le llevé en coche a Orly al día siguiente, hacia mediodía, si mal no recuerdo. ¿Se acuerda, madame?

Tom habló en tono casual, sin énfasis, y por suerte para él madame Annette le recompensó, replicando en el mismo tono:

–*Oui, m'sieur Tome.* Recuerdo haberle ayudado a meter sus maletas en el coche.

Eso estaba bastante bien, pensó Tom, aunque él la había oído decir que recordaba haber visto a míster Murchison salir de la casa y entrar en el coche.

Heloise bajó las escaleras, Tom se levantó y los agentes le imitaron.

–Mi mujer –dijo Tom–. Madame Heloise...

Los dos oficiales volvieron a decir sus nombres.

–Estábamos hablando de lo que ha pasado en casa de los Pritchard –le dijo Tom a Heloise–. ¿Quieres tomar algo, querida?

–No, gracias. Todavía no. –Heloise parecía querer retirarse, quizá al jardín.

Madame Annette volvió a la cocina.

–Madame Reepley, ¿ha visto usted algún paquete... entregado en alguna parte de su propiedad? –El agente hizo un gesto con los brazos extendidos, queriendo abarcar la totalidad del terreno.

Heloise parecía confusa.

–¿De una floristería?

Aquello hizo sonreír a los policías.

–*Non, madame.* Una lona... atada con cuerdas. El jueves pasado o el viernes.

Tom dejó que Heloise les dijera que ella había llegado de París aquel mismo mediodía. Había pasado la noche del viernes en París, y el jueves había estado en Tánger, explicó.

Aquello zanjó el tema.

Los policías se consultaron entre sí, y luego uno dijo:

—¿Podemos hablar con su amigo de Londres?

Ed Banbury estaba de pie junto a las rosas. Tom lo llamó. Ed se acercó enseguida.

—La policía quiere preguntarte sobre un paquete que dicen que han traído aquí —le dijo en las escaleras de la terraza—. Yo no he visto ninguno, ni Heloise tampoco. —Tom habló con soltura, sin saber si alguno de los policías había salido a la terraza detrás de él.

Cuando Ed entró, los policías seguían en la sala.

Le preguntaron si había visto algún paquete grisáceo, de más de un metro de largo, en el camino, bajo los setos, en cualquier parte, incluso fuera de las puertas del jardín.

—*Non* —contestó Ed—. *Non*.

—¿Cuándo llegó aquí, monsieur?

—Ayer, viernes, a mediodía. Comí aquí. —Las serias y rubias cejas de Ed le daban a su rostro una expresión de honestidad—. Míster Ripley vino a buscarme al aeropuerto de Roissy.

—Gracias, señor. ¿Cuál es su profesión?

—Periodista —contestó Ed. Tuvo que escribir su nombre y su dirección de Londres en un bloc que sacó uno de los oficiales.

—Por favor, transmítanle mis más amables respetos a madame Murchison, si vuelven a hablar con ella —dijo Tom—. Tengo un recuerdo muy agradable, aunque un poco vago, de ella —añadió sonriendo.

—Tenemos que volver a hablar con ella —dijo uno de los policías, que tenía el pelo castaño y liso—. Ella está... bien. Cree que los huesos que hemos encontrado..., o que encontró Preechard, podrían ser los de su marido.

–Su marido –repitió Tom, incrédulo–. Pero... ¿dónde los encontró Pritchard?

–No lo sabemos con exactitud, pero quizá no muy lejos de aquí. A diez o quince kilómetros.

Tom pensó que los habitantes de Voisy todavía no habían hablado, y tal vez no habían visto nada. Pritchard tampoco había mencionado Voisy, ¿o sí?

–Pero seguramente podrán identificar el esqueleto –dijo Tom.

–*Le squelette est incomplet, m'sieur. Il n'y a pas de tête* –dijo el policía rubio, con expresión grave.

–*C'est horrible!* –murmuró Heloise.

–Tendremos que determinar cuánto tiempo lleva en el agua...

–¿Y la ropa? –preguntó Tom.

–¡Ja! Toda podrida, monsieur. ¡No queda ni un botón en la mortaja original! Los peces..., el flujo del agua...

–*Le fil de l'eau* –repitió el otro oficial, gesticulando–. La corriente. Se lo lleva todo, la ropa, la carne...

–¡Jean! –El otro policía agitó una mano muy deprisa, como diciendo «¡Basta! ¡Hay una dama presente!».

Hubo unos segundos de silencio y Jean continuó:

–¿Recuerda, monsieur Reepley, si vio a monsieur Murchison entrar en la puerta de embarque en Orly, aquel día, hace ya tiempo?

Tom lo recordaba.

–Aquel día no aparqué el coche, me paré junto al bordillo, ayudé a monsieur Murchison a sacar su equipaje y el cuadro envuelto... y me fui. Era en la acera que queda frente a la puerta de embarque. Él podía llevar sus pocas cosas fácilmente y yo no me quedé para ver si entraba o no.

Los oficiales volvieron a consultarse, murmuraron y revisaron sus notas.

Tom se imaginó que estaban verificando lo que él había declarado a la policía años atrás: que había dejado a Murchison con su equipaje en la acera, frente a la puerta de embarque, en Orly. Tom no iba a insistir en que su declaración sobre ese tema debía de estar en los archivos de la época. Tampoco iba a mencionar que le parecía extraño que cualquiera hubiera devuelto a Murchison a la zona del asesinato, o que Murchison se hubiera suicidado en aquellos alrededores. De pronto se levantó y se dirigió a su mujer.

—¿Estás bien, cariño? —le preguntó en inglés—. Creo que los caballeros ya han terminado aquí. ¿No quieres sentarte?

—Estoy bien —contestó Heloise con cierta frialdad, como dándole a entender que si la policía estaba allí era por culpa de las dudosas actividades de Tom, y que no era agradable soportar su presencia. Estaba apoyada en un aparador, con los brazos cruzados, a cierta distancia de la policía.

Tom volvió con los dos oficiales y se sentó, para no dar la sensación de que les urgía a que se marcharan.

—¿Querrán decirle a madame Murchison, si hablan con ella, que si quiere estoy dispuesto a volver a entrevistarme con ella? Ya sabe todo lo que sé, pero... —Se interrumpió.

El oficial rubio, llamado Philippe, dijo:

—Sí, monsieur, se lo diremos. ¿Madame tiene su número de teléfono?

—Antes lo tenía —dijo Tom cordialmente—. No ha cambiado.

El otro oficial levantó un dedo mirando a su colega, pidiendo la palabra, y dijo:

—¿Y una mujer llamada Cynthia, monsieur..., que vive en Inglaterra? Madame Murchison la mencionó.

—Cynthia... Sí —replicó Tom, como intentando recordar—. La conozco, aunque no mucho. ¿Por qué?

—Creo que usted la vio recientemente en Londres.

—Sí, es cierto. Tomamos algo en un pub *anglais*. —Tom sonrió—. ¿Cómo lo saben?

—Gradnor —le ayudó el otro agente, después de mirar su bloc.

Tom empezó a sentirse incómodo. Intentó anticiparse. ¿Qué preguntas le harían después?

—Usted la vio en Londres..., ¿habló con ella por alguna razón en particular?

—Sí —dijo Tom. Volvió su silla de modo que pudiera ver a Ed, que estaba recostado en el respaldo de su silla—. ¿Te acuerdas de Cynthia, Ed?

—Sí, más o menos —contestó Ed en inglés—. Hace años que no la veo.

—Mi propósito —continuó Tom dirigiéndose a los policías— era preguntarle qué quería monsieur Pritchard de mí. Mire, monsieur Pritchard me parecía demasiado simpático, ¿comprende? Por ejemplo, estaba empeñado en que le invitara a mi casa, y mi mujer no quería de ninguna manera... —Tom se rió—. La única vez que visité a los Pritchard para tomar algo, monsieur Pritchard mencionó a Cynthia...

—Gradnor —repitió el policía.

—Sí. Monsieur Pritchard, el día en que fui a tomar una copa a su casa, sugirió que la tal Cynthia no me tenía simpatía, que tenía algo contra mí. Le pregunté a Pritchard qué era, pero él no me lo dijo. ¡No era muy agradable, pero era típico de Pritchard! Así que cuando estuve en Londres, conseguí el número de madame Gradnor, y le pregunté: ¿Cuál es el problema con Pritchard? —Tom recordó a toda prisa que Cynthia Gradnor pretendía (según creía él) proteger a Bernard Tufts de una posible etiqueta de falsificador. Cynthia se había impuesto unos límites, y ahora podía utilizarlos a su favor.

—¿Y qué más? ¿Qué averiguó usted? —El policía de pelo castaño parecía interesado.

—No mucho, por desgracia. Cynthia me dijo que ella no conocía a Pritchard, que ni siquiera le había visto. Él la había llamado sin más. —Tom recordó de pronto al que había hecho de intermediario entre los dos, un tal George Nosequé, en aquella gran fiesta londinense para la prensa a la que habían asistido Pritchard y Cynthia. El intermediario, después de oír a Pritchard hablar de Ripley, le había dicho que en aquella casa había una mujer que le odiaba. Así se había enterado Pritchard de su nombre (y Cynthia del de Pritchard, por lo visto), pero, al parecer, ninguno de los dos había atravesado la habitación para verse cara a cara. Tom no pensaba facilitar aquella información a la policía.

—Qué raro —musitó el oficial rubio.

—¡Pritchard era *muy* raro! —Tom se levantó, como si se le hubiera entumecido el cuerpo de estar tanto tiempo sentado—. Creo que son casi las ocho. Voy a prepararme un gin-tonic para mí. ¿Qué quieren tomar, caballeros? *Un petit rouge?* ¿Un whisky? Lo que les apetezca.

Tom habló en el tono de quien da por sentado que sus interlocutores van a aceptar, y así lo hicieron los policías, que optaron por un *petit rouge*.

—Se lo diré a madame —dijo Heloise, y salió hacia la cocina.

Los dos agentes elogiaron los dos Derwatts de Tom, especialmente el que estaba sobre la chimenea —que era obra de Bernard Tufts—, así como el cuadro de Soutine.

—Me alegro de que les gusten —dijo Tom—. Yo estoy muy orgulloso de ellos.

Ed se había servido otra copa en el carrito-bar. Heloise también se había unido a ellos y, con un vaso en la mano, el ambiente era mucho más animado.

Tom le dijo al oficial de pelo castaño, en tono tranquilo:

—Dos cosas, monsieur. Una, me gustaría hablar con madame Cynthia..., si es que ella quiere hablar conmigo. Y dos: ¿por qué creen que...? —Miró a su alrededor y vio que nadie le estaba escuchando.

El oficial rubio, Philippe, con la gorra bajo el brazo, estaba encantado con Heloise, y seguro que prefería mil veces hablar de nada en particular, que de huesos y de carne podrida. Ed también se había acercado a Heloise.

Tom continuó:

–¿Qué creen que monsieur Preechard pretendía hacer con los huesos en el estanque de su casa?

El agente Jean pareció meditar la respuesta.

–Si los sacó de un río... ¿por qué devolverlos al agua, y luego... quizá quitarse la vida deliberadamente?

El policía se encogió de hombros.

–Pudo ser un accidente: uno resbaló y cayó, y luego cayó el otro, monsieur. Con aquel utensilio de jardín estaban intentando sacar algo..., según parece. Tenían la televisión encendida, el café, una copa... –se encogió de hombros otra vez– sin acabar, en la sala. Quizá habían escondido los huesos temporalmente. Tal vez averigüemos algo mañana o pasado, o tal vez no.

Los oficiales estaban de pie, con sus vasos de cristal ahumado en la mano.

A Tom se le ocurrió otra idea: Teddy. Decidió mencionar a Teddy y se acercó al grupo de Heloise.

–Monsieur –le dijo a Philippe–. Monsieur Pritchard tenía un amigo..., o, en todo caso, un hombre que iba con él a pescar en los canales. Todo el mundo lo dice. –Tom utilizó la palabra *pêcher*, pescar, en vez de «buscar»–. He oído que se llamaba Teddy. ¿No han hablado con él?

–Ah... Teddy, Theodore –dijo Jean, y ambos policías intercambiaron una mirada–. *Oui, merci, m'sieur Reepley*. Hemos oído hablar de él a sus amigos, los Grais, esa gente tan agradable. Luego encontramos su apellido y el número de teléfono de París en casa de Preechard. Esta tarde, alguien ha hablado con él en París. Ha dicho que cuando Preechard encontró los huesos en el río, su trabajo terminó–. Y él... –El oficial dudó–. Él se marchó, sí –dijo Jean mirando a Tom–. Por lo visto, estaba sorprendido de que los huesos, el esqueleto, fuesen el objetivo de Preechard. –Aquí

Jean miró a Tom con firmeza–. Y cuando vio aquello... se volvió a París. Es estudiante. Solo estaba aquí para ganar un poco de dinero.

Philippe empezó a decir algo, pero fue silenciado con un gesto de Jean.

–Creo que he oído algo –aventuró Tom– en el bar de aquí. Decían que el tal Teddy estaba sorprendido... y decidió despedirse de Pritchard. –Ahora le tocó a Tom encogerse ligeramente de hombros.

Los agentes no hicieron ningún comentario. No querían quedarse a cenar, aunque Tom les invitó, convencido de que no iban a aceptar. Tampoco aceptaron que les rellenaran sus vasos.

–*Bonsoir, madame, et merci* –le dijeron ambos cordialmente a Heloise, inclinando la cabeza.

Le preguntaron a Ed cuánto tiempo pensaba quedarse.

–Espero que se quede tres días más, por lo menos –dijo Tom, sonriendo.

–No es seguro –dijo Ed, en tono cordial.

–Aquí estaremos mi mujer y yo –les dijo Tom a los agentes con firmeza–, y si podemos servirles de alguna ayuda, ya lo saben.

–Gracias, monsieur Reepley.

Los agentes les desearon que pasaran una velada agradable, y se dirigieron hacia su coche, que habían dejado en el jardín.

Cuando volvió de la puerta principal, Tom dijo:

–¡Unos tipos agradables! ¿No te parece, Ed?

–Sí, sí, desde luego.

–Heloise, cariño, quiero que enciendas *tú* el fuego. Tiene que ser ahora porque se nos ha hecho un poco tarde..., pero la cena será excelente.

–¿Yo? ¿Qué fuego?

–El de la barbacoa, querida. En la terraza. Aquí están las cerillas. Sal y enciéndelo, por favor.

Heloise cogió la caja de cerillas y salió a la terraza, grácil, con su falda larga de rayas. Llevaba una blusa de algodón verde, arremangada.

—Pero si siempre lo haces tú —dijo, encendiendo una cerilla.

—Esta noche es especial. Tú eres la..., la...

—Diosa —le ayudó Ed.

—La Diosa de la casa —dijo Tom.

El carbón de leña se encendió. Llamas bajas, amarillas y azules, bailaban sobre los tizones. Madame Annette había envuelto por lo menos media docena de patatas en papel de aluminio. Tom se puso el delantal y empezó a trabajar.

Entonces sonó el teléfono.

Tom gimió.

—Heloise, cógelo tú, por favor. Seguro que son los Grais o Noëlle, ya lo verás.

Eran los Grais. Tom lo comprobó al pasar por la sala. Heloise les estaba poniendo al corriente de lo que la policía les había dicho y preguntado. Tom habló con madame Annette en la cocina: su salsa bearnesa estaba bajo control, así como los espárragos, que eran el primer plato.

La comida fue deliciosa, memorable, y así lo dijo Ed. El teléfono no sonó, ni nadie se acordó de él. Tom le dijo a madame Annette que, a la mañana siguiente, después del desayuno, ya podía prepararle su habitación al huésped inglés, míster Constant, que iba a llegar a las once y media al aeropuerto de Roissy.

La expresión de madame Annette ante aquella perspectiva era de auténtico placer. Para ella, era como si los huéspedes y los amigos le dieran vida a la casa, como para otra gente lo hacen las flores.

Mientras tomaban café en la sala, Tom se aventuró a preguntarle a Heloise si Agnès o Antoine Grais tenían alguna noticia.

—*Non*... Solo que las luces de la casa siguen encendidas. Uno de los chicos ha dado un paseo por allí con el perro. La policía sigue buscando algo. —Heloise lo dijo en tono aburrido.

Ed miró a Tom y sonrió ligeramente. Tom se preguntó si Ed había pensado: Bueno, Tom no puede traducir sus pensamientos en palabras, y mucho menos delante de Heloise... Pero dadas las peculiaridades de los Pritchard, para adivinar lo que la policía estaría buscando y lo que podía encontrar, la imaginación siempre se quedaría corta.

25

A la mañana siguiente, después de su primer café, Tom le pidió por favor a madame Annette que cuando fuese al pueblo comprase los periódicos, pues era domingo.

–Podría ir inmediatamente, monsieur Tome, si no fuera por...

Tom sabía que se refería al desayuno de madame Heloise, que consistía en un zumo de uva y té. Tom se ofreció a prepararlo, en caso de que madame Heloise se despertase, cosa que, según dijo, dudaba. Y en cuanto a monsieur Banbury, Tom no sabía si se iba a levantar pronto, pues los dos se habían quedado hablando hasta tarde la noche anterior.

Madame Annette se fue, y Tom sabía que, aparte de comprar los periódicos, ella quería escuchar el chismorreo local de la panadería. ¿Y qué sería más fiable? La versión de la panadería sería más apasionada, exagerada, pero uno siempre podía llegar a la verdad reduciéndola un poco y, además, iría unas horas por delante respecto de la de la prensa.

Había acabado de cortar unas rosas y unas dalias, eligiendo una dalia naranja rizada y dos amarillas, cuando volvió madame Annette. Tom oyó el chasquido de la cerradura de la puerta.

Les echó una ojeada a los periódicos en la cocina. Madame Annette estaba sacando croissants y una barra larga de pan de su bolsa de red.

—La policía... busca la *cabeza,* monsieur Tome —susurró madame Annette, aunque solo podía oírla Tom.

Tom frunció el ceño.

—¿En la *casa?*

—¡Por todas partes! —susurró otra vez.

Tom se enfrascó en la lectura. Los titulares decían algo sobre un «suceso extraordinario en los alrededores de Moret-sur-Loing», y continuaban informando que David y Janice Pritchard, americanos que rondaban los treinta años, habían muerto accidentalmente o bien habían cometido un extraño suicidio en el estanque de su propiedad. Habían estado unas diez horas en el agua, según decía la policía, y les habían descubierto dos chicos de menos de doce años de edad, que habían informado a un vecino sobre los cadáveres. Debajo, en el subsuelo de lodo del estanque, la policía había encontrado una bolsa de huesos humanos, un esqueleto incompleto al que le faltaba la cabeza y un pie. El esqueleto era de un hombre de edad madura, pero hasta ahora no se había identificado. Ninguno de los Pritchard tenía trabajo, y David Pritchard recibía una renta de su familia, que vivía en Estados Unidos.

En un párrafo posterior, se decía que el incompleto esqueleto llevaba en el agua un número indeterminado de años. Los vecinos habían informado que Pritchard había estado explorando el fondo de los canales y ríos de la región, buscando aparentemente algo así, y sus esfuerzos de exploración se habían detenido el pasado jueves con el hallazgo del esqueleto.

El segundo periódico decía esencialmente lo mismo, más sucintamente, y dedicaba un párrafo entero o comentar que los Pritchard habían sido una gente muy callada durante los tres meses escasos que habían vivido en la casa, que se habían mostrado muy reservados, y que su única diversión consistía, al parecer, en pasar la noche poniendo discos a todo volumen en su aislada casa de dos pisos. Al final, habían cultivado la afición de rastrear el fondo de ríos y canales. La policía se las había arreglado para ponerse en contacto con las respectivas familias de David y Janice Pritchard. En el momento de descubrir los cadáveres, decía el periódico, la casa estaba iluminada, con las puertas abiertas, y en la sala había bebidas que apenas habían llegado a probar.

Nada nuevo, pensó Tom, pero seguía resultándole un tanto chocante cada vez que lo leía.

–¿Qué busca la policía en realidad, madame? –le preguntó Tom, esperando averiguar algo y a la vez complacer a madame Annette, pues a ella le encantaba poder informar–. Seguro que no es la cabeza –susurró Tom gravemente–. Tal vez *pistas,* para saber si fue accidente o suicidio.

Madame Annette, con las manos mojadas en el fregadero, se inclinó hacia Tom.

–Monsieur... Esta mañana me he enterado de que han encontrado un *látigo.* Y madame Rubert, ya sabe, la mujer del electricista, me ha dicho que habían encontrado una *cadena.* No una cadena muy gruesa, pero una cadena al fin y al cabo.

Ed bajó las escaleras y Tom le saludó y, cuando entraron en la sala, le ofreció los dos periódicos.

–¿Té o café? –le preguntó Tom.

–Café con un poco de leche caliente, si puede ser.

–Claro que sí. Siéntate, ponte cómodo.

Ed quería un croissant con mermelada.

¿Y si encontraban la cabeza?, estaba pensando Tom mientras iba a transmitirle el encargo de Ed a madame Annette, ¿y si la encontraban en casa de los Pritchard? ¿O el anillo de boda oculto en un lugar increíble, por ejemplo, metido en un hueco entre dos maderas del suelo? Una alianza, con iniciales. Y la cabeza en otro sitio de la casa. Quizá había sido aquello lo que Teddy no pudo soportar.

–¿Puedo ir contigo a Roissy? –le preguntó Ed cuando Tom volvió a la sala–. Me gustaría.

—¡Claro! Y así me haces compañía. Cogeremos la camioneta.

Ed leyó los periódicos.

—No dicen nada nuevo, ¿verdad, Tom?

—Para mí, no.

—¿Sabes qué, Tom...? Bueno... —Ed se interrumpió, sonriendo.

—¡Sigue! Es algo bueno, ¿no?

—El caso es que... ahora te he estropeado la sorpresa. *Creo* que Jeff te va a traer el dibujo de la paloma en la maleta. Se lo dije antes de que saliera.

—¡Eso sería fantástico! —dijo Tom, y echó un vistazo a las paredes de la sala—. ¡Qué bien quedaría aquí!

Madame Annette llegó con una bandeja.

Apenas una hora más tarde, cuando Heloise y Tom acabaron de revisar si estaba todo a punto en la habitación de este, donde se iba a instalar Jeff, y pusieron una rosa roja en un violetero sobre la mesita de noche, Tom y Ed salieron hacia Roissy. Tom le dijo a madame Annette que volverían a la hora de comer. Si todo iba bien estarían allí a la una.

Tom había cogido el anillo de Murchison del calcetín de lana negra del cajón de su armario, y ahora lo llevaba en los pantalones, en el bolsillo izquierdo de delante.

—Vayamos por Moret. El puente es precioso y apenas hay que desviarse del camino.

—Muy bien —dijo Ed—. Me parece muy bien.

El día también era precioso. Aquella mañana había llovido muy temprano, hacia las seis, a juzgar por el aspecto que tenían las rosas. Era justo lo que hacía falta para refrescar el jardín y el césped y, además, eso le ahorraría a Tom tener que regar aquel día.

Aparecieron ante su vista las rechonchas torres del puente de Moret, una a cada lado del río, con un tono rosa oscuro y un aire venerable y protector.

—Intentemos acercarnos al río de alguna manera —dijo Tom—.

El puente es de dos direcciones, pero el paso por debajo de las torres es estrecho y a veces hay que hacer cola para cruzarlo.

Cada torre tenía un estrecho carril por el que los coches tenían que pasar de uno en uno. Tom tuvo que esperar apenas unos segundos a que pasaran un par de coches que venían en sentido contrario. Luego cruzaron el Loing, donde Tom quería tirar el anillo, pero era imposible pararse. Una vez pasaron por la segunda torre, giró a la izquierda, y a pesar de la línea amarilla que prohibía aparcar, se detuvo junto al bordillo.

—Vamos andando hasta el puente y así lo vemos, aunque sea un momento –dijo Tom.

Llegaron al puente. Tom con las manos en los bolsillos, y el anillo en la mano izquierda. Sacó la mano del bolsillo y sostuvo el anillo dentro del puño cerrado.

—Casi todo esto se construyó en el siglo dieciséis –explicó–. Napoleón pasó una noche aquí a su regreso de Elba... Creo que la casa donde estuvo tiene una placa. –Juntó las palmas de las manos y se pasó el anillo a la mano derecha.

Ed no dijo nada. Parecía como si quisiera embeberse de aquel paisaje. Tom se acercó más a la barandilla del puente, mientras dos coches pasaban a sus espaldas. Unos pocos metros más abajo, el Loing parecía tener la profundidad perfecta.

—*M'sieur.*

Tom se volvió sorprendido, y vio a un oficial de policía, con pantalones azul oscuro, camisa blanca de manga corta y gafas de sol.

—*Oui* –dijo Tom.

—¿Es suya esa camioneta blanca...?

—*Oui* –contestó Tom.

—Está prohibido aparcar ahí.

—*Ah, oui! Excusez-moi!* ¡Ahora nos vamos! Gracias, agente.

El policía saludó y se alejó, con la pistola en su funda blanca, en la cadera.

—¿Te conoce? –le preguntó Ed.

—No lo sé, quizá sí. Ha sido muy amable al no ponerme una multa —sonrió Tom—. Me imagino que no tenía ganas. Vamos. —Tom dejó caer el brazo y tiró el anillo, apuntando al centro del río, que en aquel momento estaba en calma. Cayó bastante cerca del centro y Tom se quedó satisfecho. Le sonrió levemente a Ed, y ambos se dirigieron a la camioneta.

Ed pensaría que había tirado una simple piedra al río y Tom se alegró de que fuera así.

8 de octubre de 1990